Heike Franke
Der Klang von Mut

TINTE
&
FEDER

Das Buch

Die Sopranistin Anna Wolf kehrt nach einer Weltkarriere für die Uraufführung einer Oper nach Berlin zurück. Zum ersten Mal, seitdem sie aus der DDR geflohen ist. An der Seite des charismatischen Sängers Kilian Holm will sie sich mit einer letzten großen Hauptrolle ihrer Vergangenheit stellen. Am Theater trifft sie auf Kollegen von damals, und alte Fragen werden wieder aufgeworfen – nach ihrer Haltung zu Erfolg, zum Spiel der Macht und zu ihrer Rolle als Frau in der Opernwelt.

Während Anna sich auf die Suche nach dem richtigen Weg begibt, in der Hoffnung, die Fehler der Vergangenheit wiedergutzumachen, begegnet Kilian zufällig der jungen Julie Martens, als diese zu einer Probe ins Opernhaus kommt. Seit Julie es geschafft hat, sich von ihrem Ex-Freund zu lösen, hat sie sich hinter dicken Mauern verschanzt, will keinen Mann mehr in ihrem Leben. Aber jetzt ist da Kilian, gut aussehend, charmant und berühmt – und Kilian ist hartnäckig. Julie ist mit der Entscheidung konfrontiert, wegzulaufen oder sich auf das Risiko der Liebe einzulassen.

Die Autorin

Heike Franke wurde 1966 in Berlin geboren. Nach dem Studium der Politischen Wissenschaften am Otto-Suhr-Institut der Freien Universität Berlin lebte sie eine Zeit lang in der Nähe von London, ehe sie in ihre Heimatstadt zurückkehrte, wo sie bis heute lebt und arbeitet.

Zwei große Lieben begleiteten sie seit frühester Kindheit: zum einen die Literatur, zum anderen die Musik. Und sie empfindet es als großes Glück, dass sie beide Leidenschaften leben kann – als Autorin und auch als Altistin im Apollo-Chor an der Staatsoper Unter den Linden.

Heike Franke

Der Klang von Mut

Roman

TINTE & FEDER

Deutsche Erstveröffentlichung bei
Tinte & Feder, Amazon Media EU S.à r.l.
38, avenue John F. Kennedy, L-1855 Luxembourg
Dezember 2022

Umschlaggestaltung: zero-media.net, München
Umschlagmotiv: © Nisachon Poompuang / Shutterstock;
© Takatoshi Kurikawa / Alamy
1. Lektorat: Ute Köhler
2. Lektorat und Korrektorat: VLG Verlag & Agentur, Haar bei München,
www.vlg.de
Gedruckt durch:
Amazon Distribution GmbH, Amazonstraße 1, 04347 Leipzig /
Canon Deutschland Business Services GmbH, Ferdinand-Jühlke-Str. 7,
99095 Erfurt /
CPI books GmbH, Birkstraße 10, 25917 Leck

ISBN: 978-2-49671-286-5

www.tinte-feder.de

Liebe Leserinnen und Leser,
seht mir bitte nach, dass ich mir erlaubt habe, die Realität ein wenig in die Fiktion zu biegen. Leider wurde die Sanierung der Berliner Staatsoper erst 2017 fertiggestellt und auch der Pierre Boulez Saal in jenem Jahr eröffnet, aber in welches Jahr hätte diese Geschichte besser gepasst als in jenes des 25. Jahrestags des Mauerfalls?

Die Staatsoper selbst gastierte während der langen Sanierung im Schiller-Theater. Zu jener Zeit war ich noch nicht Teil des Chores und hätte somit all die Szenen, die hinter den Kulissen spielen, nicht schreiben und euch nicht diese wunderbare Opernluft schnuppern lassen können. Und das wäre doch wirklich schade, oder?

Herzlich, eure Heike Franke

Es will das Herze mir ersticken!

(Elsa von Brabant in Richard Wagners »Lohengrin«)

Prolog

Der Boden unter deinen nackten Füßen ist kühl und schwarz. So schwarz wie der hohe Raum darüber. So gewaltig wie seine Fähigkeit, noch den leisesten Ton durch das gesamte Haus zu tragen.

Dein Herz schlägt schnell. Zu schnell. Ein fliehendes Pferd, befeuert von Angst. Stürmt unbändig gegen den Brustkorb an. Will die Rippen sprengen. Frei sein.

Jemand hüstelt. Verhalten. Irgendwo oben links im Rang.

Wer hustet, wird erschossen.

Ein alter Witz, so alt wie diese Kunst. Du hingegen ein Küken.

Stehst hier unten, mit gesenktem Kopf.

Auf Position.

Dein Blut rauscht. Der Puls fliegt. Das Flirren von Energie über und auf der Bühne. Ein Wirbel, der dich erbarmungslos umschwärmt. Verhalten die Drohung, dich zu vernichten.

Erwartung.

So viel Erwartung.

Vergiss es. Konzentriere dich auf das Gefühl von Holz unter den Fußsohlen.

Holz. Natur. Halt.

Unter den von aufgeklebten Federn schweren Lidern nichts als Schwärze. Schwärze, die das Publikum verschluckt hat.

Du bist nicht allein.

Nicht allein mit der Stille, der Schwärze, dem Haus, in dem jedes leiseste Räuspern trägt. Bis in den letzten Winkel. Allein mit der Rolle, der Arie.

Ein Königreich, wäre das hier nur eine Probe und nicht die Premiere.

In deinen Augenwinkeln blitzt etwas kurz auf.

Licht. Eine Reflexion. Der Taktstock, als der Maestro die Arme hebt.

Atme. Zähle die Sekunden vor dem ersten Ton. Heiß und kalt zugleich. Eisige Leere im Bauch. Das Notenblatt vor deinem inneren Auge ein verschwimmender Schatten.

Hebe leicht den Kopf. Sei bereit. Fülle die Lungen mit Luft bis hinab in den Unterleib und ringe um Zuversicht, von der du nicht mehr weißt, wo sie sich versteckt haben mag.

Diese Rolle. Dieses Debüt.

Zu gewagt für dich, unerfahrene Sopranistin. Die erste Arie ein Konglomerat an schwierigen Tönen. Ein Anfang vom Ende.

Noch ehe es wirklich begann?

Der Maestro sieht herüber. Kurz nur.

Fragt er sich jetzt, ob er dich überschätzt hat? Zweifelt er an seiner Wahl?

Zu spät. Jetzt, hier. Barfuß in diesem zwanzig Kilo schweren Kostüm, das dich fesselt, und mit Federn auf dem Haupt.

Dann diese eine Geste. Die Hände, die einen viertel Bogen beschreiben. Aufwärts.

Und das Orchester. Hundert Solisten, die atmen wie ein einziger Mensch.

Heb den Blick. Sieh nur. Dieses glückselige Lächeln, das des Maestros Züge entspannt. Die Wogen aus Vertrauen, die über dich fluten, die kostbare Luft, die in die Lungen strömen will. Jeder Muskel im Körper gespannt. Die Hände zu Fäusten geballt.

Und dann.

Öffne den Mund, lass den Atem einfließen.

Lautlos.

Tief.

Sei bereit.

Der erste Ton, das erste Wort. Füllt das Haus bis unter das Dach. Nahezu schwerelos.

Des Maestros Lächeln trägt dich. Durch Viertel und Achtel, legato, staccato, bis hinauf zum hohen Fis. Als hättest du ein Leben lang nie etwas anderes gemacht.

1

30 Jahre später

Julie Martens wirft einen Blick auf das Display ihres Handys, ehe sie den Anruf annimmt. Eine Angewohnheit, mehr als das, eine Notwendigkeit, seit sie Stephan verlassen hat. Immer in der Angst, er ist es. Er ist zurück. Am Telefon. In ihrem Leben.

Nicht jetzt, nicht heute. Zum Glück.

»Hallo, Susa, was gibt's?« Ihr Schreibtisch ist übersät mit Zetteln. Beweise unzähliger Brainstorms, die nicht viel gebracht haben. Mehr Storm als Brain. Satzfetzen, Sammlungen von Worten, mehrfach durchgestrichene Claims, die entweder zu sperrig oder zu banal klingen. Auf dem Monitor flimmert die leere Seite eines Worddokuments neben dem finalen Entwurf der Anzeigenkampagne für den neuen Damenduft eines berühmten Modedesigners.

»Was macht die Schreibblockade, Julie?«

»Kannst du Gedanken lesen?«

»Ich übe noch.« Susanne lacht, und es klingt frisch und unverbraucht. So viel lebendiger, als Julie sich gerade fühlt.

»Ehrlich gesagt, weiß ich nicht, ob ich überhaupt weiter als Texterin arbeiten will«, gibt sie zerknirscht zu. Susanne gegenüber kann sie das. Sie beide verbindet eine Freundschaft, die schon seit den Tagen besteht, als sie noch in Windeln um den Küchentisch gerannt sind.

Nachbarskinder, die Mütter befreundet. Pech und Schwefel im Kindergarten, die berüchtigten »terrible twins« in der Schule, unzertrennlich bis zum Abitur.

Eine Weile haben sie sogar als Mini-WG zusammengewohnt, aber als Susanne den ersten ernst zu nehmenden Freund gehabt hat, hat es nur noch Streit gegeben.

Wutentbrannt ist sie damals ausgezogen, eifersüchtig bis ins Mark. Verstoßen hat sie sich gefühlt, abserviert.

Kindisch, natürlich, aber damals konnte sie nicht anders.

Ein ganzes Jahr haben sie kein Wort mehr miteinander gesprochen. Bis sie sich auf einem Klassentreffen wiedergesehen haben und Julie, als sie Susa an der Bar entdeckt hat, es weder weiter leugnen, noch eine Sekunde länger aushalten konnte, ihre beste Freundin zu vermissen.

Es hat ein paar Gin Tonics gebraucht, ehe sie sich entschuldigen konnte. Dann haben sie sich heulend in den Armen gelegen und geschworen, dass kein Mann der Welt sie jemals wieder auseinanderbringen kann.

»Ich dachte, das ist dein Traumberuf«, sagt Susanne und Julie stolpert unsanft aus ihren Erinnerungen zurück ins Hier und Jetzt.

»Ja. Nein.« Sie steht auf und tritt ans Fenster. »Ich weiß nicht.« In der Kastanie, die fast den gesamten Hinterhof einnimmt, hängt ein zerfetzter Drachen, den der Wind über Nacht dorthin geweht haben muss. Die grauen Hausfassaden wirken traurig unter dem drückenden Himmel. Wie soll man in dieser farblosen Welt schon wissen, was man will?

»Dann kommt meine Idee ja genau richtig«, flötet Susanne vergnügt. »Ich habe nämlich eine tolle Inspirationsidee für dich.«

»Du?« Julie zupft verwelkte Blätter vom sterbenden Weihnachtsstern, der, vom letzten Jahr übrig geblieben, seit Monaten vor dem Küchenfenster ums Überleben kämpft. Vielleicht kämpft er auch gar nicht, wer weiß das schon.

»Ja, ich. Da staunst du, oder?«

»Du willst aber hoffentlich jetzt keinen Text von mir, mit dem du eine Bruchbude als Traumschloss verkaufen kannst, oder?« Sie kann den Anflug von Neid in ihrer Stimme hören. Neid, den sie nicht fühlen und erst recht nicht zeigen sollte. Aber sie kommt nicht dagegen an.

Im Gegensatz zu ihr hat Susanne schon vor dem Abitur genau gewusst, was sie wollte. Kein Studium, kein bürgerliches Leben, sondern den Sprung in eine andere Welt. Die der Reichen und Schönen.

Egal, wie sehr ihre Eltern erst getobt und dann gefleht haben, Susanne hat sich nicht beirren lassen. Ohne jede Ausbildung hat sie sich als Maklerin in einer Ecke ihres WG-Zimmers selbstständig gemacht.

Sie hat sich durchgebissen. Ist tausend Mal gescheitert und immer wieder aufgestanden, das Ziel fest vor Augen, nicht bereit, sich unterkriegen zu lassen. Hat Lehrgeld gezahlt, als die ersten Kunden behauptet haben, sie hätten den Verkauf ohne Makler abgewickelt, und vor Gericht damit durchgekommen sind, weil die Provision nicht im notariellen Kaufvertrag festgeschrieben war. Und es nach zehn Jahren, in denen sie immer kurz vor der Insolvenz gestanden hat, endlich geschafft, weil das berühmte Quäntchen Glück mitgespielt hat. Oder weil das Schicksal eingesehen hat, dass sie ums Verrecken nicht aufgibt. Wie auch immer. Auf jeden Fall, weil sie es war, die einem berühmten Schauspieler zu seiner Traumvilla im Berliner Grunewald verhelfen konnte, weil die nämlich einer ziemlich exzentrischen alten Dame gehörte, die ausgerechnet Susas frühere Ballett-Trainerin war.

Glück gehabt. Einmal zur richtigen Zeit am richtigen Ort gewesen. Belohnung für Sturheit oder Glück? Vielleicht beides.

Inzwischen ist sie *die* Berliner Anlaufstelle, zu der die Promis aus aller Welt rennen. Weil dieser Schauspieler nicht müde wird, jedem und allen zu erzählen, unter den Maklern sei Susanne der weibliche Aladin mit der Wunderlampe.

»So ein Text wäre auch eine schöne Idee.« Susanne lacht. »Aber nein, ich brauche dich, damit du Lissi diese Schnapsidee mit der Kinderoper aus …«

»Lissi? Oper?« Julie fällt ihr überrascht ins Wort, denn bei aller Fantasie – wenn sie sich eines nicht vorstellen kann, dann ist es, dass Susannes zehnjährige Tochter auch nur das geringste bisschen mit Oper zu tun haben möchte.

»… ausredest.« Susa lässt sich nicht beirren. »Es gibt da offenbar an der Schule so ein Projekt der Staatsoper, und Lissi hat sich in den Kopf gesetzt, zum Casting zu gehen.«

»Lissi?« Sie muss sich setzen, so baff ist sie. »Wie kommt sie nur darauf?«

»Keine Ahnung, Julie, aber glaub mir, ich habe alles versucht, sie lässt sich nicht von dieser Schnapsidee abbringen.«

»Sie kann doch gar nicht singen, oder? Ich meine, hast du Lissi je singen gehört? Ich nämlich nicht. Und wenn ich mich recht entsinne, hatte sie in ihrem letzten Zeugnis in Musik eine Vier, oder?«

»Eine Fünf. Weil sie sich geweigert hat, vorzusingen.« Susa schnalzt mit der Zunge.

»Und jetzt will sie zum Casting? Wo man bestimmt vorsingen muss? Verstehst du das?«

Susanne seufzt. »Nein, natürlich nicht. Und ich muss dir ja nicht erklären, was das mit ihr macht, wenn sie abgelehnt wird.«

Das muss sie tatsächlich nicht. Lissi ist schüchtern. Mehr als schüchtern. Ein stilles Mädchen, das oft den Eindruck macht, als wäre es gar nicht richtig anwesend, sondern irgendwo in seiner eigenen Parallelwelt, die ihm tausendmal angenehmer ist als die Realität.

Julie mag Lissi, mehr als das, sie liebt sie, als wäre sie ihre eigene Tochter, und vielleicht hat das damit zu tun, dass sie bei der Geburt dabei gewesen ist und Lissi die ersten acht Jahre in ihrer zweiten, weitaus besser funktionierenden WG nicht nur aufgewachsen ist, sondern Julie sich fast genauso viel um sie gekümmert hat wie Susa. Als die dann richtig Geld verdient und sich entschlossen hat, das Dachgeschoss des Hauses zu kaufen, in dem sie wohnen, ist es Julies einzige Rettung gewesen, dass sie sich die WG-Wohnung inzwischen auch allein leisten konnte, sodass sie seither nur eine Treppe hinauflaufen muss, um ihr Ersatzkind in die Arme zu schließen.

Das Kind, dessen Nabelschnur sie durchtrennt hat. Das ihr in vielerlei Hinsicht ähnlich ist, oft viel ähnlicher als der eigenen Mutter. Das ihr vermutlich das Leben gerettet hat, als sie mitten in den schlimmsten Streit gepoltert ist, den Julie mit Stephan je gehabt hat. Den, bei dem er sie die Treppe hinuntergeprügelt hat und nicht aufhören konnte, als sie unten lag, mehr tot als lebendig. Wäre in dem Moment Lissi nicht zur Haustür hereingekommen und hätte nicht angefangen zu schreien wie am Spieß, dann wären die Nachbarn Julie nicht zu Hilfe gekommen, hätten Stephan nicht von ihr gerissen und einen Krankenwagen geholt.

Lange hat sie zusammen mit Susa gerätselt, warum Lissi so ist, wie sie eben ist. Und manchmal hat sie Angst, die Sache mit Stephan habe der Seele des Mädchens eine tiefe Delle zugefügt.

Susa hingegen hat sich eine Million Gedanken gemacht und in jeder erdenklichen Ecke ihres Mutterdaseins nach Schuld gesucht. Und natürlich auch bei Lissis Vater, einem Taugenichts, der sich sofort in Luft aufgelöst hat, als sie ihm offenbart hat, dass sie schwanger war. Dass er sich dann und wann doch um seine Tochter kümmert, hat mehr mit Lissis Hartnäckigkeit zu tun als mit seinen komplizierten Gefühlen für sie.

Irgendwann haben sie dann gemeinsam beschlossen, dass Lissi eben Lissi ist. Clever, rebellisch und dabei still und schüchtern. Eine skurrile Mischung, dafür umso liebenswerter, wenn man Julie fragt.

Gerade, weil sie in keine Schublade passt. Egal, wie sehr alle möglichen Leute versuchen, sie hineinzuquetschen, seien es Lehrer, Großeltern oder wer auch immer. Lissi quillt immer heraus.

»Wenn die sie ablehnen, verweigert sie sich erst recht jeder weiteren Prüfung.« Julie atmet geräuschvoll aus, als ob das irgendwas bringen würde.

»Mein Reden«, pflichtet Susa ihr bei.

»Ja, und wie in aller Welt soll ausgerechnet ich sie von ihrem Plan abbringen?«

»Ach, Julie, das fragst du nicht wirklich, oder? Soll ich mit meiner Opernobsession Lissi etwa erklären, ausgerechnet diese Kunstform, die ich für das Größte überhaupt halte, sei nichts für sie? Du bist doch diejenige, die mir immer vorhält, Oper sei etwas aus dem letzten Jahrtausend. Dir glaubt sie das.«

»Es gibt ja wohl auch kaum einen altbackeneren Ort als ausgerechnet die Staatsoper mit all ihrem Gold und Marmor und roten Plüsch.«

»Du hast überhaupt keine Ahnung, Julie. Du denkst immer nur, Oper wäre was für die Elite über siebzig. Und okay, von mir aus stirb in dem Glauben, du könntest mit der Musik und dem Ganzen nichts anfangen. Aber hilf mir bitte, Lissi vor dieser Niederlage zu retten. Stell dir vor, sie steht da vor allen und macht den Mund nicht auf. Sie gibt sich doch die Blöße ihres Lebens vor ihren Klassenkameradinnen. Und ich mag mir überhaupt nicht vorstellen, wie die sich dann über sie lustig machen.«

»Okay, okay.« Julie willigt ein. »Das ganze Drama, das viele Sterben und das alles mit hohem C und Koloratur, das versuche ich gern, ihr zu ersparen.«

»Danke.« Susanne atmet deutlich hörbar auf. »Magst du nachher hochkommen? Ich backe Pizza.«

»Klar. Bis später.«

Kinderoper. Auf was die heute alles so kommen?

Im Grunde ist es ja eine super Idee. Julie ist immer dafür, Kinder so früh wie möglich an Kultur heranzuführen, und das am besten spielerisch. Aber Oper? Ein bisschen viel des Guten, wenn man sie fragte.

2

Anna Wolf wischt mit dem Finger über das Display ihres iPads. Seite für Seite Noten. Ein Auf und Ab, verteilt über gleichmäßige Linien, darunter deutscher Text.

Der schwarze Lack des Flügels, an dem sie sitzt, glänzt im weichen Sonnenlicht, das durch die raumhohen Fensterfronten fällt. Draußen spannt sich ein makellos blauer Himmel über die Manhattan Skyline. Wolkenkratzer an Wolkenkratzer, dazwischengebettet der Central Park.

New York. Wahlheimat seit zwanzig Jahren, fünf nach ihrem gefeierten Debüt an der Met, das sie über Nacht zum Weltstar in der Opernszene gemacht hat. Völlig unerwartet, erst recht, weil es bei der Premiere nicht stehende Ovationen, sondern tumulthaftes Buhen gegeben hat. Für die Elektra, die sie fast nackt und blutübergossen hat singen müssen.

Eine bis heute denkwürdige Inszenierung. Waghalsig modern. Dem Wahnsinn der Rolle gerecht, gewiss, aber eine Zumutung für Ensemble und Publikum.

Vor allem für sie.

Sie ist so jung gewesen, so hungrig, dass sie, ohne darüber nachzudenken, mit diesem Engagement ihre Karriere aufs Spiel gesetzt hat. Eine Karriere, die damals nur schwerfällig angelaufen ist. Und alles nur, um endlich an der Met zu singen. Sie, die Deutsche, die sich vorher durch bedeutungslose Nebenrollen an noch bedeutungsloseren Opernhäusern gehungert hat.

Nicht schön genug. Zu groß, zu schlaksig. Und dann plötzlich die Met und gleich eine Hauptrolle. Eine, für die ihre Stimme nicht genug gereift gewesen ist. Hat ihre Gesangslehrerin damals jedenfalls gesagt und die Hände über dem Kopf zusammengeschlagen.

Würde sie heute genauso entscheiden?

Anna lässt das iPad sinken, wendet den Blick und sieht aus dem Fenster auf die Stadt, die seitdem immer gut zu ihr gewesen ist. Die ihr Zuhause geworden ist, auch wenn sie sich viel zu selten hier aufhält.

»*Ma chère,* hast du dir die Partitur angesehen?« Die Stimme ihres Managers kommt blechern aus Annas Handy, das auf dem Flügel vor ihr liegt, sein französischer Akzent die Melodie, die sie seit über zwanzig Jahren auf allen Wegen begleitet. »Soll ich vorbeikommen und wir sprechen darüber?«

»Damit du deine Viren hier verbreiten kannst, Antoine?« Sie klingt vorwurfsvoller als beabsichtigt. »Nein, du bleibst schön weit weg von mir, mein Lieber. Vor mir liegen sechs ›Meistersinger‹. Schon vergessen?«

»So gereizt?« Er legt den Finger in die Wunde, das kann er besonders gut. Er weiß, dass er damit bei ihr etwas erreichen kann. »Und ich dachte, du würdest mir ein Halleluja singen, wenn ich dir eröffne, dass du endlich wieder einmal mit Sir Roger Swallow arbeiten kannst. Wie lange ist es her, seit du zum letzten Mal unter dem Maestro gesungen hast?«

»Zu lange.« Sie blättert ein Stück weiter durch die Noten, überfliegt den Text. »Dass Roger sich auf seine alten Tage das noch antut.«

»Eine Welturaufführung einer zeitgenössischen Oper?«

»Einer, die polarisieren wird.«

»Ich mag das Libretto.« Antoine hüstelt.

»Wegen des dritten Akts?« Anna lacht. »Himmel, ein Chor wird dafür nicht reichen. Die werden einen hausfremden dazunehmen müssen. Aber du magst das ja, diese Massenszenen.«

»*Mais oui,* aber vor allem die Arie, Chérie, diese Reue, die Verzweiflung, du wirst darin so großartig sein, dass es dir ein Denkmal setzen wird.«

Antoine und sein Hang zur Theatralik. Halb belustigt schüttelt Anna den Kopf. »Ich will kein Denkmal, Antoine, das weißt du doch.«

Anstelle einer Antwort macht er ein zischendes Geräusch. Deutlicher könnte er seine Verachtung kaum zum Ausdruck bringen.

»Wieso fragt Roger mich jetzt erst an?« Anna wechselt das Thema. »Er weiß so gut wie jeder, dass man sich auf eine neue Rolle monatelang vorbereitet. Normalerweise. Manchmal sogar ein ganzes Jahr. Und jetzt das? Mir bleibt vor den Proben kaum genug Zeit, auch nur den Text zu lernen, geschweige denn die komplette Rolle. Bin ich etwa zweite Wahl?« Der Verdacht liegt nahe, denn sie hat mit Ende fünfzig das Alter für Hauptrollen bereits überschritten.

»Aber nein«, gibt Antoine hörbar entrüstet zurück. »Hast du diese ganze Querelen an dem Staatsoper nicht mitbekommen?« Wie immer, wenn er sich aufregt, entgleitet ihm die Grammatik. »Der Gerangel um den neu zu besetzende Intendanz? Der ganze Programm stand auf der Spiel, weil niemand bereit war, eine Kompromiss einzugehen.«

»Du weißt doch, ich verfolge diese politischen Ränkespiele der Häuser nicht. Wer ist es denn nun geworden?«

»Andreas Henkel.«

»Was?«

»*Oui.* Er will den Staatsoper grundlegend modernisieren. Man glaubt, dass er das kann, weil er die richtige Leute kennt.

Und er hat es geschafft, die Premiere zu den Feierlichkeiten zum fünfundzwanzigjährigen Jubiläum des Mauerfalls unterzubringen. Obwohl da schon die Berliner Philharmoniker vor dem Brandenburger Tor spielen werden.«

»Aber der hat doch gar keine Ahnung von Oper.« Nur allzu gut erinnert sich Anna an Henkel. Als Senator für Kultur in Hamburg hat er ihr vor Jahren den Stift gereicht, als sie sich ins Goldene Buch der Stadt eintragen durfte. Ein blasser kleiner Mann in einem schlecht sitzenden Anzug, der sie gefragt hat, ob sie jemals Verdis Königin der Nacht gesungen habe.

»Nicht so streng«, witzelt Antoine, »nur dass jemand Verdi mit Mozart verwechselt, heißt doch noch nicht, dass er nichts von Oper versteht, oder?«

»Es wäre allerdings lustig zu beobachten, wie Henkel und Swallow aneinandergeraten«, sinniert Anna. »So, wie ich den Maestro kenne, ist er über die Wahl Henkels gewiss nicht sonderlich erfreut.«

»Als dein Manager, *ma chère,* kann ich dir nur raten, das Engagement anzunehmen. Eine Welturaufführung. Und die Rolle steht dir wunderbar. Dazu noch dieses politische Thema. Und der Zeitpunkt. Die ganze Welt wird darauf schauen.«

»Passt es denn überhaupt zeitlich? Also in meinen Terminkalender?« Anna ist mehr als unsicher, ob sie zusagen soll. Zu viele Erinnerungen hängen an Berlin, die sie lange nicht zugelassen hat und die sich jetzt wieder aufdrängen. Zu viel ist damals geschehen. Nie wieder wollte sie diese Stadt betreten, und dann kommt auf einmal dieses Angebot. Eine Weltpremiere, in der man eine Marke setzen kann, an der sich alle, die die Rolle danach singen, messen lassen müssen. Eine Hauptrolle noch dazu. Vielleicht die letzte, für die sie jemals jemand engagieren wird.

»*Bien sûr.* Du müsstest direkt mit dem Rollenstudium anfangen und eine Woche nach dem finalen ›Meistersinger‹

gleich nach Berlin reisen.« Antoine klingt unbekümmert. Als wüsste er um ihre Vergangenheit ebenso wenig wie um die Tatsache, dass man für ein Rollendebüt normalerweise ein Jahr Vorbereitung plant und nicht ein paar Wochen. »Immerhin musst du dich nicht mit der Weltgeschichte zu der Zeit befassen, in der die Oper spielt. Du warst ja dabei.« Er lacht kurz auf. »Soll ich nach einem schönen Appartement in Mitte suchen?«

»Lass mich noch eine Nacht drüber schlafen, ja?« Anna streicht zart über die Tasten des Flügels, ohne jedoch wirklich eine hinabzudrücken. Es mag gehen. Auch in der kurzen Zeit. Weil sie sich in die Rolle, die Geschichte nicht hineindenken muss. Weil die ein Teil ihrer eigenen ist. Doch da liegt auch die Krux. »Die Besetzung ist hoffentlich gut, oder?«

»Einige dir wohlbekannte Namen. Ich maile dir gleich alle Informationen.«

»Wer führt Regie?«

»Ein gewisser Tobias Pfeiffer. Nie gehört.«

Anna schon.

Auch das noch.

Wo kommt der auf einmal wieder her? Pfeiffer ist damals Assistent gewesen. Das mit der Nacktheit ist seine Idee gewesen. Bei jeder Probe hat er auf ihre Brüste gestarrt. Und sie? Jung war sie. Jung und unerfahren und ohne Selbstbewusstsein.

Damals dachte sie, alles so tun zu müssen, wie der Regisseur es verlangte, der ganz verliebt in diese blöde Idee von Pfeiffer war. Der eine nackte Elektra wollte. Und auch, dass man dem Dirigenten nicht widersprechen dürfe. Sie dachte, jeden Ton so singen zu müssen, wie er es befahl, mit dem Ausdruck, den er wollte. Egal, wie falsch es sich anfühlte. Ganz gleich, wie unangenehm es ihr alles war. Sie traute sich nicht zu widersprechen. Hatte Angst, als widerspenstig, gar zickig zu gelten. Nicht mehr besetzt zu werden.

Und dabei wollte sie doch nur singen. Immer wollte sie nur singen. In jenen Tagen, in denen niemand ihren Namen kannte, sie nur die Ostdeutsche war, die zu groß, zu blond, zu schlaksig war. Die mit der gewaltigen Stimme, die zu sehr auffiel.

Sie hat einfach nur singen wollen. Und dafür hat sie alles getan.

Alles.

Zu viel.

»Hat dieser Tobias Pfeiffer überhaupt schon mal bei einer Oper Regie geführt?« Antoines Stimme holt sie zurück.

»Er hat eine Menge Hollywood-Blockbuster gemacht.« Warum erzählt sie Antoine nicht von dieser miserablen Produktion? Weil es die Dämonen aus dem Sack lassen würde, die sie seit Jahrzehnten in Schach hält? Was befürchtet sie denn? Jetzt? Nach all der Zeit? Da ihre Karriere eine große ist? Sie an alle wichtigen Häuser der Welt geführt und ihr drei Grammys eingebracht hat? Heute, da sie beide wissen, dass ihre Stunden auf jenen Brettern, die ihre Welt bedeuten, gezählt sind?

»Kino?«, fragt Antoine erstaunt. »*D'accord,* wenn man den Walkürenritt nach ›Star Wars‹ tragen kann, warum soll dann ein Hollywood-Filmregisseur nicht einen Ausflug an die Berliner Staatsoper machen?«

»Solange er dann der Oper nicht ihre Macht nimmt.« Anna sagt das mehr zu sich als zu ihm.

»Das wirst du niemals zulassen, Chérie, nicht du, nicht La Wolf.«

Wird sie nicht, fragt sich Anna.

Kann es sein, dass das Schicksal ihr dieses Angebot geschickt hat, damit sie eine letzte Chance bekommt, all ihre falschen Entscheidungen noch einmal geradezurücken, ehe sie abtreten muss? Damit sie denen die Stirn bieten kann, die sie kleingemacht haben? Damals?

Und selbst wenn, was sollte das heute noch bringen? Sie muss nichts mehr beweisen. Und am Ende reißt es gar nur alte Wunden auf.

Wer kann schon sagen, wie sie sich fühlen wird, wenn sie Pfeiffer heute plötzlich gegenübersteht? Es gibt keine Garantie dafür, dass ihre Vergangenheit sie nicht einholt. Dass die Erinnerungen dann nicht übermächtig werden und sie nicht wieder genauso klein und hilflos und gelähmt dasteht und zu jedem noch so großen Unsinn Ja und Amen flötet.

Was man seine Kindheit und Jugend über eingeprügelt bekommen hat, das verfolgt einen. Lässt einen nie wieder richtig los, wenn man nicht stark genug ist, es zu zertreten. Und das ist sie nicht. Anna macht sich da schon lange nichts mehr vor.

Sie weiß genau, dass sie es in den letzten fünfundzwanzig Jahren einfach nur geschafft hat, Diktatoren am Pult zu umschiffen. Der Ruhm ist hilfreich dafür gewesen. Hat es ihr erlaubt, Nein zu sagen, Angebote abzulehnen. Aber auch ihre Disziplin und ihr Wille haben geholfen.

Geschuftet hat sie. Gearbeitet wie kaum eine Zweite. Hat clever die Rollen ausgewählt, ihre Stimme nicht überfordert, sie nicht kaputt gesungen. Und ist trotzdem wacker eingesprungen, wenn Kolleginnen krank geworden sind. Hat sich mit Arbeit und noch mehr Arbeit ihren guten Ruf erkämpft.

Und mit Präsenz.

Bühnenpräsenz.

Einer Ausstrahlung, die man nicht erlernen kann. Die einem in die Wiege gelegt wird. Oder eben nicht.

Und die sie nur hat, wenn sie auf der Bühne steht und das Licht angeht. Da draußen, in der realen Welt, schaut sich kein Mensch nach ihr um.

»Eh bien?« Antoine erinnert sie daran, dass sie weder nein noch ja gesagt hat.

»Ich geb dir morgen Bescheid.« Anna legt so viel Bestimmtheit in ihre Stimme, wie sie nur kann, damit er aufhört, sie zu drängen. Diese Entscheidung will gut überdacht sein. Für ihr Seelenheil.

»Aber, vergiss nicht, es ist ein Hauptrolle.«

Als ob ihr das jemand extra sagen müsste.

Sie geht in die Küche und kocht sich einen Tee, nachdem sie aufgelegt hat. Hört dem Wasserkocher beim Rauschen zu, bis es darin sprudelt, gießt auf, verfolgt mit dem Blick den Dampf, der gemächlich aufsteigt, Haken schlägt und Pirouetten dreht, wenn sie ihn anbläst. Lässt schließlich den Teebeutel in den Mülleimer fallen, geht zurück ins Wohnzimmer und bleibt vor der Fensterfront stehen.

Die Stadt liegt ihr noch immer zu Füßen. Ohne davon zu wissen.

Ein Opernleben lang hat sie alles Private im Geheimen gehalten. Wo sie hergekommen ist, wen sie geliebt hat, wohin sie gegangen ist. Warum sie ihr Vaterland verlassen hat und unbedingt in die sogenannte Neue Welt gewollt hat.

Kaum ein privates Foto von ihr hat die Welt je gesehen, erst recht nicht von ihrer Tochter. Nein, Anna hat immer nur im Geheimen geliebt, gelitten, Leidenschaft und Schmerz gefühlt. Auf der Bühne »La Wolf«, im Leben unsichtbar. Hat kaum Interviews gegeben und wenn, dann nur über Rollen und Gesang gesprochen.

Ein Leben inkognito, ein Zustand vollständiger Entäußerung. Und genau das war und ist es, was ihr diese Stimme verleiht, was ihr die Fähigkeit gibt, in Figuren einzutauchen, und jede Rolle mehr als das, nämlich sie selbst werden lässt.

In ihrer Stimme war immer ihr Leben. Und damit gab und gibt sie jedem gesungenen Wort Bedeutung, jedem Akzent Gewicht, jeder Melodie Form, jedem Ton Farbe.

Jetzt in Berlin diesen »Mauerfall« zu singen, würde das nicht bedeuten, aus dem Geheimen zu treten? Wäre es der Moment, in dem sie die Ketten ihrer Rollen sprengt und die Arme weit öffnet?

Und kann sie das? Will sie es?

Was tut das mit ihr, ihrer Stimme? Wird sie Schwächen offenbaren? Schwanken? Gar brechen? Wird das Publikum spüren, an etwas ganz anderem teilhaben zu können, an einer Art Offenbarung?

In ihrer Stimme ihr Leben.

Würde diese letzte große Hauptrolle zu ihrem Leben in ihrer Stimme?

Will sie das? Kann sie es aushalten? Selbst auf die Gefahr eines Desasters hin diese Chance zu greifen? Mit bloßen Händen? Auch wenn es das Ende ihrer Karriere bedeutete? Für etwas, was das Zeug hat, ihre Schicksalsrolle zu sein?

3

Kilian Holm breitet die Arme aus und steht still, während drei Herren aus dem Kostüm ihm erst die Krone und dann den schweren Umhang abnehmen. Das Hemd darunter ist durchgeschwitzt und klebt unangenehm auf der Haut. »Irgendwann bringt mich diese Rolle um.« Selbst wenn er leise spricht, füllt sein klarer Bass den Raum und funkelt wie ein perfekt geschliffener Diamant. Weltberühmt hat ihn diese Stimme gemacht, zu einem der gefragtesten Opernsänger, und das mit gerade einmal sechsunddreißig Jahren.

»Das wollen wir nicht hoffen.« Sir Roger Swallow lehnt in der Tür und grinst. Mit Mitte siebzig scheint der Maestro so von Lebenskraft zu strotzen wie sein dichtes silbernes Haar, das in sanften Wellen bis auf die Schultern fällt. In Jeans und Hemd, den Pulli lässig über die Schultern geworfen, könnte man ihn glatt für zwanzig Jahre jünger halten.

»Roger!« Kilian tritt auf ihn zu. »Wie lange haben wir uns nicht gesehen?«

Sie umarmen sich und lachen. »Zu lange«, gibt Swallow zurück und schiebt Kilian von sich. »Gut schaust du aus.« Sein Deutsch ist gut, wenn auch von einem breiten britischen Akzent geprägt.

»Nimm Platz in meinen bescheidenen Gefilden.« Kilian grinst, dreht den Stuhl herum, der vor dem Spiegel steht, und weist mit der Hand darauf. »Erzähl, was führt dich zu mir?«

Die drei Herren vom Kostüm verlassen die Garderobe, und Roger schließt die Tür hinter ihnen, ehe er sich setzt. »Du weißt, ich dirigiere die Welturaufführung?«

»Vom ›Mauerfall‹?« Kilian streift das Hemd ab, wirft es über den Kleiderständer und reibt sich mit einem Handtuch ab. »Ich hab davon gehört.«

»Henkel will, dass Heiner Kurz den Helmut Kohl spielt, schon wegen des Alters, aber Kurz hat noch nicht unterzeichnet.«

»Und das erzählst du mir, weil …?« Kilian tritt ans Waschbecken, dreht den Hahn auf und seift sich den Oberkörper ein.

»Ich möchte dich dafür haben.«

»Klär das mit Henkel, Roger. Du weißt doch, dass ich das nicht entscheide.«

»Henkel lässt nicht mit sich reden.«

»Dann wirst du damit leben müssen.« Kilian greift nach einem frischen Handtuch, um sich abzutrocknen. »Was hast du überhaupt gegen Kurz? Der ist doch ein feiner Sänger.«

»Ich weiß nicht, wem Henkel etwas beweisen will und was überhaupt. Er hat einen Haufen großer Namen für den ›Mauerfall‹ geholt und jetzt auch noch Anna Wolf die Hauptrolle angeboten.«

»Ich dachte, das war deine Idee …« Kilian hält inne und sieht Swallow fragend an. »Zumindest geht das Gerücht im Haus um.«

»Anna ist eine wunderbare Sängerin.« Swallow steht auf und tritt von einem Bein auf das andere mangels Raum, in dem er nervös auf und ab gehen könnte. »Vielleicht der beste lyrische Sopran, den es zurzeit gibt. Aber sie ist eben auch Mitte fünfzig. Und die Hauptrolle im ›Mauerfall‹ ist für eine junge Frau geschrieben.«

»Ich habe Anna Wolf letzten Sommer in ›Don Giovanni‹ in Salzburg gesehen. Sie wirkte nicht wie Mitte fünfzig. Und sie hatte eine tolle Präsenz.« Kilian trocknet sich ab und streift dann ein frisches Hemd über. »Ich glaube, du machst dir unnötige Sorgen. Und überhaupt. Was hat das mit Kurz und mir zu tun?«

»Im Grunde nichts.« Roger fährt sich mit der Hand durch das Haar. Zögert. Zieht die Unterlippe ein.

»Okay.« Kilian tritt einen Schritt auf den Maestro zu. »Was ist wirklich das Problem?«

Einen Moment sehen sie sich nur an, und es ist wie eine wortlose Übereinkunft, ein bestätigender Händedruck, ohne dass sich die beiden auch nur berühren.

»Mir ist da etwas zu Ohren gekommen«, sagt Swallow schließlich. »Über Kurz. Und wenn es stimmt, will ich nicht in einer Produktion mit ihm arbeiten. Schon gar nicht in einer solch bedeutenden wie dem ›Mauerfall‹.«

»Grundgütiger. Was hat er angestellt?« Kilian kann sich beim besten Willen nichts vorstellen, was den Maestro zu solch krasser Aussage bringt. Nicht Sir Roger Swallow, der unter Sängern als einer der wenigen Dirigenten bekannt ist, die immer erst hören, was die Sänger über eine Rolle denken, dann das Orchester sprechen lassen und erst danach ihre Ideen in die Waagschale werfen. Einer, der zuhört und Stimmen strahlen lässt.

»Sexuelle Übergriffe«, sagt der Maestro und seine Stimme ist nicht nur leise, es schwingen auch Enttäuschung und Abscheu darin. »Machtmissbrauch. Die Drohung, gerade beginnende Karrieren zu zerstören, wenn die jungen Sängerinnen ihm nicht … gefügig … sind.«

»Kurz?« Kilian schüttelt den Kopf, fährt sich über das Kinn, streicht über den schmalen, exakt geschnittenen Bart.

»Ich wollte es auch erst nicht glauben.«

»Woher weißt du davon, Roger?«

»Eine junge Cellistin aus dem Royal Opera House London hat es mir erzählt. Sie war furchtbar aufgeregt und durch den Wind, als ich vor zwei Wochen mit dem Orchester das Brahms-Requiem proben wollte. Verspielte sich dauernd, fing an zu weinen. Da ich sie in den Proben zuvor nur als ausgesprochen konzentriert und souverän erlebt hatte, habe ich eine Pause angeordnet und sie unter vier Augen gefragt, was los sei. Ob es ihr nicht gut gehe. Ob sie den Tag lieber frei haben wolle. Und da hat sie mir von ihrer Freundin erzählt, die als Sopran frisch am Haus ihre erste Rolle erhalten hat und der Kurz in der Liebesszene wohl mehr als unter den Rock greift.«

Kilian schlüpft in seine Jeans und steigt in die Schuhe. »Solche Geschichten hört man immer wieder. Und leider traut sich kaum eine Frau, das laut anzusprechen. Was wird sie tun, die junge Sopranistin?«

»Schwer zu sagen.«

»Aber du glaubst ihr?«

»Natürlich.« Swallow schüttelt den Kopf. »Ich bin zur Intendanz gegangen und habe darum gebeten, dass sie dem nachgeht.«

»Aber wenn die junge Frau sich nicht traut, etwas zu sagen, wird das kaum helfen.«

»Ich habe der Cellistin deutlich gemacht, wie wichtig es ist, dass ihre Freundin das anzeigt.«

»Und wenn sie es tut, bekommt der ›Mauerfall‹ eine Art von Aufmerksamkeit, die keinem guttut, erst recht nicht einer Welturaufführung.«

»Ehrlich gesagt, Kilian, damit könnte ich leben, obwohl es mir gerade für diese Oper leidtäte, wenn alle Welt nur über den missbrauchenden Bass redet und nicht über die fantastische Musik. Aber unten im Orchestergraben stehen und nicht wissen, ob die Damen auf der Bühne von einem Ensemblemitglied angegriffen werden, das kann ich nicht.«

»Was willst du also machen? Selbst wenn du Henkel davon erzählst, diesen eitlen Gockel wird das kaum interessieren. Ich glaube nicht, dass der Kurz deswegen in den Wald schickt.«

»So schlau bin ich auch.« Roger lehnt sich gegen die breite Ablage unter dem Spiegel, der die gesamte Wand einnimmt, und stützt die Hände auf, als bräuchte er Halt. »Aber ich werde mit Kurz sprechen. Ihm klar zu verstehen geben, dass er unerwünscht ist.«

»Ach so, und du meinst, dann macht er einen Rückzieher?«

»Wenn nicht, lasse ich mir etwas einfallen.«

Kilian sieht den Maestro skeptisch an. Swallow hat einen großen Namen, nicht nur das, auch Macht, keine Frage, aber ob sein Einfluss so weit reicht, steht dennoch zu bezweifeln.

»Tu mir einen Gefallen, Kilian, ja? Lern die Rolle.«

»Als zweite Besetzung?« Die Idee klingt absurd. Er, Kilian Holm, Star in Paris, New York, Mailand, Wien, London, Tokio, Berlin und Bayreuth soll als *Fallback* herhalten? Für ein Rollendebüt ohne wirkliche Vorbereitungszeit? So etwas kann einen die Karriere kosten, und diesen Preis ist keine Freundschaft wert. Erst recht nicht, wenn man wie Kilian noch am Anfang steht. Denn selbst, wenn er heute gefeiert wird, kann er morgen schon so tief fallen, dass ihn nichts mehr halten können wird. Er weiß das, ist weder dumm noch naiv und neigt auch nicht dazu, sich zu überschätzen.

»Vertrau mir.« Roger legt ihm die Hand auf die Schulter und sieht ihm fest in die Augen. »Du wirst singen. Du und nicht Kurz.«

4

Schon als Lissi Julie öffnet, empfängt sie eine Wolke von Aromen, in der Tomate, Mozzarella, Basilikum und Thunfisch eine köstliche Hochzeit eingegangen sind. »Hmm, das riecht aber gut.« Sie drückt die Tür hinter sich ins Schloss.

»Mama ist in der Küche.« Lissi betrachtet sie mit skeptischer Miene. Sie verschränkt die Arme vor der schmalen Brust, neigt den Kopf ein wenig und zieht die Augenbrauen so zusammen, dass ihre hübschen großen Augen zu schmalen Schlitzen werden. »Und falls sie dich eingeladen hat, um mir das Vorsingen auszureden, vergiss es.« Sie wirft den Kopf in den Nacken, dass die blonden Locken nur so fliegen, macht auf dem Hacken kehrt und stolziert davon.

Julie könnte sie auffressen, wenn sie das tut, so süß findet sie sie dann. Aber das darf man Lissi natürlich nicht wissen lassen, denn wenn sie sich nicht ernst genommen fühlt, vermag sie bühnenreife Wutszenen abzuliefern, die einem Angst machen können.

Und kaum dass Julie das denkt, beschleicht sie der Zweifel, ob sie nicht vielleicht doch ganz gut in eine Oper passt. Das mit dem Drama beherrscht sie jedenfalls. Wenn da nur nicht die Sache mit dem Vorsingen wäre. Und die Schüchternheit. Denn kaum sind Leute im Raum, die nicht zur Familie gehören, ist Lissi quasi unsichtbar. Eine völlig andere Lissi, die die starrköpfige verschluckt.

Julie folgt der kleinen Diva ins Wohnzimmer. Susanne steht hinter dem Herd in der offenen Küche, vor ihr das Pizzablech, in einer Hand einen Topflappen, in der anderen den Pizzaschneider.

»Du kommst genau richtig«, sagt sie, pustet eine Haarsträhne aus dem Gesicht und setzt den Pizzaschneider an. »Magst du den Tisch decken, Julie? Prinzessin schlechte Laune hab ich nämlich schon mindestens zehn Mal darum gebeten, aber auf dem Ohr ist die junge Dame taub.«

Lissi lässt sich auf das lange Ende der Eckcouch fallen und rollt die Augen, als wäre ihre Mutter eine Zumutung, die ihresgleichen sucht. Sie nimmt das Buch, das auf dem Tisch liegt, und vergräbt ihre Nase darin.

Julie könnte sie immer noch auffressen, aber sie ist eben auch nicht ihre Mutter. Und sie weiß natürlich, dass Lissi das Zeug dazu hat, selbst den reißfestesten Geduldsfaden zu sprengen. Süß ist sie trotzdem. Und Julie gäbe wer weiß was darum, wenn sie ihre Tochter wäre.

»Dann will ich mal nicht so sein«, sagt sie besonders laut, den Blick auf das Kind gerichtet.

Lissi ignoriert sie.

»Und wie war dein Tag noch?«

»Ging so.« Julie reicht Susa Teller für Teller und sie lässt Pizzastücke darauf gleiten. »Ich überlege ernsthaft, ob ich nicht doch noch mal etwas ganz anderes machen sollte. Dieses ewige Blöde-Texte-für-beschissene-Produkte-Schreiben und dann noch Kunden, die ernsthaft auf einer grammatikalischen Verdrehung bestehen …« Statt den Satz zu beenden, schüttelt sie nur den Kopf und trägt die Teller zum Esstisch.

»Welchen?« Susa hält zwei Weinflaschen hoch und sieht Julie fragend an.

»Rot«, entscheidet sie und holt das Besteck.

»Bisher hast du immer behauptet, du kannst nur texten.« Sie entkorkt den Wein mit einem dumpfen Plopp.

»Keine Ahnung.« Julie zieht den Stuhl vor, auf dem sie immer sitzt, wenn sie mit den beiden isst, und lässt sich matt darauf plumpsen. »Irgendetwas ganz anderes halt.«

»Siehst du.« Lissi mischt sich ein und steigt über die Couchlehne. »Deswegen ist es so wichtig, dass ich mich ausprobieren kann. Damit ich herausfinde, was der richtige Beruf für mich ist, und nicht so unglücklich ende wie Julie.« Sie lässt sich ebenfalls auf ihren Stuhl fallen, stützt die Ellenbogen auf den Tisch, legt ihr Kinn in die Handflächen und sieht von einer zur anderen.

»Seit wann ist deine Tochter so altklug?«, fragt Julie Susa, die nur die Schultern zuckt und zum Tisch herüberkommt, die Weinflasche in einer und zwei bauchige Gläser in der anderen Hand.

Lissi streckt ihr die Zunge heraus.

»Fotografin?« Susa schenkt Wein ein und setzt sich. »Wie wäre es damit?«

»Hab doch gar keine Ahnung davon.«

»Humbug.« Susa hebt ihr Glas, um anzustoßen. »Deine Bilder sind Wahnsinn. Und ich werde nie verstehen, warum du das nicht siehst, Julie.«

»Sie sind wirklich ganz okay.« Lissi pflichtet ihrer Mutter bei.

»Hört, hört, wenn sogar meine Tochter das sagt!«

»Für den Hausgebrauch vielleicht.« Julie nimmt ein Stück Pizza in die Hand und beißt ab. »Aber davon kann man doch nicht leben«, gibt sie kauend zu bedenken.

»Du solltest es wenigstens versuchen.« Susa lässt nicht locker.

»Und was ist mit dir?«, wendet sich Julie an Lissi, um das Thema zu beenden. Susa und sie haben in der letzten Zeit schon öfter darüber gesprochen und sind immer wieder an der gleichen Stelle hängen geblieben. Susa sieht sie als Fotografin, sie selbst hält das für ein Hobby. Sie können darüber trefflich streiten, aber dass eine von beiden die andere überzeugt, das ist in etwa so wahrscheinlich wie der Einschlag eines Meteoriten in Susas Küche. »Ich höre, du willst zum Casting für die Kinderoper?«

Lissi kneift die Augen zusammen und wirft ihrer Mutter einen giftigen Blick zu.

»Ich höre auch, du hast in Musik eine schlechte Note bekommen, weil du nicht vorsingen wolltest.«

»Das ist etwas ganz anderes.« Sie beißt in ihre Pizza, beäugt die Schüssel mit dem Salat, die Susa neben ihren Teller gestellt hat, und schiebt sie dann mit angewidertem Blick zu Julie.

»Wieso?« Sie zieht die kleine Schüssel direkt neben ihre und wirft Susa einen verschwörerischen Blick zu.

»Weil wir in der Schule nur so blöde Lieder singen.«

»Zum Beispiel?«

»Blöde eben.« Lissi zieht einen Schmollmund und angelt sich ein weiteres Stück Pizza von dem Extrateller, auf den Susa die restlichen Stücke geschichtet hat.

»Okay, aber manchmal muss man blöde Sachen machen. Zum Beispiel, um eine gute Note zu bekommen.« Sie neigt sich ein Stück zu Lissi vor. »Oder könnte es sein, dass du gar nicht singen kannst und nur nicht wolltest, dass die anderen das mitbekommen?«

»Ich kann singen!« Sie herrscht Julie an, und in diesem Moment fällt es ihr schwer zu glauben, dass Lissi eigentlich ein schüchternes, stilles Mädchen ist. Überall. Nur nicht hier. Nicht zu Hause. Nicht, solange nur Susa und sie dabei sind.

»Okay.« Julie hebt die Hände, als halte Lissi eine Waffe auf sie gerichtet und sie müsse sich ergeben. »Aber dir ist schon klar, dass du für das Projekt vorsingen musst? Und es gut sein kann, dass das auch ein blödes Stück ist. Und dass lauter Leute dabei sein werden.«

Lissi neigt den Kopf und sieht sie scheel an.

»Auch die Oper selbst, vielleicht gefällt die dir gar nicht. Vielleicht findest du die doof. Und dann?«

Sie schaut zu Susa, zu ihr, wieder zu Susa, dann erneut zu ihr. Die kleine Stirn kräuselt sich, dann auch die Nase. Man kann förmlich sehen, wie angestrengt sie nachdenkt. »Ihr seid total doof«, wirft sie beiden schließlich vor, lässt den Rest des halb aufgegessenen Pizzastücks auf den Teller fallen, steht auf und stürmt davon.

»Zähneputzen nicht vergessen!«, ruft Susa ihr hinterher und sieht Julie dann mit aufgerissenen Augen an.

»Heißt das jetzt, sie gibt den Plan auf?« Julie flüstert, damit Lissi sie nicht hören kann.

»Keine Ahnung. Ich weiß nicht, was sie sich da genau in den Kopf gesetzt hat. Und was sie sich vorstellt.«

Aus dem Bad dringt das Rauschen von Wasser.

»Ich fürchte ja, die Lehrer in der Schule haben ein bisschen zu ausschweifend von tollen Kostümen und solchem Zeug erzählt.«

»Und du meinst, darum geht es?« Julie kann sich das bei Lissi kaum vorstellen. Bisher war sie nie so der Typ Prinzessin und selbst Fasching findet sie eher doof.

»Was weiß ich?« Susa stopft sich den letzten Bissen ihres Pizzastücks in den Mund. »Seit einiger Zeit habe ich manchmal den Eindruck, irgendwer hat mein Kind heimlich ausgetauscht. Ich verstehe sie einfach nicht mehr.«

»Ist das etwa schon die … Pubertät?« Das letzte Wort flüstert sie so leise, dass es kaum mehr zu hören ist.

Susa hebt hilflos die Hände.

»Nacht.« Lissi steht in ihrem dunkelblauen, mit Hunderten von gelben Sternchen übersäten Pyjama im Türrahmen, das Plüschkänguru im Arm, und ist urplötzlich wieder das kleine Mädchen und nicht die aufmüpfige Rebellin.

»Gute Nacht.« Julie breitet die Arme aus. »Kein Kuss?«

Sie zögert einen Moment, doch dann kommt Lissi zu ihr herüber, und sie küssen sich auf Mund, Nase und Stirn, wie sie es immer machen.

»Schlaf schön, Süße.« Julie drückt sie, hält Lissi einen Moment lang ganz fest, ehe sie sie wieder loslässt.

»Komm.« Susa steht auf und hält ihrer Tochter die Hand hin. »Ich bringe dich ins Bett.«

»Liest du mir noch eine Geschichte vor?«

»Mach ruhig.« Julie nickt Susa zu. »Ich räume derweil das Geschirr ab.«

Als Susa schließlich zwanzig Minuten später aus Lissis Kinderzimmer zurückkommt, hat Julie bereits den Geschirrspüler angestellt, das Pizzablech abgewaschen und auf der Dachterrasse die Kerzen in den Laternen angezündet.

Es ist ein lauer Herbstabend, und so setzen sie sich auf die Bank, den Rücken zum Fenster, lehnen die Köpfe aneinander und lauschen dem leisen Wind, der die Blätter der Kastanie sanft zaust.

»Dass ich jetzt, fünf Jahre nachdem Tom uns verlassen hat, immer noch allein sein werde, hätte ich auch nicht gedacht«, sagt Susa auf ungewohnt stille Art, und Julie wird auf einmal klar, dass ihre starke Freundin, die immer alles im Griff hat, ihr Leben, ihre Tochter, sich, vielleicht einsamer ist, als sie dachte. »Ist eben auch nicht einfach, mit Kind.« Susa ergänzt das mit einem Seufzer, der klingt, als käme er aus großen Tiefen in ihr.

»Also, wenn es hilft, ich würde Lissi glatt kaufen.« Der Scherz verunglückt. Sie weiß es in dem Moment, in dem sie die Worte aus ihrem Mund rollen hört. »Es tut mir leid«, schiebt sie daher kleinlaut hinterher.

»Muss es nicht, Julie. Du kannst doch nichts dafür.«

»Ich dachte, du bist glücklich, so wie es ist?« Sie betrachtet Susas Profil, das etwas kantige Kinn, die feine Nase, die hohen

Wangenknochen. Wie vertraut sie ihr ist nach all den Jahren! Wie ihr rechtes Bein.

»Bin ich ja auch.« Susa hebt ihr Glas an den Mund, trinkt dann aber doch nicht. Gerade so, als hätte sie es sich in letzter Sekunde anders überlegt. »Ja und nein.«

Sie wendet ihr das Gesicht zu, ihre Augen glänzen, und Julie könnte nicht sagen, ob es vom Schein der Kerzen kommt oder ob ihre Freundin Tränen niederringt.

»Manchmal möchte ich mich einfach nur anlehnen können. Nicht immer stark sein. Nicht alles allein bewältigen müssen. Einfach mal loslassen und jemand anderen machen lassen.« Jetzt trinkt sie doch einen Schluck, ehe sie sie wieder ansieht. »Und Sex haben«, sagt sie und ihr Gesicht zerfällt in ein besonders breites Grinsen. »Leidenschaftlichen Sex.«

»Keine Details, bitte.« Julie gluckst vergnügt.

»Und du?« Sie stupst Julies Schulter mit ihrer an. »Was ist mit dir? Vermisst du das nicht? Heiße Küsse. Haut an Haut? Das ganze Feuer, die Glut?«

»Ich kann wunderbaren Sex sehr gut ganz mit mir allein haben.« Sie wundert sich selbst darüber, wie nüchtern sie klingt.

»Mag sein, Julie, aber es ist doch immer noch etwas anderes, von einem anderen Menschen berührt zu werden. Oder findest du nicht?«

»Sicher.« Ihre Stimme ist kalt und hart. Scharf wie der Dolch, der in der Wunde steckt und von unsichtbarer Hand gedreht wird.

»Tut mir leid.« Susa legt eine Hand auf ihren Arm. »Ich … ich … ich hab einfach nicht nachgedacht. Ich hätte das nicht sagen sollen. Tut mir ehrlich leid, Julie.«

»Schon gut.« Die Erinnerungen sind ein Tsunami, der eisig über sie hinwegtost, ihr den Atem nimmt, ihr Herz zusammenpresst.

Wie lange ist das jetzt her? Drei Jahre? Schon?

Immer noch fühlt es sich an, als wäre es gestern erst geschehen. Als lägen nicht unzählige Therapiesitzungen zwischen ihrem heutigen Ich und jener Zeit. Als müsste sie sich immer noch misstrauen, damit rechnen, dass sie in die gleiche oder zumindest eine ähnliche Falle wieder und wieder tappen wird, sollte sie auch nur den Versuch wagen, jemanden ein kleines Stück an sich heranzulassen.

Und vielleicht ist es auch so. Vielleicht ist genau das ihr Problem. Vielleicht kuscht sie deshalb auch auf der Arbeit. Vor dem Kreativdirektor. Vor den Kunden. Vor den Kollegen. Vielleicht kuscht sie immer und überall. Gestern. Heute. Morgen. Übermorgen.

»Es tut mir wirklich leid, Julie, ich wollte das nicht.«

Sie reißt sich aus der Starre ihrer Erinnerungen, stellt das Glas neben sich auf den Boden und nimmt Susas Gesicht in beide Hände. »Alles gut.« Sie sieht ihr fest in die Augen. »Es kam nur gerade alles wieder hoch. Das passiert mir öfter, weißt du doch.«

»Deswegen ja.«

»Susa! Du kannst doch nicht für den Rest unseres Lebens versuchen, das Thema irgendwie zu umgehen.«

»Manchmal vergesse ich einfach, dass dir das immer noch so nahegeht.« Sie sieht unglücklich aus und auch ein bisschen, als schämte sie sich.

»Das wird es immer tun, fürchte ich«, sagt Julie so sanft wie möglich. »Einfach schon deshalb, weil ich es so lange mitgemacht habe. Ich hätte Stephan verlassen sollen, als er mich das erste Mal geschlagen hat. Aber ich hab's nicht getan. Ich bin geblieben. Habe mich wieder und wieder von ihm vergewaltigen und verprügeln lassen. Bis er mir den Arm und zwei Rippen gebrochen hat und ich ins Krankenhaus kam und es vor den Ärzten und euch allen nicht mehr vertuschen konnte.«

Stephan steht vor ihr. Und lacht.

Ihr wird schlecht. Sie blinzelt, schließt die Augen für einen langen Moment, atmet tief ein und wieder aus. Das Bild verblasst, bis es nur noch ein Schemen ist. Aber sie weiß, es wird wiederkommen.

Er wird wiederkommen. Ein Geist. Ein Monster, das nicht tot zu bekommen ist. Das erscheint und verschwindet, wie es ihm gefällt. Und nichts kann sie tun, um dem zu entrinnen. Am Ende ist da immer die Angst. Die Angst, dass es nicht vorbei ist. Dass es nie aufhört. Dass er wirklich wiederkommt. Irgendwann. Wenn sie am wenigsten damit rechnet.

Sie schluckt, würgt das furchtbare Gefühl hinunter. Atmet flach.

»Du hattest Angst vor ihm, Julie, und das zu Recht. Du hast gedacht, wenn du ihn verlässt, schlägt er dich tot.« Susas Stimme dringt durch dichten Nebel zu ihr.

»Hat er aber nicht«, sagt sie tonlos, nimmt ihr Glas wieder hoch und trinkt einen Schluck. »Hat er aber nicht.« Die Erkenntnis schmeckt heute noch so bitter wie damals, und sie kann nicht aufhören, sich die Schuld dafür zu geben, dass sie geblieben ist.

Lange.

Zu lange.

»Das konntest du nicht wissen, Julie. Das hat deine Therapeutin auch gesagt.«

»Ich weiß.« Sie atmet geräuschvoll aus. »Aber trotzdem frage ich mich, ob mir genau das wieder passieren würde. Ob ich jeden anderen so falsch einschätzen würde wie Stephan und vom Regen in die Traufe käme.« Sie zuckt die Schultern, und die Geste fühlt sich nicht halb so hilflos an wie das, was sie in diesem Moment in sich spürt. »Und vor allem, ob ich wieder nicht wegkäme.« Sie trinkt ihr Glas aus, legt den Kopf in den Nacken und schaut in die Sterne. »Ich kann nicht riskieren, das herauszufinden, Susa, ich kann einfach nicht.«

5

»Das Orchester war viel zu laut.« Liza Wolf nimmt den riesigen Blumenstrauß, den ein unbekannter Verehrer ihrer Mutter in die Garderobe der Metropolitan Opera New York hat liefern lassen.

»Das Orchester ist bei Wagner fast immer zu laut«, seufzt Anna und zieht ihre Jacke über. »Ein irrwitziger Trend, den Bayreuth losgetreten hat und dem seitdem alle folgen. Wenn es so weitergeht, ist es in fünf Jahren nicht mehr Musik, sondern nur noch Krach. Und alle, die dann Wagner singen, ruinieren sich über kurz oder lang ihre Stimme, weil sie ständig gegen das Orchester anschreien müssen. Der Wagner dreht und wendet sich im Grab, weil niemand mehr zu verstehen scheint, dass er Dynamik wollte, Nuancen. Eine Schmach für die wunderbare Musik, die er komponiert hat. Aber irgendwann wird das auffallen, und dann werden alle Kritiker Zeter und Mordio brüllen. Zum Glück bin ich dann schon raus.« Sie nimmt ihre Tasche, sieht sich noch einmal um, ob sie auch nichts vergessen hat, und geht dann zur Tür.

»Was heißt das, du bist dann schon raus?« Liza folgt Anna in den schmalen Gang, der an den Garderoben entlangführt.

»Dir muss ich wohl kaum etwas über mein Alter erzählen, Schatz, oder?« Anna steckt kurz den Kopf in die Garderobe nebenan, winkt der Mezzosopranistin zu und geht dann weiter.

Ein paar Damen aus dem Kostüm kommen ihnen entgegen, die aufwendigen Gewänder über den Armen. Anna und Liza drücken sich in eine enge Tür, um die Damen passieren zu lassen.

»Für das Publikum ist alles roter Samt und Gold, und hier hinten trifft man auf das krasse Gegenteil von Glamour«, stellt Liza fest, während sie die Blumen an ihre Brust drückt. »Daran werde ich mich nie gewöhnen.«

Der Gang öffnet sich in eine Art Foyer, in dem Gewusel herrscht. Sänger und Sängerinnen, vereinzelte letzte Orchestermitglieder, alles drängt gen Bühnenausgang.

»Gehen wir noch etwas essen?«, fragt Liza.

»Ich sollte nicht sprechen.« Anna winkt dem Pförtner zu. »Noch vier ›Meistersinger‹, dazu das Rollenstudium.« Sie wirft ihrer Tochter einen Blick zu, sieht die Enttäuschung in ihrem Gesicht aufziehen wie schlechtes Wetter an einem Sommertag. »Lass uns einfach eine Pizza bei Giovanni mitnehmen, und wir essen bei mir, ja? Dann muss ich nicht auch noch den Restaurantkrach übertönen.« Das ist nicht vernünftig, sie sollte gar nicht sprechen, aber sie ist so froh, dass Liza heute hier ist, dass sie sie jetzt nicht wegschicken kann. Nicht schon wieder, so wie eine ganze Kindheit und Jugend lang.

Kinder verstehen nicht, dass sich alles diesem Beruf unterordnen muss. Wann man isst, wann man schläft, wann man spricht. Die meisten Erwachsenen leider auch nicht.

»Einverstanden.« Liza wirkt eigenartig erleichtert, und für einen Moment ist Anna irritiert darüber. Doch sie kommt nicht lange zum Nachdenken. Kaum dass sie aus der Tür tritt, blendet sie ein Blitzlichtgewitter. Ihr Name wird gerufen, Menschen drängen auf sie zu.

Presse und Fans, eine wilde Mischung, an die sie sich nie gewöhnen wird, die ihr immer Angst einflößt, selbst wenn sie während ihrer ganzen Karriere noch nicht eine schlechte Erfahrung gemacht hat. Nicht mit Fans jedenfalls.

Anna setzt ihr professionelles Lächeln auf. Das für die Presse. Wohl wissend, dass die ihre Aufmerksamkeit gleich jemand anderem schenken wird, nämlich dem jungen Tenor, der den Schuster Hans Sachs so überragend gibt, obgleich ihm die Kritiker die Rolle vor der Premiere überhaupt nicht zugetraut haben.

Und richtig, kaum dass er aus der Tür tritt, stürzt sich die Meute auf ihn, und nur einige wenige Fans bleiben Anna erhalten. Für die schreibt sie Autogramme in Programmhefte und auf Eintrittskarten, bedankt sich für die Gratulationen und macht mit zweien davon bereitwillig Selfies, ehe sie mit Liza endlich den Nachhauseweg antreten kann.

»Wird dir das fehlen?«, fragt Liza und hakt sich bei Anna unter.

»Das Gewese um meine Person? Wenn ich aufhöre?«

»Hm.«

»Vielleicht.« Es hat geregnet. Das Pflaster glänzt und die Lichter der Stadt spiegeln sich darin. Die Luft riecht frisch gewaschen, und das passt irgendwie nicht zu den Geräuschen. Dem Rauschen des Verkehrs, dem entfernten Heulen von Polizei- und Feuerwehrsirenen. »Ein wenig bestimmt«, sagt Anna mit einem Seufzen. »Aber es ist, wie es ist. Alles im Leben hat seine Zeit. Uns Sängerinnen ist das eventuell ein wenig mehr bewusst als anderen.«

»Wieso hast du die Rolle in Berlin angenommen?«, will Liza wissen.

»Den ›Mauerfall‹?«

»Weil es eine Hauptrolle ist?«

»Auch.« Sie verlassen den Lincoln Center Plaza und biegen auf die 65ste Straße Richtung Broadway ab. »Eitelkeit vielleicht.« Anna lacht auf, und mit ihrer reifen Sopranstimme klingt es wie tausend Glocken. »Einmal noch eine Hauptrolle singen. Dazu eine junge Frau, die von allen begehrt wird. Und die dann auch noch über mächtige alte Männer triumphiert. Wie hätte ich dazu Nein sagen können?« Sie hätte, und sie hat weiß Gott genug Gründe für ein Nein, aber keinen will sie mit ihrer Tochter teilen.

»Na ja, immerhin, es ist Berlin. Bisher hast du alle Anfragen der Art abgelehnt. Ob sie nun aus Berlin, Dresden oder Leipzig kamen. Du hast immer gesagt, du gehst nicht zurück in den Osten.«

Anna bleibt stehen und sieht ihre Tochter an. Eine hübsche junge Frau, die das Glück hatte, in Freiheit aufzuwachsen. Die immer alles äußern konnte, ohne jemals Repressalien fürchten zu müssen. Die Freunden und selbst Fremden einfach vertrauen konnte und sich nie fragen musste, ob ein Verräter, ein Spitzel in ihren Reihen auf der Lauer lag.

»Deutschland ist lange wiedervereinigt«, sagt Anna schließlich, auch wenn sie nicht sicher ist, von dieser Tatsache wirklich überzeugt zu sein. Davon, dass das, was die Deutschen nach außen zeigen, tatsächlich ein Same ist, der in ihrem Herzen gekeimt ist. »Es ist an der Zeit, dass auch ich mein inneres Kriegsbeil begrabe. Und wie könnte ich besser eine Friedenspfeife entzünden als mit einer Welturaufführung, die sich genau dieses Themas annimmt? Des Falls der Mauer?«

»Glaubst du wirklich, dass das so einfach ist?« Liza schaut skeptisch drein.

»Was ist schon jemals einfach, Schatz?« Sie legt ihren Arm um Lizas Schultern und beide gehen langsam weiter, tauchen ein in die Geschäftigkeit auf dem Broadway, werden Teil der Menschenmenge, die dort allabendlich unterwegs ist. »Ich werde mir Mühe geben müssen. Und ich habe nicht viel Zeit dafür. Acht Wochen Proben und dann zehn Aufführungen innerhalb von dreieinhalb Wochen.« Die Chancen stehen hervorragend, dass das alles schiefgeht, sie den Fehler ihres Lebens begeht, dass sie durch die Musik schlittert, die komplizierten Töne nicht singen kann, ihre Vergangenheit ihr die Luft raubt. Aber das auszusprechen hieße, die Dämonen aus der Kiste zu lassen. Hieße, die Vergangenheit auf den Tisch zu legen, aus dem Inkognito zu treten, die Distanz mit einem Schritt zu überwinden, die bis heute ihr Schutzschild ist. Und was käme dann?

»Das heißt, du bist Weihnachten in Berlin?« Liza klingt seltsam dünn.

»Ja, und ich hoffe, du kommst mich dort besuchen, damit wir zusammen feiern können.«

Lizas Körper versteift sich, kaum merklich, doch Anna entgeht die leise Regung nicht.

»Was ist?«

»Ich wollte es dir eigentlich erst sagen, wenn alles in trockenen Tüchern ist.« Liza nimmt den riesigen Blumenstrauß so vor den Oberkörper, als könnte er, als sollte er sie schützen. »Ich habe mich für die Forschungsstation in der Arktis beworben. Für das Klimaprojekt, das im November startet und sechs Monate andauert. Noch habe ich keine offizielle Zusage, aber es sieht ganz danach aus, dass sie mich nehmen.«

Anna hat das Gefühl, als entweiche alle Luft auf einmal aus ihr. Ein missratenes Soufflé, das in sich zusammenfällt, sobald man es aus dem Ofen nimmt. Doch äußerlich bewahrt sie Haltung. Das hat sie gelernt. Nie zu zeigen, wenn man enttäuscht ist, verletzt.

Und sie hat ja auch gar keinen Grund. Sie schon gar nicht. Hat ihre Tochter beim Vater großwerden lassen, während sie um die Welt getingelt ist. Hat nicht einmal in den Ferien wirklich Zeit für sie gehabt, denn immer war etwas. Salzburg,

Bayreuth, Bregenz, Verbier. Kein Leben für ein Kind. Ebenso wenig für eine Jugendliche. Wie könnte sie, die Mutter, die nie da gewesen ist, jetzt also von ihrer Tochter verlangen, sie nicht allein zu lassen? Jetzt, da auch der Vater, ihr Ex-Mann, auf und davon ist?

»Ich drücke dir die Daumen.« Die Worte sind schwere Brocken mit scharfen Kanten, doch wer, wenn nicht sie, wüsste sonst, ihnen Leichtigkeit zu verleihen?

»Immerhin haben wir in der Forschungsstation Internet. Wir können also regelmäßig skypen.« Liza ist die Erleichterung deutlich anzusehen. Vermutlich hat sie befürchtet, Anna könnte anders reagieren. »Schon damit du nicht denkst, mich frisst ein Eisbär.« Jetzt lacht sie und darin liegt all das Feuer, das in ihr für ihren Beruf lodert. Die Forscherin, die es ins Eis zieht, in jene lebensfeindliche Region, um herauszufinden, ob und wie diese Welt zu retten ist.

»Ich bewundere dich.« Anna meint das genau so, wie sie es sagt.

»Oh, ich glaube, das habe ich von dir, Mama. Dieses Brennen für etwas. Es tun zu müssen, egal, wie schwer es ist.«

»Das meine ich nicht.«

»Was dann?«

»Deinen Mut. Oder besser, deine *Angstlosigkeit.*«

Liza schüttelt leicht den Kopf. »So ist das gar nicht. Ich habe schon Angst. Aber du hast mir immer gesagt, ich solle nicht auf sie hören, denn sie sei ein schlechter Ratgeber.«

Das stimmt. Erinnerungen ziehen vor Annas innerem Auge auf, die sie nicht will. Erinnerungen an staatstreue Lehrer und Betreuer in der FDJ. Das falsche Wort zum falschen Menschen, und in der Akte stand, man habe sich nicht zu einer »sozialistischen Persönlichkeit« entwickelt, man flog von der Schule, konnte kein Abitur mehr machen. Und wer wusste schon, wer der falsche Mensch war? In einem Staat, in dem jeder ein Spitzel sein konnte.

»Deswegen habe ich mich trotzdem auf die Stelle beworben.« Liza scheint Annas Gedankenreise in die Vergangenheit nicht bemerkt zu haben. »Auch wenn ich echt Schiss habe, dass es da ganz schön einsam und kalt und lebensfeindlich sein wird. Vor allem im Winter. Aber wir müssen das doch tun. Irgendwer muss schließlich diese Daten sammeln und auswerten und die ganzen Untersuchungen dafür vornehmen. Auch wenn es vielleicht längst zu spät sein sollte und der Planet in die totale Katastrophe steuert.«

»Du wirst das toll machen, Schatz.« Davon ist Anna ehrlich überzeugt. »Wie mit allem im Leben, das man fürchtet, wird es auch damit sein. Wenn du es hinter dir hast, wirst du eine stärkere, noch bessere Version deiner selbst sein.«

»Meinst du?«

»Ganz sicher.« Anna lächelt ihre Tochter ermutigend an. »Du weißt doch: Wo die Angst ist, ist der Weg.«

»Hast du jemals Angst gehabt? Vor einer Rolle zum Beispiel?«

Anna lacht auf. »Natürlich. Andauernd. Rollendebüts zum Beispiel sind immer ein Wagnis. Und dann ist da das Lampenfieber. Diese Angst vor dem Publikum, wenn man auf der Bühne steht und noch vor dem ersten Ton das Gefühl hat, es ist eine komische Energie im Saal. Das passiert. Nicht immer, aber manchmal. Dann wünsche ich mir, ich wäre allein dort und in dem schwarzen Loch vor mir säßen nicht lauter Menschen, von denen ich weiß, dass sie da sind, auch wenn ich sie nicht sehe.«

»Aber es ist doch eher selten komische Energie, oder?«

»Ja, Liza, mit ein bisschen Glück ist es sogar ganz wunderbar. Dann atmet das Publikum mit einem. Und das sind die Momente, in denen ich auf einmal sehr froh bin, nicht allein zu sein in diesem großen Raum.«

6

Kilian steigt die Treppe hoch, vorbei am üppig mit Kristall behangenen Kronleuchter, der dem mit Glamour eher mager ausgestatteten Treppenhaus im Intendanzgebäude der Staatsoper zumindest ein bisschen Glanz gibt.

Im Gegensatz zu modernen Opernhäusern hat das alte Gebäude wenigstens auch abseits der öffentlichen Räume etwas Prunk zu bieten. Seien es die alten Leuchten, die Kastendecken, die Säulen oder auch die Holztüren mit ihren Verzierungen und Glasscheiben. Alles ist bei der kostspieligen Instandsetzung originalgetreu saniert worden und atmet Geschichte, zumindest solange man nicht ins moderne Probenzentrum hinübergeht.

Wer allerdings für diesen zarten Grünstich an den Wänden verantwortlich zeichnet, der gehört nach Kilians Ansicht weggesperrt, auch wenn er vermutlich längst tot ist. Irgendwie wirkt das Haus dadurch von innen immer etwas kränklich, während die zartrosa Fassade verspielte Lebendigkeit suggeriert und ihm dadurch etwas von einem jungen Mädchen verleiht. Aber vermutlich ist der Erhalt der Farbgebung eine der Auflagen bei der Sanierung gewesen, im Sinne des Denkmalschutzes.

Kilians Schuhe quietschen auf dem Parkett, als er den Gang entlang zum Büro des Intendanten geht. So früh am Morgen herbeordert zu werden, ist im Grunde eine Frechheit, aber was soll man von einem wie Henkel erwarten, der einen Violin- nicht von einem Bassschlüssel unterscheiden kann?

Die Tür zu Henkels Vorzimmer steht offen, und so tritt Kilian ein. Die Assistentin des Intendanten schielt hinter ihrem großen Monitor hervor und nickt ihm zu. »Guten Morgen, Herr Holm. Gehen Sie einfach durch, der Intendant erwartet Sie schon.« Sie rollt auf ihrem Stuhl ein wenig zurück. »Kann ich Ihnen einen Kaffee bringen?«

Kilian winkt ab. Auf die Plörre, die Henkel Kaffee nennt, kann er gut und gern verzichten. »Danke, lieb von Ihnen, aber ich hatte bereits zwei Tassen. Lieber keinen weiteren.« Dann legt er die Hand auf die Klinke und öffnet die Tür.

Henkel wirkt verloren hinter seinem riesigen Schreibtisch, der fast die gesamte Breite des Eckbüros ausfüllt. Eine Fensterseite offenbart den Blick auf den begrünten Bebelplatz mit der Straße Unter den Linden dahinter, die zweite das Panorama des Opernhauses mit einer Ecke der juristischen Fakultät der Humboldt-Universität im Hintergrund, den Eingang der St.-Hedwigs-Kathedrale und das Hotel de Rome nebenan. In der anderen Ecke des Raumes stehen zwei Sofas, davor ein flacher Tisch.

»Guten Morgen, Herr Holm.« Der Intendant hievt seinen massigen Körper aus dem Stuhl und kommt schwerfällig um den Schreibtisch herum auf Kilian zu. »Setzen Sie sich.« Er weist auf die Sofaecke. »Kaffee? Tee?«

»Danke, nein.« Kilian mag den Mann nicht. Er ist ihm vom ersten Aufeinandertreffen an unangenehm gewesen. Und es fällt ihm jedes Mal schwer, Henkel das nicht merken zu lassen. Dabei sollte er froh sein, dass nicht einer der anderen Bewerber Intendant geworden ist, sondern jemand, der das Haus verjüngen will und die Vision hat, es zu *der* Oper mit *den* bedeutendsten Premieren in Europa zu machen. Ein ambitioniertes

Vorhaben, gewiss, aber auf jeden Fall besser, als immer nur die erfolgreiche Urproduktion der »Zauberflöte« auf die Bühne zu bringen und sich auch sonst auf Bewährtes zu verlassen.

»Ich will Sie auch gar nicht lange aufhalten.« Henkel setzt sich auf das andere Sofa, und die Kissen geben unter seiner Last beträchtlich nach, sodass der eh schon kleine Mann noch kürzer und dabei runder wirkt. »Sie wissen, dass wir Heiner Kurz für den ›Mauerfall‹ gewinnen konnten?«

»Ich habe davon gehört.«

»Ich will gar nicht drum herumreden. Swallow will Sie als Zweitbesetzung.« Henkel hebt die Hände, als wollte er Kilian davon abhalten, etwas dazu zu sagen. »Ich weiß, ich weiß, werter Herr Holm, einen Sänger Ihres Kalibers bittet man nicht, die zweite Geige zu spielen. Das habe ich Swallow auch gesagt, aber was soll ich machen? Er besteht darauf.« Er lehnt sich zurück, wirft die Arme auf die Rückenlehne, doch Kilian nimmt ihm die Show nicht ab. »Also muss ich Sie zumindest fragen.« In seinen Augen blitzt etwas auf, und es ist schwer zu sagen, was er im Schilde führt.

Ränkespiele. Machtgerangel. Kilian kennt das. Das gibt es überall, und natürlich bleibt auch die Oper davon nicht verschont, egal wie feingeistig die Kunst ist. Ganz im Gegenteil. Vielleicht gerade weil ihr dieses Klischee der hohen Künste anhaftet, ist sie ein Hort der miesesten Intrigen und unfairsten Kämpfe überhaupt.

Bisher hat er sich ganz gut aus all dem heraushalten können. Aber vielleicht ist das nun vorbei. Vielleicht ist sein Stern hoch genug gestiegen, dass er ausreichend viele Missetäter angezogen hat, die nur auf die leiseste Chance lauern, ihn vom Himmel zu holen.

Und vielleicht ist Henkel genau das. Ein Missetäter.

»Roger hat vor ein paar Tagen mit mir darüber gesprochen.« Kilian entschließt sich, die Waffe der Ehrlichkeit in die Hand zu nehmen. Jenen Dolch, den in der Welt der geheimen Angriffe niemand erwartet. »Ich sehe da im Grunde kein Problem, da ich in der Zeit sowieso den Sarastro in der ›Zauberflöte‹ hier am Haus singe.«

Henkel fällt für einen Wimpernschlag die Kinnlade hinunter, doch er fängt sich schnell, klappt den Mund so heftig zu, dass seine eh schon schmalen Lippen zu einem dünnen Strich werden. »Schön, schön«, quetscht er zwischen zusammengebissenen Zähnen hervor.

»Allerdings habe ich für die letzten drei Wochen der Proben auch ein Engagement an der Wiener Staatsoper, wo ich den Wotan singe.« Kilian kann nicht umhin, es macht ihm Spaß, Henkel ein bisschen zu quälen. Und am liebsten würde er noch einen drauflegen, um dieses Würmchen von einem Emporkömmling sich winden und zappeln zu sehen. Aber es hat keinen Sinn, sich mit Henkel anzulegen. Nicht, wenn man weiß, dass der Tag kommen wird, an dem man den Intendanten um etwas bitten wird, um das eine, lockende Engagement annehmen zu können, das alle längst unterzeichneten Pläne durchkreuzt. Insofern heißt es, das Spiel nicht zu weit zu treiben und einzulenken, ehe es zu spät ist. »Aber sofern der Probenplan für den ›Mauerfall‹ so angepasst werden kann, dass ich einfach nur zwischen Wien und Berlin hin- und herfliegen muss, lässt sich das alles einrichten«, sagt er daher.

»Gewiss, gewiss.« Henkel schnauft, und auf seiner Stirn glänzen Schweißtropfen. »Das werde ich Sir Swallow klarmachen.«

Aufschneider, denkt Kilian, verzieht jedoch keine Miene. Als ob Roger zu etwas überredet werden müsste, das seinen Plänen Flügel verleiht.

»Wunderbar. Dann sind wir uns einig?« Henkel steht auf und streckt Kilian seine Hand entgegen.

»Ich bekomme aber die Erstbesetzungsgage.«

Henkel hustet, als hätte er sich verschluckt.

»Ich meine, immerhin kann ich in der Zeit keine anderen lukrativen Angebote annehmen. Und Sie verstehen sicher, dass ich mich nicht unter Wert verkaufen kann, oder?«

»Nein … ähm …« Henkel hüstelt erneut, die Schweißperlen auf seiner Stirn verdreifachen sich. »Selbstverständlich. Erstbesetzungsgage.« Unglücklich schaut er drein.

»Geben Sie mir Bescheid, wenn der Vertrag unterschrieben werden kann.« Henkels Hand fühlt sich feucht und glitschig an, und als er ihn loslässt, kann Kilian nur mit Mühe den Impuls unterdrücken, seine am Hosenbein trocken zu reiben. »Einen schönen Tag noch.«

Kaum dass er die Etage verlassen hat, auf der sich Henkels Büro befindet, stürzt er in die erste Toilette, die er findet, und wäscht sich ausgiebig die Hände. Jemand hat den Spiegel mit blauen Aufklebern versehen, sodass er sich selbst unter einer blauen Perücke sieht. Darüber prangt »be baroque« in geschwungenen Lettern.

Ob das die Lösung ist, fragt er sich, barock sein? Die Grenzen der einzelnen Kunstgattungen zu verwischen und das in überbordendem, verspieltem Dekor? Auf der Bühne zum richtigen Stoff gewiss, aber bei einem wie Henkel?

Was führt der im Schilde? Tut er es überhaupt oder ist der Mann immer so? Ist er vielleicht einfach nur klug genug zu wissen, auf welch dünnem Eis er als Intendant wandelt? Gerade er, der von Oper keine Ahnung hat, keine einzige Note lesen kann und vermutlich Verdi von Wagner nicht zu unterscheiden vermag?

Henkel ist Politiker. Und das mag ein Vorteil in seiner Position sein. Er mag verhandeln bis ins Effeff gelernt haben und wissen, wie man Leute überzeugt oder auch manipuliert, ohne dass sie es mitbekommen. Aber reicht das?

Kilian dreht den Hahn zu, rupft Papierhandtücher aus dem zu voll gestopften Spender und fragt sich zum tausendsten Mal, warum es in allen Toiletten der Staatsoper nur kaltes Wasser gibt. Aber auch darauf hat er keine Antwort.

Nur eines wird klar. Er hat es in seiner Karriere inzwischen weit genug gebracht, dass er sich nicht mehr um diese elenden Verhandlungen kümmern kann und will. Er braucht ein Management. Und zwar nicht nur die junge Frau in der Künstleragentur, bei der er unter Vertrag ist, sondern jemanden, der sich gänzlich auf seine Seite stellt, dem er vertrauen kann und der ihm dieses ganze leidige Thema abnimmt.

Jemand mit Ahnung. Mit Kontakten. Und mit Biss. Der ihn raushält aus den Grabenkriegen und Schlachten. Der für ihn ins Feld zieht. Damit er einfach nur singen kann.

Als Bass ist man oft genug König, Dämon oder auch Teufel. Auf der Bühne. Während der Proben. Herrscher über Leid und Tod und Verrat.

Wer so viele Schlachten ficht, kann sie nicht auch noch im Leben schlagen.

Nicht er, Kilian, zumindest.

Das verdammte Drama gehört auf die Bühne. Und zwar nur dorthin.

7

Worauf hat Julie sich da nur eingelassen? Warum muss auch Susa unbedingt an diesem wichtigen Tag einen unverrückbaren Termin haben? Und wie soll das Kind das alles hinbekommen, wenn sie selbst schon vor Nervosität fast stirbt?

Lissis Hand ist warm in ihrer, aber nicht ein bisschen verschwitzt. Der kunstvoll geflochtene Zopf lässt sie aussehen wie eine kleine junge Dame, das dunkelrote Kleid tut das Seine dazu.

Sie ist still, jetzt, da sie in der Schulkantine sitzen, in der es von Eltern und Kindern nur so wimmelt und die Geräuschkulisse gut und gern mit dem Krach einer startenden Boeing 747 mithalten kann.

»Magst du etwas trinken?«

Lissi schüttelt stumm den Kopf.

»Bist du aufgeregt?«

Das Kopfschütteln wird energischer, und Julie weiß nicht, ob sie ihr das abnimmt. Aber vielleicht projiziert sie auch nur ihr eigenes Lampenfieber auf das Kind.

»Ich schon.« Sie gibt das unverhohlen zu, und Lissi sieht sie mit großen Augen an. »Immerhin ist das eine Art Prüfung, oder?« Sie zuckt die Schultern.

Lissi zieht ihre Hand aus ihrer, verschränkt die Arme vor der Brust, presst die Lippen fest aufeinander.

Das kann ja heiter werden. Wenn sie jetzt nicht einmal mehr mit ihr redet, wird sie dann beim Vorsingen auch nur ein einziges Mal den Mund aufmachen?

Ein Königreich, wenn Julie eins hätte, dafür, nicht hier sein zu müssen.

Zumindest nicht allein, nicht ohne Susa.

Sie hätte nicht gedacht, dass hier überhaupt so viel los ist. Seit wann interessieren sich Kinder für Oper? Komplette Fehleinschätzung offenbar. Zwischen sechs und elf ist jedes Alter vertreten, und vor allem die älteren Mädchen ziehen ein Gesicht, als wüssten sie genau, was sie tun, und als wäre das hier nicht der erste, sondern schon der x-te Schritt zu einer Karriere, die eigentlich noch in ferner Zukunft liegt.

Julie wünscht, sie hätte so ein Selbstbewusstsein. Und was genau sagt das eigentlich über sie, dass sie sich mit Anfang dreißig den Kindern hier unterlegen fühlt?

Noch ehe sie diesem überaus unangenehmen Gedanken nachhängen kann, tritt eine hochgewachsene junge Frau in die Kantine, und schlagartig wird alles still.

»Die zehnjährigen Mädchen bitte, und zwar Nachnamen J bis O.« Sie sieht von ihrem Tablet auf, dreht sich zackig um und marschiert los.

Lissi greift nach Julies Hand und zieht sie energisch mit sich. Julie stolpert ihr hinterher.

Sie betreten einen Klassenraum. Die Tische sind an den Wänden entlang gestapelt, die Stühle sind im Raum zu einem Kreis aufgestellt, sodass in dessen Mitte eine Art Bühne entstanden ist.

»Die Eltern nehmen bitte Platz, Kinder zu mir«, sagt eine kleine Frau um die fünfzig mit weichen Gesichtszügen, die im Zentrum steht und freundlich lächelt.

Julie setzt sich zu den Eltern der anderen Kinder auf einen der Stühle und schiebt ihre kalten, klammen Hände unter die Oberschenkel. Ihr Magen fährt Achterbahn ohne sie.

»Mein Name ist Katharina.« Die Frau sieht von einem Kind zum anderen. »Ich bin Stimmbildnerin und Korrepetitorin, das heißt, ich werde mit denen von euch, die wir heute auswählen, die Oper einstudieren. Und damit ihr gleich einen kleinen Einblick erhaltet, wie so etwas abläuft, werden wir uns jetzt gemeinsam einsingen, ehe ihr mir einzeln etwas vortragt. Aber erst einmal lockern wir uns. Streckt dafür mal die Hände so weit nach oben, wie ihr könnt.«

Julie sieht verwundert, wie Lissi sich gemeinsam mit den anderen streckt und reckt und dabei mit den Händen nach der Luft greift, wie Katharina es vormacht. Seit wann ist das Kind in solch einer Situation kooperativ? Auch die folgenden Stimmübungen macht Lissi klaglos mit, und Julie meint sogar, ihre Stimme ausmachen zu können. Auch wenn sie sich da natürlich nicht sicher sein kann, denn sie weiß ja gar nicht, wie Lissi klingt, wenn sie singt.

Aber noch traut sie dem Frieden nicht. Im Gegenteil, das dicke Ende kommt bestimmt. Abwarten, was passiert, wenn Lissi plötzlich vorsingen soll.

Zunächst singt Katharina mit den Mädchen zusammen ein Kinderlied. Julie vermutet, das soll den Kindern die Angst nehmen. Doch selbst, wenn es bei ihnen funktioniert, ihre eigene Nervosität steigt mit jeder Minute.

Verstohlen lugt sie nach links und rechts, beobachtet die anderen Eltern. Niemand von denen wirkt sonderlich angespannt, die meisten lächeln und scheinen Spaß an ihrer Rolle als Publikum zu haben.

Nimmt sie das hier zu ernst?

Nein. Ihr ist es im Grunde völlig egal, ob Lissi angenommen wird oder nicht. Es geht um nichts anderes als um ein Hobby, und zwar um eins, von dem weder sie noch Susa wirklich wissen, wie das Kind überhaupt dazu gekommen ist. Geschweige denn, ob sie es tatsächlich durchziehen würde oder ob es sich nur um eine Schnapsidee handelt, die morgen schon uninteressant wird.

Was Julie jedoch nicht gleichgültig ist, ist die Tatsache, dass Lissi mit ihrer schüchternen, stillen Art oft genug zur Zielscheibe der Mädchen aus ihrer Klasse wird. Weil sie eben nicht jeden Unsinn mitmacht. Weil sie zu vielem nichts sagt und die anderen sie dadurch nicht verstehen oder gar für arrogant halten. Weil sie anders ist.

Und egal, wie es heute ausgeht, Julies größte Angst ist, das hier könnte Lissi noch mehr zum Ziel von Spott, Hohn und Ausgrenzung machen. Entweder, sie darf mitspielen und nimmt dadurch einer anderen vermeintlich den Platz weg oder sie macht den Mund nicht auf und alle lachen sie aus, weil sie Schiss hat, und das macht dann noch in Monaten bei jeder Gelegenheit die Runde.

Und sie selbst, sie sitzt hier und weiß nicht, wie sie reagieren soll, wenn ihr das alles gleich um die Ohren fliegt.

Sie ist nicht Lissis Mutter. Sie hat wenig Übung im Muttersein. Vermutlich eignet sie sich nicht einmal dazu. Ist hoffnungslos überfordert und möchte am liebsten selbst wegrennen.

Wie soll sie also Zuversicht verströmen, wenn Lissi ihr wie eben einen verstohlenen Blick schenkt? Wie sie trösten? Ihr den Rücken stärken? Wie macht man das? Und was ist erlaubt?

Darf man die anderen Zehnjährigen anherrschen, wenn sie Lissi auslachen? Die Eltern zurechtweisen? Selbst schreien und toben? Oder muss man ganz die Ruhe selbst bleiben und so tun, als sei das alles gar nicht schlimm? Und wie zum Henker sollte sie das hinbekommen, wenn sie sieht, dass Lissis Herz bricht?

Und dann diese Konkurrenz. Bass erstaunt hört Julie den ersten Mädchen zu, die vorsingen. Kein Ton geht daneben, mancher ist ein bisschen wackelig vielleicht, aber das lässt sich unter Aufregung verbuchen.

Kann Lissi da mithalten? Lissi, die sie noch nie hat singen hören?

»Elisabeth Kleist?« Die Frau guckt zu den Mädchen, die noch nicht dran waren.

»Das bin ich«, sagt Lissi ungewohnt laut und klar und tritt einen Schritt vor.

Julie traut ihren Augen kaum. Lissi? Laut? Sichtbar? Während ihr Magen mindestens eine Etage tiefer rutscht und ihr der kalte Schweiß ausbricht, sieht sie, wie aus dem kleinen schüchternen Mädchen eines wird, das gerade steht, die Schultern zurücknimmt und den Kopf hebt. Wo nimmt sie das her?

»Möchtest du das Lied singen, das wir gerade zusammen geübt haben, oder etwas anderes?«, fragt Katharina.

»›Imagine‹ von John Lennon«, antwortet Lissi, und Julie bekommt den Mund nicht mehr zu. Woher kennt sie das überhaupt? Und sie kann doch noch kaum Englisch?

»Schön.« Katharina nickt ihr aufmunternd zu. »Dann fang einfach an.«

Für einen Moment ist es sehr still und Julie meint, Lissis Herzschlag zu hören und das leise Geräusch, als sie einatmet.

»Imagine there's no heaven«, beginnt Lissi, und ihr bleibt das Herz stehen.

»It's easy if you try.«

Hell und klar klingt sie, und nicht ein bisschen zittrig.

»No hell below us, above us only sky.«

Julie kann förmlich den Himmel sehen über ihr, und eine Sonne, mit der sie um die Wette strahlt.

»Imagine all the people, living for today, ah ah ah, you may say I'm a dreamer ...«

»... but I'm not the only one. I hope someday you'll join us, and the world will be as one.«

Die anderen Mädchen stehen und glotzen mit großen Augen, und Julie wird klar, dass niemand hier Lissi so etwas zugetraut hat. Nicht nur sie nicht. Nein, niemand. Und dass keine von denen weiß, was sie daraus machen soll. Wie damit umgehen, mit dieser Lissi, die so niemand kennt. Und nicht mal Julie hat einen Plan.

Aber Lissi singt, als bekäme sie davon gar nichts mit. *»Imagine there's no countries, it isn‹t hard to do, nothing to kill or die for ...«*

Katharina lässt Lissi das ganze Lied bis zum Ende singen, und am Schluss halten alle für einen langen Augenblick die Luft an, bis die ersten Eltern anfangen zu klatschen.

Lissi schaut scheu zu Boden. Als könnte sie selbst nicht fassen, wie schön sie das gesungen hat. Und Julie kann sich kaum rühren und blinzelt mühsam die Tränen weg.

Katharina schaut Lissi an und kratzt sich am Kopf. »Mit wem hast du das einstudiert?«, fragt sie schließlich.

»Allein.« Auf einmal klingt Lissi wieder scheu, die Stimme kaum hörbar. Als erinnerte sie sich daran, wer sie eigentlich ist.

»Allein?«

»Ich hab's mir auf YouTube angehört und mitgesungen.« Sie sagt das so dahin, als sei das nichts Besonderes.

»Und du machst das öfter? Lieder über YouTube lernen?«

Lissi nickt.

»Meinst du denn, du kannst dir auch sehr viel Text merken?«

»Sicher.« Lissi zuckt die Schultern, aber es sieht eher so aus, als verstünde sie nicht, wie Katharina sie so etwas Banales überhaupt fragen kann.

»Und schauspielern? Also eine andere Person darstellen? Jemanden, der du nicht bist? Auch, wenn die Person sich in einer bestimmten Situation zum Beispiel anders verhalten würde als du?«

»Glaub schon.«

Ihre Schultern sacken hinab, und Julie erkennt die scheue, einsilbige Lissi wieder. Das selbstbewusste Mädchen, das eben noch den John-Lennon-Song gesungen hat, hat sich in Rauch aufgelöst, der sich leise verzieht. Zurück bleibt die schüchterne Zehnjährige, die den Eindruck erweckt, als wüsste sie nicht, wie sie überhaupt in diese Situation hier geraten konnte.

»Gut«, sagt Katharina. »Machen wir weiter und hören wir uns die anderen an.«

Nachdem die gesamte Gruppe vorgesungen hat, werden sie zurück in die Schulkantine geschickt, wo sie warten sollen, bis die letzte Gruppe mit dem Vorsingen durch ist und Katharina verkünden wird, wer genommen wird und wer nicht.

»Magst du jetzt vielleicht etwas essen und trinken?«, fragt Julie Lissi. In der Kantine ist es deutlich leerer geworden, was auch daran liegen mag, dass die jüngeren Kinder bereits fertig sind und auch schon verkündet wurde, wer von ihnen beim Projekt mitmachen darf und wer nicht.

»Kann ich ein Schokocroissant haben?« Lissis Augen sind groß und rund und voller Hoffnung.

Von Julie könnte sie in diesem Moment alles haben, so froh ist sie, dass sie das Vorsingen nicht nur überstanden haben, sondern dass Lissi es so toll gemeistert hat, aber das sagt sie ihr besser nicht. »Das bleibt aber unter uns?«

Lissi nickt so sehr mit dem Kopf, dass der Zopf wie wild wippt.

Julie gönnt sich einen Kaffee, und sie setzen sich ans Fenster. Lissi beißt hungrig in ihr Croissant, Schokolade läuft ihr über die kleinen Finger.

Julie ist froh, dass sie offenbar doch aufgeregt gewesen ist, denn anders kann sie sich Lissis Wolfshunger jetzt nicht erklären.

Der Kaffee ist bitter und auch nicht mehr ganz heiß. Ausnahmsweise stört sie das nicht. Sie ist zufrieden damit, hier zu sitzen, Lissi einfach nur zuzusehen und dieses Gefühl von Zärtlichkeit für sie zu spüren, das durch sie hindurchflutet und sie wärmt.

Wie auch immer es jetzt ausgehen mag, ob Lissi genommen wird oder nicht, Julie ist plötzlich froh, dass sie hier gewesen ist. Mit ihr. Ohne Susa. Dass sie beide diesen wichtigen Moment teilen, der ihnen erhalten bleiben wird. An den sie noch als alte Frau zurückdenken wird. Dass das Schicksal ihr erlaubt hat, Lissi so zu erleben. Als das Mädchen, das irgendwo in ihr schlummert und das sie normalerweise nie zeigt.

Und genau in diesem Augenblick wünscht sie sich nichts mehr, als dass Lissi angenommen wird. Nicht, weil es schick wäre und man damit angeben kann. Nicht, weil sie sich etwas für sich selbst davon verspricht. Nein, sie wünscht sich, dass Lissi in der Kinderoper singen darf, damit sie diese andere in ihr, die mutige, strahlende Lissi wachsen lassen kann, bis sie sie ganz ausfüllt.

»Da seid ihr ja!« Atemlos steht Susa plötzlich am Tisch, lässt die Tasche auf den Boden fallen und sich selbst auf den freien Stuhl neben Lissi. »Wart ihr schon dran? Wie war es?«

Lissi sieht auf den Rest ihres Schokocroissants und dann zu Julie.

»Sie war einfach nur großartig«, sagt Julie und kann den Stolz in ihrer Stimme hören. Auch das warme Gefühl ist immer noch da, und vielleicht ist es das, was ihr diesen vollen Klang verleiht. »Ganz toll hat sie das gemacht.«

Lissi lächelt sie verstohlen an.

»Toll genug für ein Schokocroissant?« Susa zieht skeptisch eine Augenbraue hoch.

»Sie hat ›Imagine‹ von John Lennon gesungen«, sagt Julie und hofft, Susa damit von ihrem Gesundheitsfimmel ablenken zu können. »Aber wie! Du hättest sie hören sollen.«

»Wirklich?« Susa neigt den Kopf ein wenig und betrachtet Lissi mit einem zweifelnden Blick. »Hast du es gefilmt?« Sie wendet sich wieder Julie zu.

»Nein. Hätte ich sollen?«

Susa zieht die Augenbrauen so weit hoch, dass sie komplett unter ihrem Pony verschwinden. »Ach, Julie!«

»Sorry, ich … ich hab einfach nicht daran gedacht.«

»Dann singst du es mir eben zu Hause noch mal vor.« Susa streicht Lissi eine Haarsträhne hinter das Ohr, die sich aus dem Zopf gelöst hat.

»Nein.« Lissi stopft sich den Rest ihres Croissants in den Mund und funkelt ihre Mutter mit wütenden Augen an.

»Ach, Schätzchen! Nur, weil ich nicht hier sein konnte? Ich muss doch das Geld für uns verdienen.«

Lissi dreht sich demonstrativ weg.

»Lass sie«, formt Julie lautlos mit den Lippen.

Susa schüttelt den Kopf und rollt die Augen.

»Wie war dein Termin?« Julie versucht, sie abzulenken, auch wenn das bei Susa selten gelingt.

»Super.« Sie wirkt erleichtert. »Jetzt muss nur noch der Vertrag stimmen, dann habe ich ein sicheres zweites Standbein.«

»So?« Abergläubisch wie sie ist, hat Susa sich standhaft geweigert, vorher zu erzählen, um was für einen Termin es sich handelt.

»Es geht darum, dass ich die Exklusivrechte bekomme, um hochpreisige möblierte Appartements in Mitte auf Zeit zu vermieten.«

»So eine Art Airbnb für Reiche?« Julie weiß nicht, ob ihr das gefällt.

»Jetzt klingst du, als würde ich Leuten die Wohnungen wegnehmen.«

»Nicht?«

»Es geht um möblierte Wohnungen, Julie, die über einige Wochen oder Monate vermietet werden. Zum Beispiel an Leute, die vorübergehend in der Stadt arbeiten. Ich denke, das kannst sogar du moralisch vertreten, oder?« Sie sieht sie skeptisch an.

»Ich dachte, du bist so erfolgreich mit den Verkäufen?«

»Schon, aber du weißt selbst, wie viel Arbeit da oft drinsteckt.«

»Und in dieser Art von Vermietung nicht?«

»Nein. Da wird einmal ein Exposé erstellt und dann muss man sich nur immer um den Vertrag, um Einzug und Auszug kümmern.«

»Und wenn da was ist? Die Heizung zum Beispiel ausfällt?«

»Dafür gibt es einen Hauswart und Firmen, die sich darum kümmern.«

»Okay.« Julie lenkt ein. »Vermutlich würde sowieso niemand, der eine Wohnung sucht, diese Nobelherbergen auch nur anschauen.« Sie will nicht mit ihr streiten, schon gar nicht jetzt und hier. Was das Thema betrifft, kommen sie sowieso nicht auf einen Nenner, das haben sie in endlos vielen Diskussionen immer wieder festgestellt. Und zum Glück glauben sie beide nicht, dass Freundschaft bedeutet, dass man bei allem einer Meinung sein muss. Vielmehr haben sie gelernt, die andere so sein zu lassen, wie sie eben ist, und nicht an ihr herumzubiegen.

»Wenn dann bitte alle in die Aula kommen würden.« Katharina steht plötzlich in der Tür. »Bitte die Kinder auf die Bühne und die Eltern und Freunde nehmen im Zuschauerraum Platz. Wir wollen verkünden, wen wir im Projekt begrüßen.«

Susa und Julie schauen sich an. Julie stellt den Rest des halb getrunkenen Kaffees ab und atmet tief durch. »Bereit?«, fragt sie Lissi.

Die nickt kaum merklich und nimmt dann sowohl Julies als auch Susas Hand.

8

»Ich finde, du solltest in dieser Passage nicht deine Stimme abdunkeln, sondern hell und weich intonieren.« Irina zeigt mit ihrem sorgsam manikürten Zeigefinger auf Takt 106, spielt die Noten mit der linken Hand und singt die Stelle vor. »Viel legato. Wie im Belcanto.«

Die alte Russin ist Annas Gesangslehrerin, seit sie nach New York gezogen ist, und das nicht zuletzt, weil ihr Verständnis von Musik Horizonte überspannt. Irina verbindet ein schier endloses Wissen von Geschichte, Literatur, Musik und menschlicher Anatomie zu einer Kraft, die beim Einstudieren neuer Partien beflügelt und Anna Perspektiven auf Rollen eröffnet, die sie allein nicht finden könnte. Zudem spricht sie alle für Oper wichtigen Sprachen.

Endlose Diskussionen haben die beiden Frauen über die Jahre geführt, über Gott, die Welt, Libretti, Rollen, Dichter, Komponisten, Geschichte und Philosophie. Daraus ist schnell mehr geworden als ein Schüler-Lehrer-Verhältnis.

Anna vertraut Irina, und zwar so sehr, dass sie stets auf ihren Rat gehört hat, ob sie eine Rolle angehen soll oder es lieber lässt. Und bis heute ist sie sicher, das hat dafür gesorgt, dass sie sich nicht die Stimme kaputt gesungen hat, sondern dass sie reifen konnte, ihren ganz eigenen Weg finden. Und vermutlich hat sie nicht zuletzt deshalb in ihrem für eine Sopranistin hohen Alter heute noch die Kraft und Ausdauer für Hauptrollen.

Am Ende ist es auch Irinas Rat gewesen, der Anna dazu gebracht hat, die Partie im »Mauerfall« anzunehmen. Und dabei hat nicht so sehr die Überlegung eine Rolle gespielt, dass es vielleicht das letzte Angebot für eine Hauptrolle ist, denn so denkt Irina nicht. Im Gegenteil. Die Gesangslehrerin hat das Libretto gelesen, die Noten studiert und ist dann zu dem Schluss gekommen, dass es für die Rolle tatsächlich einen reifen lyrischen Sopran braucht, auch wenn sich der Librettist eine Mitte Zwanzigjährige vorgestellt hat.

Und ganz nebenbei hat sie noch erwähnt, dass es Mut braucht, um unsterblich zu werden, und diese Rolle die Chance dazu bietet. Weil sie etwas Unerbittliches hat, einen zwingt, etwas einzugestehen, eine Liebeserklärung ist, weil man sie nicht singen kann, wenn man nicht die Arme weit öffnet.

Nun sind sie hier, in Irinas kleinem Apartment in Brooklyn, und die alte Russin wird nicht ruhen, ehe Anna sich die Rolle zu eigen gemacht hat.

»Legato, meinst du?« Anna kratzt sich gedankenverloren am Kopf und liest die Noten der entsprechenden Stelle.

»Wie ein Tanz. Stell dir einfach vor, die Musik hält dich im Arm und du schwebst mit ihr über das Parkett.«

»Versuchen wir's.«

Irina nickt ihr zu, dann senkt sie die Hände auf die Klaviatur und beginnt zu spielen. Leichtfüßig, zart, jeder Ton ein Lufthauch, ein Streicheln auf der Haut.

Anna legt die Hand auf den Rand des offenen Flügels, schließt die Augen und lässt den Atem einfließen bis in den Unterleib. Singt und verbindet Vokale mit Konsonanten, formt die Worte weich und zart wie eine Blüte, die sich öffnen will. Schwebt, dreht Pirouetten, gleitet dahin auf dieser Melodie,

die einen wie ein Traum zu tragen vermag. Spürt die warmen Töne, flüssiges Gold in ihrem Hals, dem Rachen, und das Glück darüber, etwas so Schönes zu erschaffen, gleicht einem Sommerwind, der sie hinaufträgt. Dorthin, wo nichts anderes existiert als Musik.

»Ja!«, kommentiert Irina mitten in ihrem Gesang, und ihre Augen leuchten auf. Ein gutes Zeichen, ein sehr gutes sogar. »Sehr schön!« Ihre Finger rennen federleicht über die Klaviatur bis zu einem Crescendo. »Jetzt brich den Ton!«, fordert sie laut und jeder Ton, den sie spielt, wird plötzlich zum Speer, der die Luft zum Flirren bringt.

Anna lässt ihre Stimme von weich zu hart kippen, schlitzt dem Belcanto den Bauch mit scharfer Klinge auf, und die Hässlichkeit des letzten Tons unterstreicht den Text auf ungeahnte Art.

»Siehst du?« Irina dreht sich ein Viertel herum und stützt die Hände auf den Knien ab. »Merkst du die Wirkung?« Ihre Wangen glühen, als hätte sie selbst gesungen. »Gerade dadurch, dass du vorher so süß von der Liebe singst, die du nicht haben kannst, weil zu viel Verrat zwischen euch steht, wird dieses ›Stirb!‹, wenn du den Mut zur Hässlichkeit hast, zu dem Messer, das du in der Szene dann nicht einmal mehr in der Hand halten musst. Gesang und Text gehen eine perfekte Ehe ein. Erzählen die wahre Geschichte.«

»Im Grunde eine Metapher, oder?« Anna gießt sich ein Glas Wasser aus der Karaffe ein, die auf dem kleinen Beistelltisch steht, und trinkt es in einem Zug aus. So zu singen, kostet Kraft, nicht nur stimmlich, sondern vor allem emotional.

»Wenn du mich fragst, ist die ganze Liebesgeschichte in der Oper eine einzige Metapher.« Irina klappt die Noten zu und steht auf. »Im ›Mauerfall‹ geht es darum, dass man zwar versuchen kann, mit dem Strom zu schwimmen, nur nicht aufzufallen, immer schön mitzumachen, aber dass es am Ende nicht gelingen kann, sondern einen das Leben kostet. All dieses Den-Obrigkeiten-Honig-ums-Maul-Schmieren, führt nur dahin, dass man sich selbst verklebt bis zur Handlungsunfähigkeit. Will man überleben, muss man zu irgendeinem Zeitpunkt Farbe bekennen, Haltung zeigen und sich für das Richtige einsetzen. Das ist das große Thema vom ›Mauerfall‹. Der Konflikt zwischen Liebe und Diktatur, wie Angst und Repressalien einen in den Verrat treiben können, bis man sich selbst nicht mehr ins Gesicht sehen kann. Und dieses Thema wird in allem aufgegriffen. Seien es die Liebesgeschichte, die Bespitzelungen, die Unterdrückung oder eben auch die Demonstrationen in Leipzig und dann in Berlin. Immer geht es um den gleichen Konflikt: Um das Wissen, was richtig und was verkehrt ist, und die Frage, wie verhalte ich mich, wenn es mich doch meinen Job, meine Freunde, mein Leben kosten kann, das eigentlich Richtige zu tun.«

»Verstehen das am Ende nur Leute wie du und ich?« Anna überlegt laut, während sie Irina in die Küche folgt. »Du bist noch zu Breschnews Zeiten aus Russland geflohen, ich aus der DDR.«

»Das kommt darauf an, wie die Inszenierung sein wird. Wie es umgesetzt wird.« Irina setzt Wasser auf und füllt Tee in ein Sieb, das sie in ihre alte Kanne hängt. »Ich hoffe, die machen das nicht zu modern.«

»Du meinst so, dass auf Effekte gesetzt wird, anstatt die Geschichte zu erzählen?«

»Das ist doch die Kunst in der Oper.« Sie lehnt sich mit dem Po gegen die Küchenzeile und stützt die Hände hinter sich auf die Arbeitsfläche auf. »Dass man mit dem Bühnenbild, den Kostümen, der ganzen Inszenierung unterstreicht, was das wirkliche Thema ist. Man muss das Verborgene sichtbar machen. So wie in Verdis ›Aida‹. Da ist das Zentrale nicht, dass im Finale beim Triumphzug Elefanten auftreten, sondern der Konflikt zwischen Liebe, Religion und Krieg. Es geht darum, wie das Militär- und das Priesterwesen die menschlichen Regungen unterdrücken.«

Der Wasserkessel beginnt zu pfeifen, und Irina gießt Tee auf.

»Eine große Oper, der ›Mauerfall‹, wenn es denn gelingt«, sinniert Anna.

»Allerdings.« Irina pflichtet ihr bei. »Vor allem, wenn man bedenkt, dass die jungen Leute sich gar nicht mehr vorstellen können, dass Deutschland durch eine Mauer geteilt war und was für ein Unrechtsstaat die DDR gewesen ist. Deswegen gefällt mir ja das Libretto so.« Sie gießt Tee in zwei flache, bauchige Tassen, deren Porzellan so dünn ist, dass man das Licht schwach hindurchscheinen sieht. »Weil es diese schreckliche Geschichte sehr anschaulich und exakt erzählt. Und die Musik sorgt zusätzlich dafür, dass man die Atmosphäre von damals nachempfinden kann, das Beklemmende, die Angst.«

»Aber auch den Sieg des Rechts über das Unrecht.« Anna nimmt eine der Tassen aus Irinas Hand entgegen. Das feine Aroma breitet sich in der Küche aus und steigt sanft in ihre Nase. »Stimmt«, sagt sie versonnen und nippt vorsichtig am heißen Tee.

»Und das Glück derer, die das durch ihren unumstößlichen Mut herbeigeführt haben.« Irina hebt ihre Tasse, als wäre sie ein Glas Champagner, mit dem sie anstoßen will. »Trinken wir darauf, dass diese Oper die Geschichte auf besondere Art konservieren und für heutige und folgende Generationen erlebbar machen wird.«

»Und auf den Sieg der Liebe über das Unrecht.« Auch Anna hebt ihre Tasse, und sie lächeln sich an.

9

Tobias Pfeiffer wandert im Kreis um Kilian herum. In gebührendem Abstand, soweit das der schmale Raum hergibt, und ohne ihm ins Gesicht zu sehen. Eine Hyäne, denkt Kilian und zwingt sich, still stehen zu bleiben und sich jeden Kommentar zu verkneifen.

Es ist frisch in der Schneiderei der Staatsoper. Jemand hat in dem länglichen Raum ein Fenster sperrangelweit offen gelassen, obwohl ein für Mitte September ungewöhnlich kalter Wind durch die Stadt fegt. Bei einer der Schneiderpuppen, die mit den übergezogenen Kostümen herumstehen, bewegt sich in der Brise der bauschige Rock, als wohnte unter ihm ein Geist.

Die Tische mit den Nähmaschinen sind so spät am Abend verwaist, und nur achtlos hingeworfene Maßbänder, Reste von Stoff, Scheren und Rollen mit Vlieseline erzählen davon, dass hier prachtvolle Gewänder gefertigt und repariert werden.

In bunten, bauchigen Gefäßen stecken Schneiderlineale, die aussehen wie Geodreiecke mit endlos vielen Linien und Maßangaben, sowie allerlei Stifte, wie nur Schneider sie benötigen. Von der Decke hängen an dünnen Fäden Zeichnungen der Kostüme herab. Die Wände zieren verschiedene rechteckige

Bretter, auf die dicke Rollen mit Garn in allen Farben gesteckt sind.

Es riecht nach Stoff, der zu lange in irgendeiner Kiste auf den nächsten Einsatz gewartet hat. Vielleicht auch nach Mottenkugeln. Die aufwendig gearbeiteten Kostüme werden je nach Spielplan oft lange aufgehoben und erst wieder herausgeholt, wenn sie gebraucht werden. Dann müssen sie meist geändert werden, weil der Sänger oder die Sängerin für die Wiederaufnahme entweder ausgetauscht worden ist oder aber in der Zwischenzeit zu- oder abgenommen hat.

Die Doppelfenster des hohen Raums gehen auf den Innenhof hinaus, der das Intendanzgebäude und das moderne Probenzentrum miteinander verbindet. Eine Treppe führt auf eine zweite Ebene, die den Raum der Länge nach durchmisst, aber nur etwa eine Hälfte der Breite einnimmt. Kilian ist noch nie dort oben gewesen, aber er fragt sich jedes Mal, wenn er zum Maßnehmen oder zur Anprobe in der Schneiderei ist, was die da oben wohl verbergen.

»Können wir das Fenster vielleicht schließen?«, durchbricht er schließlich das unangenehme Schweigen, das sie alle eingewickelt hat, ihn, den Schneider und Pfeiffer. »Ich möchte mich nicht erkälten.«

Ohne ein Wort schießt der Schneider zwischen zwei Tischen hindurch ganz nach vorn und schließt das Fenster.

Pfeiffer geht mehrere Schritte rückwärts, wobei er den linken Arm vor den Bauch nimmt, den rechten Ellenbogen in die linke Hand stützt und das Kinn in die Handfläche legt. Wie ein König, der er nicht ist. Kilian lässt er dabei keine Sekunde aus den Augen.

Die Stille ist eine Käseglocke. Schluckt jedes Geräusch, lässt alles taub und die Luft schwer und stickig werden.

Wenn Tobias Pfeiffer immer so arbeitet, wird der »Mauerfall« ein zäher Brei. Und in diesem Moment ist Kilian nicht mehr sicher, ob er das Richtige tut. Ob er mit seiner Zusage nicht einen folgenschweren Fehler begangen hat, denn Pfeiffer scheint genau die Art von Regisseur zu sein, mit der er nicht arbeiten kann. Dazu noch einer, der von Oper keine Ahnung hat, sondern aus Hollywood kommt, wo er mit batallionstarken Special-Effects-Mannschaften vornehmlich Science-Fiction-Filme inszeniert hat. Blockbuster, zugegeben, trotzdem von der Story her nicht minder blöd. Und stets nur auf den großen Knall, das Gemetzel ausgerichtet.

Bei einem wie ihm ist die Frage mehr als berechtigt, ob er überhaupt Feingeist kann, jenes Spiel mit den zarten Nuancen, den großen und kleinen Emotionen.

Passt natürlich irgendwie zu Henkel. Der Mann. Kann vermutlich auch Mozart von Verdi nicht unterscheiden, wenn er überhaupt weiß, wer die zwei gewesen sind.

»Kilian«, Pfeiffer sieht ihm das erste Mal ins Gesicht, »ich darf doch Kilian sagen?«

Kilian schweigt bedeutungsschwer.

»Deine Statur ist eine komplett andere als die von Heiner.«

Sollte Pfeiffer wirklich so lange gebraucht haben, um das festzustellen, dann ist mit ihm etwas überhaupt nicht in Ordnung. Kilian ist fast zwei Meter groß, schlank mit breiten Schultern und dank reichlich Sport athletisch muskulös. Heiner Kurz hingegen ist nicht nur etliche Jahre älter, sondern auch fast dreißig Zentimeter kürzer und um den Bauch herum mit einem üppigen Feinkostgewölbe gesegnet.

»Also, du hast die Größe für den Kohl, die Heiner fehlt, dafür bist du aber zu jung und zu schlank.«

Wäre ich nie drauf gekommen, verkneift sich Kilian gerade noch so, zu sagen.

»Das ist überhaupt kein Problem«, mischt sich der Schneider ein, der sehr jung ist und durch seine schmale, eher weibliche Statur und Körpergröße ein bisschen wie Rumpelstilzchen wirkt. »Wir bauen einen nicht allzu opulenten Fatsuit, der Kilian Masse gibt.«

»Hm.« Pfeiffer sieht nicht gerade überzeugt aus.

Der Schneider geht mit dem Maßband bewaffnet um Kilian herum, hält es hier und da an, zupft an ihm herum und murmelt dabei etwas in seinen nicht vorhandenen Bart. »Im Grunde sind es nur drei Kleidergrößen«, stellt er schließlich fest.

»Aber das Gesicht«, wendet Pfeiffer ein, »das passt doch dann nicht, also der ganze Kopf, von den Relationen her.« Er rupft an Kilians Haaren herum, als müsste er das Gesagte unterstreichen.

Kilian ist mehr als genervt. Er hat sich daran gewöhnt, dass Schneider und Maske an einem zupfen, tupfen und manchmal gar zerren, und das ist okay, denn es gehört nun mal zum Job, aber dass er jetzt auch noch Pfeiffers Getue ertragen soll, das geht zu weit.

»Das polstern die von der Maske auf.« Der Schneider drängt Pfeiffer zur Seite, streicht mit beiden Händen über Kilians Schultern, als gelte es, Staub zu entfernen, und winkt schließlich ab. »Dazu eine entsprechende Perücke, der richtige Anzug, und schon wird aus Kilian Holm ein alternder Helmut Kohl.«

»Ich weiß nicht.« Pfeiffer ist noch immer nicht überzeugt. »Im Film ist so was kein Problem. Da arbeiten wir mit entsprechendem Licht, der richtigen Perspektive und im Notfall wird das gedrehte Material ein bisschen nachbearbeitet. Aber hier? Auf der Bühne?«

»Da kommt es darauf an, dass ich die Person des Helmut Kohl darstelle. Also mit Schauspiel und Gesang die Illusion entstehen lasse, dass der Politiker auf der Bühne agiert.«

»Und das kannst du? Mit … was? Sechsunddreißig Jahren?«

»Ich bin sicher, einen sterbenden König, der vor mehr als hundert Jahren gelebt hat, glaubhaft darzustellen, ist mindestens genauso anspruchsvoll.«

Kilian und Pfeiffer starren sich in die Augen. Ein Duell, das nur einer gewinnen kann, und keiner der beiden Männer ist verlieren gewohnt.

Vielleicht geht es hier jetzt um mehr. Um das Wesen ihrer Zusammenarbeit. Darum, ob Kilian sich von Tobias Pfeiffer herumkommandieren lassen wird oder nicht. Ob er singen wird, wie es der Hollywoodmann will, oder ob er die Rolle so spielen wird, wie er sie versteht.

Vielleicht wird das alles nicht jetzt und hier endgültig entschieden. Vermutlich ist es nur ein Kräftemessen vor der ersten wahren Schlacht. Trotzdem ist es nicht minder wichtig, dieses Duell zu gewinnen. Eine erste deutliche Marke zu setzen. Den anderen in die Schranken zu weisen. Ihm die Zähne zu zeigen.

Es mag sein, dass Pfeiffer damit nicht gerechnet hat. Dass er gedacht hat, oscarprämiert, wie er hier auftaucht, werden sich alle vor ihm auf den Boden werfen und »Ich bin unwürdig« säuseln. Den Kotau vor dem großen Hollywoodnamen und den klingelnden Kassen machen, die er verheißt. Mag sein. Aber diese Rechnung hat Pfeiffer ohne einen wie Kilian gemacht.

»Wir werden sehen.« Der Regisseur presst die Worte zwischen zusammengebissenen Zähnen hervor, macht auf dem Absatz kehrt und stolziert mit großen Schritten davon.

Kilian und der junge Schneider sehen sich an. »Wird lustig«, sagt Letzterer, nachdem die Tür hinter Pfeiffer ins Schloss gefallen ist, und grinst verschmitzt, »mit dem.«

10

Anna lehnt mit der Schulter an der kalten Bordwand des Airbus 320 und sieht aus dem Fenster. Ein langer Flug von New York City nach Frankfurt liegt bereits hinter ihr, und dieser letzte Shuttle nach Berlin kommt ihr dagegen nun wie ein Hüpfer vor.

Der Transatlantikflug endete in Frankfurt mit einer Landung in der untergehenden Sonne, einem roten Feuerball, der die Schleierwolken hat leuchten lassen. Jetzt ist es lange schon dunkel.

Anna ist froh, dass diesmal der Platz neben ihr leer geblieben ist, das erspart ihr eine Unterhaltung. Normalerweise mag sie diese Zufallsbekanntschaften, die für die Länge einer Strecke von Ort zu Ort halten, aber nie von Dauer sind. Menschen, die in ihr Leben fallen und wieder hinaus, mit denen sie mal ernste, mal banale Gespräche führt. Begegnungen, die sie in der Realität verankern, sind für sie in ihrem mit Bravorufen, Blitzlichtgewitter und Anhimmelung gefüllten Vagabundenleben von unschätzbarem Wert.

Nicht aber auf dieser Reise, die sie zurück an den Ort führt, der alles mit der Vergangenheit zu tun hat, aus der es schwer zu entkommen war. In eine Stadt, mit der sie so viel Schmerz verbindet.

Die Lichter am Boden werden zahlreicher, der Druck auf Annas Ohren nerviger. Die Fasten-Seat-Belts-Zeichen leuchten schon lange, der Steward räumt die leeren Tabletts ab und vergewissert sich dabei diskret, dass alle Passagiere der Businessclass angeschnallt sind und sie die Rückenlehne aufgerichtet und die Armlehnen heruntergeklappt haben.

Das Licht in der Kabine erlischt, vor dem Fenster breitet sich Berlin aus, die Umrisse der Stadt deutlich erkennbar, und Anna stellt verwundert fest, dass man von hier oben, selbst Jahrzehnte nach der Wiedervereinigung, immer noch erkennen kann, wo einst die Grenze verlaufen ist. Den ehemaligen Ostteil kennzeichnen wärmere, dunklere Lichter, während der frühere Westteil kältere, hellere Beleuchtung aufweist.

Von Deutschland nach Deutschland ein Katzensprung.

Die Textzeile der Liedermacherin Bettina Wegner fällt ihr auf einmal ein. Die hat in der DDR aus politischen Gründen Auftrittsverbot gehabt, aber den berühmten blauen Pass mit der eingestempelten Genehmigung für Reisen ins westliche Ausland besessen, mit dem sie in den Westen reisen und dort mit ihren Konzerten ihren Lebensunterhalt hat verdienen können. Die Bonzen haben wohl gehofft, sie bleibe eines Tages einfach dort, denn bekannte Künstler und Künstlerinnen auszuweisen, traute sich nach der Wolf-Biermann-Affäre und den Wogen, die dessen Einreiseverbot nach einem Auftritt im Westen geschlagen hat, keiner mehr.

Bettina Wegner ist immer wieder zurückgekommen. Hat dem Druck lange standgehalten, bis auch sie es eines Tages nicht mehr konnte und samt Familie in den Westen übergesiedelt ist. Mut hat eben seine Grenzen. So wie die Fähigkeit, etwas zu ertragen.

Ende sechzig muss die Liedermacherin heute sein, und Anna fragt sich, wie es der Frau, die sie als junges Mädchen für ihre preußische Standhaftigkeit so bewundert hat, wohl gehen mag. Hoffentlich hat sie ein gutes, ein friedliches Leben gefunden. Sie hat es sehr wohl verdient.

Von Deutschland nach Deutschland ein Katzensprung.

Anna sieht den Fernsehturm an den Wolken kratzen, die Plattenbauten rings um den Alexanderplatz sich gen Himmel recken, und schon werden die Lichter unter ihnen heller, mehr silbern als golden.

Verrückt, denkt sie, und fragt sich, ob sie die Trennung auch noch an anderen Dingen spüren wird. Überbleibseln von Diktatur und dem, was viele als den Sieg des Kapitalismus empfunden haben und nicht den der Freiheit und Demokratie über das Unrecht. Ob das immer noch spürbar ist, in jener Stadt, in der sie großgeworden ist?

Und wie wird es für sie wohl sein, wenn sie jetzt gleich in ein Taxi steigt und durch die Stadt fährt?

Während sie dem Boden entgegensinken, den Dächern der Häuser immer näher kommen, muss sie daran denken, dass Freunde ihr erzählt haben, wie sehr sich Berlin verändert habe in den letzten Jahren. Wie international die Stadt geworden sei und vor Kultur und Energie nur so strotze. Wird sie das versöhnen können mit diesem Ort?

Anna weiß es nicht. Und jetzt und hier, da das Fahrwerk des Airbus den Boden berührt, das Geräusch der Triebwerke sich verändert und das Bremsen sie gegen den Beckengurt drückt, ist ihr mulmig bei dem Gedanken, die nächsten Monate in dieser Stadt zu leben und zu arbeiten, der sie als junges Ding einst mit so viel Wut und Verachtung im Bauch den Rücken gekehrt hat. In die sie nie wieder hat zurückkehren wollen. In ihrem ganzen Leben nicht.

Zu spät. Sie hat entschieden, diese Rolle anzunehmen, und damit auch, sich ihrer Vergangenheit zu stellen. Und zwar mehr, als man denken würde. Schließlich handelt auch die Oper von deutscher Trennung und Wiedervereinigung, und ihre Rolle darin hat mehr mit ihrer eigenen Geschichte zu tun, als ihr in diesem Moment lieb ist. Auch die Elsa, die sie spielt, leidet unter den Repressalien der DDR-Diktatur. Nur ist sie mutiger, als Anna es je gewesen ist. Sie stiehlt sich nicht davon, sondern organisiert den Widerstand, lehnt sich auf und gehört zu denen, die die Mauer zu Fall bringen, auch wenn sie den eigenen Vater verrät, um nicht festgenommen zu werden. Und vermutlich ist das die größte Gemeinsamkeit, die Anna und Elsa haben, dass sie sich dem Unrecht beugen, um die eigene Haut zu retten.

Anna ist nicht im Widerstand aktiv gewesen, obwohl Kollegen sie damals dazu gedrängt haben. Sie hat stattdessen systemtreu gelogen, nur um bei ihrem ersten Engagement an der Berliner Staatsoper Unter den Linden bei einem Gastspiel im Westen teilnehmen zu dürfen, von dem sie nie in die DDR zurückgekehrt ist. Und dann hat sie viele Jahre weggesehen, wenn Unrecht an den Opernhäusern der Welt geschehen ist, ein anderes, das doch nicht so anders gewesen ist, geht es doch immer um Macht und ihren Missbrauch auf die ein oder andere Art und Weise. Hat nichts gesagt, um ihre Karriere nicht zu gefährden, selbst dann nicht mehr, als sie bereits ein gefeierter Star gewesen ist und selbst Macht und Einfluss hätte geltend machen können.

Und jetzt ist sie zurück. Dort, wo alles begann, und wird ausgerechnet auf den Regisseur treffen, der sie gedemütigt hat, und auf den Sänger, der seine Hände nicht von den Frauen lassen kann, der unzählige Kolleginnen zu sexuellen Handlungen gezwungen hat.

Was, wenn Heiner Kurz auch dieses Mal seine Macht missbraucht? Was, wenn sie es mitbekommt? Was dann?

Wird sie wieder wegsehen und schweigen? Ist dieses Verhalten vielleicht so tief in ihr verankert, dass sie nicht mehr davon wegkommt? Ist sie, Anna Wolf, weiter von den Heldinnen entfernt, die sie auf den Bühnen der Welt gibt, als alle denken? Als sie selbst von sich denkt?

Es hat keinen Sinn, sich jetzt darüber den Kopf zu zerbrechen, ruft sie sich zur Räson, während sie den Gurt aufschnappen lässt, aufsteht, ihr Handgepäck aus dem Fach über den Sitzen nimmt, den Vogel verlässt und Berliner Boden betritt.

Das alles wird sich zeigen, und selbst wenn sie ein Stück weit befürchtet, eine Wahrheit über sich erkennen zu müssen, von der sie nichts wissen will, so ist es jetzt zu spät für einen Rückzieher. Die Verträge sind besiegelt, sie ist in Berlin.

»It is what it is«, würde ihr geschätzter Kollege Thomas Hampson sagen, neben dem sie nicht nur in Opern gespielt, sondern mit dem sie auch schon unzählige Male Konzerte bestritten hat. Und recht hat er. Es ist, wie es ist.

Die Passkontrolle fällt aus, dafür kommt das Gepäck umso schleppender. Quietschend und ächzend rattert das Band an den Passagieren vorbei. Kaum zu glauben, dass dieser alte Flughafen die Massen von Gästen überhaupt bewältigt. Und nicht nur die Farben, hässliches dreckiges Gelb und staubiges Rot, versetzen einen zurück in die Siebzigerjahre. Die ganze Architektur mit den an überdimensionierte Flugzeugfenster erinnernden Glasscheiben wirkt aus heutiger Sicht betrachtet wie ein schlechter Designwitz.

Anna kann gar nicht fassen, dass es Berliner gibt, die allen Ernstes dieses in die Stadt gebaute Monster behalten wollen. Genauso wenig versteht sie, wie es so lange dauern kann, einen neuen Flughafen zu bauen. Schon mehr als acht Jahre und offenbar noch lange nicht fertig. Und das in einer Stadt, die sich angeblich täglich neu erfindet. Aber wer weiß, vielleicht ist genau das das Problem.

Als sie endlich ihre beiden großen Koffer beisammenhat, geht sie durch die sich vor ihr mit einem Zischen öffnenden

Türen und steht unvermittelt in dem breiten Gang, der die strahlenförmig an das Sechseck gebauten Gates miteinander verbindet. Eine Frau in Uniform gähnt hinter einer Art offenem Schalter, sichtlich uninteressiert daran, wer mit welcher Art von Gepäck die Stadt betritt. Vermutlich hat sie nur noch ihren Feierabend im Sinn, denn in Tegel herrscht Nachtflugverbot und die Maschine, mit der Anna angekommen ist, ist als eine der letzten heute hier gelandet.

Entsprechend ist auch im Flughafengebäude nur noch wenig los. Ein paar einzelne Passagiere hetzen mit ihren Koffern zum Gate nebenan, ein Mann vom Reinigungsdienst schiebt müde seinen großen vollgepackten Wagen, und nur wenige Leute warten vor dem Gate, offenbar, um jemanden abzuholen.

Anna sieht sich um, auf der Suche nach Hinweisen, wo es zum Taxistand geht. Da entdeckt sie ganz vorn in der Reihe der Wartenden eine junge Frau, die ein Schild mit ihrem Namen darauf vor die Brust hält. Gut angezogen, die blonden Haare zu einem Pferdeschwanz gebunden, der Pony fransig frech, die Augen darunter hübsch geschwungen.

Sollte die Agentur, über die Antoine das Appartement gemietet hat, etwa jemanden geschickt haben, um sie abzuholen? Mit allem hat Anna gerechnet, aber gewiss nicht damit.

»Kann es sein, dass Sie auf mich warten?« Sie tritt auf die junge Frau zu. »Anna Wolf.«

»Wunderbar, willkommen.« Das Gesicht der jungen Frau leuchtet in einem Strahlen auf, während sie ihr die Hand entgegenstreckt. »Susanne Kleist. Ihr Management hat das Appartement über mich gemietet. Ich hoffe, Sie hatten eine angenehme Anreise?«

Der Händedruck der jungen Frau ist fest, ohne hart zu sein. Und auch sonst findet Anna sie mit ihrem offenen Lächeln sympathisch. »Ging so«, antwortet sie mit einem Augenzwinkern. »Wie lange Flüge eben so sind.«

Susanne Kleist greift nach den beiden Rollkoffern. »Darf ich?«

»Kleist?« Anna geht neben ihr her durch eine der Türen und tritt in feuchtkalte Berliner Nachtluft, die wie ein feiner Nebel über der Stadt hängt und in der sich der Geruch nach Kerosin mit dem der Autoabgase mischt. »Das werden Sie sicher andauernd gefragt, aber verwandt mit dem Dichter?«

»Heinrich?« Susanne lacht. »Nein, und mir fehlt da auch das ›von‹.«

»Das könnten Sie auch entsorgt haben. Aber Sie haben recht, es war eine dumme Frage.«

Susanne bleibt stehen, lässt ein Taxi passieren und geht dann auf den inneren Parkbereich zu. »Überhaupt nicht dumm«, wiegelt sie ab, und Anna vermerkt es ihr als weiteren Pluspunkt, dass sie dem Moment seine unangenehme Note auf so elegante Art nimmt. »So, wie viele auf den Titel Doktor verzichten, würde ich bestimmt auch ein ›von‹ weglassen, wenn mir eins im Namen überliefert worden wäre.« Sie bleibt vor einem silberfarbenen Ford Fiesta stehen und öffnet die Heckklappe. »Sie sind vermutlich Besseres gewöhnt, Frau Wolf, aber ich habe eine ökologisch bewegte zehnjährige Tochter, die mir allein schon dafür, dass ich in dieser Stadt überhaupt Auto fahre, die Hölle heißmacht. Um des lieben Friedens willen kann ich nicht auch noch einen großen SUV riskieren.«

»Oh, ich besitze gar kein Auto, nicht einmal einen Führerschein.« Anna lässt es sich nicht nehmen, einen ihrer Koffer selbst ins Heck zu laden.

»Das würde Lissi gefallen.« Susanne schließt die Heckklappe und hält Anna die Beifahrertür auf. »Nehmen Sie ruhig schon Platz. Ich gehe nur rasch zum Parkscheinautomaten.«

Von innen wirkt der Wagen wie frisch gereinigt. Kein Bonbonpapier, keine Kekskrümel, wie man es bei jemandem mit einer zehnjährigen Tochter erwarten könnte.

»Da bin ich schon wieder.« Ein wenig außer Atem lässt Susanne sich auf den Fahrersitz gleiten, schnallt sich an und rangiert den Wagen gekonnt aus dem Parkhafen. »Waren Sie länger nicht in der Stadt?« Sie hält an der Schranke, schiebt das Ticket in den Automatenschlitz und lässt anschließend die Scheibe hochgleiten.

»Etliche Jahre«, weicht Anna aus.

»Dann hat sich viel verändert.«

»Ich habe davon gehört.« Sie biegen auf den Stadtring Richtung Innenstadt ab. Der Asphalt glänzt, offenbar hat es vor nicht allzu langer Zeit geregnet. »Na, ich werde ausreichend Zeit haben, mich davon zu überzeugen.« Anna sagt das deutlich lockerer, als sie sich dabei fühlt. Aber sie kennt Susanne Kleist nicht, und in ihrem Beruf hat sie früh gelernt, niemandem zu schnell zu vertrauen, egal, wie sympathisch der- oder diejenige ihr ist. Zu verlockend ist für viele die Aussicht auf fünf Minuten Ruhm, die ein Interview einem verschafft. Und dann ist schnell etwas ausgeplaudert, was nie an die Öffentlichkeit dringen sollte. Den einzigen Schutz dagegen bietet die eigene Verschwiegenheit, auch wenn es manchmal schwerfällt.

»Haben Sie früher schon an der Staatsoper gesungen?« Susanne wirft ihr einen kurzen Seitenblick zu und schüttelt dann leicht den Kopf. »Entschuldigung, Frau Wolf, ich sollte Sie wirklich nicht mit meinen Fragen bombardieren. Bitte verzeihen Sie es mir, ich bin sonst nicht so unprofessionell.«

»Alles gut.« Anna mustert das Profil der jungen Frau, während sie den Stadtring verlassen. Wie alt mag sie sein? Anfang dreißig, und dann schon eine zehnjährige Tochter? Vielleicht wirkt sie einfach nur jünger, als sie ist. »Ich bin, was Fragen betrifft, einiges gewöhnt, das bringt der Beruf so mit sich. Und Ihre waren bisher noch sehr harmlos.«

»Dann ist es ja gut.« Susanne seufzt, und es klingt, als käme es aus tiefstem Herzen. »Es ist einfach nur so, dass ich ein irrer

Opernfan bin, und ich hatte noch nie Gelegenheit, mal mit einer Sängerin oder einem Sänger zu sprechen, und jetzt sitzen Sie hier in meinem Auto, und ich würde Ihnen am liebsten einen ganzen Haufen von Fragen stellen.«

Für ein paar Augenblicke kehrt eine eigenartige Stille zwischen ihnen ein, während das Schloss Charlottenburg an ihnen vorbeizieht, und Anna weiß, es liegt bei ihr, wie es zwischen ihnen jetzt weitergehen mag, nachdem diese Art von Geständnis aus Susannes Mund gesprudelt ist. Es ist ein dünnes Eis, auf das sie sich wagen kann, oder sie lässt es sein, riskiert nicht, dass es bricht und das kalte Wasser sie verschlingt.

»Aber Sie tun es nicht«, sagt Anna schließlich und betritt damit den schmalen Grat zwischen Vertrauen und Misstrauen, der sie trennt oder verbindet, je nachdem, wie man es sehen mag. »Das ehrt Sie, Susanne.« Sie wagt einen weiteren Schritt und wartet auf das Knirschen, die ersten Risse, auch wenn sie weiß, dass sich die erst viel später zeigen mögen, dann, wenn es zu spät ist.

»Oh, ich fürchte, Ihre Meinung über mich wäre eine andere, würden Sie meine Tochter kennen.«

»Mit zehn schon in dem Alter, in dem die eigene Mutter nur noch peinlich und eine Zumutung ist?«

Susanne lacht auf. »Teilweise, aber so habe ich das gar nicht gemeint.«

»Sondern?«

Vor ihnen taucht der Ernst-Reuter-Platz mit seinen Wasserfontänen auf, links und rechts dahinter die hässlichen Bauten der Technischen Universität, weiter vorn die Siegessäule.

»Lissi hat ihre Liebe zur Oper auf eine ganz besondere Art entdeckt.« Susanne wirkt, als wundere sie sich sehr über ihr Kind.

»Das klingt jetzt aber interessant.«

»Es gibt da so ein Projekt, die Kinderoper der Staatsoper, und dafür hat sie das Vorsingen nicht nur bestanden, sondern sogar die Hauptrolle ergattert. Und das, obwohl ich sie vorher nie habe singen hören.«

»Das klingt nach Liebe«, stellt Anna schmunzelnd fest. »Erzählen Sie mehr davon.«

Susanne berichtet von ersten Proben, dicken Heften voller Text und Noten und dem Enthusiasmus, mit dem sich Lissi in all das wirft, während sie den Tiergarten durchqueren, rechts am Brandenburger Tor vorbeifahren und dann hinter der amerikanischen Botschaft Richtung Friedrichstraße abbiegen. Und so sehr Anna Susannes Bedenken verstehen kann, dass Lissis schulische Leistungen unter der Begeisterung für die Oper leiden könnten, so sehr freut es sie auch, von Kindern zu hören, die sich in diese Kunstform verlieben und dafür sorgen werden, dass Oper sich verjüngt und vielleicht sogar auf die ein oder andere Art erneuert. Das macht Mut und gibt Hoffnung in einer Zeit, in der diesem musikalischen Schauspiel an sich oft etwas allzu Verstaubtes angedichtet und der baldige Tod prophezeit wird. Denn was wäre die Welt ohne diese Kunstform, die es wie keine andere vermag, Dilemma in eine Geschichte zu verpacken und diese nicht nur so zu erzählen, dass wir sie mit allen Sinnen verstehen, sondern sie gleichzeitig emotional so zu unterfüttern, dass sie uns berührt?

»Wenn Lissi es liebt, wird es ihr leichtfallen«, macht Anna daher Susanne Mut, während ihr Blick aus dem Fenster schweift und sie eine erste Ahnung davon bekommt, wie sehr das ehemalige Ost-Berlin sich verändert hat, seit sie in den Westen geflohen ist.

Einst graue Fassaden sind saniert, zwischen alte Prachtbauten neue Gebäude gesetzt, die mit viel Glas Leichtigkeit verströmen. Vor allem aber ist von der düsteren Farblosigkeit, die dieser Teil der Stadt zu DDR-Zeiten gehabt hat, nichts mehr übrig. Alles ist heute so bunt, laut und lebendig, wie es früher nur der Westen gewesen ist. Und auf der Straße sind trotz der späten Stunde jede Menge Leute unterwegs.

»Da wären wir.« Susanne Kleist hält vor einem Neubau in der Behrenstraße unweit der Oper. Die Fassade reflektiert die Lichter, eine Stahl-Glas-Konstruktion. Der breite Eingang ist hell erleuchtet. »Das Appartement befindet sich im obersten Stock. Ich bringe Sie noch hinauf.«

»Zur Oper geht es dort entlang, oder?« Anna steigt aus und zeigt mit der Hand in die entsprechende Richtung der Straße.

»Genau. Am Bebelplatz einfach am Hotel de Rome vorbei, dann kommen Sie direkt zum Hintereingang im Intendanzgebäude. Keine fünf Minuten Fußweg von hier.«

»Perfekt.« Anna nimmt einen der beiden Koffer, auch wenn Susanne protestiert. »Lassen Sie, Sie sind doch nicht mein Gepäckträger.«

»Der Klavierstimmer war heute Morgen noch da.« Susanne hält ihr die Tür auf und geht dann auf den Fahrstuhl zu. »Und ich habe mir erlaubt, wenigstens ein paar Getränke, Kaffee, Milch und dergleichen für Sie bereitzustellen.« Sie drückt auf den Knopf, um den Lift zu rufen.

»Das ist eine Menge Service«, stellt Anna überrascht fest.

Susanne lächelt und lässt ihr den Vortritt in den Aufzug. »Standard bei mir.«

»Und davon kann man leben?«

»Mein Hauptgeschäft ist der Verkauf von Wohnungen und Häusern.« Susanne drückt die Acht, die Türen gleiten lautlos zu und der Lift setzt sich in Bewegung. »Das mit der Vermietung auf Zeit ist neu im Programm, aber es macht mir mehr Spaß, als ich gedacht habe.«

Sie erreichen den achten Stock. Von einer fast quadratischen Art Vorhalle gehen drei Türen ab. Susanne geht auf die linke zu, hält einen Transponder an ein Lesegerät, es summt und die Tür geht auf. Anna folgt ihr in die Wohnung.

»Der Kleiderschrank ist in der Diele in die Wand eingebaut.« Susanne lässt den Koffer davor stehen und geht weiter.

»Hier befindet sich die Toilette«, sie stößt eine Tür auf, dann eine andere, »und hier ist das Schlafzimmer mit En-Suite-Bad dort hinten.« Mitten im Raum steht ein großes Bett so, dass man von ihm aus zur Fensterfront blickt, links und rechts daneben je ein kleiner Tisch. Sonst ist der Raum leer. »Und hier geht es ins Wohnzimmer mit offener Küche.«

Anna betritt den imposanten Raum. Selbst der Flügel wirkt klein darin. Vor der bodentiefen Fensterfront steht ein Ecksofa, die Küche ist zum Wohnbereich hin durch einen Tisch mit sechs Stühlen getrennt. Das Parkett glänzt honigbraun, eine große Stehlampe mit geschwungenem Schirm wirft warmweißes Licht.

»Ich lege Ihnen den Schlüssel und den Transponder auf den Tisch.« Susanne hält eine dunkelblaue Mappe hoch. »Hier drin finden Sie alle notwendigen Telefonnummern vom Hausmeister und dergleichen, falls etwas sein sollte. Ich gebe noch meine Visitenkarte dazu. Sie können mich jederzeit anrufen.« Sie legt auch die Mappe auf den Tisch und streckt Anna ihre Hand entgegen. »Ich wünsche Ihnen einen angenehmen Aufenthalt, Frau Wolf.«

»Danke. Und grüßen Sie Ihre Tochter von mir.«

»Das mache ich.« Susanne lächelt und wirkt auf einmal ein wenig scheu. »Es ist mir wirklich eine Ehre, Sie kennenzulernen. Ich hoffe sehr, meine Stadt ist gut zu Ihnen.«

Nachdem Susanne das Appartement verlassen hat, tritt Anna auf die große Dachterrasse. Selbst von hier kann sie die Staatsoper sehen. Zartrosa zeichnet sie sich gegen den Nachthimmel ab, die Skulpturen auf den Dachkanten starre Gestalten, die zu ihr herüberzugrüßen scheinen. Schräg hinter dem Gebäude reckt sich der Fernsehturm in die Luft. Ein Mahnmal auf der Landkarte ihrer Erinnerungen.

Sie ist also wirklich zurück. In Berlin. Und zumindest der Empfang war deutlich angenehmer als erwartet.

11

Es ist ungewöhnlich warm an diesem späten Septembersamstag, fast schon, als wollte der Sommer noch einmal zurückkehren. Die Sonne steht zwar bereits tiefer am Mittagshimmel, dennoch wohnt ihr eine Kraft inne, mit der sie auf die Stadt herabzulächeln scheint.

Die Touristen auf dem Bebelplatz posieren für Fotos, einige stehen um die in den Boden eingelassene Glasplatte herum und machen Fotos von dem Denkmal zur Erinnerung an die Bücherverbrennungen unter der NS-Diktatur, ein Schacht mit leeren Regalen. Rote Sightseeing-Busse fahren auf der Straße Unter den Linden Richtung Alexanderplatz. Ein Paar lässt sich in einer Rikscha herumkutschieren, die beiden halten Händchen und wirken sehr verliebt. Einige besonders ambitionierte Studierende hechten die Treppe der juristischen Fakultät der Humboldt-Universität hinauf. Auf der Dachterrasse des Hotel de Rome stehen trotz des beginnenden Herbstes noch Palmen und selbst die großen Sonnenschirme sind aufgespannt.

»Bist du gar nicht aufgeregt?«, fragt Julie Lissi und wirft einen Seitenblick auf die Staatsoper, jenen majestätisch wirkenden Bau, der die gesamte Länge des Platzes einnimmt und dennoch klein wirkt. Susanne hat einen wichtigen Besichtigungstermin, und so hat Julie sich bereit erklärt, Lissi zu begleiten.

»Es ist nur eine Probe«, gibt Lissi kopfschüttelnd zurück, die Notenmappe unter dem Arm.

»Ja, aber nicht irgendeine Probe, sondern eine mit dem Orchester!« Aus irgendeinem Grund findet sie die Leuchtschrift, die auf die Einfahrt zum Parkhaus unter der Oper hinweist, irritierend. Unpassend. Das einzige moderne Element hier zwischen all dem Klassizismus.

»Ja, und?« Lissi sieht sie an und rollt die Augen.

Etwas ist mit ihr passiert, seit sie eine der Hauptrollen in dem Projekt Kinderoper ergattert hat. Aus dem stillen, schüchternen Mädchen wird von Tag zu Tag mehr eine selbstbewusste Person. Als ob all die Proben, das Textlernen, die harte Arbeit neben der Schule etwas in ihr umsortiert, umbaut, und es fällt Julie schwer, Schritt zu halten, obgleich sie sehr wohl sehen kann, wie gut dem Mädchen das alles tut.

Lissi lässt sich nicht mehr so sehr aus der Balance kippen, schlägt nicht mehr leck, wenn alle sich gegen sie verschwören, und bekommt immer seltener Schlagseite, wenn jemand sie hänselt. Wenn das so weitergeht, wird aus dem kleinen Ruderboot ein stolzes Segelschiff, das allen Stürmen trotzen kann. Und sie singt. Immer öfter. Auch, wenn jemand sie hören kann.

»Und du weißt, wo wir hinmüssen?« Skeptisch beäugt Julie das Gebäude hinter der Staatsoper, auf das sie zusteuern und das zumindest oberirdisch nicht mit der Oper verbunden scheint.

»Wir treffen uns im Foyer, hat Katharina gesagt.« Lissi überquert zielstrebig die Straße und geht auf das große Portal zu, über das sich drei Doppelfenster breit ein Balkon spannt, der von dicken Pfeilern gehalten wird, auf deren Säulenköpfen Skulpturen Szenen nachstellen. Am zweiten Pfeiler von links prangt ein Schild, auf dem in goldenen Lettern »Deutsche Staatsoper Intendanz« steht.

Julie stößt mit einiger Mühe die schwere Holztür auf, und schon befinden sie sich im Eingangsbereich. Rechter Hand sitzt ein Pförtner in seiner geräumigen Loge. Hinter ihm an der Wand blinkt Technik in einem Kasten, daneben ist ein großes altmodisches Schlüsselbrett angebracht. An einigen Haken hängen Nummernschilder, an anderen Schlüssel, wieder andere sind leer.

»Guten Tag«, spricht Julie den Pförtner an. Er ist bestimmt Anfang sechzig, trägt ein schwarzes T-Shirt mit Lindenblatt darauf, dem Logo des Hauses, und hat einen dicken silbernen Haarschopf. »Wir möchten zur Probe der Kinderoper. Da sind wir hier doch richtig, oder?« Sie weiß nicht genau, warum sie dieser Ort hier mit einer eigenartigen Form von Ehrfurcht erfüllt.

»Gehen Sie einfach durch«, sagt er mit sonorer Stimme und rollt auf seinem Stuhl ein Stück nach links. »Da warten schon ein paar andere.«

Ein leiser Summton erklingt, und die Tür, die ins Innere des Gebäudes führt, lässt sich aufziehen. Wer hätte gedacht, dass der allererste Opernbesuch ihres Lebens sie ausgerechnet durch den Hintereingang führen würde?

Braune Steinfliesen zieren auch hier den Boden. Alles erinnert sie an hochherrschaftliche Wohnungen in Berliner Altbauten. Weiße Kassettenumrandungen, die zartgrün gestrichene Wände einfassen, dazu Säulen und ein schwerer Leuchter, dessen Glühbirnen in Trichtern aus Milchglas sitzen, die wie geschwungene Vasen aussehen, dazu passend kleine Lampen an den Wänden.

Der erste Treppenabsatz hat nur vier Stufen, an der Wand darüber prangen goldene Lettern: »Probebühne 3«. Rechts führt ein Gang entlang, von dem mehrere Türen abgehen, links ist eine verschlossene Tür, direkt neben der Treppe geht es ins »Casino«, doch ehe sie sich fragen kann, was das ist, sind sie schon umringt von den anderen Kindern, die mit Lissi zusammen proben.

»Ach hallo!« Katharina steht plötzlich vor ihr und streckt ihr die Hand entgegen. »Sie waren noch nicht hier, oder?«

»Hallo, nein.« Julie schlägt ein und fühlt sich irgendwie verunsichert, gerade so, als befürchte sie, die Frau könnte ihr ihre Unwissenheit zum Thema Oper ansehen.

»Dann schlage ich vor, Sie begleiten uns zum Orchesterprobensaal, damit Sie wissen, wo Sie Lissi wieder abholen müssen.«

»Okay.« Sie würde vermutlich zu allem Ja sagen, so, wie sie sich gerade fühlt, aber das muss Katharina nicht wissen. »Wie lang wird es denn dauern?«

»Nur knapp zwei Stunden heute. Wenn Sie nichts Besseres mit der Zeit vorhaben, können Sie einfach im Casino einen Kaffee trinken. Kuchen gibt es da auch meist ganz leckeren.« Sie zwinkert ihr zu. »Und da das Wetter noch so schön ist, können Sie sogar im Innenhof dabei ein bisschen Sonne tanken.«

»Klingt nach einem guten Plan.« Julie versucht ein souveränes Lächeln, doch es fühlt sich angestrengt an.

Sie gehen den Gang rechts entlang, der ins Probenzentrum führt, das neueren Baudatums zu sein scheint. Gesprenkelter Steinfußboden, weiße Wände mit bodentiefen Fenstern, die auf den Innenhof hinausgehen, die Innenwände moderner Waschbeton, die schmalen Neonleuchten in der Decke Lichtstreifen, die in weiß beschichtetes Metall eingelassen sind.

Die Kinder plappern, während Katharina sie eine Treppe hinaufführt. Die zweimannbreiten Stufen sind aus dunklem Stabparkett. Auf einer Seite sind unter dem Handlauf schmale Neonleuchten hochkant in die Wand eingelassen. Trotzdem kommt es Julie hier dunkel vor, nahezu bedrückend, aber vielleicht ist das nur das eigenartige Gefühl, das in diesem Gebäude in ihr aufgekommen ist. Fast als erwartete sie, dass hinter jeder Ecke das Drama lauert.

Schmale, an der Wand befestigte Schilder aus dunklem Holz mit heller Schrift weisen den Weg in einen Bau, der dafür erschaffen scheint, einem im Nullkommanichts die Orientierung zu rauben. »Probebühnen 2/3«, »Orchesterprobe«, »Chorprobe«, »Ballettproben 1/2« steht auf ihnen, und sie fragt sich, wie sie jemals zu besagtem Casino hin- und von dort wieder zurückfinden soll.

Nach verwirrend vielen Stufen kommen sie in einem breiten Gang an. Schrankkoffer stehen an der Wand zwischen den bodentiefen Fenstern, einer davon ist geöffnet und gibt den Blick auf eine Reihe von Fracks frei, die an einer Kleiderstange darin hängen. Ein Stück weiter stehen Bässe in ihren Instrumentenkoffern, dahinter ein nächster Schrankkoffer, der die Aufschrift »Staatskapelle Berlin« trägt.

Auf der anderen Seite befindet sich eine breite Tür, über der »Orchesterprobensaal« geschrieben steht. Ein Stück weiter wird der Gang breiter, und ein Flügel steht neben der Tür, deren Beschriftung sie eindeutig als Eingang zur Damentoilette ausweist. Sie bleiben vor der breiten Tür stehen.

»Hier können Sie Lissi in zwei Stunden wieder in Empfang nehmen«, spricht Katharina Julie an. »Entweder Sie nehmen den gleichen Weg zurück zum Casino, den wir gerade gekommen sind, oder Sie gehen den Gang hier bis zum Ende, biegen links ab und gehen dann bis zur Treppe. Diese dann bis ganz nach unten, und dort können Sie den anderen Eingang zum Casino gar nicht verfehlen.« Sie lächelt. »Klingt verwirrend, ich weiß. Die meisten finden es erst mal schwierig, sich im Gebäudekomplex zurechtzufinden. Aber eigentlich ist es hier im Probenzentrum ganz einfach.«

»Ich werde schon nicht verloren gehen«, macht Julie sich selber Mut und sieht zu, wie Lissi zusammen mit den anderen im Orchesterprobensaal verschwindet.

Als die Tür hinter den Kindern leise ins Schloss fällt, wird es plötzlich still um sie. Mit großen Augen schaut sie sich um, noch immer ein wenig überwältigt davon, dass ausgerechnet sie sich im Backstagebereich einer Oper aufhält, und mit der begeisterten Stimme von Susa im Ohr, mit der die Freundin ihr nach den ersten Proben von Lissi erzählt hat, wie sie durch diese für sie heiligen Hallen gewandelt ist.

Und selbst wenn Julie Susas Liebe zur Oper nicht teilt, so ist ihr in diesem Moment doch, als könnte sie etwas von dem Glanz spüren, der das Haus zu umgeben scheint. Als wäre die Luft hier eine andere. Erfüllt von Musik und harter Arbeit, von großen Emotionen und noch größerem Dilemma. Eine Welt für sich, in die sie lugen darf. Sie bekommt auf einmal eine Ahnung davon, mit welch atemlosem Herzschlag sie Lissis erste Aufführung verfolgen wird.

Bevor diese seltsame Ehrfurcht sie vollkommen lähmt, gibt sich Julie einen Ruck und schreitet andächtig den Gang entlang bis zum anderen Ende. Rechts geht es zum Chorprobensaal, links zweigt ein schmaler Gang ab, von dem offenbar Bürotüren abgehen. In einer Nische steht ein großer Kopierer, und ihr kommt es eigenartig vor, hier auf so ein banales Bürogerät zu stoßen. Aber das ist natürlich Quatsch, denn selbstverständlich muss das Haus auch verwaltet und gemanagt werden. Was hat sie denn gedacht? Dass hier nur künstlerisch tätige Menschen arbeiten?

Über sich selbst den Kopf schüttelnd geht Julie die Treppe hinunter. Nicht nur, dass sie eine weltfremde Vorstellung hat, sie hätte auch noch mal auf die Toilette gehen sollen, denn wer weiß, ob sich neben dem Casino eine befindet.

Sie will gerade umkehren und noch einmal zurücklaufen, da sieht sie halb um die Ecke eine Tür mit der Aufschrift für eine Herrentoilette. In der Annahme, dass eine für Damen dann auch nicht weit sein kann, geht sie den winkligen Gang ein Stück weiter und wird prompt belohnt. Und irgendwie ist es eine lustige Vorstellung, dass diese Toiletten hier vermutlich schon sehr berühmte Damen aufgesucht haben.

Als Julie anschließend wieder in den Gang tritt, kann sie sich nicht mehr so recht entsinnen, ob sie von links oder rechts gekommen ist. Alles sieht gleich aus, und nichts bietet Orientierung. Sie bleibt einen Moment lang ratlos stehen und versucht, sich zu erinnern.

Links? Rechts?

Vermutlich sollte sie einfach ein Stück gehen, dann weiß sie bestimmt wieder, wo der richtige Weg ist. Beherzt wendet Julie sich nach rechts und marschiert den langen Gang entlang.

War es wirklich so weit bis zur Treppe?

Sie will schon umdrehen, da taucht das Treppenhaus auf. Doch richtig, oder? Irgendwie sieht es schmaler aus. Aber vielleicht scheint das nur so.

Julie geht bis ganz nach unten und steht vor einem etwas breiteren Gang, einer Art Brücke, die über das offene Untergeschoss führt. Das kann nicht der Weg zum Casino sein, oder?

Neugierig wagt sie sich ein paar Schritte weiter vor.

Unter ihr tut sich eine Art Zufahrt auf. Eine Holzkonstruktion auf dünn wirkendem Gestänge scheint so etwas wie eine Laderampe zu sein. Ein Stück weiter lehnen riesige, mit schwarzem Stoff bespannte Holzbretter an der Wand. Bühnenteile? Dann tauchen zwei Frauen auf, die irgendetwas Großes die Zufahrt entlangrollen, das unter einer weißen Plastikplane steckt.

Sie geht weiter, und am Ende der Brücke entdeckt sie plötzlich wieder Wegweiser an der Wand: »Bühnenhaus«.

Sie sollte nicht hier sein.

Wie angewurzelt bleibt Julie stehen.

Sie sollte umdrehen. Einfach über die Brücke zurückgehen und die Treppe hinauf, bis sie wieder weiß, wo sie ist.

Aber.

Nichts aber. Sie hat hier nichts zu suchen. Verläuft sich höchstens noch mehr und findet nie mehr zum Orchesterprobensaal zurück oder schlimmer noch, wird erwischt und achtkantig hinausgeworfen. Und wer holt dann Lissi ab?

Und vielleicht bleibt es nicht mal bei einem Rauswurf. Schließlich weiß sie von Susa, dass man es hier im Haus sehr genau damit nimmt, wer wo wann sein darf als Besucher. Vielleicht riskiert sie gerade eine Anzeige wegen Hausfriedensbruchs. Oder im schlimmsten Fall sogar versuchten Einbruchs.

Julies Verstand drängt nach Umkehr. Doch ihre Füße gehorchen ihm nicht. Stattdessen steht sie, die Augen starr auf das Wort »Sologarderoben« auf einem Hinweisschild gerichtet. Ein Magnet, der sie magisch anzieht.

Julie beißt auf ihrer Unterlippe herum und bekommt den Übermut nicht in den Griff, der sich in ihr regt. Ein verschlafenes Monster, das sich reckt und streckt, nicht gewillt, irgendwem zuzuhören, schon gar nicht ihrem Verstand. Das sich schließlich erhebt, zu enormer Größe wächst und lacht.

Nur einmal kurz gucken, wispert es ihr zu und gluckst vergnügt. Ganz kurz nur.

Wider besseres Wissen schleicht sie den Gang entlang, setzt vorsichtig Fuß für Fuß. Wie ein Einbrecher, der nicht ertappt werden will. Und mit jedem Schritt wird ihr leichter, schwindliger im Kopf.

Der Gang gabelt sich. Rechts »Bühne Charlottenburg, Sologarderoben 1–6«, links »Garderoben«. Sie biegt nach rechts und kann kaum fassen, dass ihr bis hierher niemand begegnet ist.

An einer Tür prangt ein Aufkleber, der sie kichern lässt. Ein Mann mit Fliege, über ihm ein Duschkopf, aus dem Wasser kommt.

Unfassbar. Die Fliege.

Ein Stück weiter folgen hinter scheinbar achtlos offen gelassenen Türen die Sologarderoben, deren Einrichtung jeden

Glamour vermissen lässt. Längliche Räume mit einer Art offenem Einbauschrank mit Kleiderstange, an einer Stirnseite ein Spiegel mit Neonbeleuchtung rundherum, einer Ablage darunter und einem Schminksessel davor, an der anderen ebenfalls Spiegel, jedoch mit einer gefliesten Ablage davor und einem Waschbecken, das darunter hängt.

Eine Garderobe gleicht der anderen, und nur die herumstehenden Gegenstände lassen vermuten, dass die jeweiligen Sänger und Sängerinnen unterschiedliche Bedürfnisse haben. In einer sieht sie einen Wasserkocher, daneben Becher und Teepackungen, in einer anderen eine kleine Kaffeemaschine neben Flüssigseife, Deo und Handcreme. In allen hängen Bademäntel aus fließendem glänzendem Stoff, in manchen sind offenbar schon die Kostüme für den Abend bereitgestellt.

Die mittlere der Garderoben erweckt Julies ganz besondere Aufmerksamkeit. Auf der Ablage vor dem Spiegel liegt ein kleines elektrisches Keyboard. Im offenen Schrank hängt neben dem Bademantel ein prachtvolles Gewand, eine Art Umhang aus schwerem Stoff, bestickt mit Gold und glitzernden Steinen. Darunter stehen seltsam gebogene Schuhe neben Pantoffeln. Doch was sie wirklich innehalten lässt, ist die Krone, die auf der Ablage liegt.

Sie kann nicht anders, sie schlüpft durch die Tür, tritt ganz nah an die Krone heran. Auf Hochglanz poliertes Gold, filigran geschwungen und dabei trotzdem gewaltig, besetzt mit unzähligen rot funkelnden Steinen. Ein König muss sie tragen.

Julie kann nicht sagen, woher sie das nimmt. Aber sie weiß es einfach. So, wie sie sicher ist, diese besondere Präsenz des Menschen spüren zu können, der sie trägt. Eine Art Energie, die in der Luft liegt, den Raum füllt, und sie weiß, wie verrückt das klingt.

Ohne nachzudenken, streckt sie die Hand aus. Berührt das Gewand, spürt den derben Stoff an ihren Fingerkuppen und meint, die Wärme einer ihr unbekannten Person darin wahrzunehmen. Als hätte es jemand gerade erst ausgezogen.

Atmet die Luft, schmeckt den fremden Geruch, der in ihr schwebt, und ehe sie sich versieht, greifen ihre Hände nach der Krone, heben sie hoch.

Ohne nachzudenken, platziert sie sie vorsichtig auf ihrem Kopf, sieht sich selbst im Spiegel ins Gesicht, entdeckt eine andere, eine, die aussieht wie sie selbst und doch nicht dieselbe ist, und könnte für immer hier stehen bleiben, so magisch ist dieser gestohlene Moment.

Sie muss ihn festhalten. Diesen einen Augenblick. Damit sie ihn behalten kann. Damit er für immer ihr ist. Und sie weiß nicht, warum sie das denkt, und spürt, warum sie es tun muss, aber es fühlt sich so unsagbar gut an, drängt sie, als würde sie etwas Wichtiges verlieren, wenn sie es nicht täte.

Und so holt sie das Handy aus der Hosentasche, hält es neben sich, drückt ab. Ein Mal, zwei Mal, drei Mal.

»Steht Ihnen gut. Besser als mir.«

Die tiefe und dennoch klare Stimme lässt Julie zusammenfahren.

Ertappt!

Alle Sirenen in ihr kreischen Alarm.

Aufgeflogen. Erwischt.

O Gott!

Sie fährt herum, sieht den groß gewachsenen Mann lässig im Türrahmen lehnen. Imposante Gestalt, athletisch, kurze, dunkelblonde Haare, so exakt geschnitten wie der schmale Henriquatre-Bart, ein schelmisches Blitzen in den meerblauen Augen, ein amüsiertes Grinsen im Gesicht, die Arme vor der Brust verschränkt.

»Ich …«

Die Krone poltert zu Boden.

Wie angeschossen knallt sie gegen ihn, drängelt sich an ihm vorbei, rennt den Gang entlang, flüchtet und fürchtet, jede Sekunde am Arm gepackt und zu Boden gerissen zu werden.

Rasendes Herz, das die Brust sprengen will. Hört das Blut in sich rauschen, das Adrenalin heiß durch ihre Adern schießen. Ihr Puls eine Herde fliehender Pferde. Nur noch eines im Sinn: Weg hier, bloß weg hier!

Biegt blind um mehrere Ecken, völlig ahnungslos, wo sie ist, wo sie lang muss. Auf der Flucht, vor Verfolgern, vor ihm, vor sich selbst.

Plötzlich eine Horde Leute vor ihr, die den Gang versperren.

Julie bremst abrupt, gerade noch so, ehe sie in einen Mann kracht, der am Rand steht, bleibt keuchend stehen, dreht sich um, schaut in alle Richtungen und kann keinen Ausweg entdecken.

Ein großer schlanker Mann mit schütterem dunkelbraunem Haar sagt etwas, jemand anderes stellt eine Frage.

Eine Führung? Kann das sein? Und wenn ja, dann ist das ihre Rettung.

Sie schnappt nach Luft, versucht, ihre Atmung zu beruhigen, und schleicht sich in das hintere Ende der Gruppe hinein.

Der Mann spricht über die Garderoben und den Weg von hier zur Bühne.

Eine Führung. Tatsächlich. Julie kann ihr Glück kaum fassen. Jetzt muss es ihr nur noch gelingen, nicht aufzufallen, dann ist sie aus dem Schneider.

Was musste sie auch so übermütig sein, denkt sie und trottet den anderen hinterher. Nicht nur, dass sie sich überhaupt in diesen Teil des Opernhauses gewagt hat, nein, da musste sie auch noch einfach so in eine Garderobe spazieren und die Krone aufsetzen.

Die Krone.

O Gott!

Was, wenn das Ding kaputt gegangen ist?

Zu spät. Sie kann jetzt unmöglich zurückgehen.

Oh, Mann, was hat sie sich bei der Aktion nur gedacht?

Sie hat gar nichts gedacht. Das ist die bittere Wahrheit. Sie hat sich davontragen lassen, von diesem Bau und seiner Atmosphäre, von der Situation, in einem Opernhaus umherzugehen, in einer fremden Welt, zu der kaum jemand Zutritt hat. Sie war unvernünftig. Und übermütig. Kopflos. Und es hat keinen Sinn, jetzt lange darüber nachzudenken.

Geschehen ist geschehen, und schon um Lissis willen muss sie sehen, wie sie jetzt unbemerkt davonkommt. Denn was bedeutet das wohl für sie, wenn sie erwischt wird? Werfen sie Lissi dann hinaus? Weil ihre Begleitung sich nicht zu benehmen weiß? Sich in Bereichen bewegt, zu denen sie keinen Zutritt hat? Das kann sie dem Kind unmöglich antun.

Und so folgt sie der Führung, bewegt sich leise, sieht zu, dass sie niemanden anstößt und auch sonst nicht auffällt.

Durch Gänge, um unzählige Ecken herum, einige Treppen hinauf geht es, und dann landen sie auf wundersame Weise im Probenzentrum vor dem Orchesterprobensaal.

Julie lässt sich zurückfallen, wird immer langsamer, lässt die Gruppe davonziehen, sieht ihr nach, wie einer nach dem anderen in dem dunklen Treppengang verschwindet, den sie mit Katharina und den Kindern zusammen heraufgekommen ist.

Wie lange ist das her? Jahre? Ein Leben?

Erschöpft sinkt sie auf eine schmale Bank, die gegenüber dem Flügel zwischen zwei Fenstern steht, lehnt den Rücken gegen die Wand und atmet so tief aus, als hätte sie ewiglich die Luft angehalten.

Grundgütiger! Das ist gerade noch einmal gut gegangen.

12

Kilian reibt sich die Schulter an der Stelle, wo er gegen den Türrahmen gepoltert ist, als die junge Frau ihn so unsanft zur Seite geschubst hat. Vermutlich gibt das einen blauen Fleck. Unangenehm, aber nicht weiter schlimm.

Er tritt in die Garderobe hinein, sieht sich um. Nichts scheint zu fehlen. Vorsichtig hebt er die Krone auf. Ein paar der Steine sind aus ihrer Fassung gefallen, die Zacken ein wenig verbogen. Er sammelt die Steine vom Boden auf, dann legt er alles vorsichtig auf der Ablage ab, greift nach dem Telefon und drückt auf die Kurzwahltaste für die Requisite.

»Kilian hier«, sagt er, als eine Frauenstimme sich meldet. »Sologarderobe vier. Mir ist die Krone blöderweise hinuntergefallen.«

»Wie schlimm?« Ihre Stimme klingt alarmiert. Kein Wunder, nur wenige Stunden vor der Aufführung.

»Ein bisschen verbogen und ein paar Steine haben sich gelöst.«

»Ich komme.«

Noch ehe er etwas sagen kann, hat sie aufgelegt.

Kilian sinkt in den Stuhl, stützt die Ellenbogen auf, das Kinn auf die ineinander verschränkten Hände gelegt, dreht sich eine knappe Viertelumdrehung nach rechts, rüber nach links, wieder nach rechts. Pendelt gedankenverloren hin und her, den Blick auf die offene Tür gerichtet, durch die die junge Frau entschwunden ist.

Er wollte sie nicht derart erschrecken, aber was zum Henker hat sie überhaupt in seiner Garderobe getrieben? Abgesehen davon, Selfies mit seiner Krone auf dem Kopf zu schießen? Ein ungeheuer hübscher Kopf übrigens. Mit Korkenzieherlocken, die bis zu ihren schön geschwungenen Hüften reichen. Ob das Weißblond echt ist?

Wer ist das überhaupt gewesen?

Vielleicht eine, die den Anschluss an ihre Gruppe verloren hat? Heute finden doch Führungen statt oder etwa nicht?

Dass Requisite und Schneiderei aber auch immer schon so früh die Garderoben ausstatten. Vor allem an Tagen, an denen sie wissen müssen, dass Führungen laufen.

Irgendwann verschwindet hier noch mal etwas. Und was dann? Ein Sarastro ohne Mantel, eine Königin der Nacht ohne Strahlenkranz, oder auch ein König Marke ohne Krone – das Improvisationstalent, das die Aufführung dann retten will, möchte er erst mal kennenlernen.

Oder besser nicht.

Nichtsdestotrotz. Hübsch war sie, die junge aufgescheuchte Frau. Und er wollte sie wirklich nicht in die Flucht schlagen. Schon gar nicht so unglaublich erschrecken. Und das nicht nur, weil dadurch seine Krone Schaden gelitten hat.

Nein.

Kilian lehnt sich zurück und verschränkt die Hände hinter dem Kopf. Grinst.

Er hätte sie glatt auf einen Kaffee eingeladen.

Hätte er.

Weil sie hübsch war.

Vor allem aber, weil sie kess genug war, sich hier hereinzustehlen und seine Krone aufzusetzen. So viel Mut muss man erst mal aufbringen.

Und Übermut.

Ja.

Er hätte sie auf einen Kaffee eingeladen. Und zwar um herauszufinden, ob sie auch sonst so ein kleiner vorwitziger Schelm ist. Ob man mit ihr gut lachen kann.

Das mag er nämlich. Frauen, mit denen man Spaß haben kann und die nicht nur einen Platz im Licht seines nervigen Ruhms suchen. Denn die sind rar gesät.

Ganz im Gegensatz zu jenen, die nach der Aufführung aufgebrezelt an der Intendanzpforte stehen, ihre perfekt gebleachten Zähne über einem zu tiefen Dekolleté blitzen lassen und hoffen, dass er sie mit nach Hause nimmt. Für eine Nacht. Besser noch für ein vermeintlich luxuriöses Leben. Diese Frauen langweilen ihn nicht nur, sie gehen ihm auf den Zünder.

Aber so eine ist die nicht gewesen. So hat sie nicht ausgesehen, so hat sie nicht auf ihn reagiert.

Und jetzt ist sie weg.

Leider.

Zu schade aber auch.

13

Anna kann nicht umhin festzustellen, wie zögerlich sie das Haus verlässt. Einen Moment lang verharrt sie im Schatten des Gebäudes, blickt die Straße entlang, an deren Ende eine Ecke der Staatsoper zartrosa in der Sonne strahlt, ehe sie langsam losgeht.

Die erste Probe steht bevor und mit ihr das erste Aufeinandertreffen mit Tobias Pfeiffer und Sir Roger Swallow. Auf Letzteren freut sie sich, auf Ersteren könnte sie getrost verzichten.

Jeder Schritt fällt ihr schwer. Auch, weil das vor ihr Liegende ihr wie ein Spagat zwischen Vergangenheit und Zukunft vorkommt, den sie auf einem über den Abgrund dazwischen gespannten Hochseil ausführen muss. Ohne Netz und doppelten Boden. Ohne Sicherung.

Trotzdem.

Anna strafft ihre Schultern und tritt beim nächsten Schritt mit einer Bestimmtheit auf, die sie nicht fühlt. Egal. Sie muss sie nur gut genug spielen, diese Emotion, die ihr den Rücken stärken würde, dann wird sie früher oder später wahr.

Eigenartig, wie wenig Menschen hier in Berlins Mitte an einem Montagmorgen unterwegs sind, denkt sie, während sie die leere Straße entlanggeht, vorbei an Bürogebäuden, dem ein oder anderen Geschäft und wenigen Restaurants.

An der Ecke zur Markgrafenstraße bleibt sie stehen, wirft einen Blick gen Gendarmenmarkt, an dessen Ende der Deutsche Dom thront. Plötzlich überwältigt von Erinnerungen an Zeiten, in denen sie als junges Ding hier unterwegs gewesen ist, im Chor gesungen und an der Hans Eisler studiert hat.

Für einen Wimpernschlag fühlt sich das eigenartig an. Wie aus der Zeit gefallen. Taumelnd.

Kurz schüttelt Anna den Kopf und damit auch das seltsame Gefühl ab. Wie sehr sich all das hier verändert hat. Nichts scheint mehr übrig von dem alten grauen Stadtbild, das damals immer auch irgendwie auf die Stimmung gedrückt hat. Und sie fragt sich, ob es wirklich so ist, ob wirklich Neues, Frisches eingezogen ist und die Stadt verändert hat oder ob das alles nur ein Trugbild ist.

Langsam und mit einem leisen Flattern in der Brust geht Anna weiter. Sieht auf zum Fernsehturm, der hinter der Oper in den Himmel sticht, eine verlässliche Marke auf der Landkarte ihrer Erinnerungen, die den Veränderungen trotzt.

Verrückt. Was haben sie sich damals amüsiert über das strahlende Kreuz, das immer dann auf der Kugel erscheint, wenn die Sonne darauf strahlt. Ausgerechnet ein Kreuz. Im Arbeiter- und Bauernstaat, der mit Religion so gar nichts zu tun haben wollte. Ein Seitenhieb des Schicksals, voller Ironie und Gekicher.

Anna grinst, verharrt kurz noch einmal, lässt ihren Blick über den Bebelplatz schweifen und geht dann entschlossen auf die Intendanzpforte zu.

»Guten Morgen.« Sie bleibt stehen und lächelt den Pförtner an. »Anna Wolf. Zur ›Mauerfall‹-Probe.«

»Guten Morgen.« Er nickt kurz, greift in eine Schublade unter seinem Tisch und hält ihr dann eine kleine weiße

Pappkarte hin. »Ihr Gästeausweis, Frau Wolf. Probebühne eins. Sie wissen, wo das ist?«

Anna dreht den Gästeausweis in ihrer Hand, der etwas größer ist als eine Visitenkarte. Glattes, festes Papier mit ihrem Namen darauf und der Gültigkeitsdauer, in der linken oberen Ecke der Grundriss des Opernhauses als rote Fläche, daneben in weit gestellten Lettern das Wort »Gästeausweis«. Auf der Rückseite ein blasser Stempel der Staatsoper. Unprätentiös. Kein Glamour.

»Probebühne eins?« Sie hebt die Schultern, lässt sie wieder fallen. »Ich war ewig nicht hier.«

»Einfach durch die Tür, dann rechts lang und immer den Hinweisschildern nach. Können Sie gar nicht verfehlen.« Der Pförtner fasst sich wie zum Gruß mit zwei Fingern an die nicht vorhandene Mütze und nickt ihr zu.

Anna steckt den Ausweis in ihre Tasche, tritt durch die Tür und steht knietief im Sumpf ungebetener Erinnerungen. Die lindgrünen Wände, der Geruch nach altem Gemäuer, das fahle Licht des alten Kronleuchters – hat sie wirklich gedacht, irgendetwas davon hätte sich geändert seit sie als junge, namenlose Sopranistin hier ihr Debüt gegeben hat?

Und ist es wirklich nur der Bau, sind es nur die Farben, die übrig geblieben sind? Was ist mit dem Drill? Den starren Regeln?

Sie gibt sich einen Ruck und wendet sich nach rechts, stößt schwungvoll die alte Tür auf, geht den kurzen Gang entlang. Rechts ein mehrreihiges Feld von Briefkästen, dahinter Bürotüren wie auch auf der linken Seite. Dann tritt sie in das neue Probenzentrum.

Das große Tor, das rechts auf die Straße mit dem klangvollen Namen »Hinter der Katholischen Kirche« hinausführt, ist geschlossen. Links befindet sich eine Art Tresen, dessen

Funktion Anna unklar ist. Und fast direkt vor ihr weist ein Schild zur Probebühne 1.

Ein paar wenige Schritte nur und Annas Hand liegt auf der Klinke, das Metall kühl und unbeeindruckt an ihrer Haut. Sie nimmt einen tiefen Atemzug, öffnet langsam die schwere Tür und tritt ein.

Der Raum ist groß und hoch und dunkel. Schwarzer Boden, die Wände mit schwarzem Tuch abgehängt, an der Decke eine Konstruktion aus schwarzen Röhren und Neonleuchten. An einer Wand lehnen Gestänge und eine große Leiter, davor ein Gestell, an dem eine Reihe von Scheinwerfern hängen. Daneben eine Tafel, auf die jemand etwas mit Kreide geschrieben hat. Die Worte »vorn« und »Mitte« lassen sich entziffern, der Rest ist unleserlich, zum Teil verwischt.

Mitten im Raum stehen Stühle, kreuz und quer, seitlich ein Flügel, am Rand ein Kleiderständer, der seltsam deplatziert wirkt.

Roger Swallow hängt gerade eine leuchtend orangefarbene Jacke auf, und Anna erkennt ihn sofort, obgleich er ihr den Rücken zugewandt hat. Das volle silbrige Haar, die schmale Statur, die kerzengerade Haltung. Es ist, als hätte sie ihn erst gestern zum letzten Mal gesehen.

»Ich habe das noch einmal überschlafen, Roger.« Tobias Pfeiffer kommt plötzlich hinter einer Wand hervor, die Anna überhaupt nicht wahrgenommen hat, weil sie ebenso schwarz ist wie alles andere und somit im Raum verschwindet, wenn man nicht genau hinsieht.

»Hast du?« Roger löst betont langsam seinen Schal und hängt ihn zur Jacke. »Guten Morgen übrigens.« Erst jetzt wendet er sich um und schenkt Pfeiffer seinen Blick. »Ich wüsste es sehr zu schätzen, wenn wir das Mindestmaß an höflichem Umgang pflegen.«

Pfeiffer ignoriert die Mahnung an den nicht geschenkten Gruß, zieht einen der Stühle vor, lässt sich rittlings darauf nieder und wedelt mit dem Libretto. »Meine Idee ist einfach genial. Für die Schlussszene muss es Gewitter sein. Donner. Blitz. Das ganze Programm.«

»Nein.« Swallow sagt das so dahin, als ginge es um nichts, setzt sich an den Flügel und klimpert eine kleine Melodie.

»Was heißt hier nein?« Sichtlich entrüstet springt Pfeiffer auf.

Anna drückt sich gegen die Tür, froh, dass noch keiner der beiden sie bemerkt hat. Das Letzte, was sie jetzt braucht, ist gleich in einen Krach zwischen Maestro und Regisseur zu geraten.

»Du kannst nicht Nein sagen, Roger. Ich bin der Regisseur!«

»Ich weiß, aber ich werde nicht zulassen, dass du diese Oper verhunzt.«

Anna hat den Eindruck, Swallow wird umso leiser, je lauter Pfeiffer wird.

»Du verstehst es einfach nicht, Roger.« Pfeiffer reißt die Arme hoch, das Libretto in seiner Hand flattert. »Es muss mit einem Knall enden. Drama. Das Gewitter ist die Metapher dafür.«

»Die braucht es nicht.«

Swallow stimmt Wagners Walkürenritt an, und Anna muss fast losprusten, so sehr amüsiert sie das. Fast ist sie versucht, mit einem »Hojotoho«, dem Kriegsschrei der Walküren, auf sich aufmerksam zu machen, aber an Pfeiffer würde der Witz komplett unverstanden vorbeigehen. Nichts als Verschwendung. Daher lässt sie es sein.

»Natürlich braucht es Drama«, insistiert Pfeiffer und rauft sich dabei die Haare. Schlimmer als jede Diva. »Es muss mit einem Paukenschlag enden.«

»Das erledigt die Musik.«

Anna kann kaum fassen, wie ruhig Swallow bleibt. Sie an seiner Stelle wäre längst explodiert. Aber vielleicht ist er das ja auch innerlich und hat sich nur gut unter Kontrolle.

»Darüber reden wir noch!« Pfeiffer knallt das Libretto auf den Stuhl und wendet sich mit einem Ruck um. Sein Blick trifft den von Anna, und für einen Moment hält sie die Luft an.

»Guten Morgen«, sagt sie schließlich und zwingt ein Lächeln in ihr Gesicht. »Bin ich zu früh?«

Swallow springt auf und kommt mit ausgebreiteten Armen auf sie zu. »Anna! Gott, wie lange ist es her!«

»Viel zu lange.« Sie lässt sich an seine Brust drücken, riecht sein teures Aftershave und hat das Gefühl, zu Hause anzukommen.

»Endlich eine Verbündete gegen diesen Knallkopf«, raunt er ihr ins Ohr, fasst sie dann sanft an den Oberarmen und schiebt sie ein Stück von sich. »Lass dich ansehen. Du wirst immer jünger.«

»Charmanter Lügner.« Sie lacht und streicht mit der Hand über seine Wange.

»La Wolf.« Tobias Pfeiffer tritt auf sie zu, ein süffisantes Grinsen im Gesicht, und streckt ihr seine Hand entgegen. »Lange nicht gesehen.«

»Eine Ewigkeit.« Nur unwillig schlägt sie ein, hofft, dass er sie schnell wieder loslässt, doch Pfeiffer tut ihr den Gefallen nicht. Unnötig lang hält er ihre Hand, und Anna fragt sich unwillkürlich, was er ihr damit sagen will. Ein erster Machtbeweis? Das Installieren einer Hierarchie?

»Ihr kennt euch?« Roger Swallow wirkt überrascht.

»Meine erste Elektra. Tobias war damals … Regieassistent.« Sie legt viel Kälte in das letzte Wort, auch wenn sie nicht glaubt, dass Pfeiffer ein Ohr für derartige Nuancen hat. Und selbst wenn, der eitle Fatzke wird sie kaum verstehen.

»An der Met«, sagt er prompt mit einer Spur zu viel Triumph im Gesicht.

»Ach …« Roger verschlägt es offenbar die Sprache.

»Seitdem hast du aber nie wieder Oper gemacht, oder?« Natürlich nicht, Anna weiß das, trotzdem kann sie es sich nicht verkneifen, ihm das unter die Nase zu reiben.

»Was soll ich sagen«, er lacht, »in Hollywood ist einfach mehr Geld zu holen.«

»Nun denn.« Swallow geht zurück an den Flügel und setzt sich wieder. »Sollen wir beginnen?«

»Was ist mit den anderen?« Anna zieht ihren dünnen Mantel aus und hängt ihn an den Garderobenständer.

»Die kommen in einer Stunde«, antwortet Roger. »Ich wollte mit dir, Anna, als Erstes über deine Auftrittsarie sprechen.« Er blättert in der Partitur und sieht dann zu Pfeiffer. »Geh doch einen Kaffee trinken, Tobias. Es geht hier nur um Musikalisches. Dazu benötigen wir dich wirklich nicht.«

Pfeiffer zieht einen weiteren Stuhl heran, fläzt sich darauf und verschränkt die Arme vor der Brust. Die Geste passt perfekt zu seinem verkniffenen Gesicht.

»Nun gut«, Roger seufzt und wendet sich ganz Anna zu. »Takt eins bis fünfzig.« Er beginnt, die Noten zu spielen, und summt dazu die ersten Takte der Arie. »Am Anfang der Geschichte ist die Elsa eine sehr stille, scheue junge Frau. Erst im Laufe des Geschehens wird sie zu der Mutigen, die ihre Stimme erhebt. Um das zu unterstreichen, fände ich es gut, wenn du die ersten fünfzig Takte aus dem hinteren Bereich der Bühne singst und dabei langsam immer weiter nach vorn kommst, bis du in Takt einundfünfzig tatsächlich auf der Bühne stehst.«

»Was für ein Quatsch«, mischt Pfeiffer sich ein. »Kannst du mal aufhören, die Regie übernehmen zu wollen?« In seinen Augen funkelt Wut, ein loderndes Feuer.

»Es geht um den hörbaren Effekt«, beharrt Roger, »und du, Tobias, könntest dir die Idee wenigstens anhören, anstatt sie gleich zu verteufeln.«

Das fängt gut an, denkt Anna. Die erste Probe läuft noch keine halbe Stunde und Dirigent und Regisseur sind bereits dabei, sich zu zerfleischen. Vielleicht hilft es ja, wenn sie versucht, zu vermitteln? »Eine Stimme aus der Hinterbühne hat einen ganz besonderen Effekt, Tobias. Wenn sie, wie in dem Fall meiner Auftrittsarie, zudem ohne Orchester, also komplett a capella kommt, dann kann das auf das Publikum einen ganz besonderen Zauber ausüben.«

»Klingt ungewöhnlich.«

»Ist es auch.« Immerhin, denkt Anna. Ihr gegenüber ist er immerhin bereit zuzuhören, ob auch dafür, sich für die Idee zu öffnen, bleibt abzuwarten. »Das gibt es nur sehr selten. Gerade deshalb hat es diese extreme Wirkung.« Sie wendet ihren Blick Roger zu. »Ich glaube, es würde helfen, wenn Tobias es mal hört.«

»Du meinst als Publikum? Im Opernsaal?« Roger streicht sich über das Kinn. »Ja, wieso nicht?«

»Dann arrangierst du das, Roger?«

Er nickt.

»Gut, dann lass uns jetzt die Arie Zeile für Zeile durchgehen.«

14

Landregen. Mitten in der Stadt.

Das Wasser läuft in Rinnsalen an Julies Bürofenster hinab. Unebene Streifen, farblos, dicht an dicht gedrängt, die die Welt dahinter zu einem unscharfen Bild verwischen, auf dem man nichts mehr erkennen kann. Nicht die Bäume am Landwehrkanal, deren Blattwerk sich langsam bunt verfärbt, nicht die Hausfassaden gegenüber.

Seit Minuten ignoriert sie munter den Text, der auf dem Monitor steht, schwarz auf weiß, unbeirrt, und nach ihrer Aufmerksamkeit verlangt. Über ihrem Kopf die Deadline, die schon die Messer wetzt.

Die blöde Deadline kann sie mal.

Es sollte eine Tasse mit diesem Aufdruck geben. Julie würde sie sofort kaufen.

Das Telefon auf ihrem Schreibtisch klingelt. Sie wirft einen Blick auf das Display: Maren aus der Grafik. »Was gibt es?«, geht sie dran.

»Wie weit bist du, Julie?«

Keine gute Frage. Erst recht keine, auf die sie eine gute Antwort hätte.

»Ist auch egal.« Maren rettet sie, ohne es auch nur zu ahnen. »Beim Kunden gibt es offenbar Zoff, jedenfalls liegt alles bis Montag auf Eis.«

»Sagt wer?«

»Kein Geringerer als unser Kreativdirektor.« Maren seufzt, und Julie weiß nicht, wie sie das werten soll. »Es sieht wohl so aus, dass beim Kunden um die Entscheidungskompetenz gerungen wird«, fährt Maren fort. »Irgendein hohes Tier meint, das Projektteam hätte sich für den falschen Entwurf entschieden. Und jetzt wird das alles noch mal intern diskutiert, und wie wir das so kennen, kommt garantiert nix Gutes für uns dabei raus. Deswegen machen wir erst mal nicht weiter, sondern warten ab.«

»Aber da geht es doch nur um die Gestaltung, oder?«, wendet sie ein, um sich zu vergewissern. »Oder betrifft das auch den Text?«

»Die beiden Entwürfe, um die es geht, unterscheiden sich erheblich. Auch darin, wie viel Platz dem Text eingeräumt wird.«

»Ach so. Dann können wir nur warten.«

»Du sagst es. Ich melde mich, wenn ich was höre.«

Julie legt auf und starrt auf den Monitor. Und nun?

Klug wäre es, an der langen Textversion weiterzuarbeiten, um Zeit zu gewinnen. Sollte sich der Kunde dann für die kürzere Variante entscheiden, könnte sie den langen Text als Basis nehmen und auf das Wesentliche eindampfen.

Zum hundertsten Mal liest Julie das bisschen Text, das sie bisher zustande gebracht hat. Sie sollte sich wirklich über einen anderen Job Gedanken machen. Den Rest ihres Lebens sinnlose Werbeplattitüden ersinnen und irgendwelchen Kram anpreisen, von dem sie nicht die Bohne überzeugt ist, das kann es wahrlich nicht sein.

Aber sie kann nur schreiben. Das ist die bittere Wahrheit. Vielleicht sollte sie das dann aber für etwas tun, wofür sie sich begeistern kann. Leichter gesagt als getan.

Ihr Blick fällt auf die Uhr.

Noch drei lange Stunden bis zum Feierabend.

Der Regen wird derweil stärker, trommelt einen unregelmäßigen Rhythmus auf dem Fensterbrett. Tam Tatam Tatatatam Tam Tam Tatatatatam …

Julie greift nach ihrem Handy, checkt die Nachrichten.

Nichts.

Sie macht ein Foto von den Wasserrinnsalen an ihrer Fensterscheibe, während unten ein Auto vorbeifährt. Das Licht der vorderen und hinteren Scheinwerfer malt bunte Streifen in die wässrige Transparenz und lässt ein abstraktes Bild entstehen.

Nicht schlecht.

Kurz ist sie versucht, das Foto auf Instagram zu posten, lässt es dann aber doch sein. Wen interessiert schon, was sie so treibt? Höchstens den Kreativdirektor, der ihr auf dem Social-Media-Kanal folgt und, wie sie vermutet, sie stalkt, was sie während ihrer Arbeitszeit so treibt.

Julie öffnet Snapchat, um das Foto ein wenig zu verbessern, und sieht als Erstes eines der Bilder von sich, die sie in der Garderobe der Staatsoper geschossen hat.

Die Krone.

Auf ihrem Kopf.

Das war, kurz bevor sie ertappt worden ist.

Julie legt das Handy auf den Schreibtisch, lehnt sich zurück und lässt die Erinnerung an jenen Moment zu. Die tiefe Stimme mit dem warmen Klang. Das Poltern, als die Krone zu Boden gefallen ist. Ihre haltlose Flucht.

Der Mann.

Vor allem der Mann.

Groß ist er gewesen, groß und schlank und gut aussehend. Und dann diese Augen. Das schelmische, amüsierte Grinsen. Der verwegene Bart.

Immer noch erstaunt sie, dass er sie nicht aufgehalten hat. Es wäre ein Leichtes für ihn gewesen, sie festzuhalten, als sie ihn zur Seite gestoßen hat und aus der Tür ist. Hat er nicht gewollt, oder ist er nur zu überrumpelt gewesen? Und wenn ja, warum ist er dann nicht hinter ihr her? Oder hat irgendwen alarmiert? Immerhin muss er sie doch als den Eindringling erkannt haben, als der sie sich in seine Garderobe geschlichen hat.

Seine?

Julie stutzt.

Klar, was sollte er sonst dort tun?

Ein Sänger?

Aber ist er nicht zu jung, um einen König zu geben?

Was weiß sie schon? Vielleicht gibt es einen Haufen Opern, in denen junge Könige auftauchen.

Kurz entschlossen zieht sie die Tastatur zu sich und googelt die Staatsoper. Auf deren Website klickt sie auf Spielplan und scrollt zum vergangenen Samstag. »Tristan und Isolde« ist gegeben worden, ein Wagner.

Sie klickt darauf und gelangt zu einer Beschreibung des Inhalts der Oper. Julie scrollt nach unten und bleibt bei der Besetzung hängen. »König Marke, Kilian Holm« liest sie.

Zurück zu Google gibt sie den Namen des Sängers ein.

Zu ihrem Erstaunen wirft die Suchmaschine eine schier endlose Trefferliste aus. Rechts daneben prangt ein Bild, das keinerlei Zweifel lässt. Der Mann, den sie so unsanft zur Seite gestoßen hat, ist Kilian Holm gewesen, offenbar ein weltweit gefeierter Star.

Das heißt aber auch, sie hat die Krone von König Marke vermutlich zerdeppert. Zumindest ramponiert.

Nicht gut. Gar nicht gut.

Am liebsten würde sie sich irgendwie entschuldigen. Aber wie, ohne Lissi doch am Ende noch Scherereien zu bereiten? Das würde sie ihr nie verzeihen. Schon gar nicht, wenn sie deshalb ihre Rolle verlieren würde, was zugegebenermaßen recht unwahrscheinlich ist. Aber selbst, wenn es nur dazu führte, dass Julie der Aufführung nicht beiwohnen dürfte, sie hätte für immer und ewig bei ihr verschissen.

Na ja. Vielleicht nicht für immer und ewig, aber für eine lange Zeit. Entschuldigen ist also keine Option, egal, wie sehr ihr schlechtes Gewissen sie quält.

Schlechtes Gewissen?

Julie lehnt sich zurück und verschränkt die Hände hinter dem Kopf. Tastet nach der Wahrheit.

Wenn sie ehrlich ist, und das ist nicht wirklich bequem, hat sie in den letzten Tagen immer wieder an jenen unsäglichen Moment in der Staatsoper gedacht. Und dass sie die Krone hat fallen lassen, stand dabei nicht unbedingt im Vordergrund. Im Grunde eher so gar nicht. Nein, wenn sie ehrlich ist, ist es der Mann, der ihr im Kopf herumspukt.

Der hat etwas. Irgendetwas, was sie nicht zu fassen bekommt. Etwas, das sie immer wieder zu ihm zurückkehren lässt. Die meerblauen Augen? Der verwegene Bart? Das piratenhafte Lächeln?

Nein.

Die Stimme.

Die Stimme ist es.

Sie kann sie immer noch hören, auch wenn er nur ein, zwei Sätze zu ihr gesagt hat, an die sie sich nicht mal richtig erinnert. Aber die Stimme, dieser tiefe, warme und dabei so klare Bass, die hat sich in ihr Gehirn gebrannt.

Aber warum?

Julie steht auf, streckt und reckt sich und tritt ans Fenster. Der Regen hat aufgehört. Aus den Rinnsalen sind vereinzelte Tropfen geworden.

Was ist das mit dieser Stimme?

Und will sie es wirklich wissen?

Julie weiß es nicht. Ist hin- und her gerissen, schwankt zwischen Neugier und Abwehr. Als ob er ihr zu nahe kommen könnte, dieser Mann, der in einer ganz anderen Welt lebt als sie selbst. Und zu nahe kommen darf ihr niemand mehr.

Unfug!

Was sind das nur für bekloppte Gedanken?

Abrupt dreht sie sich um, geht zu ihrem Schreibtisch zurück und setzt sich, wild entschlossen, sich endlich an diesen Text zu machen.

Aber die Stimme ist in ihrem Kopf. Sanft wie ein Versprechen. Lockt sie, lässt sie nicht los. Berührt sie auf unbekannte Art.

Bildet sie sich das alles vielleicht nur ein? Sollte es einem Realitätscheck unterziehen? Einem aus sicherer Entfernung?

Zögerlich kehrt sie zurück zum Spielplan der Staatsoper.

Kein Tristan mehr. Der am vergangenen Samstag ist der letzte in dieser Spielzeit gewesen.

Sie gibt den Namen Kilian Holm in die Suche der Staatsoper ein und landet auf einer Unterseite, die ganz ihm gewidmet ist.

Sechsunddreißig ist der Mann also. Ein Ensemblemitglied und er singt an allen großen Häusern der Welt. Hat sogar schon einen Grammy eingeheimst. Mit sechsunddreißig? Oha!

Ganz unten, unter dem Text über ihn, folgt eine Liste der kommenden Vorstellungen, in denen er singt. Einige Aufführungen der »Zauberflöte« stehen an, in denen er den Sarastro gibt, und dann das Silvester- und Neujahrskonzert.

»Die Zauberflöte.«

Nicht gerade Mozarts Meisterwerk, sagt Susanne darüber, eher Oper für Anfänger.

Julie klickt sich zurück zum Spielplan und stellt dann zu ihrer Verwunderung fest, dass es für alle Vorstellungen noch

»Ach, du weißt doch, wie das ist. Mit dem Alter werden die Macken eher manifester.« Er grinst, und Anna stellt verwundert fest, wie jung er immer noch wirkt. »Aber erzähl. Wie ist es dir in all den Jahren ergangen?«

Anna holt tief Luft, atmet geräuschvoll aus, während die Kellnerin Wein und Wasser auf den Tisch stellt und dabei zu einem Paar sieht, das gerade drei Tische weiter Platz nimmt.

»*Subito.*« Sie nickt den beiden zu, und Anna wartet, bis die Kellnerin sich entfernt, ehe sie Roger antwortet.

»Ach, wo soll ich anfangen?« Unwillkürlich schüttelt sie leicht den Kopf. »Vielleicht lieber die Kurzform?«

Roger zuckt die Schultern.

»Ich bin geschieden, meine Tochter forscht in der Arktis, Antoine, mein treuer Manager, zieht zurück nach Paris und lässt mich allein in New York City zurück.« Das klingt jetzt depressiver als geplant, und Anna ist einigermaßen verwundert über ihren eigenen Pessimismus. Wo kommt der auf einmal her? Ist es das Alter oder die Tatsache, dass sie in Berlin ist?

»So kenne ich dich gar nicht«, stellt Roger prompt fest, und seinem Blick wohnt etwas Fürsorgliches inne.

»Ich mich auch nicht.« Anna lacht auf, doch selbst das klingt eher verzweifelt als alles andere.

»Ist nicht leicht, in diesem Beruf älter zu werden.« Er hebt die Hände in einer Geste der Abwehr. »Ich habe nicht alt gesagt. Nur älter.«

Sie hebt ihr Glas Rotwein, hält es ihm entgegen. »Auf die jungen Talente. Und das, was vermutlich meine letzte große Hauptrolle ist.«

Er stößt mit ihr an, neigt den Kopf ein wenig und sieht sie mit großer Zärtlichkeit im Blick an. »Ich glaube das nicht.«

»Was?«

»Das mit der letzten großen Hauptrolle.«

»Ach, Roger, machen wir uns nichts vor.« Anna nimmt einen großen Schluck Wein, stellt ihr Glas ab, lässt es jedoch nicht los. Als müsste sie sich an etwas festhalten. »Wir wissen beide, wie das heute läuft. Wie besetzt wird. Im Gegensatz zu früher.«

»Ja, ich weiß.«

»Früher ging es in erster Linie um die Stimme.« Einmal in Fahrt, lässt sie sich nicht bremsen. »Dass sie reif ist für die Rolle, die richtige Farbe hat, einfach passt. Und heute? Heute musst du gut aussehen, dem Zeitgeist entsprechen und am besten noch klaglos singen, während du kopfüber in zehn Metern Höhe über der Bühne hin und her schaukelst. Und bloß nicht zu individuell sein. Nicht so viel Eigenes, schon gar keine eigene Vorstellung der Rolle, die du spielst. Nein, immer schön in die Schublade passen.« Sie lehnt sich zurück und hebt die Arme, die Handflächen zur Decke zeigend. »Und du und ich, wir beide wissen, ich passe in keine, quelle immer an allen Seiten hinaus.« Anna schüttelt erneut den Kopf, dieses Mal über sich selbst. »Entschuldige, aber das Thema regt mich maßlos auf.«

»Ich bin ganz bei dir. Zum Glück gibt es noch Ausnahmen. Du zum Beispiel wirst dem ›Mauerfall‹ etwas ganz Besonderes verleihen, weil du so einzigartig bist.« Er hebt die Hand, um sie am Widerspruch zu hindern. »Und dann gibt es neben all dem Einheitsbrei unter den jungen Solisten immer wieder diese herausragenden Sängerinnen und Sänger. Eine Sonya Yoncheva zum Beispiel, die wird auch nie in eine Schublade passen. Und auch Kilian Holm nicht, der junge Bass. Hast du mit ihm schon gearbeitet?«

»Nein, hat sich leider noch nicht ergeben.«

»Du wirst ihn im ›Mauerfall‹ kennenlernen.«

»Holm?« Anna hebt eine Augenbraue. »Was ist mit Heiner Kurz? Ich denke, der hat die Rolle?«

»Kilian war meine erste Wahl. Henkel hat auf Kurz bestanden.«

»Ja, und?« Anna ist verwirrt. Weniger über das, was Roger sagt, mehr über die Miene, die er dabei zieht. Besorgnis zum einen, aber auch ein Hauch von etwas Verschlagenem.

»Ich konnte Henkel nicht umstimmen.« Er neigt sich weit über den Tisch zu ihr und senkt seine Stimme zu einem verschwörerischen Flüstern. »Das heißt aber nicht, dass Kilian die Rolle am Ende nicht doch singen wird.«

»Was … hast du vor?« Anna ist nicht sicher, ob sie wirklich eine Antwort auf diese Frage hören möchte. Nichts liegt ihr ferner, als sich in irgendein Ränkespiel um Macht und Besetzung verheddern zu lassen. Aber zu spät. Sie hat erst gesprochen, dann nachgedacht, ein Fehler, der ihr immer wieder unterläuft, wenn sie sich in Gegenwart einer Person zu sicher fühlt.

»Kurz genug Seil reichen, damit er sich selbst hängt?« Roger lehnt sich zurück, und das selbstgefällige Lächeln in seinem Gesicht ist Anna fremd. Das hat sie so bei ihm noch nie gesehen.

»Ich glaube, ich will es gar nicht so genau wissen.« Sie zieht die Reißleine und ist froh, dass just in diesem Moment die Kellnerin mit den Pizzen erscheint. »Sag mir lieber, was du von Pfeiffer hältst.« Sie schüttelt ihre Serviette auf und legt sie sich dann auf den Schoß.

»Schwierig«, antwortet Roger mit einem Stoßseufzer. »Ich fürchte, der kommt uns noch mit einigen schwachsinnigen Ideen, die mehr zu seinen Hollywood-Blockbustern passen als auf eine Opernbühne.« Er zerteilt seine Pizza in Tortenstücke, nimmt eins davon in die Hand und beißt ein großes Stück von der Spitze ab. »Du hast schon mal mit ihm gearbeitet? Wusste ich gar nicht.« Er kaut genüsslich und sieht sie fragend an.

»Er war Assistent. Und es war furchtbar.« Anna schaut auf ihre Pizza und weiß nicht genau, wie sie es zustande bringen soll, sich von diesem Thema nicht den Appetit verderben zu lassen.

Zu bitter sind die Erinnerungen an jene Produktion. Und es hilft auch nicht, dass sie ihr damals den großen Durchbruch verschafft hat.

»Aber es hat dich berühmt gemacht. Jedenfalls wenn es die Elektra war, die damals die Opernwelt in Atem gehalten hat.«

»Ich war so jung und unerfahren. Und die Elektra nackt bis auf den Slip und mit Blut übergossen singen zu müssen …« Sie atmet tief durch, lässt ihr Besteck sinken und sieht ihn an, wohl wissend, wie viel Schmerz in diesem Moment in ihrem Blick liegen muss. »Das konnte er mit mir nur machen, weil ich damit großgeworden bin. Immer brav Ja sagen. Nur keiner Autorität widersprechen. Die junge Frau aus der DDR. Ich habe mich bei jeder Probe und vor allem dann bei den Aufführungen zutiefst gedemütigt gefühlt.«

»Weil du nackt warst?«

Roger sieht aus, als verstünde er das nicht, und zum ersten Mal in ihrem Leben ist Anna irritiert über den Maestro, der immer gut zu ihr gewesen ist. Schnell versucht sie, das Gefühl wegzudrücken, es mit einem großen Schluck Wein hinunterzuspülen.

»Dass gerade du das nicht nachvollziehen kannst.« Leichte Traurigkeit und ein wenig Enttäuschung mischen sich unabsichtlich in ihre Stimme. »Man gibt auf der Bühne sowieso schon so viel von sich. Reicht der Seelenstriptease nicht? Musste ich auch noch meinen unverhüllten Körper zeigen?« Sie schüttelt den Kopf, halb erstaunt, dass sie es bis heute nicht fassen kann. »Ich wollte für meine Stimme die Anerkennung. Dafür, wie ich singe, wie ich eine Rolle spiele, wie ich sie darstelle. Nicht für meinen vermeintlichen Mut, nackt auf der Bühne der Met zu stehen. Schon gar nicht für meinen damals jugendlichen Körper.«

»Es gibt eine Salome, in der Karita Mattila, die große finnische Sopranistin, auch am Ende nackt war«, wendet Roger ein.

»So ungewöhnlich ist es also nicht, und man wird auch nicht zwangsläufig daran gemessen.«

»Ach, Roger! Die Mattila hat das gemacht, da war sie längst ein Star. Mich hingegen kannte zu dem Zeitpunkt noch kein Mensch. Und abgesehen davon, kannst du mir bitte verraten, was Nacktheit mit der Geschichte der Elektra zu tun haben soll?«

»Ihr Wahnsinn?« Mit einem leichten Kopfschütteln schiebt er sich ein weiteres großes Stück von der Pizza in den Mund, die er schon zur Hälfte vertilgt hat, während Anna noch nicht mal ein Viertel ihrer aufgegessen hat.

»Mal abgesehen davon«, Anna lässt ihr Besteck sinken und sieht ihn eindringlich an, »es war echtes Blut.«

»Wie bitte?« Roger verschluckt sich und hustet.

»Schweineblut.«

»Das ist nicht dein Ernst!« Jetzt sieht er angewidert aus.

»Doch.« Sie zuckt die Schultern. »Pfeiffers Idee. Damals. Er fand, es müsse so echt wie möglich aussehen.«

»Das ist ja …« Ihm fehlen ganz offensichtlich die Worte.

»Das ist Pfeiffer.«

»Und obwohl dir das widerfahren ist, hast du dich auf den ›Mauerfall‹ eingelassen? Mit ihm?« Roger blickt drein, als verstünde er die Welt nicht mehr.

Anstelle einer Antwort zuckt Anna nur die Schultern.

»Aber gut zu wissen«, sagt er schließlich seufzend. »Da müssen wir uns mit Pfeiffer an Bord wohl noch auf einige krude Ideen gefasst machen.«

16

»Hm.« Die Maskenbildnerin Alexa Sommer tritt einen Schritt zurück und betrachtet mit ernstem Blick Kilian, der in dem schmalen Gang steht, hinter ihm die Wand entlang Stahlschränke voller Farbeimer und Tuben. Auch sonst ist der relativ kleine Raum, in dem sich die Requisite befindet, vollgestopft. Halb fertige Lampen und Skulpturen, Gläser und Geschirr aus Plastik, täuschend echt aussehende Modelle von Brötchen und anderen Lebensmitteln stehen und liegen über die Tische verteilt, dazwischen Kisten mit zu reparierenden Utensilien.

»Wir lagern im Kostüm noch den Fatsuit, den René Pape in den ›Lustigen Weibern‹ getragen hat.« Kostümmeisterin Constanze Schimmelpfennig lehnt sich gegen einen der Tische und verschränkt die Arme vor der schmalen Brust. »Ihr habt in etwa die gleiche Statur«, wendet sie sich an Kilian, »vermutlich passt du hinein.«

Kilian schafft auf einem der Tische ein wenig Platz, stellt die große Schachtel Pralinen darauf ab, die er mitgebracht hat, und legt die bunte Karte so darauf, dass die Schrift zu lesen ist.

König Marke dankt, dass ihr seine Krone gerichtet habt

steht darauf, darunter seine Unterschrift.

»So dick war der Helmut Kohl aber nicht«, gibt Alexa zu bedenken. »Krone?« Sie beugt sich hinüber und zieht die Stirn kraus.

»Stimmt.« Constanze streicht sich eine ihrer üppigen Haarsträhnen aus dem Gesicht. Für vierundsechzig wirkt sie jung, auch wenn ihre Haare lange schon grau sind. Sie sieht sich um, greift nach einem der Schwerter, die auf dem Tisch vor ihr liegen und fädelt es hinter Kilians Schultern so in das Jackett, das es ihn optisch breiter macht, als er ist. »Nicht bewegen«, weist sie ihn an, tritt um ihn herum und stellt sich neben Alexa. »Und?«, fragt sie die junge Frau.

»Jetzt ist der Kopf zu klein.« Alexa gluckst und sieht aus, als hätte sie Mühe, sich einen Lachanfall zu verkneifen.

»Schön, dass ich euch offenbar den Abend versüße.« Kilian rollt die Augen. »Möchte gar nicht wissen, wie ich jetzt aussehe. Wie eine verunglückte Vogelscheuche, schätze ich.«

»Na ja, wir bauen einen Fatsuit, der nicht ganz so üppig ist, und du musst das Gesicht aufpolstern.« Constanze macht einen Schritt auf Kilian zu, zupft vorsichtig die Ärmel zurecht. »Dann noch eine entsprechende Perücke dazu und die Kohl-Brille … Also, ich kann mir das sehr gut vorstellen.«

»Der Bart muss ab.« Alexa zieht einen Flunsch. »Ein Jammer, aber dem Kohl zuliebe …«

»Never ever.« Kilian schüttelt den Kopf, das Schwert in seinem Rücken kommt ins Rutschen und bleibt schräg irgendwo zwischen Schulterblatt und Hüfte hängen. »Mann, das pikt vielleicht. Constanze, kannst du mich bitte von dieser Mordwaffe befreien?«

»Auf jeden Fall wird es leichter, aus dir einen Helmut Kohl zu machen als aus Heiner Kurz, der zwar rund genug, dafür gefühlte drei Meter zu klein geraten ist.« Constanze legt das Schwert zurück auf den Tisch.

»Wir könnten Heiner auf Stelzen stellen.« Alexa gluckst wieder vergnügt.

»Damit er sich bei der ersten Kostümprobe den Hals bricht und Roger Swallow seinen Willen bekommt?« Die Kostümmeisterin nimmt Kilian das Jackett ab. »Ich bringe das mal zurück in die Schneiderei. Braucht ihr mich hier heute noch?«

Alexa schüttelt den Kopf. »Ich komme morgen bei dir vorbei, dann besprechen wir das mit dem Fatsuit.«

»Na dann, schönen Feierabend euch beiden.« Constanze winkt von der Tür, dann entschwindet sie.

»Über das mit dem Bart reden wir noch, Alexa.« Kilian zupft an seinem Hemd herum, das durch die Sache mit dem Schwert verrutscht ist.

»Ich kann versuchen, dein Kinn mit in die Aufpolsterung einzubeziehen. Eine zweite Haut sozusagen. Das wird dann allerdings jeden Abend nach der Vorstellung ziepen, wenn wir es wieder abziehen.«

»Ist mir immer noch lieber, als den Bart abzunehmen.«

Sie schließt die Fenster und vergewissert sich, dass sie alles so hinterlassen, wie sie es vorgefunden haben, dann geht auch sie in Richtung Tür. »Wieso machst du das?«

»Was?«

»Die Zweitbesetzung. Das hast du doch gar nicht nötig.«

»Ich tue Roger damit einen Gefallen.« Kilian lässt Alexa vorgehen, schließt den Raum hinter ihr und fragt sich, wie viel sie weiß. Geheimnisse haben eine kurze Halbwertzeit zwischen diesen Mauern, und vermutlich hat es sich längst herumgesprochen, dass Roger Swallow das Kriegsbeil gegen Heiner Kurz ausgegraben hat. Die Frage ist nur, wer weiß die Gründe dafür.

»Er ist ein toller Dirigent, oder? Jedenfalls höre ich das immer wieder.«

»Swallow?« Kilian bleibt am Treppenabsatz stehen. »Er ist einer der wenigen, die uns Sängern zuhören. Uns und dem Orchester. Und dann erst sagt er, was er sich gedacht hat.« Langsam folgt er ihr die Stufen hinab. »Ja, er ist toll.«

»Noch ein Feierabendbier oder hast du was vor?«

Kilian bleibt neben Alexa stehen, richtet seinen Blick erst in den einen, dann in den anderen Gang. Weit und breit keine Menschenseele. »Passt heute leider nicht so, aber sag mal …« Er lässt den Satz unvollendet in der Luft hängen, nicht sicher, ob er ihr die Frage stellen soll, die ihm seit Tagen auf der Seele brennt.

»Was wolltest du fragen?« Alexa schlüpft in ihre Jacke und stößt die Tür der Intendanzpforte auf. »Schönen Feierabend«, ruft sie dem Pförtner über die Schulter zu.

»Du kennst doch fast alle, die hier arbeiten, oder?« Kilian tritt auf den Gehweg und bleibt zögerlich stehen.

»Ja, schon. Wieso?« Alexa setzt ihren Fahrradhelm auf und schließt ihn unter dem Kinn.

»Letztens, also vor der Tristan-Vorstellung, da … da ist mir so eine junge Frau aufgefallen. Die habe ich noch nie im Haus gesehen. Vielleicht hatte sie sich auch nur verirrt. Gehörte zu einer Führung.«

»Hört, hört.« Alexa verschränkt die Arme vor der Brust und grinst breit. »Könnte es sein, dass König Marke seine Krone fallen gelassen hat, weil ihm eine unbekannte Schöne begegnet ist?«

Wie lange kennen sie beide sich? Seit Kilian seine erste Rolle an der Staatsoper gesungen hat. Alexa ist die Frau, die ihm körperlich so nah wie kaum jemand anderes kommt, ihm jedoch nie unter die Haut geht. Trotzdem hat die Prozedur des Geschminktwerdens etwas derart Intimes, dass er ihr schon viel aus seinem Leben, vor allem aber so manchen seiner Wünsche und Träume anvertraut hat. Belügt man so jemanden? Nein.

»Es war gar nicht ich, dem die Krone hinuntergefallen ist.«

»Nicht?« Ihre Augen werden groß und kreisrund. »Ah, ich verstehe.« Alexas Grinsen wird noch breiter. »Die unbekannte Schöne?«

Kilian zieht sie ein Stück weiter auf den Gehweg, weg von der Intendanzpforte, hin zu den Fahrradständern. »Sie war in meiner Garderobe.« Leise sagt er das, schaut sich noch einmal um, aber weit und breit ist niemand zu sehen. »Hatte die Krone auf und hat Selfies damit gemacht.« Er zuckt die Schultern. »Ich habe zugesehen, fand das irgendwie witzig. Aber als ich sie schließlich angesprochen habe, hat sie sich so sehr erschreckt, dass sie davongerannt ist. Und dabei ist die Krone hinuntergefallen.«

»Und du edler Ritter hast es auf deine Kappe genommen.« Alexa öffnet das Schloss ihres Fahrrads und befestigt die Tasche am Gepäckträger. »Wie sah sie denn aus?«

»So groß wie du in etwa, schlank, Ende zwanzig, schätze ich, und vor allem hatte sie weißblonde Korkenzieherlocken bis zum Po.«

»Nee, so jemand ist mir im Haus noch nie aufgefallen.« Alexa neigt den Kopf ein wenig, und es ist ihr anzusehen, was sie denkt. Nämlich dass sie sich nichts mehr wünscht, als ihm etwas anderes sagen zu können.

Aber vielleicht bildet er sich das auch nur ein. »Schade.«

»Na dann, Lieblingsbass«, sie schwingt sich auf ihr Rad, »wir sehen uns morgen.«

»Schönen Feierabend.«

Kilian bleibt noch einen Moment lang stehen, blickt Alexa hinterher, wie sie davonradelt und am Ende der Straße hinter der katholischen Kirche links in die Französische Straße abbiegt.

Wirklich schade, denkt er, und in diesem Moment fällt ihm auf, wie sehr er gehofft hat, dass die unbekannte junge Frau in der Staatsoper arbeitet und er es irgendwie arrangieren kann, ihr über den Weg zu laufen.

Er vermag nicht zu sagen, warum er sich das gewünscht hat und jetzt dermaßen enttäuscht ist, dass dem nicht so ist. Vielleicht hat es einfach nur damit zu tun, dass sie vor ihm die Flucht ergriffen hat, anstatt sich, wie er es sonst von den Frauen gewöhnt ist, ihm nahezu sprichwörtlich an den Hals zu werfen.

Vielleicht sind es auch die Korkenzieherlocken. Oder der Bambiblick, mit dem sie ihn angesehen hat. Oder die Art, wie sie vor dem Spiegel posiert hat, ehe sie ihn bemerkt hat.

Was auch immer es ist, es lässt seine Gedanken wieder und wieder zu ihr zurückkehren. Vergeblich. Denn vermutlich sieht er sie nie wieder.

Schade. Einfach nur schade.

17

»Lissi macht mich noch wahnsinnig!« Susanne lässt sich auf die Couch fallen und starrt an die Decke, als hoffte sie, die tue sich auf und ermögliche ihr einen Ausstieg. Oder eine Lösung. Was auch immer. »Sosehr ich Oper auch liebe, aber ›Lohengrin‹ für Kinder?«

»Lohengrin?« Julie hat eine dumpfe Ahnung. Irgendwas mit einem Schwan und Wagner, und das kann nur heißen, es ist lang und gewaltig.

»Wagner«, bestätigt Susa ihren Verdacht. »Der märchenhafte Gralsritter, Könige, Edelfrauen, das ganze Programm rund um Liebe und Hass, Vertrauen und Zweifel, Treue und Verrat über fünf Stunden.« Sie hebt den Kopf und sieht Julie an. »Hast du eine Vorstellung, wie viel Text und Gesang Lissi dafür einstudieren muss? Und mit wie viel Akribie sie das tut?« Susa schüttelt den Kopf. »Man könnte meinen, sie plant, die Schule hinzuschmeißen und mit zehn eine Opernkarriere hinzulegen.«

»So eine Fünf-Stunden-Oper singen Kinder?« Eine Ewigkeit. Wie soll man das wohl überstehen? Aber diese Bedenken behält sie lieber für sich.

»Nee, natürlich nicht.« Susa greift nach ihrem Teebecher, späht hinein und steht auf. »Auch noch einen?« Sie nickt in Richtung von Julies Becher, der auf dem Tisch steht.

»Ja, gern.«

Sie nimmt beide Becher mit und setzt Wasser auf. »Die Kinder werden von erwachsenen Profis unterstützt. Soweit ich das mitbekommen habe, sind das wohl Sänger und Sängerinnen aus dem Opernstudio der Staatsoper. Also junge Ensemblemitglieder, die mit ihrer Ausbildung fast fertig sind oder so ähnlich. Außerdem ist es eine gekürzte Fassung.«

»Aber im Grunde ist das schon ein cooles Projekt.« Julie zieht die Füße an und massiert einen nach dem anderen mit der linken Hand. »Wenn ich so jung schon mit Oper Kontakt bekommen hätte, und dann noch auf so eine Art, hätte ich jetzt nicht so eine Angstschwelle, mich dem zu nähern.«

»Stimmt schon, aber Lissi vernachlässigt die Schule total.«

Das Wasser im Kocher fängt zu rauschen und zu blubbern an.

»Vielleicht legt sich das bald wieder«, versucht Julie, Susa Mut zu machen. »Wenn sie erst tiefer im Projekt steckt und das mehr zur Normalität geworden ist, dann normalisiert sich das bestimmt alles.«

»Meinst du wirklich?« Susa sieht nicht besonders überzeugt aus und klingt noch viel weniger danach. »Wie ich Lissi kenne, fürchte ich eher, sie frisst sich da immer mehr rein. Du weißt doch, wie sie ist. Sie macht alles entweder ganz oder gar nicht.« Sie wirft Teebeutel in die beiden Becher und gießt Wasser auf.

»Wo ist sie überhaupt?«

»Lissi?«

»Hm.«

»Bei ihrem nichtsnutzigen Vater.« Susa trägt die Becher zurück zur Couch und setzt sich.

»Und was sagt der zum Projekt Oper?« Julie nimmt einen der Becher entgegen.

»Nichts.« Susa zieht die Augenbrauen weit hoch und schielt. Es sieht zum Totlachen aus, aber dafür ist das Thema zu traurig. »Kennst ihn doch.«

Julie weiß. Tom hat sich von Anfang an nicht viel um Lissi gekümmert, und auch jetzt unternimmt er mehr widerwillig als alles andere mal etwas mit ihr. Von finanzieller Unterstützung kann schon gar keine Rede sein.

»Meinst du, er sieht sich dann eine Aufführung an?«

»Kann ich mir kaum vorstellen«, erwidert Susa. »Aber wer weiß. Manchmal geschehen ja Zeichen und Wunder.«

»Dass Lissi ihm das so gar nicht übel nimmt.« Julie schüttelt den Kopf und schaut gedankenverloren aus dem Fenster. Die Nacht ist weit vorangeschritten, in den Häusern gegenüber ist nur noch vereinzelt Licht an.

Was Kilian Holm wohl gerade macht?

Der Gedanke fliegt sie aus dem Nichts an, crasht in sie. Ein Scheppern, das nur sie hören, ein Aufprall, den nur sie spüren kann. Und für einen Moment hat sie das Gefühl, sie muss sich schütteln.

»Ich glaube, noch will Lissi das einfach nicht wahrhaben«, sagt Susa, die offensichtlich nichts davon mitbekommt, was mit ihr gerade passiert. »Ist doch auch kein Wunder. Sie ist ein Kind, Tom ihr Vater. Aber wenn er nicht die Kurve kriegt, wird sie es irgendwann realisieren. Und bei Lissis Alles-oder-nichts-Mentalität riskiert er, dass sie ihn dann ganz aus ihrem Leben entsorgt.« Sie trinkt ein paar kleine Schlucke Tee und sieht Julie mit einem Blick an, der ihr zerrissenes Inneres widerspiegelt. »Wie auch immer, vielleicht ist ihm das dann ja sogar ganz recht.«

»Manchmal frage ich mich, ob das einfach tief in den Genen von uns Menschen steckt. Evolutionsbedingt sozusagen.«

»Was? Dass Männer sich nicht um ihre Kinder kümmern?« Susa wiegt den Kopf. »Da hat sich doch schon so viel getan.«

»Na ja. Ich weiß nicht. Wenn ich mich bei meinen Kollegen so umsehe, dann nimmt da kein Mann ein halbes Jahr Elternzeit. Geht auch keiner mit den Stunden runter, das machen immer noch nur die Frauen.« Julie nimmt noch einen vorsichtigen Schluck vom heißen Tee und stellt dann den halb leeren Teebecher ab. »Vermutlich braucht es einfach seine Zeit, ehe wir alle von diesen über Jahrtausende eingeübten Rollenverteilungen wegkommen?«

»Das wären aber trübe Aussichten.«

»Schon, aber …?« Ob Kilian Holm auch so ein Mann ist? Bestimmt. Was will man sonst erwarten von einem, der Könige und Dämonen spielt?

Grundgütiger, was spukt ihr nur im Kopf herum? Unfassbar!

»Für Lissi zumindest hoffe ich, dass sich das bereits gewandelt hat«, Susa fährt unbeirrt fort und fängt plötzlich an zu kichern. »Weißt du, was sie neulich wissen wollte?«

Julie zieht nur fragend die Augenbrauen hoch.

»Ob Lohengrin ein Depp ist.« Susa prustet los.

»Ein Depp?« Sie hat keine Ahnung, worum es geht und was daran so lustig ist.

»Du erinnerst dich? Leistungskurs Deutsch? ›Parsifal‹ von Wolfram von Eschenbach?«

»Düster«, gibt sie zu.

»Lohengrin ist der Sohn des Gralskönigs Parsifal, aber das soll niemand wissen. Also verbietet er auch Elsa von Brabant, die er rettet und heiratet, ihn nach seiner Identität zu fragen. Das ist sogar die Bedingung für die Rettung.«

»Was für ein Schwachsinn!«

»Ja, schon, aber dem Wagner ging es halt darum, das Frageverbot zum Kern seiner Geschichte zu machen. Das Dilemma zwischen göttlicher Sphäre und irdischem Jammertal eben.« Sie wiegt den Kopf hin und her. »Außerdem will der Lohengrin die Elsa retten. Und das ist doch eigentlich schon heldenhaft. Sie ist des Brudermords angeklagt, und niemand wagt es, ihre Unschuld zu beweisen. Nur Lohengrin. Er ist der Einzige, der es wagt, für Liebe, Wahrhaftigkeit und Gerechtigkeit einzutreten und den Dienst des zivilen Gehorsams komplett zu hinterfragen.«

»Kommt da das geflügelte ›Nie sollst du mich befragen‹ her?« Julie singt die Textzeile und imitiert dabei einen Tenor.

»Genau.« Susa grinst triumphierend.

»Und wieso ist der Lohengrin dann in Lissis Augen ein Depp?«

»Weil er, als ihn seine ihm angetraute Elsa dann aber doch fragt und dabei zugegebenermaßen ziemlich nervt, ihr feierlich vor dem König die Gralserzählung singt und sie daraufhin verlassen muss, und Lissi findet, eine Notlüge wäre cleverer gewesen.«

»Die ganze Gralserzählung? Oje, jetzt wird mir klar, warum Wagner-Opern immer so ewig lang sind.« Das kann ja heiter werden, denkt sie im Hinblick auf Lissis Aufführung.

»Na ja, und dann gibt es noch einiges andere, eine lange Ouvertüre, jede Menge Arien und den Schwan …« Susa lacht und bufft sie in die Seite. »Du wirst es überleben. Du wirst sogar total begeistert sein, denn es wird uns schlicht umhauen, wenn wir unsere Lissi da so ernsthaft im Kostüm auf einer großen Bühne sehen.«

»Na hoffentlich.« Überzeugt ist Julie nicht, und sie gibt sich auch keine Mühe, etwas Derartiges vorzutäuschen.

»Also ›Lohengrin‹ als deine allererste Oper ist vielleicht nicht so ganz die beste Idee.«

Treffer versenkt. Eine bessere Steilvorlage kann Susa ihr gar nicht bieten. Man muss eben auch mal Glück haben.

»Vermutlich sollte ich dich doch mal begleiten«, sagt sie daher mit Unschuldsmiene. »Also vorher …«

Susas Gesicht hellt sich auf, als wäre es Tag mit herrlichstem Sonnenschein und nicht halb zwei in der Nacht.

»Aber natürlich zu was Leichtem. Kurzem. Also, kurz im Vergleich zu Wagner.« Einen Augenblick zögert Julie, in der Ahnung, dass sie sich gleich auf eine Art Glatteis begibt, dünnes Eis, von dem sie nicht weiß, ob es sie tragen kann. »›Zauberflöte‹?« Unwillkürlich hält sie die Luft an.

»Auf jeden Fall!« Susa springt in einer Art auf, als hätte sie exakt auf diesen Moment ein Leben lang gewartet.

Julie sieht ihr zu, wie sie zum Esstisch geht, das Notebook aufklappt, sich davor niederlässt und beginnt, auf die Tastatur einzuhacken. Alles in einer fließenden Bewegung. Und sie weiß, sie ist verloren. Es gibt kein Zurück. Sie hat die Achterbahn in Fahrt gesetzt, mit verbundenen Augen, und nichts und niemand kann sie nun vor den Bergen und Tälern, den Loopings bewahren.

»Ha!« Susa ruft das wie einen Triumphschrei, untermalt vom Geklapper der Tastatur. »Nächsten Samstag. Es gibt sogar noch gute Plätze im ersten Rang. Erste Reihe, ein bisschen sehr auf der Seite, aber egal … So, gebucht!« Sie schaut zu ihr und grinst wie ein Honigkuchenpferd. »Jetzt kommst du mir nicht mehr davon.«

Julie atmet tief und lautstark durch.

Wenn Susa wüsste …

18

Anna betritt das Gebäude, in dem sich der Pierre Boulez Saal befindet, durch den Haupteingang. Sie hat bereits viel von dem Kammermusiksaal gehört, von seiner speziellen Akustik, dem intimen Ambiente, doch von außen ist ihm seine Einzigartigkeit nicht anzusehen. Architektonisch passt er sich dem Ensemble des Intendanzgebäudes der Staatsoper mit dem neuen Probenzentrum an. Doch innen ist alles anders und von einer spannenden Modernität. Holz und Waschbeton gehen eine seltsam stimmige Ehe ein, klare Formen bestimmen das Foyer, in dem es nach köstlichem Kaffee duftet.

»Wenn Sie die Kassen suchen?« Ein junger, hochgewachsener Mann in schwarzem Anzug tritt ihr entgegen. Sein freundliches Lächeln kann sie jedoch nicht darüber hinwegtäuschen, dass er entschlossen ist, keinen ins Haus zu lassen, der hier nichts zu suchen hat.

»Anna Wolf«, sagt sie, ein wenig amüsiert darüber, tatsächlich nicht erkannt zu werden, was zwar auf der Straße gang und gäbe ist, ihr in Konzert- und Opernhäusern jedoch eher selten widerfährt. »Ich bin hier mit Kilian Holm zu einer Probe verabredet.«

»Oh, entschuldigen Sie!« Der junge Mann tritt sichtlich beschämt zur Seite. »Ich habe Sie gar nicht erkannt.« Er zeigt in Richtung der leeren Zuschauergarderobe am anderen Ende des Foyers. »Dort hinten die Treppe hinab und dann hinter dem Eingang zur Damentoilette durch die Tür in die Akademie und da geradeaus, die letzte Tür. Herr Holm ist bereits eingetroffen.«

»Prima.« Anna wirft einen verstohlenen Blick auf die Türen, die in den Saal führen. Gern würde sie kurz hineinschauen, aber den jungen Mann danach zu fragen, kommt ihr dann doch unpassend vor.

»Oder soll ich Sie hinbringen, Frau Wolf?« Der junge Mann interpretiert offenbar ihr Zögern völlig falsch.

»Nein, danke.« Anna lächelt ihn besonders gewinnend an. »Ich finde mich schon zurecht.« Schnell geht sie an ihm vorbei, durchquert das gesamte Foyer und biegt zur Treppe ab.

In einer Art Nische ist ein Verkaufstresen gebaut, hinter dem eine große Espressomaschine steht. Eine junge Frau räumt dort gerade Tassen ins Regal.

Anna stoppt und geht dann auf den Tresen zu. »Entschuldigung«, spricht sie die Frau an, »ob ich wohl einen Cappuccino bekommen könnte?«

»Aber gern.« Die junge Frau strahlt sie an. »Mit normaler, Soja- oder Hafermilch?«

»Normale Milch bitte. Und sagen Sie, Sie wissen nicht zufällig, wie Kilian Holm seinen Kaffee trinkt?«

Die junge Frau strahlt noch ein bisschen heller. »Fünfstöckiger Espresso ohne alles«, sagt sie mit einem Augenzwinkern.

»Oha. Dann nehme ich so einen vielleicht auch noch mit.« Anna sieht der jungen Frau zu, wie sie die beiden Kaffees zubereitet, und holt nebenbei schon einmal das Portemonnaie aus ihrer großen Tasche hervor.

»Geht aufs Haus.« Lächelnd schüttelt die junge Frau den Kopf, als sie die beiden Tassen auf einem kleinen Tablett vor Anna auf den Tresen stellt. »Das Tablett können Sie einfach im Probenraum stehen lassen, Frau Wolf. Ich komme nachher und räume das Geschirr weg.«

Anna bedankt sich, schiebt einen Fünfeuroschein in die kleine Trinkgeldkasse, nimmt das Tablett und balanciert es die Treppe hinunter.

Im Untergeschoss wirkt das innere Gebäude des Pierre Boulez Saals noch weniger glamourös als im Foyer. Anna geht einen relativ schmalen Gang entlang, von dem einige Türen in Proberäume führen. Jene ganz hinten steht halb offen, und Klaviertöne wabern heraus.

Einen weichen Anschlag hat Kilian Holm also, denkt sie und verlangsamt ihren Schritt. Und egal, wie lange sie schon in diesem Beruf ist, wie viele großartige Kollegen sie bereits getroffen hat, immer wieder empfindet sie den Moment des ersten Aufeinandertreffens als aufregend. Jene erste Sekunde, der erste Augenkontakt, das Händeschütteln, Einandereinschätzen und Entscheiden, ob man sich sympathisch ist oder nicht.

So viel entscheidet sich in diesen Augenblicken. Und auch wenn es zur Professionalität in diesem Beruf gehört, selbst dann noch überzeugend ein Liebespaar geben zu können, wenn man sich im Grunde nicht ausstehen kann, macht es das Leben hinter und auf der Bühne doch um einiges leichter, wenn man sich mag.

Nun denn, denkt Anna und strafft die Schultern, finden wir es heraus.

Eine Erscheinung.

Das ist das Erste, was Anna denkt, als sie den Raum betritt, Kilian Holm mit einem Lächeln hinter dem Flügel aufsteht und einen Schritt auf sie zugeht.

Eine Erscheinung. Eine schier magische Präsenz. Als ob seine legendäre Stimme nicht schon reichen würde. Nein, er hat auch noch etwas, was einen sofort in seinen Bann zieht. Kein Wunder, dass ihm das Publikum zu Füßen liegt.

»Die berühmte Anna Wolf«, sagt er prompt. »Was für ein Glück, dass sich unsere Wege endlich kreuzen.«

Charmant ist er also auch noch.

»Und ich dachte, ich muss mich mit Kaffee einschleimen.« Sie lacht, stellt das Tablett auf dem kleinen Tisch ab, ihre Tasche daneben und reicht ihm die Hand. »Fünfstöckiger Espresso. Ein Tipp der Dame an der Maschine.«

»Lydia?« Er schlägt ein. »Ja, die kennt meine Vorliebe für Kaffee, der so stark ist, dass er Tote aufweckt.«

Sein Händedruck ist warm und fest, aber nicht zu stark. Ein Mann, der zupacken kann, aber sanft ist. Wäre Anna dreißig Jahre jünger, sie könnte sich in ihn verlieben. So aber ist sie einfach nur froh, dass er ein angenehmer Partner sein wird. Und noch während sie das denkt, ertappt sie sich dabei, dass sie hofft, er werde tatsächlich am Ende Heiner Kurz ersetzen.

»Sollen wir gleich loslegen?« Anna holt die Partitur aus ihrer Tasche und setzt ihre Lesebrille auf.

Kilian trägt seine Kaffeetasse zum Flügel und stellt sie auf dem kleinen Beistelltisch links neben sich ab, auf dem auch schon ein Glas Wasser steht. »Ist es okay, wenn ich spiele?«

»Natürlich.« Sie blättert in der Partitur, bis sie die entsprechende Stelle gefunden hat. »Dieses Duett, das eher parallele Soloarien sind, wenn ich als Elsa in meinem Wohnzimmer sitze und Helmut Kohl gleichzeitig in seinem Amtszimmer über die Lage in der DDR nachdenkt, das würde ich gern probieren.«

»Das ist eine komische Stelle, oder?« Kilian schlägt seine Partitur auf und beginnt zu blättern. »Es sind zwei Arien, die eigentlich nichts miteinander zu tun haben und trotzdem ein Duett ergeben sollen.«

»Seite einhundertsechs«, hilft sie ihm aus. »Ich weiß nicht, ich denke, an der Stelle geht es darum, zu zeigen, dass die

Situation sowohl im Westen als auch im Osten unübersichtlich war. Dass niemand wirklich wusste, wie es ausgehen würde. Zu dem Zeitpunkt war die Botschaft in Prag völlig überlaufen. Für die Bundesregierung war vermutlich nicht klar, wie Honecker und das Politbüro oder auch die Russen reagieren würden, wenn sie die Menschen in die Bundesrepublik holten. Es hätte auch zum Krieg führen können.«

»War das so?« Kilian schaut sie nachdenklich an. »Ich war damals noch ein Kind. Für mich ist das alles unvorstellbar.« Er schüttelt den Kopf, als müsse er seinen Worten Nachdruck verleihen. »Aber gerade deshalb denke ich, es ist gut, dass du die Elsa singst. Du kannst uns jüngeren Kollegen helfen, die Figuren, die ganze Story besser zu verstehen, um ein authentisches Gefühl transportieren zu können.«

Anna greift nach ihrem Cappuccino, trinkt, mehr um Zeit zu gewinnen als aus jedem anderen Grund.

Natürlich hat er recht, aber genau das ist es gewesen, was sie zögern lassen hat, diese Rolle anzunehmen. Dass sie zurückmuss in eine Zeit, die sie aus guten Gründen weit hinter sich gelassen hat. Dass sie mehr von sich zeigen muss, als sie will. Ein Stück ihres Innersten, das sie so viele Jahre geheim gehalten hat.

»Ich weiß nicht, ob ich das kann«, sagt sie schließlich barscher als beabsichtigt. »Sorry«, fügt sie schnell an, »für mich ist das ein schwieriges Thema.«

»Du warst beim Mauerfall bereits im Westen, oder?«

»Ja. Ich bin nach einem Gastspiel einfach dortgeblieben. Viele haben mir das bis heute nicht verziehen.«

»Wieso bis heute nicht?«

Sie lässt die Partitur sinken, zieht einen der beiden Stühle vor, die neben dem Tisch stehen, und setzt sich. »Das ist kompliziert und lässt sich nicht mit ein paar Sätzen beantworten. Aber man könnte es darauf eindampfen, dass jemand wie ich für alle eine Verräterin war. Für die einen, weil ich das Land verlassen habe, anstatt meinen vermeintlichen Einfluss inmitten der Obrigkeit auszuüben, die sich gern mit uns Kulturschaffenden schmückte, für die anderen, weil ich mich nicht dem DDR-Widerstand angeschlossen habe.«

»Klingt kompliziert.«

»Ist es auch. Immer noch.«

Einen langen Moment sehen sie sich nur an, und Anna sucht in Kilians Blick nach etwas, das ihr verrät, dass auch er nicht anders ist als alle anderen. Dass auch er denkt, sie sei feige gewesen und habe nur ihre eigene Haut retten wollen. Oder an das große Geld und die Freiheit gedacht habe.

Aber da ist nichts, jedenfalls nicht in seinem Blick oder seiner Körperhaltung. Nichts außer ehrlichem Interesse. Und vielleicht beschleicht sie deshalb das Gefühl, sie sei ihm etwas schuldig. Eine Erklärung. Eine gewisse Ehrlichkeit.

»Ich bin seitdem nicht wieder in Berlin gewesen«, sagt sie daher und die Worte kommen nur schwerfällig über ihre Lippen. »Zu viele schlechte Erinnerungen, zu viel Schmerz. Und vermutlich auch meine Feigheit, mich mit meiner ganz persönlichen Vergangenheit zu befassen.« Sie seufzt. »Aber jetzt bin ich ja hier.«

»Dann sollten wir anfangen. Schon weil Musik das beste Heilmittel ist, das ich kenne. Und weil ich glaube, dass genau deshalb diese Oper ein Riesenerfolg werden wird. Weil sie all die Wunden heilen kann, die immer noch da sind. Die vielleicht kaum noch jemand wahrnimmt in dieser Stadt, die sich so ungeheuer laut und lebendig gibt und die umso wilder tanzt und sich amüsiert, je trauriger sie eigentlich ist. Ich glaube ganz fest, dass wir es schaffen können, mit dieser Oper das Dilemma zu erklären, in dem die Menschen damals waren, es fühlbar zu machen, ohne anzuklagen oder zu urteilen. Das Dilemma und den Mut. Und genau das ist es, was es zur Heilung braucht.«

19

»Was ist für dich eigentlich so toll an Oper?« Julie zieht die untere Schublade auf und holt Mehl, Backpulver, drei Packungen Vanillezucker und Kakaopulver heraus. Es ist ihr Sonntag mit Lissi, einer jener Tage, die sie als Zuckerguss auf ihren Wochenenden empfindet. Während andere sich darauf freuen, in Clubs zu gehen und die Nächte durchzutanzen, liebt sie die gemeinsame *Quality Time*. Und das gewiss nicht nur, weil sie mit Lissi Dinge machen kann, die man nur mit Kindern macht. Nein, weil sie nichts lieber tut, als Zeit mit dem Ersatzkind zu verbringen.

»Alles«, sagt Lissi auf ihre gewohnt knappe Art, während sie an der Spüle steht und sich die Hände wäscht, nachdem sie das Mädchen dreimal dazu auffordern musste.

»Alles?« Julie späht in den Kühlschrank, nimmt die drei Becher Quark heraus und stellt sie auf die Arbeitsfläche zu den Eiern und den restlichen Zutaten. »Darunter kann ich mir wenig vorstellen.«

Lissi dreht den Hahn zu, trocknet sich die Hände ab und sieht sie an, als wäre sie wahrlich schwer von Begriff. »Es ist so«, sagt sie und reißt die Arme hoch. »Es ist so … groß!«

Groß? Keine ihrer Erklärungen ist für Julie wirklich hilfreich. Und dabei will sie es doch so unbedingt verstehen, was

Lissi an diesem Projekt derart fasziniert, dass sie sich hineinstürzt, als ginge es um ihr Leben.

»Okay, groß im Sinne von gewaltig?« Julie reicht ihr ein Sieb und stellt das Glas Schattenmorellen neben die Spüle auf die Arbeitsfläche. »Die Kirschen ins Sieb und gut abtropfen lassen«, erteilt sie Anweisungen. »Aber vorsichtig, das spritzt, nicht dass die ganze Küche rot wird.«

Lissi rollt die Augen und macht sich daran, das Glas zu öffnen. »Einfach alles ist«, quetscht sie angestrengt zwischen zusammengebissenen Zähnen hervor, »alles ist in der Oper.«

»Komm, ich helfe dir.« Julie streckt die Hände nach dem Glas aus. »Alles? Also Schauspiel, Musik, Gesang, Kostüm, Schminke, Kulisse … Oder wie meinst du das?«

»Das auch.«

»Und? Was noch?« Die Schattenmorellen leisten erheblichen Widerstand. Das Glas will sich einfach nicht öffnen lassen, auch nicht, als sie es umdreht und mehrfach mit der flachen Hand auf den Boden schlägt. Entnervt und mit schmerzender Hand gibt sie auf und kramt den alten Dosenöffner ihrer Oma mit der eisernen Spitze aus der übervollen Schublade hervor, um ein Loch in den Deckel zu stoßen.

»Die Musik«, sagt Lissi und klingt dabei, als halte sie Julie für einen noch größeren Deppen als Lohengrin. »Ich fühl die hier und hier und hier.« Bei jedem »hier« tippt sie auf eine andere Stelle ihres Körpers, erst den Bauch, dann die Brust und schließlich den Kopf.

Endlich bekommt Julie das Glas auf. »Im Bauch und in der Brust, das kenne ich«, sagt sie und reicht Lissi die Schattenmorellen, vorsichtig, sodass nicht das halbe Kirschwasser herausschwappt. »Bei Rockkonzerten zum Beispiel. Da fühlt man den Bass oft im Bauch. Allerdings ist das nicht immer angenehm. Aber im Kopf?«

Lissi hält das Glas in beiden Händen und lässt es sehr langsam kippen. Zunächst fließt nur der rote Saft, doch dann poltern die Kirschen en masse in das Sieb. Aber sie macht das gut. Außer der weißen Keramikspüle, die im Nullkommanichts umfassend rot besprenkelt ist, bekommt die Küche nichts ab. Als das Glas fast leer ist, schüttelt sie noch die paar restlichen Kirschen heraus, dann legt sie es in den kleinen Eimer, in dem Julie das Altglas sammelt.

»Wenn ich singe, ist die ganze Musik in meinem Kopf«, klärt Lissi auf und tippt sich dabei gegen die Stirn. »Hier. Da scheppert es manchmal richtig. Aber Katharina sagt, das ist gut. Das muss so sein. Und die muss es ja wissen.« Sie schaut zu den anderen Zutaten, dann wieder zu Julie. »Und jetzt?«

»Jetzt machen wir den Teig.« Sie holt eine große Schüssel und den Mixer hervor. Dann stellt sie die Backform daneben. »Willst du lieber rühren oder die Form einfetten?«

»Rühren.«

»Okay.« Julie klappt das Kochbuch auf und blättert bis zu der markierten Seite, auf der das Rezept steht. Dann stellt sie die Küchenwaage dazu. »Hier steht genau, wie viel von allen Zutaten hineinmuss. Bekommst du das hin?«

»Ich bin kein Baby mehr, Julie!«

Sie hebt die Hände. »Sorry, ich weiß.«

Lissi beugt sich über das Buch und wiegt dann Mehl direkt in der Schüssel ab. »Mama hat gesagt, du gehst mit ihr in die Oper.«

»Nächsten Samstag.« Julie teilt mit einem Messer ein kleines Stück von der Butter ab, lässt es in die Backform fallen und schiebt Lissi dann die Packung hinüber. Sie kann sehr gut verstehen, dass sie sich fürs Rühren entschieden hat, auch sie selbst mag das glitschige Gefühl an den Händen nicht, das sich sofort einstellt, wenn man eine Backform einfettet. Von der Hartnäckigkeit des Fetts, wenn man sich danach die Hände wäscht, ganz zu schweigen. Und Lissi hat es mit der

Handhygiene sowieso nicht so. Meist tut sie, als wäre Seife die größte Zumutung, die die Welt je gesehen hat. In etwa so wie sich an in Rezepten angegebene Reihenfolgen zu halten.

»Vielleicht verstehst du dann, was ich meine.« Sie schlägt Eier auf und lässt sie in das Mehl klatschen. »Obwohl«, sie angelt ein Stück Eierschale heraus und legt es in den Deckel der Packung, »ich weiß nicht, ob man das merkt, wenn man nicht singt.« Sie hält inne, wendet ihren Kopf und sieht Julie skeptisch an. »Kannst du überhaupt singen?«

»So lala«, antwortet sie und lacht. »Also bestimmt keine Opern, aber für den Hausgebrauch reicht es.« Genau genommen ist sie sich da nicht ganz so sicher. Sie singt gern, aber ob sie es kann, das ist eine ganz andere Frage.

»Kann ja auch nicht jeder können«, sagt Lissi und wendet sich wieder dem Kuchenteig zu. »Katharina sagt, ich singe sehr gut.« Sie reißt nacheinander die Tütchen mit dem Backpulver und dem Vanillezucker auf und schüttet den jeweiligen Inhalt in die Schüssel.

»Da bin ich ganz sicher. Sonst hätte sie dich garantiert nicht genommen.« Julie betrachtet ihr Werk, beschließt, dass die Form hinreichend eingefettet ist, und geht hinüber zur Spüle, um sich die Hände zu waschen. »Ist es nicht schwer, sich das alles zu merken? Die Melodien, den Text?« Sie hält eine Hand unter die Flasche mit dem Spülmittel und drückt mit dem Ellenbogen der anderen vier Mal auf den Spender. Getreu dem Motto viel hilft viel. »Kannst du mir mal den Wasserhahn aufdrehen, bitte?«

»Das mit dem Text und den Melodien ist leicht.« Lissi stellt das Wasser an und wendet sich dann wieder dem Rezept und der Rührschüssel zu. »Das kommt ganz automatisch beim Proben.«

Julie verteilt den Schaum über beide Hände, reibt und schrubbt und hat trotzdem das Gefühl, das Fett nicht herunterzubekommen.

»Hier steht, die Butter soll in Flocken dazugegeben werden? Wie mache ich das?«

»Einfach mit dem Messer lauter kleine Stückchen abteilen«, erwidert Julie und nimmt noch einmal mehrere Portionen Spülmittel nach. »Alternativ kannst du auch die Butter ganz kurz in die Mikrowelle stellen, dann wird sie weich und lässt sich mit dem Rührgerät besser verarbeiten.« Endlich hat sie das Gefühl, dass ihre Hände sauber werden. »Habt ihr eigentlich schon die Kostüme gesehen?«, will sie wissen.

»Natürlich nicht«, sagt Lissi über den Lärm der Mikrowelle hinweg. »Die müssen doch erst genäht werden.« Es macht »ding«, und sie holt die Butter heraus und gibt sie zum Teig.

»Ich würde das jetzt erst mal alles vermischen, ehe du das Kakaopulver zugibst«, schlägt Julie vor. »Soll ich derweil schon mal die Quarkdecke vorbereiten?«

Lissi nickt und stellt das Rührgerät an.

Über den Lärm hinweg schweigen sie. Julie nimmt eine saubere Schüssel, gibt den Quark und eine Packung Vanillepuddingpulver hinein und verrührt alles zu einer cremigen Masse.

»Ich werde übrigens Opernsängerin«, platzt Lissi in die Stille, die sich einstellt, als sie das Rührgerät ausmacht. »Mama weiß es aber noch nicht.«

Oha. Das ist ihre Art, Julie zu sagen, dass sie zum Schweigen verpflichtet ist. Und natürlich weiß sie, wo das herkommt. Lissi ist klug genug, man kann ihr nichts vormachen. Mit Sicherheit hat sie längst gespürt, dass Susanne ihren Enthusiasmus für das Projekt Oper nicht nur nicht teilt, sondern dass er ihr Sorgen bereitet.

»Dir ist aber schon klar, dass man dafür studieren muss?« Dünnes Eis, sie weiß. Sie darf Lissi jetzt auf keinen Fall das Gefühl geben, dass sie auf der Seite ihrer Mutter steht, denn dann macht die Zehnjährige dicht und Julie hat keine Chance zu retten, was noch zu retten ist. Und abgesehen davon, ist es ja auch nicht so, dass sie Susannes Bedenken komplett teilt. Im Gegenteil. Julie findet Lissis Begeisterung unterstützenswert. Unbedingt sogar. Talente muss man fördern, wo man nur kann. Aber natürlich findet auch sie, dass die Schule nicht darunter leiden darf.

»Muss man?« Lissi sieht sie skeptisch an und wiegt den Kopf ein wenig hin und her. Fast schon, als traute sie ihr nicht.

»Soweit ich weiß, studiert man Gesang an der Uni. Dazu braucht man das Abitur. Und natürlich muss man zuvor auch die Aufnahmeprüfung bestehen.« Sie fährt mit dem Zeigefinger sacht über den Quark und kostet davon. »Hm. Ich glaube, hier kann noch ein bisschen Vanillezucker dran. Was meinst du?« Sie hält ihr die Schüssel hin.

Lissi tut es ihr gleich, leckt den Finger ab und zieht die Augenbrauen mit einer Ernsthaftigkeit zusammen, als wäre sie die Chefköchin eines Sternerestaurants. »Stimmt«, urteilt sie schließlich.

»Hast du Katharina mal gefragt, wie man Opernsängerin wird?« Julie sucht noch eine Packung Vanillezucker, reißt das Tütchen auf und verstreut den Zucker über der Quarkmasse.

»Nein, aber ich frag sie bei der nächsten Probe.« Lissi sagt das mit einer grimmigen Bestimmtheit, die Julie so an ihr noch nie erlebt hat, und sie beschleicht der Verdacht, dass es zu diesem Thema zwischen Susanne und ihr eventuell schon mehr Diskussionen gegeben hat, als Julie weiß.

»Solltest du auf jeden Fall tun«, bestärkt sie Lissi daher in ihrem Vorhaben, nimmt die Kirschen und hebt sie unter den Quark.

Einen Moment lang zögert sie, unsicher, wie sehr sie sich auf Lissis Seite schlagen soll. Ob es richtig ist, sie in ihrem Plan noch mehr zu unterstützen, oder ob sie damit Susanne zu sehr in den Rücken fällt, die nur das Beste für ihre Tochter im Sinn hat und dafür sorgen will, dass ihr später möglichst alle Türen offenstehen.

Alle Türen?

Wenn Lissi den Gesang so sehr liebt, muss man sie dann nicht jetzt unterstützen? Ist das jetzt nicht ihre Chance, sich den entscheidenden Vorteil gegenüber jenen zu verschaffen, die später in den Aufnahmeprüfungen ihre Kontrahenten sein werden? Gegen die sie vielleicht ringen muss, um den einen freien Studienplatz? Kann dieses Projekt der Schlüssel sein, der ihr genau diese Tür in acht Jahren öffnen wird? Und was, wenn man sie jetzt bremst? Macht man damit vielleicht alles kaputt?

Julie hält inne. Sieht sie an. Beobachtet, wie sie das Kakaopulver unter den Teig rührt. Noch ein kleines Mädchen, und doch schon so groß und überzeugt davon, was sie aus ihrem Leben machen will. Ihr Ersatzkind. Ihre Liebe.

»Weißt du«, sagt sie schließlich, »wenn man etwas so sehr liebt wie du das Singen, dann muss man es ganz festhalten und sich nicht beirren lassen, dann muss man dranbleiben und es mit aller Kraft versuchen, weil man sich sonst nämlich nie verzeiht, es vernachlässigt zu haben.«

Lissi hält inne, zieht die Unterlippe ein, kaut darauf herum, und Julie kann sie förmlich denken sehen. Für einen langen Moment ist es still zwischen ihnen, und es fühlt sich an, als würde mit ihrem Schweigen ein geheimer Bund besiegelt.

Und vielleicht ist das der wichtigste Augenblick, den es zwischen ihnen bisher gegeben hat. Vielleicht werden jetzt und hier gerade Weichen gestellt, die ihr Verhältnis zueinander für immer bestimmen werden. Die ihre Beziehung auf eine neue Art definieren und Konsequenzen haben, die so weit in die Zukunft reichen, wie es keine von ihnen in diesem Moment überschauen kann. Nicht einmal Julie.

Vielleicht ist das hier der Augenblick, an den sie sich immer erinnern werden. Der bleiben wird. Und auf einmal ist sie sehr froh, dass sie es gesagt hat. Dass sie Stellung bezogen hat. Dass sie auf ihrer Seite ist.

20

Die Tür zur Probebühne eins fliegt auf und Heiner Kurz steht im Sonnenlicht, das über den Gang hereinflutet, die Arme weit ausgebreitet. »Da bin ich!«

»Sollen wir jetzt etwa applaudieren?«, raunt Kilian Holm Anna zu, und sie hat Mühe, nicht laut loszulachen.

Alt ist er geworden, stellt sie fest, während Kurz durch den leeren Saal schreitet, auf sie alle zu, die als Grüppchen in der Mitte stehen, das komplette Solisten-Ensemble aus Erst- und Zweitbesetzungen. Sein Lächeln wirkt wie im Gesicht festgeklebt, nicht echt, verkrampft, und sie kann nicht sagen, warum er diese Art von Antritt zur Probe, oder besser Auftritt gewählt haben mag, wenn er ihm doch offensichtlich nicht behagt.

Sir Roger Swallow geht ihm nicht entgegen. Auch das verwundert Anna. Selbst wenn, wie sie weiß, Kurz nicht die Besetzung für den Kohl ist, die der Maestro sich wünscht, so hätte sie doch nicht gedacht, dass er seine guten Manieren komplett über Bord wirft und den ersten Bass nicht gebührend willkommen heißt.

Vielleicht wird Roger alt.

Und wunderlich.

Vielleicht aber will er auch Kurz genau das zeigen: dass er nicht wirklich erwünscht ist.

»Heiner«, sagt Roger prompt mit unterkühltem Ton, in dem ein Hauch Süffisanz mitschwingt, »schön, dass du es nun auch einrichten kannst, an den Proben teilzunehmen.«

Die beiden Männer reichen sich die Hände und mustern sich dabei. Ein Prüfen, ein Maßnehmen. Den anderen wiegen und für nicht zulänglich erklären. So wirkt es.

Dann vollführt Heiner Kurz eine zackige Vierteldrehung, zeigt Anna seine gebleachten Zähne und macht einen Schritt auf sie zu. »La Wolf!« Er greift nach ihrer Hand und haucht einen Kuss darüber, und Anna würde sie ihm am liebsten entziehen, so unangenehm ist ihr die Berührung. »Wann sind wir zwei uns zuletzt begegnet?« Er grinst breit, zu breit, und in seinen Augen blitzt etwas, das sie nicht lesen kann.

»Met Gala, letztes Jahr«, gibt sie knapp zurück. Kaum vorstellbar, dass er sich daran nicht erinnert, hat er ihr doch Wein über das Kleid gegossen. Und sie weiß bis heute nicht, ob es wirklich nur ein Unfall gewesen ist, so schnell wie er sein Taschentuch bei der Hand gehabt hat und damit auf ihrer Brust hat herumtupfen wollen. Es ist verdammt schwer gewesen, ihn davon abzubringen, und ihr wäre wohler, müsste sie sich nicht daran erinnern.

»Jetzt, wo du es sagst.« Er wirft den Kopf in den Nacken, fasst an seine Stirn.

Ist er immer schon so theatralisch gewesen, oder ist auch das etwas, was sich mit dem Alter verstärkt?

»Du hattest dieses tolle Kleid an.« Er zwinkert ihr zu, lässt seinen Blick über das gesamte Ensemble schweifen, als bräuchte er Publikum, und sie würde ihm am liebsten eine reinhauen, um diese Farce hier zu beenden. »Sehr sexy«, legt er nach, und Anna spürt, wie ihr die Kontrolle entgleiten will.

»Ist dir deshalb der Wein ausgerutscht?« Die Worte sind ausgesprochen, ehe sie sie gedacht hat. Und für einen Moment wird es still im Saal, die Luft schwer und stickig. Niemand scheint zu atmen, nicht einmal Füße scharren, und das will etwas heißen bei mehr als zehn Personen im Raum.

Heiner Kurz' Lächeln erstarrt zu einer Fratze, seine Augen werden düster, und Anna weiß, er nimmt den Fehdehandschuh, den sie nicht hat werfen wollen, und hält ihn ihr unter die Nase.

Eine Drohung.

Mehr noch.

Ein Versprechen.

Dass er ihr das Leben zur Hölle machen wird. Hinter und vielleicht sogar auf der Bühne.

Entschlossen hält sie seinem Blick stand. Nicht einknicken. Nicht in alte Muster fallen. Du bist nicht mehr jung und unerfahren, du stehst am Ende einer großen Karriere. Verbissen krallt sie sich an diesem Gedanken fest. Verzieht nicht eine Miene. Ich bin ein Sopran, denkt sie. Die Hauptrolle. Du kannst mir nichts.

Und als ob Heiner Kurz ihre Gedanken hören könnte, wendet er sich mit einem Ruck Kilian Holm zu. »Dass wir zwei uns auch einmal begegnen …« Er lässt den Satz offen in der Luft hängen, und er könnte alles bedeuten.

»Tja, so ist das eben, wenn man im Großen und Ganzen ein ähnliches Repertoire hat.« Kilian reicht ihm die Hand, und dem jungen Mann ist nicht anzusehen, was er über Heiner Kurz denken mag. »Da begegnet man sich eher selten bis nie.«

»Und auch dieses Mal wird es nur von kurzer Dauer sein«, sagt Kurz und wirft einen raschen Blick zu Swallow. »Schließlich bin ich nun da. Also brauchen wir dich wohl kaum mehr.«

Oha! Anna verschränkt die Arme vor der Brust und schaut von einem zum anderen, dann zu ihrer eigenen Zweitbesetzung, die kaum merklich den Kopf schüttelt. Wie viele Kriegsbeile will Kurz wohl gleichzeitig ausbuddeln? Und was bringt ihm das, abgesehen von Stress?

»Wäre mir neu, dass die zweite Besetzung bei Proben zu einer Welturaufführung nach Hause geschickt wird«, sagt Kilian mit einer bewundernswerten Gelassenheit und steckt die Hände in die Hosentaschen.

Er wirkt nicht ein bisschen angespannt, und Anna fragt sich, ob er nur verdammt gut schauspielert oder ob er wirklich so cool ist. Kann es sein, dass dieser junge Mann schon so sehr in sich ruht? So genau weiß, was er kann und wo er steht, dass solche Angriffe spurlos an ihm abprallen?

»In der Tat«, springt Roger Swallow ihm zur Seite, und Kurz schaut irritiert von einem zum anderen. »Wir haben genug Probentage zur Verfügung. Ich werde mit Erst- und Zweitbesetzung jede einzelne Szene, jede Arie, jedes Duett, so lange proben, bis alles sitzt. Diese Oper ist so wichtig, für alle Beteiligten und nicht zuletzt für das Haus, da gehe ich keinerlei Risiko ein.«

Ein unangenehmes Schweigen breitet sich aus, und Anna ist sicher, jeder der Anwesenden denkt jetzt in etwa das Gleiche. Nämlich, dass das ein schlechter Start ist. Dass es nichts Gutes verheißt und damit zu rechnen ist, dass die Proben von Grabenkämpfen und Anspannungen geprägt sein werden. Und wenig ist für Sänger größeres Gift als das.

Zum Singen muss man entspannt sein. Genau das ist die Kunst. Höchste Konzentration, das Publikum in größtmögliche Spannung versetzen und dabei selbst total entspannt bleiben. Das ist das Geheimnis für einen wunderbaren Klang, dafür, dass Töne nicht einfach nur Töne sind, sondern Gefühle.

Ist man nicht entspannt, geht der Hals zu, die Stimmbänder können nicht mehr frei schwingen, und im schlimmsten Fall klingt es rauchig, weil der Atem nicht ungehindert fließen kann.

Bleibt nur zu hoffen, dass Heiner Kurz noch die Kurve kriegt oder Swallow ihn unter Kontrolle bekommt.

»Wie du meinst.« Heiner winkt nonchalant ab, zieht seine Jacke aus und wirft sie über den Garderobenständer, der beachtlich wackelt, aber dann doch nicht umfällt. »Womit beginnen wir?«

»Mit etwas, was, glaube ich, noch nicht allen von euch zu Ohren gekommen ist.« Roger Swallow lässt seinen Blick von einem zum anderen wandern, und man sieht ihm die Anspannung an.

Er wirkt angestrengt und auch eine Ecke genervt. Wer sollte ihm das verdenken? Immerhin ist er derjenige, der alle zusammenhalten muss. Orchester, Sänger, Chor. Und im Moment zumindest sieht es so aus, als wäre er der Löwenbändiger in einem Käfig voller eigensinniger Raubkatzen, die nichts anderes im Sinn haben, als sich gegenseitig zu zerfleischen. Nicht auszudenken, wie sich diese Situation verschärfen wird, wenn dann noch Tobias Pfeiffer mit seinen kruden Vorstellungen und Regieanweisungen dazukommt.

Aber gut, beruhigt sich Anna, über diese Brücke werden sie gehen, wenn sie dort angekommen sind. Es macht keinen Sinn, sich jetzt schon darüber Gedanken zu machen. Einen Schritt nach dem anderen. Nicht vorwegeilen. Denn das bringt nie etwas. Schließlich kann man heute noch nicht wissen, was morgen sein wird, geschweige denn übermorgen.

Und wer weiß, vielleicht liegt in all den Ränkespielen und Machtgelüsten auch eine Chance. Vielleicht spielt es dem Guten in die Hände, wenn sich viele Gräben und Abgründe auftun. Mit ein bisschen Glück verheddert sich Heiner Kurz in der Masse seiner Schlachten und kann keine mehr wirklich führen.

Eine wagemutige Hoffnung. Zugegeben. Aber was wäre der Mensch ohne Hoffnung? Auch wenn sie noch so unrealistisch erscheinen mag. Und wie heißt es so schön? Man hat schon Pferde kotzen sehen, und das vor einer Apotheke! Warum also sollte nicht auch hier die Chance bestehen, dass sich am Ende alles fügt und es doch noch gut wird?

»Wie ihr wisst«, fährt Roger schließlich an alle gewandt fort, »ist die Welturaufführung für den achten November angesetzt.« Er beginnt, auf und ab zu gehen. »Also für einen Tag vor dem Jahrestag des Mauerfalls, weil tags darauf die Berliner Philharmoniker vor dem Brandenburger Tor spielen und die Lichtgrenze in die Luft steigen wird. Ich halte das, gelinde gesagt, auch für den einzigen wirklich trefflichen Termin für die Premiere, da unser Stück schließlich in der Zeit genau vor dem neunten November spielt und mit dem Mauerfall endet.« Er bleibt stehen und ehe er weiterspricht, sieht er einen nach dem anderen an, als wollte er sich der vollen Aufmerksamkeit versichern. »Zunächst hatten wir die Idee, die Premiere konzertant aufzuführen, aber zusammen mit Henkel haben wir uns doch anders entschieden. Die Überlegung war, auf dem Bebelplatz eine Bühne aufzubauen und die Premiere den Berlinern und Berlinerinnen sozusagen zu schenken. Oper für alle. Leider ist das Wetter jedoch unberechenbar und wir müssen Anfang November von eher kalten Temperaturen ausgehen. Da wir euer aller Gesundheit nicht gefährden wollen, haben wir uns daher entschieden, die Premiere ganz normal im Haus aufzuführen.«

Ein Glück, denkt Anna, obwohl sie die Idee der »Oper für alle« ausgesprochen charmant findet. Es wäre eine schöne Geste an die Stadt gewesen und auch für sie als Sängerin eine wunderbare Erfahrung, aber eben leider auch ein allzu großes Erkältungsrisiko.

»Nichtsdestotrotz hat das Haus beschlossen, die Menschen in dieser Stadt auf besondere Art teilhaben zu lassen.« Roger lächelt versonnen und sieht aus, als gefalle ihm sehr, was er als Nächstes verkündet. »Die Staatsoper wird auf dem Bebelplatz eine große Leinwand aufbauen und die Premiere dort für alle übertragen. Wir hoffen natürlich, dass das Wetter mitspielt und möglichst viele Berliner und Berlinerinnen kommen und sich die Aufführung ansehen. Zusätzlich wird die Staatsoper sie im Internet live streamen.«

»Das ist eine schöne Idee.« Kilian Holm ist der Erste, der spontane Zustimmung äußert. »Was haltet ihr davon?«, fragt er schließlich, nachdem das Raunen verstummt ist, »nach dem Schlussvorhang hinauszugehen und uns auch dort zu verneigen?«

Swallow nickt. Bedächtig zunächst, dann immer stärker. »Guter Vorschlag«, sagt er schließlich. »Das wäre eine wunderbare Geste für das Publikum, das dort der Kälte trotzen wird, um die Oper zu sehen und zu hören. Ich werde das mit Henkel besprechen, aber ich sehe nichts, was dagegensprechen sollte. Nun denn …« Er klatscht dreimal in die Hände. »An die Arbeit, meine Lieben!«

Anna erhascht einen Blick auf Kurz, der Kilian mit starrer Miene mustert, während der junge Mann unbeirrt tut. Die Spiele sind eröffnet, denkt sie und hofft, dass es keine schmerzlichen Verluste geben wird.

21

Es ist ein windiger Abend, als Susanne und Julie ins Foyer der Staatsoper Unter den Linden treten. Alles funkelt und glänzt, der Boden aus Marmor, die goldenen Treppengeländer, die kristallenen Kronleuchter. Die Besucher, darunter zahlreiche Paare, die Herren in Anzügen, die Damen in eleganten Kostümen oder Cocktailkleidern, schreiten die Treppe zu den Garderoben hinab in den Keller oder die wenigen Stufen hinauf in den Umgang, von dem aus die Türen ins Parkett führen. Das vielstimmige Gemurmel hallt von den Wänden wider, ohne jedoch unangenehm oder gar störend zu sein.

»Ich liebe diese Atmosphäre.« Susanne sagt das mit einer ganz besonderen Betonung, und ihre Augen leuchten dabei. »Dieses Flirren von freudiger Erwartung, diese ganz spezielle Aufregung, ich kann gar nicht genug davon bekommen.« Sie dirigiert Julie die Treppe hinab zur Garderobe.

Ein Stück weit kann sie die Freundin verstehen, auch wenn ihr das alles hier fremd ist und sie sich in dem Smoking, den sie mal für die Hochzeit einer Freundin gekauft und dann nie wieder angezogen hat, ein bisschen verkleidet fühlt.

Die Atmosphäre hat etwas, stellt sie fest, setzt vorsichtig einen Fuß nach dem anderen auf den roten Teppich und schließlich auf den Marmorboden, der auch hier unten glänzt wie frisch poliert.

Hinter dem Tresen wuseln mehrere Garderobieren umher, alle in ihren schwarzen Anzügen und weißen Hemden wie aus dem Ei gepellt, jede mit einem freundlichen Lächeln auf den Lippen.

»Guten Abend.« Susanne legt ihren Mantel zu dem von Julie auf den Tresen. »Die beiden können Sie ruhig zusammen auf einen Haken hängen.«

»Gern.« Die junge Frau greift nach den Mänteln, verschwindet damit zwischen dem Garderobengestänge, kommt kurz darauf wieder vor und schiebt eine metallene runde Marke über den Tresen. »Einen schönen Abend wünsche ich.«

»Danke.« Susanne steckt die Marke in ihre Tasche und hakt sich bei Julie unter. »Na dann. Bereit für den großen Abend?«

»Parkettplätze wären bestimmt viel zu teuer gewesen, oder?« Sie geht langsam neben ihr die Treppe hinauf mit einem Flattern im Bauch. Es ist nicht nur ihr erster Opernbesuch, der die Schritte schwer werden lässt. Nicht nur die elektrisch geladene Atmosphäre. Nein, wenn sie ehrlich ist, ist es auch die Tatsache, dass sie jenen Mann auf der Bühne sehen wird, der ihr seit Tagen penetrant im Kopf herumspukt, obwohl sie nicht weiß, wieso.

»Nicht unbedingt.« Susanne löst sich von ihrem Arm, tritt durch die Flügeltür auf den Umgang und geht direkt auf den kleinen Verkaufstisch zu, hinter dem ein adretter junger Mann im schwarzen Anzug steht und Getränkebestellungen für die Pause aufnimmt. »Es gibt die Leute, die meinen, im Parkett in der ersten Reihe, das wäre es. Und klar, da sind die Karten auch am teuersten. Aber der Sound ist dort nicht gerade der beste.« Sie lächelt dem Mann zu. »Ich hätte für die Pause gern ein Glas Weißwein. Und eine Brezel. Und du?« Sie sieht zu Julie.

»Auch ein Glas Weißwein«, antwortet sie und sieht dem jungen Mann zu, wie er ihre Bestellung auf einem

Notizblock notiert. »Ohne Brezel«, fügt sie an, nur damit keine Missverständnisse entstehen.

»Sehr gern.« Er schaut auf. »Für jetzt auch noch etwas?«

Sie schütteln die Köpfe. »Danke, nein«, antwortet Susanne für beide, nachdem sie sich mit einem Seitenblick zu Julie versichert hat, und kramt das Portemonnaie aus ihrer kleinen Handtasche.

»Dann sind es neunzehn Euro, bitte.« Er reißt den Zettel ab, steckt einen Durchschlag in seine Kasse und reicht Susanne den anderen. »Ihre Getränke stehen in der Pause auf Tisch fünfundvierzig bereit.«

»Danke.« Susanne reicht ihm einen Zwanzigeuroschein, faltet den Zettel zusammen und stopft ihn mit dem Portemonnaie zusammen in ihre Handtasche.

»Also in den ersten Reihen im Parkett ist der Klang schlecht?«, kommt Julie auf ihre Erklärungen zurück.

»Nicht total schlecht. Aber der beste Sound kommt im ersten Rang an. Und wenn man da in der ersten Reihe sitzt, so wie wir, hat man auch noch einen super Blick auf die Bühne und in den Orchestergraben.«

Langsam geht sie neben Susa her den rechten Umgang entlang. Die Türen, die in den Saal führen, sind noch geschlossen und alles kommt ihr kleiner vor, als sie erwartet hat. »Hast du nicht gesagt, wir hätten nicht die tollsten Plätze?«, fragt sie einigermaßen verwirrt.

»Haben wir ja auch nicht.« Susanne bleibt mittig im Gang stehen. »Wir sitzen zwar in der ersten Reihe, aber ganz am Rand. Von dort ist ein kleiner Teil der rechten Bühne nicht einsehbar, aber da wird eh nicht allzu viel passieren. Wenn du noch mal zur Toilette musst?« Sie deutet mit der Hand auf die Tür rechter Hand.

»Keine schlechte Idee.«

»Ich warte hier.«

Julie tritt durch die Tür und steht in einer Art kleinem Vorraum. Rechter Hand befinden sich zwei recht modern wirkende Handwaschbecken, dahinter ein Durchgang zu einem Raum mit zwei Toilettenkabinen. Nicht gerade üppig, denkt sie und stellt sich hinter den beiden Damen an, die bereits warten. Nur zwei Kabinen. Sie möchte nicht wissen, wie lange man in der Pause anstehen muss. Gut, dass sie vorher noch einmal geht.

Auch hier ist alles sehr modern, was in einem eigenartigen Kontrast zu dem Haus mit seinem Marmor, Gold und Plüsch steht. Trotzdem passt es irgendwie.

»Hast du das auf Twitter gelesen?«, fragt die dunkelhaarige Dame die Rothaarige und wirft Julie ein kurzes Lächeln zu. »Die San-Francisco-Oper hat Heiner Kurz umbesetzt.«

»Tatsächlich?« Die Rothaarige zieht ein äußerst erstauntes Gesicht.

»Es wird so einiges gemunkelt.« Die Dunkelhaarige kramt in ihrer kleinen Tasche, zieht ein Taschentuch hervor und tupft sich damit die Nase. »Angeblich gibt es Vorwürfe, dass er sich Kolleginnen gegenüber, sagen wir, nicht ganz korrekt verhält.« Sie stopft das Taschentuch zurück in die Handtasche. »Vermutlich nichts als ein Gerücht.«

Die Türen der beiden Toilettenkabinen öffnen sich, eine alte Dame und ein sehr junges Mädchen treten heraus.

»Ausgerechnet Kurz.« Die Rothaarige schüttelt unwirsch den Kopf und verschwindet in einer der Kabinen.

Als Julie sich kurze Zeit später die Hände wäscht, wundert sie sich sehr, dass es nur kaltes Wasser gibt. Technisch nicht anders möglich oder Sparprogramm? Schwer zu sagen.

Sie tritt an die Seite, betrachtet sich in dem großen Spiegel, rückt die strassbesetzte Haarspange zurecht, mit der sie ein paar Haarsträhnen aus dem Gesicht genommen und am Oberkopf befestigt hat, zupft eine der Korkenzieherlocken zurecht und zieht schließlich die Lippen mit dem dunkelroten Lippenstift nach.

Erster Rang, erste Reihe.

Er wird sie nicht sehen.

Sie wird im Dunkeln sitzen, er wird vom Scheinwerferlicht geblendet sein.

In einer der Kabinen rauscht die Toilettenspülung, dann wird die Tür geöffnet.

Es gibt keinerlei Grund, nervös zu sein.

Ist sie aber.

Sie steckt den Lippenstift weg und schüttelt den Kopf über sich selbst.

»Tolle Locken«, sagt die Frau am Waschbecken neben ihr. »Und diese Farbe, ist das echt?«

»Danke, ja beides.«

»Wahnsinn. Ihnen passiert es garantiert nicht, dass Sie jemand nicht wiedererkennt, oder? Also mit den Haaren …«

»Glauben Sie mir, die Locken können echt nerven.« Sie geht hinter ihr Richtung Tür. »Einen schönen Abend wünsche ich Ihnen.«

»Danke. Ihnen auch.«

Wieder im Umgang muss sie Susanne einen Moment lang suchen, doch dann erspäht sie die Freundin ein Stück weiter vorn. Sie steht vor einer der Türen, die in den Saal führen, und tippt auf ihrem Handy herum.

»Lissi oder Arbeit?«, fragt Julie, als sie neben sie tritt.

»Weder noch.« Susa grinst, sieht auf und hält ihr das Handy so hin, dass sie aufs Display schauen kann.

Voller Vorfreude mal wieder in der Staatsoper,

liest sie, dazu ein Foto des sich füllenden Umgangs. »Ich wusste gar nicht, dass du auf Twitter bist.«

»In meinem Beruf muss ich auf allen Kanälen präsent sein.« Susa lässt das Handy in ihre Tasche gleiten. »Sollen wir?« Sie nickt zur Tür hin.

Julie tritt hinter Susanne in den Zuschauerraum und muss stehen bleiben, so überwältigt ist sie von dem Anblick.

Ein riesiger Kronleuchter hängt von der netzartig gestalteten Kuppeldecke, die in einem lila Licht glüht. An den goldverzierten cremefarbenen Balkonen der Ränge leuchten Kerzenhalter und lassen die Illusion entstehen, dass nicht Glühbirnen, sondern echte Kerzen das Licht auf das Parkett werfen, dessen rot gepolsterte Sesselreihen bereits gut gefüllt sind. Nur die an den Balkonen aufgehängten schwarzen Scheinwerfer und Monitore wirken eigenartig deplatziert.

Der Blick auf die Bühne ist durch einen schwarzen Vorhang versperrt. Im Orchestergraben beziehen Musiker Position, andere spielen sich ein oder stimmen ihre Instrumente.

Sie ist eingehüllt in eine Geräuschkulisse. Ein Wattebausch aus Stimmengemurmel und Tönen, die in keinerlei Einklang miteinander stehen, der alles andere dumpf werden lässt und sie abzuschotten scheint von einer Welt, die sie verlassen hat, als sie durch die Tür in den Zuschauersaal getreten ist.

»Ist das schön«, sind die einzigen Worte, die sie zustande bekommt, gefangen von diesem Saal, der in seiner Schönheit beeindruckt, ohne aufdringlich zu sein.

»Sag ich doch.« Susanne bleibt vor der Reihe eins am Geländer stehen und grinst verschmitzt. »Warte nur, bis es losgeht.« Sie macht mit der Hand eine einladende Geste.

Julie setzt sich auf den Platz mit der Nummer zwei, stützt die Ellenbogen auf dem Geländer ab und lässt ihren Blick durch den Saal wandern. »Muss ich noch irgendwas Wichtiges wissen?«

»Handy ist stumm geschaltet?« Susanne nimmt neben ihr Platz.

Julie nickt.

»Nicht zwischendurch klatschen, es sei denn, eine Arie ist überragend gesungen, nicht husten, nicht reden.«

»Nicht husten?«

»Nach Möglichkeit nicht.« Sie zuckt mit den Schultern. »Opernhäuser sind von der Akustik her so gebaut, dass jeder Ton durch den ganzen Saal getragen wird. Du wirst es nachher erleben. In sehr stillen Passagen kann man manchmal die Sänger und Sängerinnen auf der Bühne atmen hören. Und genauso hören die es, wenn einer der Besucher hustet. Oder ein Bonbon auswickelt.«

Klingt logisch. Wie sollte es sonst möglich sein, ganz ohne technische Verstärkung mit einem Orchester zu singen und bis auf den letzten Platz unter der Decke zu verstehen zu sein?

»Und wenn ich trotzdem husten muss?«, fragt Julie nicht ohne Angst.

»Dann fest in die Armbeuge und am besten an einer Stelle, an der das Orchester gerade besonders laut spielt.« Sie sieht Julie ernst an und beginnt dann zu grinsen. »Mach dir keine Sorgen, Julie, du wirst nicht husten müssen.«

In dem Moment werden gegenüber und auch hinter ihnen die Türen geschlossen und das Saallicht gedimmt, bis es ganz erlischt.

»Ah, es geht los«, flüstert Susanne, und Julie spürt, wie ihre Aufregung auf sie überspringt.

Einen Moment lang ist es so still im Publikum, dass man meinen könnte, alle hielten vor Erwartung die Luft an. Dann hebt Applaus an, und ihr ist unklar, wieso.

»Der Dirigent«, flüstert Susanne ihr ins Ohr und klatscht.

Vorsichtig fällt Julie mit ein, sieht, wie sich Besagter über den Rand des Grabens erhebt, in alle Richtungen kurz nickt, sich dann umdreht und den Taktstock hebt.

Die ersten Takte erklingen, und schon wird sie auf den Tönen der Ouvertüre davongetragen.

Minuten später kann sie sich nicht mehr erklären, was sie jemals gegen Oper gehabt hat. Sie hat das Gefühl, in einem Ball voller Musik zu sitzen, die ihr Blut tanzen lässt und ihr Gemüt besänftigt. Der Welt entrissen, nur damit Gesang und Musik sie ihr auf neue, andere Art erklären können. Und manches Mal ist ihr sogar, als erzählten Bühnenbild, Musik und Gesang drei unterschiedliche und doch gleiche Geschichten, die sich ergänzen und die Themen Mündigkeit, Verschwiegenheit und Standhaftigkeit zu einem farbenfrohen Teppich verweben.

Sie sieht den Königssohn Tamino wehrlos verfolgt, der sich, von den Dienerinnen der Königin der Nacht gerettet und von Papageno belogen, in Pamina nur aufgrund eines Bildnisses verliebt und leichtgläubig gegen Sarastro ins Feld ziehen will. Verfolgt erstaunt, wie Glockenspiel und Zauberflöte als Waffen des Schutzes gereicht werden und Knaben den Weg weisen. Erlebt mit, wie Monostatos Pamina fesselt und dann Papageno und er voreinander fliehen und sich am Tempel der Weisheit die Frage stellt, ob alles Heuchelei ist und sich die Bösen in zahme Tänzer verwandeln.

Und dann steht er da, dieser Sarastro, in einem weiß-goldenen Mantel, das Gesicht fast bis zur Unkenntlichkeit geschminkt. Nur die Stimme, die den Raum füllt mit Tönen, die zu groß scheinen, um sie hier drinnen halten zu können, diese Stimme, erkennt sie sofort, auch wenn sie ihn nur ein einziges Mal hat sprechen hören.

»Ein Mann muss eure Herzen leiten, denn ohne ihn pflegt jedes Weib aus ihrem Wirkungskreis zu schreiten«, singt er. Und ihres steht still.

»Und?«, fragt Susanne erwartungsvoll, als sie kurz darauf in der Pause den Saal verlassen und inmitten der Zuschauermenge in den Apollosaal gehen.

»Anders«, gibt Julie einsilbig zurück, nicht sicher, ob sie ihrer Stimme, sich trauen kann. Kilian Holm so zu sehen und zu hören, von seinem Gesang getroffen zu werden, hat sie erschüttert, und sie weiß nicht, was sie damit anfangen soll. »Anders, als ich gedacht hätte«, fügt sie hinzu.

»Anders gut oder anders schlecht?«

»Weiß ich nicht.« Julie geht hinter Susa die paar Stufen hinab und steht im Apollosaal.

Der Raum ist hoch, der oben verlaufende Umgang von verzierten Säulen gestützt. Mehrere üppige Kronleuchter spenden warmes Licht, das den hellen Marmorboden mit seinen Blumenintarsien strahlen lässt.

Auf beiden Seiten gibt es eine kleine Bar, vor der die Leute Schlange stehen. Überall im Raum sind mit Hussen verkleidete Stehtische verteilt, auf denen Getränke bereitgestellt sind.

Sie finden den mit der Nummer fünfundvierzig und stoßen an.

»Auf deine erste Oper«, sagt Susanne, und Julie hofft, sie sieht ihr nicht an, wie durcheinander sie ist. »Jetzt sag schon, Julie. Gefällt es dir? Wenigstens ein bisschen?«

Sie kann die Hoffnung in den Augen der Freundin sehen, endlich jemanden gefunden zu haben, der ihre Leidenschaft *wenigstens ein bisschen* teilt. Und auch ihre Angst, dass dem nicht so ist. Und sie weiß nicht, was sie auf ihre Frage antworten soll, denn zumindest in diesem Augenblick ist sie nicht sicher, ob das, was ihr gefällt, nicht vielmehr Kilian Holm ist denn die Oper als solche.

»Kann ich noch nicht sagen«, versucht sie, sich rauszureden. »Im Moment bin ich noch zu … zu …« Ihr fehlt das richtige Wort und so nimmt sie nur einen großen Schluck von ihrem Wein, auch in der Hoffnung, dass der sie irgendwie beruhigt.

»Dann verdau den ersten Teil ein wenig, und ich werde mich mal eben in die Toilettenschlange einreihen«, sagt Susanne, trinkt noch einen Schluck und stellt sodann ihr Glas ab. »Bin gleich wieder da.«

Julie sieht ihr nach, wie sie sich durch die Menge schlängelt, und ist froh, allein an ihrem Tisch zurückzubleiben und nicht reden zu müssen. Die Geräuschkulisse ist gewaltig und all die Gesprächsfetzen vermischen sich zu einem Brei.

Sarastro. Der Böse.

Kilian Holm. Der Mann in Jeans und Hemd, der im Türrahmen lehnt.

Ihr Gehirn stellt beide nebeneinander und bekommt sie nicht zusammen. Ein Puzzle, dessen Teile nicht passen wollen. Hier der Sänger, dort der Privatmann. Und die beiden scheinen so wenig miteinander zu tun zu haben wie ein Apfel und eine Bratwurst.

Aber beide gefallen ihr.

Und vielleicht ist sie einfach nur geblendet von dem, was er darstellt. Vom Ruhm. Davon, dass er auf einer Bühne steht und sie im Rang sitzt.

Vielleicht.

Aber diese Stimme.

Julie trinkt ihr Glas leer und nippt dann noch heimlich an dem von Susanne, in Gedanken verloren, trudelnd und mit der bangen Frage, was nach der Pause auf sie zukommt.

Stirbt jemand in der »Zauberflöte«?

Sie glaubt nicht.

Aber stirbt nicht immer irgendwer? In allen Opern?

Sie hat keine Ahnung.

Wenn schon jemand stirbt, dann hoffentlich nicht Sarastro.

So ein Quatsch!

Es ist nur Oper. Nicht echt.

Trotzdem.

»So.« Susanne kommt zurück an den Tisch gerauscht, greift nach ihrem Glas und leert es in einem Zug. »Bereit für die zweite Runde? Es hat schon zum zweiten Mal geklingelt, wir sollten also.«

Brav trottet Julie hinter ihr her, setzt sich in ihren Sessel, starrt in den Orchestergraben, in dem die Musiker bereits alle Platz genommen haben.

Und plötzlich weiß sie nicht, ob sie das will. Kilian Holm noch einmal da unten auf der Bühne sehen. Von dieser Stimme in Mark und Bein getroffen werden. In atemlosem Herzstillstand verharren. Aber sie kann jetzt unmöglich einfach gehen.

Und ehe sie diesen Gedanken zu Ende bringen kann, zieht er ein, im Gefolge seiner Priester, und sie atmet auf, als sie versteht, dass der böse Sarastro ein verkannter Guter ist, der sogar für Tamino bürgt.

Bild um Bild zieht an ihr vorbei, Bilder, in denen Tamino und Papageno sich den Prüfungen unterziehen und Monostatos Pamina zu küssen versucht. Und sie, Julie, hinkt der Handlung und allem hinterher, weil sie fürchtet, Kilian Holm heute Abend nicht noch einmal singen zu hören, nur noch bei den Vorhängen einen Blick auf ihn stehlen zu können. Und sie weiß nicht, warum diese Aussicht ihr Herz so schwer werden lässt.

Dann geht auf einmal der schwere rote Vorhang zu, verhüllt die Bühne, das Geschehen, und das Saallicht geht an.

Verwirrt sieht Julie sich um. Niemand klatscht.

Ist das das Ende der Oper? So abrupt? Ohne Auflösung? Ohne Happy End?

Sie lässt ihren Blick quer durchs Publikum schweifen, vollends verwirrt. Was genau hat sie gerade nicht mitbekommen?

Und plötzlich steht er da.

Unten. Auf der anderen Seite der Bühne. Auf dem schmalen Stück zwischen Vorhang und Orchestergraben. Steht dort, in schwarzem Hemd und schwarzer Hose, den Umhang über dem Arm, wie der ganz private Kilian Holm, und die Stille im Saal bekommt eine andere Qualität.

Als hielten alle die Luft an.

Publikum, Orchester, Dirigent – alle sind eins. Ein Atem, eine Atemlosigkeit. Gebannt, reglos.

»In diesen heil'gen Hallen kennt man die Rache nicht«, singt er, a capella, und diese Stimme ist groß, größer als alles, was sie je erlebt hat, trifft sie, geht ihr unter die Haut, dringt in jede Faser ihres Körpers, lässt alles still werden, in ihr und um sie.

»Und ist ein Mensch gefallen, führt Liebe ihn zur Pflicht. Dann wandelt er an Freundes Hand, vergnügt und froh ins bessere Land.«

Schreitet langsam die Bühne entlang wie einer, der durch sein Wohnzimmer geht. Nicht ein Mal schaut er hoch oder zum Dirigenten, immer nur zu dem Ende der Bühne, auf das er sich zubewegt. Als hätte er vergessen, dass es sie hier, das Publikum gibt. Und sie, sie kann nicht atmen.

»In diesen heil'gen Mauern, wo Mensch den Menschen liebt, kann kein Verräter lauern, weil man dem Feind vergibt.«

Fast ist er am Ende der Bühne angekommen. Es schnürt ihr die Brust ab, umklammert sie mit eiskaltem Griff, ihn so gehen sehen zu müssen. Als ob sie ihn verlöre. In diesem Moment. Diesen Mann, den sie nicht kennt, der nie der ihre war, der nicht in ihr Leben gehört.

»Wen solche Lehren nicht erfreu'n, verdienet nicht, ein Mensch zu sein«, hört man ihn nur noch von irgendwo hinten, die Stimme leiser und doch von einem ungewöhnlichen Hall getragen. Und sie hat das Gefühl, etwas von unschätzbarem Wert verloren zu haben.

Der Rest der »Zauberflöte« geht an ihr vorbei, ohne dass sie sich wirklich darauf konzentrieren kann. Zu tief berührt ist sie von diesem Sarastro, der sie mit Tränen in den Augen zurücklässt, die sich nicht wegblinzeln lassen. Sie fragt sich, ob seine Stimme nur sie so trifft, oder ob Susanne vielleicht Ähnliches erlebt. Ob deren Leidenschaft und innige Liebe zur Oper aus dieser Art Quell gespeist werden.

»Gott, war das schön«, sagt Julie zu ihr in den Schlussapplaus hinein, in das Getose und die Bravirufe, und sieht einzelne Menschen sich erheben, während die ersten Sänger und Sängerinnen nacheinander vor den Vorhang treten, um sich feiern zu lassen.

Und dann ist er an der Reihe. Kilian Holm.

Die Bravorufe werden lauter, der Applaus tost wie ein Orkan, überall in den Reihen stehen Menschen auf, um ihm ihre besondere Wertschätzung für seine Darbietung zu zollen.

»Der war aber auch fantastisch«, sagt Susanne mit leuchtenden Augen und klatscht frenetisch. »Bravo! Bravo!«, schreit sie, und ihre Stimme überschlägt sich dabei.

Der Mann auf der Bühne verneigt sich, wirkt demütig, wirft eine Kusshand zur Souffleuse in ihrem Kasten. Richtet sich schließlich auf, die rechte Hand auf dem Herz, lässt seinen Blick durch den Saal schweifen.

Bleibt bei Julie hängen.

Ihr Herz steht still.

Das hier bildet sie sich ein. Das ist Zufall.

Aber er steht und guckt und guckt.

Bis er sich abrupt abwendet und hinter dem Vorhang verschwindet.

Der hat sie nicht gesehen.

Vielleicht sitzt oder steht hinter ihr jemand, den er kennt.

Der sieht in diesem Halbdunkel hier eh niemanden wirklich, erst recht nicht, wenn er vom Bühnenlicht geblendet ist.

Das ist alles totaler Unfug.

Zufall.

Der hat nicht sie gemeint.

Und doch.

Ihr Gefühl sagt etwas anderes.

So ein Quatsch!

Der Applaus reißt nicht ab, und so kommen sie alle noch einmal gemeinsam hinter dem Vorhang hervor, verteilen sich über die Bühne, halten sich an den Händen.

Und Kilian Holm, einer der Stars des Abends, der irgendwo mittig zwischen die anderen gehört, stellt sich ganz auf die Seite. Auf die Seite, auf der sie sitzen. Steht und sieht zu Julie.

Ihre Blicke treffen sich, verfangen sich ineinander, verheddern sich maßlos.

Sie vergisst zu klatschen.

Zu atmen.

Zu sein.

22

Wie ein Schaf trottet Julie in Trance hinter Susanne her, ist froh, dass vor den Garderoben ein heilloses Gewusel herrscht und sie sich an den Rand stellen darf, während Susa die Mäntel holt.

Sie muss sich einkriegen.

Und zwar jetzt.

Bevor Susa merkt, wie durcheinander sie ist, und Fragen stellt, die sie nicht beantworten möchte.

Und nicht kann.

Oder doch?

»Du siehst aus, als hätten wir eine Elektra hinter uns.« Susa schüttelt den Kopf, reicht Julie ihren Mantel und schlüpft in ihren. »Wie vom Lkw überfahren. Dabei war es nur eine ›Zauberflöte‹.«

»Aber meine erste Oper.« Julie fischt nach einer Erklärung, die keine ist, wendet sich um zum Spiegel hin, und zupft umständlich den Mantelkragen zurecht.

»Du hast geweint.« Susa lugt über Julies Schulter, und ihre Blicke treffen sich im Spiegel. Sie grinst.

»Nein, gar nicht.« Julie streitet alles ab, vermutlich erfolglos, da ganz offensichtlich ist, dass ihre Mascara ein wenig verlaufen ist.

»Kannst du ruhig zugeben.« Susa hakt sich unter und zieht sie Richtung Treppe. »Obwohl das schon ungewöhnlich ist. Also bei einem Mozart.«

Hinter einem älteren Paar gehen sie langsam Stufe für Stufe die Treppe hoch.

»Wieso ungewöhnlich für Mozart?« Im Grunde interessiert Julie das gerade nicht, aber sie hofft, mit der Frage von ihrer relativen Ramponiertheit ablenken zu können.

»Mozart ist gut fürs Gemüt.« Susanne zieht sie an dem älteren Paar vorbei gen Ausgang. »Außerdem geht die ›Zauberflöte‹ gut aus. Keinem passiert etwas wirklich Schlimmes, es wird nicht mal so richtig ein Herz gebrochen.«

»Aha.« Was das zuletzt genannte Argument betrifft, ist Julie nicht ganz so sicher, aber das wird sie mit Susa keinesfalls jetzt besprechen.

»Na, ist doch klar«, fährt die munter fort. »Wenn es so richtig zur Sache geht, x Leute sterben, das Thema eher Verrat und Missgunst und wer weiß was noch für Niedertracht oder gar Wahnsinn ist, dann ist auch die Musik viel aufwühlender.«

Sie treten hinaus, und die kühle Nachtluft trifft auf Julies Stirn. Nur wenige Autos sind auf der Straße Unter den Linden unterwegs, am Rand warten einige Taxis auf Fahrgäste. Rechter Hand trotzt der Berliner Dom dunkel der fahlen Beleuchtung, schräg daneben der Fernsehturm, eine silberne Nadel, die in den wolkenverhangenen Nachthimmel sticht. Sie wenden sich nach links, und ganz in der Ferne lugt das Brandenburger Tor zwischen den noch belaubten Linden hervor.

Alles ist ganz normal. Nur Julie hat zum ersten Mal im Leben das Gefühl, sie bräuchte einen Schnaps.

»Du bist so still«, stellt Susanne fest, nachdem sie schon einige Schritte weit gegangen sind und der Bebelplatz hinter ihnen liegt. »So kenne ich dich gar nicht.«

»Ich muss erst mal darüber nachdenken.«

»Über was?«

Julie holt tief Luft und stößt sie geräuschvoll durch aufgeworfene Lippen wieder aus.

Jetzt wäre der richtige Zeitpunkt für die Wahrheit. Für diese ganze verrückte Geschichte. Das Verlaufen in der Staatsoper, das Eindringen in die Garderobe, die Selfies mit Krone, die Flucht vor diesem Mann oder ihr selbst oder beidem und schließlich diesem Moment eben, als er sie, als sie sich angeschaut haben. Aber wie irre klingt das alles, bitte?

Sie stiehlt einen Seitenblick auf Susa, die vergnügt vor sich hin lächelt, und hat das Gefühl, vor einer gläsernen Wand zu stehen, die sie trennt und so unglaublich hoch ist, dass sie nie im Leben darüber hinwegklettern kann.

Das ist neu.

Neu und befremdlich.

Und es macht ihr Angst.

Immer haben sie sich alles erzählt. Selbst noch das Peinlichste, das Irrste, das Blödeste. Grenzenloses Vertrauen. Und jetzt auf einmal ist da dieser Abgrund, über den sie keine Brücke zu bauen vermag?

Das kann, das darf nicht sein.

Ein leichter Nieselregen setzt ein, und mit den ersten Wassertropfen, die ihr Gesicht benetzen, trifft sie auch die Erkenntnis, dass sie nur deshalb so sehr davor zurückschreckt, Susanne alles zu erzählen, weil sie genau weiß, wie sie reagieren würde. Sie würde ihr nämlich sofort und ohne Unterlass in den Ohren liegen, dass sie den Mann kennenlernen muss, egal wie unmöglich das scheint. Susa würde etwas von Schicksal und dem Universum faseln, das all das inszeniert habe, und keine Ruhe geben, bis sie bereit wäre, sich auf einen ihrer mehr als abenteuerlichen Pläne, die sie gewiss sofort entspinnen würde, einzulassen. Und genau das kann und will Julie nicht.

»Über die Oper«, antwortet sie schließlich und hofft, dass Susa ihr Ausweichmanöver durchgehen lässt. »Über Oper im Allgem…«

»Das war schon eigenartig.« Susanne bleibt abrupt stehen und sieht sie mit hochgezogener Augenbraue an. »Kilian Holm ist dafür bekannt, dass er nie ins Publikum schaut. Dass er bei den Vorhängen nach links und rechts mit den Kollegen quatscht. Außer, wenn er sich allein verneigt, aber da lässt er seinen Blick auch immer nur einmal durch den ganzen Saal wandern und schaut dann mehr in den Graben als auf alles andere. Nicht so heute.« Sie zupft Julie am Arm, bis sie sie ansieht. »Er hat zu dir geschaut.«

»Unsinn!« Barsch sagt sie das und geht entschlossen weiter. Zu barsch, um damit verleugnen zu können, dass auch sie bemerkt hat, wie sonderbar die Situation gewesen ist.

»Natürlich«, beharrt Susanne prompt und geht neben ihr her. »Der hat zu dir geguckt. Als ob er dich kennen würde.«

»Vielleicht hat er mich mit jemandem verwechselt.« Wie wiederum sie ihre Freundin kennt, wird abwiegeln vermutlich nichts nützen, aber versuchen kann sie es zumindest.

»Oder seid ihr euch begegnet? Im Probenzentrum. Als du Lissi gebracht oder abgeholt hast?«

»Nein!« Lüge. Halbwegs jedenfalls, denn die Begegnung hat schließlich unter anderen, deutlich schrägeren Bedingungen stattgefunden. Und nicht im Probenzentrum, sondern im Opernhaus.

»Bei deinen Haaren muss der dich ja wiedererkennen.« Susanne lässt sich von ihrer Idee nicht abbringen. »Würde jeder …«

Julie steht an einer Kreuzung, und es gibt nur zwei Wege: entweder weiter leugnen oder jetzt die Karten auf den Tisch legen. Beides behagt ihr nicht, aber es gibt keine dritte Alternative, keinen Zwischenweg, und sie wird aus der Nummer hier nicht einfach so herauskommen, es sei denn, sie findet auf der Stelle eine Möglichkeit, sich in Luft aufzulösen.

Susanne hat sie am Haken und weiß es nicht einmal.

Julies Blick fällt auf den kleinen Laden, in dem allerlei Touristentand verkauft wird und der noch geöffnet hat. Ob der auch Schnaps hat?

»Warte kurz.« Mit diesen knappen Worten lässt sie die verblüffte Susanne stehen und rauscht in den Laden hinein.

Hinter dem Tresen, wo eine junge Frau mit lila Punkfrisur an der Kasse steht und gelangweilt ihre türkis lackierten Fingernägel betrachtet, findet sich ein vollgestopftes Regal, auf dem sie neben Keksschachteln, Chipstüten, Bonbons, Berlin-Tassen, Plüschtieren und Stapeln von T-Shirts mit Ampelmännchen-Emblem auch diverse Flachmänner entdeckt. Wer hätte gedacht, dass so etwas mal ihre Rettung sein würde?

»Ich hätte gern zwei von den kleinen Weinbrandflaschen dort.« Sie zeigt schräg hinter die Verkäuferin.

Die junge Frau dreht sich sehr langsam um, greift nach zwei Flachmännern und hält sie ihr entgegen. »Die hier?«

»Genau.« Sie zögert. Doppelt hält besser. Sagt man so. Ist vielleicht etwas dran, oder? »Ach, gib mir besser vier davon.«

Die junge Frau mit der Punkfrisur mustert Julie ein wenig schräg, nimmt dann aber zwei weitere Fläschchen aus dem Regal. »Alles klar. Wie du meinst.« Sie zieht eine Augenbraue hoch, tippt auf ihrer Kasse herum und schiebt dann die vier Flachmänner ein Stück auf dem Tresen nach vorn. »Macht dreizehn zwanzig.«

Sie legt das Geld passend auf den Tresen, greift sich die vier Weinbrände, steckt zwei davon in ihre Manteltaschen und verlässt den Laden.

»Jetzt bin ich aber gespannt.« Susanne steht mit vor dem Bauch verschränkten Armen vor der Tür und hat diesen inquisitorischen Blick. Julie weiß, wenn sie den aufsetzt, lässt sie sie nicht davonkommen.

»Hier.« Sie reicht ihr eine der kleinen Flaschen, dreht von ihrer den Verschluss auf und hält sie Susa zum Anstoßen hin.

»Oha!«

Um sie herum gehen die Leute gleichgültig ihres Weges, ein Auto hupt, ein Radfahrer brüllt etwas Unverständliches, das umso wütender klingt.

»Trink, du wirst es brauchen«, sagt Julie, stößt mit ihr an und kippt den Inhalt ihres Flachmanns in einem Zug hinunter. Das Zeug brennt furchtbar auf der Zunge und in der Kehle und kommt als warme Welle in ihrem Bauch an. »Boah«, schüttelt sie sich, »das schmeckt ja widerlich.«

»Ich warte.« Susanne nippt kurz an ihrem Weinbrand, zieht ein angewidertes Gesicht, dreht das Fläschchen wieder zu und sieht sie erwartungsvoll an.

»Lass uns ein Stück gehen.« Diesmal hakt Julie sich bei ihr unter, zieht sie über die Straße bis auf den Mittelteil, wo man unter Linden gen Brandenburger Tor wandeln kann, während links und rechts der Verkehr vorbeirauscht. In ihrem Kopf wird es angenehm leicht.

»Also?«

Und dann erzählt sie Susanne die ganze unwirkliche Geschichte, lässt nichts aus und ist heilfroh, dass die Freundin sie nicht ein einziges Mal unterbricht.

»Meinst du wirklich, er hat mich angesehen?«, endet sie schließlich, ein wenig außer Atem von der Erzählung, die so klingt, als hätte sie sie direkt aus einem Groschenroman geklaut. »Da unten von der Bühne aus?«

»Absolut.« Susanne bleibt seltsam wortkarg stehen und leert ihren Weinbrand in einem Zug. »Hast du noch mehr davon gekauft?«

Wortlos holt Julie die beiden anderen Flachmänner aus der Manteltasche und reicht ihr einen davon.

»Ein Glück.« Susa dreht das Fläschchen auf, nimmt einen tiefen Schluck und sieht sie dann mit leicht verschleierten Augen an. »Und jetzt?«

»Was, jetzt? Nichts.«

»Wie, nichts?« Ihre Worte schlingern ein wenig. »Das kann es doch nicht gewesen sein.«

»Susa, was soll ich deiner Meinung nach denn tun?« Im Grunde will sie gar keine Antwort, denn bestimmt dauert es keine drei Minuten und Susa hat etwas ausgeheckt, das sie, Julie, in Teufels Küche befördert. »Ich kenne ihn überhaupt nicht. Und überhaupt. Der ist ein gefeierter Opernstar.«

»Humbug.« Susa trinkt ihren Flachmann aus und wirft ihn zusammen mit dem ersten in einen Abfalleimer, der neben einer Parkbank steht. »So ein Opernstar geht auch zu Fuß aufs Klo, und wenn er sich schneidet, fließt Blut.«

»Was?« Julie hat das Gefühl, überhaupt nicht mehr hinterherzukommen. Und dabei hat sie nur einen von den furchtbaren Schnäpsen getrunken.

»Ach, Julie, jetzt sei mal nicht so naiv. Der Mann hat dich angestarrt. Und das ist auch gar kein Wunder. Du bist so eine Hübsche, und wenn du nicht aus der Garderobe gerannt wärst, hätte er dich garantiert in ein Gespräch verwickelt, um dich kennenzulernen.«

»Ja, ganz bestimmt.« Julie schüttelt den Kopf und rollt mit den Augen, auch wenn sie weiß, das wird Susa nicht von ihrer Überzeugung abbringen.

»Also. Ganz klar, wir werden was tun.«

»So?« Innerlich begibt sie sich schon mal in gedanklichen Gefechtsstand.

»Allerdings.« Ihre Freundin stopft die Hände in die Manteltaschen und strafft die Schultern. »Wir schauen, wann

Kilian Holm das nächste Mal an der Staatsoper singt, und dann stellen wir uns hinterher an die Intendanzpforte und warten, bis er herauskommt.«

»Ganz sicher nicht!«

»O doch!« Susas Augen funkeln kämpferisch und auch ein bisschen vergnügt. »Und solltest du dich tatsächlich standhaft weigern, mache ich das alleine.« Siegesbewusst wirft sie den Kopf in den Nacken.

»Bitte, wenn du meinst.«

»Und damit bloß kein Zweifel aufkommt, meine Liebe. Ich nehme ein Foto von dir mit, halte es ihm unter die Nase und gebe ihm deine Telefonnummer.«

»Das tust du nicht.« Entsetzt bleibt Julie stehen und mustert die Freundin. Ist Susanne tatsächlich zu so etwas fähig? Sie fürchtet, ja.

»Julie, ehrlich. Wenn ich dich zu deinem Glück zwingen muss, dann mache ich das.« Sie hebt die Schultern und lässt sie erst nach einem Moment wieder fallen, ganz das perfekt gespielte Unschuldslamm.

»Wenn du das wirklich machst, dann sind wir die längste Zeit Freundinnen gewesen.«

»Du kannst ja mitkommen. Ich sag ja nicht, du sollst ihn ansprechen. Nur dastehen und gucken. Und wenn er nicht von sich aus auf dich zukommt, dann wissen wir, er will nichts von dir.«

Sie meint das schnapsernst. Julie kann es ihr ganz deutlich ansehen.

Sehr langsam schraubt sie den Verschluss des letzten Flachmanns ab, setzt an und trinkt das schauerliche Gesöff in einem Zug aus.

Sie kann nur hoffen, Kilian Holm singt in absehbarer Zeit nirgendwo mehr in Berlin.

23

Kilian wirft den Umhang über den Stuhl in der Garderobe und beginnt, sich abzuschminken. Fasern des Wattepads verfangen sich in seinem Bart, rosig kommt nach und nach mehr Haut unter der dicken Schminke hervor.

Das ist sie gewesen, oder?

Eindeutig.

Diese weißblonden Korkenzieherlocken, die gibt es nur ein Mal.

Die Frau im ersten Rang, in Reihe eins auf der Seite Charlottenburg, das ist sie gewesen.

Und jetzt?

»Fertig?« Eine Neue aus dem Kostüm späht zur Tür herein.

»Ja, danke.« Kilian reicht ihr den Mantel, die Schuhe, Hose und Hemd. »Schönen Feierabend.«

»Danke, gleichfalls.«

Hinter ihr wird es still.

Er geht zum Waschbecken, schaufelt sich mehrere Hände voll Wasser ins Gesicht, trocknet sich ab und sammelt dann ein paar hängen gebliebene Wattefasern von seinem Bart.

Er muss sie finden.

Aber wie?

Vielleicht?

Eine waghalsige Idee flitzt durch seinen Kopf, flink wie eine Flipperkugel, die hier und da anstößt, abprallt und mit jedem Mal mehr Fahrt aufnimmt. In Windeseile zieht er T-Shirt und Pulli über, springt in Hose und Schuhe, reißt die Jacke vom Haken und zieht sie noch im Gehen über. Verabschiedet sich weder von den Kollegen noch vom Maestro, sondern rast die Gänge entlang, die Treppe hinab und bremst in letzter Sekunde, als er vor der Pförtnerloge der Intendanzpforte ankommt.

Atemlos.

Aufgeregt.

Aufgewühlt.

Voller Vorfreude und gleichzeitig Angst.

Was, wenn sie wirklich da draußen zwischen den anderen Fans steht? Was sagt er dann? Wie spricht er sie an? Unter so vielen fremden Augen? Wie macht er das, ohne sie zu verschrecken oder zu beschämen?

Und was, wenn sie nicht da ist?

Sein Herz rast mit seinem Puls um die Wette. Er muss sich beruhigen, durchatmen, sammeln. Denn was auch immer gleich kommen mag, niemand soll es ihm ansehen.

Auch sie nicht.

Er kann sich so etwas nicht leisten, dass er nervös einen Fan in aller Öffentlichkeit anspricht, muss souverän wirken, immer. Zu viele Augen sind stets auf ihn gerichtet, zu viele Leute betrachten mit Argusaugen jede seiner Handlungen. Alle wollen sie ein Stück Kilian Holm. Ein Stück vom Ruhm. Ihre eigenen fünf Minuten Rampenlicht auf seine Kosten – egal ob Fans oder Presse. Und gerade Letztere stürzt sich in Aasgeiermanier auf jeden noch so kleinen Fehltritt.

Und dabei denkt die ganze Welt, es sei solch ein Spaß, berühmt zu sein.

Bullshit.

Es ist die meiste Zeit zum Kotzen.

Einfach zum Kotzen.

Und selbst das darf niemand wissen, weil man sonst als undankbar und arrogant gilt.

Dabei möchte er einfach nur ein Stück Privatleben. Sich für eine Frau interessieren dürfen, ohne sie ungewollt ins Licht der Öffentlichkeit zu zerren. Ohne eine Lawine an Spekulationen loszutreten. Einfacher gedacht als getan.

Zum Glück war die »Zauberflöte« heute einfach nur eine Aufführung in einer Reihe von vielen, dazu noch eine Wiederaufnahme einer alten Produktion. Das sorgt zumindest dafür, dass vor der Tür eher nicht mit Presse zu rechnen ist.

Trotzdem. Es gibt immer Fans, die mit ihren Handys ein Foto nach dem anderen schießen, um es mit allen erdenklichen Hashtags versehen auf allen Social-Media-Kanälen dieser Welt zu posten. Und das muss nur ein windiger Reporter entdecken und eine Story dahinter riechen, schon kommt etwas in Gang, was kein Mensch der Welt mehr bremsen kann.

Trotzdem.

Er muss da jetzt raus, und wenn die Korkenzieherlockenfrau irgendwo dort ist, dann ist das seine Chance, sie kennenzulernen. Gefahr hin oder her. Wenn er sie stehen lässt, ohne sie anzusprechen, verzeiht er sich das nie. So einfach ist das.

Kilian wickelt sich den Schal um den Hals und nickt dem Pförtner zu, der gelangweilt in seiner Loge sitzt. »Schönen Abend noch.«

Der Mann tippt mit zwei Fingern gegen seinen nicht vorhandenen Hut.

Kilian holt tief Luft und stößt die Tür auf.

Ein Schwall feuchtkalter Nachtluft klatscht ihm entgegen. Die Menge an Fans ist überschaubar. Ein paar Blitzlichter flammen auf, einige Leute klatschen.

In Pärchen oder auch einzeln stehen sie in gebührendem Abstand vor der Pforte auf dem breiten Gehweg. Einige von ihnen haben Programmheft und Stift in der Hand, besonders bei den Damen leuchten die Augen.

Keine Korkenzieherlockenfrau.

Kilian schluckt schwer und hat Mühe, sich seine Enttäuschung nicht anmerken zu lassen, während er unter der Überdachung hervortritt und ein Lächeln in sein Gesicht zwingt.

Sofort treten einige der Damen näher, halten ihm erwartungsfreudig Programmheft und Stift hin, bitten um Autogramme und Selfies. Geduldig erfüllt er die Wünsche, kritzelt seinen Namen aufs Papier, lächelt in Kameras, bedankt sich für all die warmen Worte, mit denen sie ihn überschütten, und ist doch froh, als die Sopranistin, die die Königin der Nacht gesungen hat, aus der Tür tritt und alle Aufmerksamkeit auf sich zieht.

Er sieht sich noch einmal um, halb in der Hoffnung, die weißblonde Frau doch noch irgendwo zu erspähen. Aber sie ist nicht zu sehen.

Was hat er denn bitte gedacht? Dass ausgerechnet eine, die König Markes Krone zu Fall gebracht hat, hier auftaucht, um sich zu entschuldigen?

Gewiss nicht.

Auch nur eine Sekunde auf etwas in der Art zu hoffen, ist naiv gewesen. Mehr als naiv. Es ist schlichtweg dumm gewesen.

Aller Vernunft zum Trotz enttäuscht, zieht er den Reißverschluss seiner Jacke bis unters Kinn zu und trottet davon wie ein geschlagener Hund.

Das ist es wohl gewesen. Keine Chance, die Frau in dieser großen Stadt zu finden. Es soll einfach nicht sein.

Egal, wie beschissen er das findet, er kann nichts tun. Hat keinerlei Handhabe.

Sie kennt seinen Namen, er lediglich ihre Locken. Und das süße Gesicht.

Nicht einmal gelächelt hat sie vorhin. Da oben im Rang. Nur geguckt. Und was immer sie in dem Moment gedacht haben mag, er wird es niemals erfahren.

Das Schicksal ist ein Aas.

Ein humorloses, blödes Aas.

24

Andreas Henkel sieht auf, als Sir Roger Swallow durch die Tür in sein Intendanzbüro tritt. Es wirkt widerwillig, als könnte der Maestro es nicht ausstehen, irgendwohin zitiert zu werden wie ein dummer Schuljunge, aber genau das war nun einmal nötig, denn einer ersten freundlichen Einladung ist er nicht gefolgt. Und es ist sicher kein Hexenwerk, sich zusammenzureimen, woher der Wind weht.

»Roger, wie schön, dass Sie es einrichten konnten.« Henkel kommt etwas schwerfällig hinter seinem Schreibtisch hervor und bemüht sich dabei, den Eindruck zu erwecken, als wären sie die besten Freunde.

»Was gibt es so Dringendes?«, quetscht Swallow durch zusammengebissene Zähne und schiebt die Hände demonstrativ in die Hosentaschen. Henkel wertet das als Antwort auf seinen missglückten Versuch, Vertraulichkeit herzustellen. Sei es drum. »Ich lasse die Staatskapelle nur ungern warten.«

»Setzen Sie sich doch.« Henkel weist auf die Couch, und vielleicht hat er auf dem Schachbrett der Macht den Eröffnungszug ausgesprochen ungeschickt gesetzt. Vielleicht aber versteht es Swallow nur als plumpe Ignoranz von dessen vorgespielter Eile. »Kaffee? Tee?«

Swallow bleibt stehen und schweigt.

»Nun.« Henkel stützt sich auf der Rückenlehne eines der Sofas ab und beugt sich ein kleines Stück in Swallows Richtung vor. »Ich will gar nicht lange drumherum reden. Tobias Pfeiffer hat mich um meine Hilfe gebeten.« Er macht eine bedeutungsschwangere Pause in der Hoffnung, dass Swallow sie von sich aus füllen wird, doch diesen Gefallen tut der Maestro ihm nicht. Dann eben nicht. »Pfeiffer sagt, es gebe da … sagen wir … Diskrepanzen zwischen Ihnen und ihm?«

Diskrepanzen trifft es zwar eigentlich nicht, aber so kann man es natürlich nennen, wenn man weichspülen will, was sich auf der letzten Orchesterprobe zugetragen hat. Und das will Henkel. Ginge es nach Swallow, hätte Pfeiffer dort nichts verloren gehabt. Was natürlich Quatsch ist. Und es ist dem Maestro mehr als deutlich anzusehen, dass er es auch jetzt verlockend findet, über Pfeiffer loszupoltern, dessen angebliche Unfähigkeit zu verteufeln. Verlockend, aber nicht klug. Das weiß er, und deshalb würgt er es vermutlich hinab.

»Jetzt machen Sie es mir nicht so schwer, Roger«, sagt Henkel vielleicht eine Spur zu jovial, aber hier geht es um Macht, und die wird er sich nicht nehmen lassen. »Wir wollen doch alle, dass der ›Mauerfall‹ ein weltweit beachteter Erfolg wird, oder?« Er verzieht die Mundwinkel zu einem Lächeln, von dem er durchaus weiß, dass es seine Augen nicht erreicht. »Dazu müssen wir an einem Strang ziehen. Also, gehen Sie einen Schritt auf Tobias Pfeiffer zu. Finden Sie einen Kompromiss.«

»Der Mann kann nicht einmal ein Notenblatt lesen und will mir erzählen, wie das Orchester zu spielen hat?« Nur noch mühsam behält Swallow die Kontrolle über seine Wut, man sieht es deutlich an den roten Flecken, die sich an seinem Hals bilden. »Er ist der Regisseur. Schön und gut. Aber er quatscht mir nicht in die Partitur.«

»Vielleicht hat er gute Ideen? Sie sollten sie sich zumindest anhören.«

Die Wut in Swallows Augen ist ein Feuerball. Kreisrund, dunkelblau und mit tiefroten Flammenzungen, die verheerend nach allem greifen wollen, was in ihre Nähe kommt.

»Ich bin der Maestro«, poltert Swallow ungewohnt laut und reißt dabei die Augen gefährlich weit auf. »Das ist mein Orchester, solange ich am Pult stehe, und niemand, absolut niemand, schon gar nicht ein Hollywoodaffe, der einen Violin- nicht von einem Bassschlüssel unterscheiden kann, wird mir erzählen, wie ich diese Musik dirigiere.«

»Aber …«

»Sie wollen es anders, Henkel? Dann suchen Sie sich einen Maestro, der diese Farce mitspielt. Ich werde nicht Komparse in dieser Vergewaltigung der Musik.«

Henkel steht schachmatt. »Ich kann mir gar nicht vorstellen …«, stammelt er mit brüchiger Stimme. »Der Pfeiffer, also dass der … und natürlich wollen wir hier keinen anderen am Pult dafür als Sie, Maestro, also bitte, was soll ich …« Er hebt hilflos die Arme, lässt sie wieder sinken.

Und auf einmal sieht Swallow aus, als hätte er Mitleid mit ihm. Als sei ihm bewusst geworden, dass Henkel wirklich nur das Beste will und dass diese unglaublich kraftvolle Oper plötzlich auf der Kippe steht. Eine Oper, die es nicht verdient hat, in irgendeinem Machtgerangel sprichwörtlich sang- und klanglos unterzugehen.

»Pfeiffer nimmt sich im Grunde nichts mit vielen jungen Dirigenten«, sagt Roger versöhnlich und Henkel weiß, der Maestro zieht den Trumpf des Teilens von Expertenwissen. Ein geschickter Schachzug, zugegeben, doch wenn das der Schritt zur Versöhnung sein soll, ist Henkel der Letzte, der ihn nicht akzeptieren wird.

»Immer geht es nur ums Karrieremachen.« Swallow zuckt die Schultern. »Und Pfeiffer meint, mit seinem Hollywoodruf und den Blockbustern auf der Habenseite könnte er den Patriarchen spielen. Aber wie leider viele Dirigenten heutzutage ist auch er lange nicht so gut wie das Orchester.« Er mustert Henkel, der weiß, wann er schweigen sollte, wägt wohl ab, ob das Gesagte bei ihm angekommen ist und wenn ja, wie. »Die Alten, die hatten Zeit, das Menschliche in der Musik zu entwickeln. Nehmen Sie Bach, Beethoven, Brahms. Die waren nicht nur Experten in Sachen Rhythmus und Melodie, nein, sie hatten etwas zu sagen. Und deshalb folgte ihnen das Orchester bereitwillig. Heute aber geht es nur noch um Geld und Ruhm.« Swallow nimmt die Hände aus den Hosentaschen, wendet sich zum Gehen, legt die Hand auf die Klinke, verharrt dann aber doch und entscheidet sich, noch ein Stück seines Expertenwissens draufzupacken. »Ein Top-Orchester wie die Staatskapelle wird Pfeiffer weder mit seinen Kinohits noch mit seinen Auftritten in den sozialen Medien überzeugen, Herr Henkel. Nicht einmal ich kann bei denen mit alten Erfolgen punkten. Das Orchester für sich einzunehmen, ist harte Arbeit. Immer. Jeden Tag aufs Neue. Das erfordert ganzheitliches Wissen, tiefe Inspiration und viel Fantasie.«

»Und das alles hat Tobias Pfeiffer nicht?« Henkel sagt das bewusst nachdenklich, als hätte er den Regisseur verkannt und wundere sich nun, wie das hat geschehen können.

»Fantasie vermutlich schon«, räumt Swallow ein. »Aber ein ganzheitliches Wissen, vor allem in Sachen Musik …?«

»Und nun?« Henkel lässt Ratlosigkeit in seinem Gesicht aufziehen und hofft, Swallow frisst den Köder, mit dem er den Maestro zurück ins Boot holen will. In sein Boot.

»Pfeiffer hat Sie um Unterstützung gebeten. Er vertraut Ihnen also. Machen Sie ihm klar, dass selbst ich nur dann das Orchester gewinnen kann, wenn ich den Musikerinnen und

Musikern zuhöre. Wenn ich anerkenne, dass sie besser sind als ich, und ihnen lediglich anbiete, was ich zu sagen habe, ihnen aber nichts aufzwinge. Machen Sie Pfeiffer klar, dass es zwar in seiner Macht liegt, den Sängern und Sängerinnen vorzuschreiben, geh von links nach rechts ab oder umarme deine Partnerin, aber dass er den Experten um ihn herum vertrauen muss, damit am Ende die Produktion nicht eine andere Geschichte erzählt als die Musik.« Swallow lächelt und öffnet die Tür. »Helfen Sie Tobias Pfeiffer, damit er den Erfolg bekommt, den er will.«

Henkel sieht ihm noch nach, als die Tür bereits ins Schloss gefallen ist. Was für ein Irrenhaus voller Diven, denkt er.

25

»So, Lissi liest noch ein bisschen, dann schläft sie.« Julie fällt rücklings auf die Couch, lässt einen Arm hinabhängen, umarmt mit dem anderen das Kissen, das sie auf ihren Bauch gezerrt hat. »Hat sie mir jedenfalls versprochen.«

»Hm.« Susanne ist ungewöhnlich einsilbig.

Sie rappelt sich hoch, zieht die Beine in den Schneidersitz und beobachtet die Freundin ein Weilchen schweigend. Der Bildschirm des Laptops, hinter dem sie sich verschanzt hat, lässt ihr Gesicht bläulich leuchten. Sie zieht die Augenbrauen zusammen, und die senkrechte Falte über ihrer Nasenwurzel wird tiefblau. Dann fasst sie sich an den Kopf, fährt mit zwei Fingern über ihre Stirn, hin und her, hin und her, wie sie es immer tut, wenn sie angestrengt nachdenkt.

»Was machst du da eigentlich?«, will Julie wissen.

»Ich sehe den Spielplan der Staatsoper durch.«

»Aha.« Ihr schwant Böses.

»Und du wirst es nicht glauben, Kilian Holm singt dort erst wieder beim Silvesterkonzert.« Susa sieht über den Rand des Laptops zu ihr herüber und zieht einen Flunsch. »Vorher nix.«

Julie atmet auf. Bleibt die Hoffnung, dass Susanne bis dahin ihren wilden Plan verwirft. Andererseits stehen ihre Chancen, noch einmal so davonzukommen, eher schlecht. Wenn ihre Freundin sich etwas in den Kopf gesetzt hat, mutiert sie zum Terrier, der sich festbeißt und durch nichts mehr zur Vernunft zu bringen ist.

»Der hat eine eigene Webseite«, sagt sie prompt, und ihre Stirn entspannt sich. »Mit einem Kalender.«

Bitte nicht, denkt Julie. Bloß kein Konzert in Berlin oder in sonstiger machbarer Entfernung. Susanne traut sie nämlich alles zu. Auch, dass sie sie nach Hamburg, Hannover, Leipzig oder Dresden schleift, um sie unsanft an einem Hinterausgang vor den Sänger zu schieben.

»Wien.« Die Enttäuschung tropft fett aus ihrer Stimme. »Bisschen weit.«

Julie atmet auf.

»Aber gut.« Schon hat sie sich wieder gefangen und neue Zuversicht geschöpft. »Dann machen wir das zu Silvester.«

»Wie bitte?«

»Na, das ist doch eine tolle Möglichkeit, das Jahr gut zu beenden, Julie. Ich guck gleich mal, ob es noch Karten für das Konzert gibt.«

»Und was ist mit Lissi?« Julie klammert sich an einen letzten Strohhalm. Seit ihrer Geburt haben sie Silvester zusammen zu Hause gefeiert. Fondue oder Raclette, Wunderkerzen, Bleigießen, Feuerwerk auf der Dachterrasse angucken. Das ganze Programm.

»Die nehmen wir mit«, sagt Susanne in einer Art, als wäre es das Normalste der Welt. Als hätten sie nie etwas anderes gemacht. »Schließlich singt sie in der Oper, da kann es nicht schaden, wenn sie mal so ein hochkarätig besetztes Konzert erlebt. Und an Silvester geht sie eh spät ins Bett. Außerdem fängt das Konzert um neunzehn Uhr an und endet um zwanzig Uhr dreißig.«

»Verstehe ich das richtig?« Julie rutscht vor auf die Kante der Couch. »Du willst mit mir und Lissi erst in das Konzert und dann vor die Intendanzpforte, damit ich Kilian Holm treffe? Der vermutlich an so einem Abend da überhaupt nicht vor Mitternacht rauskommt. Oder stoßen die nicht noch in der Oper um zwölf Uhr nachts sogar an? Und hat der dann nicht ganz sicher seine Freundin oder Frau, oder was immer er hat, dabei?« Mit jedem Satz wird ihre Stimme lauter und schriller, und sie hasst sich dafür, aber sie bekommt sie einfach nicht in den Griff.

»Der ist Single«, sagt Susanne unbeirrt und sieht sie nicht einmal an. Stattdessen widmet sie sich ganz dem, was sich auf ihrem Bildschirm tut, und es steht zu vermuten, das ist der Ticketshop der Staatsoper.

»Und das weißt du woher?«

»Hab's recherchiert. Hölle, ist das teuer. Hundertachtzig Euro für ein Ticket? Die spinnen ja.«

Das Universum hat Julies Flehen erhört. Allerdings ist die Kuh nicht vom Eis, wie sie vermutet. Und richtig.

»Dann eben ohne Konzert«, sagt Susa prompt. »Immerhin wissen wir jetzt, wann wir eine Begegnung zwischen euch inszenieren können.« Sie wendet ihr das Gesicht zu und grinst breit wie ein Honigkuchenpferd. »Und nein, die Sänger und Musiker feiern nicht in der Oper, sondern rennen alle schnell davon.«

»Das werden wir nicht tun«, sagt Julie und steht auf. Als ob sie Susanne durch ihre Körpergröße beeindrucken könnte. Kann sie natürlich nicht. Und das hat wenig damit zu tun, dass sie nicht gerade stattlich ist.

»Wieso nicht? Ist doch gar nichts dabei. Da werden zig Leute stehen, um ihm und den anderen alles Gute im neuen Jahr zu wünschen. Was kann schon passieren? Außer, dass er dich nicht wahrnimmt. Was ich nicht glaube.«

»Ich … möchte … das … nicht!«

»Das hat sich in der ›Zauberflöte‹ ganz anders dargestellt.« Susa klappt den Laptop zu, geht zum Küchentresen und schenkt zwei Gläser Wein ein. »Ich finde, du solltest dem Schicksal eine Chance geben.« Sie reicht ihr eins der Gläser und setzt sich aufs andere Ende der Couch.

Julie weiß, sie meint es gut. Aber so geht das nicht. Sie kann so etwas nicht, und nach all den Jahren, die sie sich kennen, sollte Susa das wissen.

Tut sie sicher auch. Aber ignoriert es geflissentlich. Und natürlich könnte sie jetzt trefflich sauer werden und hätte allen Grund, ihrer Freundin gehörig den Kopf zu waschen. Aber so läuft das zwischen ihnen nicht.

Susanne und sie sind wie ein altes Ehepaar. Kennen die Macken der anderen wie das eigene linke Bein und haben längst eingesehen, dass ihre Freundschaft zu wertvoll ist, als dass man sie mit dem Versuch, die andere zurechtzubiegen, strapaziert.

All die Stürme, die sie gemeinsam gemeistert haben, die überstandenen Katastrophen und Schicksalsschläge und nicht zuletzt ihre Liebe zueinander bilden das Fundament, auf dem das Haus ihrer Freundschaft verlässlich sicher steht. Das Wissen darum, dass die andere es nie böse, sondern immer nur gut meint. Selbst wenn die guten Intentionen mal in die völlig falsche Richtung laufen wie jetzt gerade.

»Es mag sein, dass ich von Kilian Holm sehr beeindruckt war, aber das heißt nicht, dass ich ihn kennenlernen möchte«, gibt Julie daher zu.

»Warum nicht? Er hat dich angestarrt, als wärst du die Offenbarung.«

»Ach, Susa!« Sie muss lachen. »Das wissen wir doch gar nicht. Und ich glaube auch nicht, dass er mich angeschaut hat.«

»Du willst es nicht glauben.«

»Vielleicht.«

Einen Moment lang schweigen sie.

»Es ist wegen Stephan«, sagt Susanne schließlich leise. »Stimmt's?«

Ungebetene Erinnerungen fluten Julies Hirn, füllen jeden Winkel, jedes bisschen Platz aus. Und mit ihnen die Scham, die alten Schuldgefühle, und es macht immer noch keinen Unterschied, dass ihr Verstand weiß, dass sie das Opfer gewesen ist. Ihr Herz, ihre Seele verstehen es nicht.

»Du kannst nicht den Rest deines Lebens allein bleiben, irgendwann musst du mal wieder einem Mann vertrauen«, sagt Susa, und das hat nichts mit Gedankenlesen zu tun.

Nein, sie haben diese Diskussion gefühlt eine Million mal geführt, können sie beide rückwärts auf dem Latschen pfeifen, und es bringt nichts, sie jetzt das eine Million erste Mal zu beginnen.

»Muss ich, Susa?« Julie hebt das Glas an die Lippen, überlegt es sich anders und lässt es wieder sinken, ohne einen Schluck getrunken zu haben. »Ich komme sehr gut alleine klar.«

»Aber du hättest gern Kinder.«

Sie stutzt. Diese Argumentationslinie ist neu und trifft sie unerwartet.

»Ich sehe das doch, wenn ich dich zusammen mit Lissi beobachte. Und klar, du kannst dir eine Samenspende kaufen und all meine Tipps zum Thema Alleinerziehung und deren Tücken bekommen, aber willst du das? Willst du wirklich ein Kind ohne Mann?«

Julie wendet den Blick ab, sucht in der Spiegelung auf dem Fenster nach Antworten, stiehlt Zeit.

»Eins, das durch Insemination entsteht und nicht aus Liebe?«

Das Boot, in dem sie bis hierher so verbissen durch ihr Leben gerudert ist, schlägt leck. Bekommt Schlagseite. Schlingert in den Wogen ihrer Gefühle.

Um sie wird es still. Nicht einmal eine Uhr tickt. Kein Regen trommelt Sekunden zu Minuten auf das Fensterbrett. Kein Wind rüttelt das löchrig verbliebene Laub der alten Kastanie, die unten auf der Straße steht.

Es ist einfach nur still.

So still, dass sie ihr Herz schlagen hören kann.

»Julie.« Susanne greift nach ihrer Hand und ihre Haut fühlt sich kühl an, als ob sie selbst glühen würde. »Du sollst nicht mit ihm zusammenziehen, sondern ihm nur eine Chance geben, dich anzusprechen.«

Ihre Stimme ist sanft wie Seide und voller dringlicher Besorgnis. Und vielleicht ist es das, was Julie mehr berührt als alles andere in diesem Moment.

»Und wenn er wirklich etwas von dir will, dann bestimmst du das Tempo. Und du kannst jederzeit Nein sagen und ihn in die Flucht schlagen. Aber du musst doch mal wieder anfangen zu leben.«

»Ich lebe doch.« Schwach klingt ihr Protest, sogar weinerlich. Und so gar nicht überzeugend.

»Nein, Julie, du tust nur so.«

Sie möchte der Freundin widersprechen, aber ihr fehlt die Kraft.

»Du machst deinen Job, du bist für mich und Lissi da, wir haben Spaß, wir ärgern uns, ja, das ist alles da. Aber die Liebe, die ist weg. Nicht nur weg. Du tust geradezu so, als gebe es sie gar nicht. Schaust keinen Mann an. Bekommst nicht mit, wenn einer sich für dich interessiert. Du bist eine Festung, Julie. Hast das Fallgitter vor deinem Burgtor heruntergelassen, den Wassergraben verbreitert und Krokodile reingesetzt, sodass sich kein Mensch mehr traut, sich dir auch nur ein Stück weit zu nähern.«

Jetzt klingt sie verzweifelt, und das irritiert Julie und tut ihr weh.

»Das kann doch nicht so bleiben.« Susa fasst sich an den Kopf, als wäre der plötzlich zu schwer, und seufzt aus tiefstem Herzen. »Was kann ich tun, damit du hinter deinen Mauern vorkommst?«

»Nichts.« Selbst Julie erschreckt, wie resigniert und bitter das klingt. »Weißt du …«, setzt sie zu einer Erklärung an und verreckt auf halber Strecke.

»Mir ist schon klar, dass du fürchtest, dir könnte Ähnliches noch einmal widerfahren, Julie. Aber du hast doch daraus gelernt. Und irgendwie ist es wie nach einem Verkehrsunfall. Je länger man damit wartet, sich danach wieder ins Auto zu setzen und loszufahren, desto schwerer wird es.«

»Habe ich wirklich gelernt, Susa?« Sie schüttelt den Kopf, weil sie sich das selbst nicht glaubt. »Was war es damals, das mich so lange bei Stephan ausharren lassen hat? Wie oft hat er mich verprügelt? Mich vergewaltigt?«

»Verstehe, du gibst dir die Schuld daran, dass es so weit gekommen ist.« In ihrem Blick gehen Bedauern und Traurigkeit Hand in Hand. »Aber so ist das nicht, und das weißt du auch.«

»Nicht?« Julie wiegt den Kopf hin und her.

»Nein, gewiss nicht.« Susanne stellt ihr Glas ab, nimmt ihre Hände in ihre. »Du hast geglaubt, er will das nicht tun. Du hast ihn geliebt, Julie, und manchmal macht Liebe blind und lässt uns in einer Beziehung verharren, die uns nicht guttut. Weil wir denken, wir könnten den anderen retten. Vor allem vor sich selbst. Aber das können wir nicht.« Sie schüttelt den Kopf und zieht dabei die Schultern hoch. »Wir haben alle Hände voll damit zu tun, uns selbst zu retten. Und okay, es hat ein bisschen zu lange gedauert, ehe du das damals begriffen hast, aber ich bin sicher, deine Lektion war dafür umso lehrreicher.«

»Meinst du?« Halb möchte Julie ihr glauben, halb kann sie es nicht.

»Ganz bestimmt.«

Julie wünscht, sie könnte sich eine große Scheibe von Susas Vertrauen und Zuversicht abschneiden.

»Schau, als du im Krankenhaus lagst, hast du mir damals selbst gesagt, du hättest von Anfang an so ein Gefühl gehabt, dass Stephan seine Aggressionen manchmal schlecht im Griff hat. Ich entsinne mich, dass du gesagt hast, als ihr ganz frisch zusammen wart, da hat ihn mal ein Typ aus Versehen auf der Straße angerempelt, und er ist schier ausgetickt und du konntest ihn nur mit großer Mühe davon abhalten, dem Typ hinterherzugehen.«

»Stimmt. Damals wusste ich nicht, was ich mehr fürchten sollte, dass er dem Mann eine reingehauen hätte oder dass er, wenn er es getan hätte, von dem zusammengeschlagen worden wäre.«

»Und du hast mir erzählt, es gab noch mehr solcher Momente, aber du hast dir damals immer gesagt, Stephan stünde so stark unter Druck, weil er im Job gerade extrem großen Stress hatte. Und dass er normalerweise nicht so reagieren würde.«

Julie nickt still und signalisiert Susanne auf diese Art zögerliche Zustimmung.

»Also stellen wir uns mal ganz hypothetisch vor, du würdest dich verlieben und eine Beziehung eingehen. Und dann passiert etwas Ähnliches. Ihr seid draußen unterwegs, jemand rempelt ihn an, er tickt aus. Meinst du nicht, all deine Alarmglocken würden einen Höllenlärm schlagen?«

»Doch das schon, aber … Aber was, wenn ich wieder denken würde, das legt sich? Oder das richtet sich ja nicht gegen mich? Oder wenn es sich irgendwie auf andere Art zeigen würde, sodass ich den Vergleich zu Stephan gar nicht ziehe?«

Susanne steht auf, holt die Weinflasche und schenkt ihnen beiden nach. »Es gibt keine Garantien, Julie. Keine Sicherheit. Und wir Menschen laufen immerzu Gefahr, etwas falsch zu machen.« Sie trinkt einen Schluck und breitet dann die Arme aus, als wolle sie die Welt umarmen. »Dieses ganze Leben ist eine Perlenkette, auf die all unsere Fehler gereiht werden. Aber setzen wir uns deswegen in eine Ecke und halten still, bis der Tod irgendwann gewinnt?«

Sie lässt die Arme fallen, der Wein schwappt durch die Bewegung so stark in ihrem Glas, dass ein paar Tropfen auf dem Parkett landen. Susanne scheint es nicht zu bemerken.

»Nein. Das tun wir nicht. Wir kämpfen bis zum Schluss. Wir fallen hin, stehen wieder auf und versuchen es noch einmal. Und egal, wie oft wir uns blutige Knie holen, aufgeben ist keine Option. Weil wir sonst nämlich tot wären, bevor wir gestorben sind.«

Sie stellt das Glas auf dem Esstisch ab, nimmt den Laptop, trägt ihn zum Wohnzimmertisch und stellt ihn vor Julie hin.

»Und du, meine Liebe, du kannst natürlich die nächsten sechzig Jahre in deiner Ecke hocken bleiben, wenn du das wirklich willst. Du kannst aber auch aufstehen, ins Licht treten und diesen verkackten Fehlern die Stirn bieten. Ihnen den Krieg erklären und darauf pochen, dass du was gelernt hast. Dass du es inzwischen besser machst. Dass dir so eine Scheiße nie wieder passiert.«

Sie klappt den Laptop auf und tippt ihr Passwort ein, um ihn zu entsperren.

»Klar, es kann sehr gut sein, dass dir irgendeine andere Scheiße passiert. Dass der Nächste dich mit irgendeiner Tussi betrügt oder mit deinem Geld durchbrennt, dich schwanger sitzen lässt, was auch immer. Es kann aber genauso gut sein, dass es läuft. Dass er da ist und bleibt. Und das heißt nicht, dass du keine Fehler mehr machen wirst und nicht hinfallen und wieder aufstehen. Es heißt nur, dass es sich lohnen wird. Dass es gut ausgeht.«

Sie tritt zur Seite und Julies Blick fällt auf das Display.

Kilian Holm sitzt rücklings auf einem Stuhl, der auf einer leeren Bühne steht, einen Ellenbogen auf der Rückenlehne, das Kinn in die Hand gestützt. Schwarzes Hemd, schwarze Hose, glänzende schwarze Schuhe. Neben seinem linken Fuß liegt die Krone, König Markes Krone, ein ganzes Stück weiter nach links ein dunkelrot samtig schillernder Mantel mit goldenen Verzierungen.

Er lächelt verschmitzt. Amüsiert. Schelmisch. Die ozeanblauen Augen funkeln. Und es fühlt sich an, als sähe er ihr direkt in die Augen.

Eine Illusion, sie weiß. Ein fotografischer Trick. Und doch kann sie das Gefühl nicht bändigen, erst recht nicht verscheuchen.

Alles ist wieder da. Jener Moment in der Garderobe, der Sarastro auf der Bühne, der Mann vor dem Vorhang, der zu ihr sieht.

Was kann schon geschehen?

Alles und nichts.

Zu viel.

Entschlossen klappt Julie den Laptop zu und sieht Susa in die Augen. »Mag sein, dass du recht hast. Aber nicht er. Nicht ein gefeierter Opernstar, dem die Frauen reihenweise zu Füßen liegen.«

»Okay?« Es klingt mehr nach einer Frage als nach allem anderen, und sie setzt sich dabei betont langsam zurück auf das Sofa.

Julie steht auf, holt einen Lappen und wischt die Weinflecken vom Parkett.

26

»Die Proben nehmen dich mit, oder?« Kilian Holm hält Anna die Tür der Intendanzpforte auf und tritt dann hinter ihr hinaus.

»In vielerlei Hinsicht.« Sie bleibt unschlüssig stehen. Es ist ein wolkiger Tag, aber dennoch trocken und wenigstens der Wind hat abgeflaut. Auch ist es nicht mehr so kalt wie die letzten Tage. »Was stellen die da für komische Aufbauten auf?« Sie zeigt mit der Hand Richtung Bebelplatz, wo einige Männer damit beschäftigt sind, Kisten aus einem Transporter zu laden.

»Festival of Lights.« Kilian zieht den Reißverschluss seiner Jacke zu. »Findet jedes Jahr im Oktober statt. Ganz am Anfang haben sie alle möglichen Gebäude nur angestrahlt, inzwischen lassen sie Videoproduktionen auf den Fassaden laufen. Ist irgendwie ganz schön. Halb Berlin ist abends auf den Beinen, schaut sich das an. Manche bringen sogar Sektflaschen mit.«

»Und das findet jetzt statt?«

»Hm. Geht am Wochenende los. Aber da bin ich leider in Wien für die Proben. Wollen wir noch ein Stück gehen?« Er hält ihr seinen Arm hin.

»Wieso nicht.« Anna hakt sich unter.

»Heiner Kurz und du, das funktioniert genauso schlecht wie du und Tobias Pfeiffer, oder? Nicht, dass ich dir zu nahe treten will, aber ich spüre diese Elektrizität während der Proben. Ein Pulverfass, das jederzeit hochgehen könnte.«

Anna ist nicht sicher, wie viel sie ihm offenbaren möchte. Kilian ist ein netter Mann, ein Gentleman, aber kann man ihm trauen? Was sind seine Beweggründe, sich auf eine Zweitbesetzung einzulassen? Wirklich nur die Freundschaft zu Roger oder doch etwas anderes?

»Da spielen viele alte Geschichten eine Rolle«, sagt sie schließlich.

»Was Pfeiffer betrifft, weiß ich das von der Elektra. War da noch mehr?«

Anna schüttelt den Kopf und bleibt an der Bushaltestelle stehen. »Hast du Lust, nach Prenzlauer Berg zu fahren? Ich habe da früher gewohnt.«

»Klar.« Er tritt an die Straße, winkt ein Taxi herbei und hält ihr die Tür auf.

»Das hat sich alles so verändert«, stellt Anna fest, während sie am Alexanderplatz vorbeifahren. »Nur diese hässlichen Hochhäuser nicht.«

»Die wollen hier sogar noch ein paar dazubauen. Aber Berlin ist nicht New York und wird es auch nie sein, egal, wie sehr so mancher Architekt sich das zu wünschen scheint.«

Vor dem Soho House biegt der Fahrer auf die Torstraße ab und an der nächsten Kreuzung gleich wieder auf die Schönhauser Allee. »Wohin genau soll's denn gehen?«, will er wissen.

»Zur Gethsemanekirche bitte«, sagt Anna, weil das der erste Ort ist, der ihr einfällt. »Gibt es eigentlich die Currywurstbude Ecke Eberswalder noch?«

»Klar.« Kilian nickt. »Im ewigen Wettstreit mit der auf dem Kurfürstendamm, welche von beiden die beste Curry macht.«

»Das gab es früher nicht. Diese Art von Streit zwischen Ost und West.« Die vielen sanierten Häuser links und rechts fallen ihr auf, und die dazwischengesetzten Neubauten mit ihren Glasfronten und futuristischen Fassadengestaltungen. Dazu alle paar Meter ein Restaurant, eine Bar, ein Designerladen. Von der Schönhauser Allee, die sie einmal gekannt hat, ist nur noch die U-Bahn übrig, die sich hinter dem Senefelder Platz aus dem Untergrund erhebt und dann als Hochbahn Richtung Pankow rattert.

»Bist du hier aufgewachsen?«, fragt Kilian, als der Taxifahrer vor der Kirche hält, die über dem Platz thront wie ein Mahnmal. Er reicht dem Mann einen Zwanzigeuroschein, steigt aus und hält Anna die Tür auf.

»Nein.« Sie dreht sich langsam einmal um die eigene Achse, schaut alles genau an. »Aber diese Kirche war der Mittelpunkt der friedlichen Revolution. Zumindest hier in Berlin.«

»Warst du Teil davon? Systemkritische gab es doch lange vor dem Mauerfall, oder?«

»Teil der Friedensbewegung und Oppositionellen? Nein.« Sie schüttelt den Kopf. »Zu der Zeit, als die Bürgerrechtsbewegung richtig aktiv war, war ich bereits im Westen. Während hier Fürbittgottesdienste und ab Oktober 1989 dann Mahnwachen abgehalten wurden, habe ich mich schlecht bezahlt durch zweitklassige Opernhäuser in der Bundesrepublik gesungen.« Sie lässt ihren Blick auf der Kirche weilen, deren Turm sich spitz in den grauen Himmel erhebt. »Und irgendwie ist es ein schräger Gedanke, dass ausgerechnet ich die Hauptrolle in der Mauerfall-Oper singe, und das auch noch unter der Staatskapelle, die am 5. November 1989 hier ein Konzert gespielt hat, bei dem der damalige Generalmusikdirektor der Komischen Oper forderte: ›Die Mauer muss weg.‹«

»Na ja, die meisten Orchestermitglieder von damals sind heute wohl nicht mehr dabei. Oder?«

Sie sieht ihn von der Seite an und beneidet ihn um seine Unbekümmertheit. Die Unbefangenheit, die zu diesem Thema wohl nur jenen gegeben ist, die damals noch nicht geboren oder aber kleine Kinder gewesen sind.

»Ich habe mich mein Leben lang gefragt, ob ich es falsch gemacht habe.« Anna weiß nicht, warum sie ihm das offenbart, aber jetzt, da sie einmal angefangen hat, kann und will sie nicht aufhören. Und vielleicht braucht sie genau das. Diesen jungen, unbeschwerten Kollegen, mit dem sie über ihre Geschichte reden, dem gegenüber sie aus dem Dunkel treten kann. Der nicht urteilt, weil ihm die Erfahrung des Unrechtsstaates fehlt.

»Falsch?«

»Ja. Ob ich hätte bleiben sollen. Mich den anderen anschließen. Zur Wehr setzen. Irgendetwas tun. Etwas anderes, als an meiner Karriere zu basteln.«

»Weswegen bist du denn geflohen? Weil du das politische System nicht aushalten konntest oder weil du dir eine internationale Karriere gewünscht und angenommen hast, als DDR-Bürgerin könntest du die nicht haben?«

»Ein bisschen von beidem. Als angehende Opernsängerin war ich ja dabei, Teil des Systems zu werden. Ich habe bei namhaften Regisseuren gesehen, wie die im Mercedes vorfuhren, reisen durften, was die alles zu essen und zum Anziehen hatten, wie die gewohnt haben. Und natürlich habe ich mich gefragt, ob ich das auch hätte haben können, wenn ich nur gut genug gesungen hätte. Da war jede Menge Neid und Gier. Ich wollte das auch. Ich wollte auch so ein Leben. Auch wenn ich als junge Frau überhaupt nicht verstanden habe, wie man das sozialistische System, den ganzen Marxismus, Leninismus, den Kommunismus hochhalten, predigen, sich dann aber jedes Privileg krallen kann, ohne sich auch nur eine Sekunde einzugestehen, dass es eigentlich kapitalistisch bis ins Mark ist.« Anna tritt durch das offene Tor, geht die Treppe hinauf. »Ich habe eben auch die andere Seite gesehen, und …« Sie stockt, hadert. Soll sie ihm, diesem jungen Mann das alles wirklich erzählen? In ihrer Stimme ihr Leben. Zählt das Kilian Holm gegenüber auch?

Anna drückt die Klinke der Kirchentür langsam hinunter. Im Grunde erwartet sie, dass die Kirche verschlossen ist, doch das Gegenteil ist der Fall. »Warst du schon mal hier drin?« Sie dreht sich zu Kilian um.

Er nickt. »Der Laienchor der Staatsoper hat hier das Weihnachtsoratorium gegeben, als ich frisches Ensemble-Mitglied war. Ich habe das Basssolo gesungen.«

Gemeinsam betreten sie die leere Kirche. Durch das fahle Licht draußen wirken die Fenster bläulich. Die Decke der Kuppel über dem Altar ist so cremeweiß wie der Boden, die Pfeiler und Balkone hingegen sind in einem hellen Rotbraun gehalten.

Hier hinten, wo sich Reihe um Reihe der Kirchenbänke unter die Orgel ducken, ist es dunkel. Die Luft ist kalt und hat diesen speziellen Kirchengeruch.

»Es ist immer wieder komisch, wenn man plötzlich leibhaftig an einem Ort steht, den man schon tausendmal auf Fotos und im Fernsehen gesehen hat.« Anna lässt eine Hand über das Holz der Rückenlehne einer der Bänke gleiten. Fühlt die glatte Oberfläche, den kühlen Lack, hier und da zarte Risse darin, die dem Alter geschuldet sind. »Vertraut und fremd zugleich.« Sie tritt in die Reihe und setzt sich. Das Holz knarzt, und es hallt laut in der Stille.

»Das ging mir so, als ich das erste Mal in New York war.« Kilian lässt sich neben ihr nieder.

Einen Moment lang schweigen sie, und Anna ist froh, dass ihr das mit ihm so leichtfällt. Keine Schwere entsteht, nicht das Gefühl, etwas sagen zu müssen. Im Gegenteil. Sie hat den Eindruck, sie könnte ewig so mit Kilian sitzen, ohne reden zu müssen.

»Weißt du«, nimmt sie schließlich das eigentliche Thema, das sie hierhergeführt hat, wieder auf, »vermutlich hätte ich meine internationale Karriere auch haben können, wenn ich geblieben wäre.«

»Weil die Mauer gefallen ist?«

»Vielleicht auch ohne das. Eine Stimme hat sich damals natürlich auch durchsetzen können. Und die Politbonzen waren immer stolz darauf, wenn DDR-Künstler international Erfolg hatten.«

»Also doch eher das System?«

Anna zögert einen Moment. Das hier hat sie bisher kaum jemandem erzählt, und vielleicht sollte sie es auch jetzt nicht tun. Vielleicht ist es besser, die alten Dämonen ruhen zu lassen, denn wer weiß, was geschieht, wenn man die Büchse erst einmal öffnet. Vielleicht tanzen sie dann, und man bekommt sie nie wieder hinein.

Sie tut es trotzdem.

»Ich war damals in der DDR mit einem jungen Mann zusammen. Wir haben nicht zusammengewohnt, aber wir waren ein Paar. Er hat an der Filmhochschule studiert, wollte Regisseur werden, und er war sehr politisch. Na ja, jedenfalls hat er sich schließlich einer Bürgerrechtsgruppierung angeschlossen und ist dadurch natürlich ins Visier der Staatssicherheit geraten. Irgendwann war er dann plötzlich weg. Ich wusste wochenlang nicht, ob er verhaftet worden ist oder geflohen oder einfach nur irgendwo untergeschlüpft.«

»Hätten die dich nicht verhört, wenn er geflohen wäre?«

»Haben sie ja, aber sie haben mir nicht gesagt, was mit ihm war. Eines Tages habe ich dann, als ich von der Hochschule nach Hause kam, festgestellt, dass jemand in meiner Wohnung gewesen sein musste. Es war nur so ein Gefühl, ein fremder menschlicher Geruch, ich konnte es nicht beweisen, aber es hat mich sehr verunsichert. Ich habe mich auch nicht getraut, mit jemandem darüber zu sprechen, weil ich es einerseits nicht beweisen konnte und andererseits nicht wusste, wem ich überhaupt trauen konnte. Aber ich musste herausfinden, ob ich mich täuschte oder nicht.«

»Was hast du gemacht? Deine eigene Wohnung beobachtet?«

»Mehl.«

»Mehl?« Kilian macht ein Gesicht, als wüsste er überhaupt nicht, wovon sie redet.

»Jedes Mal, bevor ich die Wohnung verlassen habe, habe ich mich an die Wohnungstür gestellt, etwas Mehl in meine Hand gekippt und es mit dem Mund vorsichtig in den Flur geblasen, sodass es sich als ganz feine Staubschicht auf den Dielenboden gelegt hat und nicht aufgefallen ist. Wenn ich zurückkam, bin ich in der Tür stehen geblieben, habe das Licht angemacht und geschaut. Tatsächlich waren Fußspuren zu erkennen, wenn man ganz genau hinsah.«

»Das klingt gruselig.«

»War es auch. Und es hat dazu geführt, dass ich immer leiser und unbeweglicher wurde. Ich hatte einfach ständig Angst, ich könnte etwas Falsches sagen oder tun, und dann hätten sie mich geholt, und ich wäre genauso verschwunden wie mein Freund.« Anna spürt, wie die Erinnerungen an diese Zeit ihr die Luft abschnüren wollen. Zugleich tut es aber auch gut, endlich darüber zu sprechen. »Ich konnte diesen Druck nicht aushalten, und bis heute schäme ich mich dafür.«

»Aber warum? Das kann halt nicht jeder. Du hast andere Stärken.«

»Mag sein. Weißt du, Kilian, da war mal eine Gruppe Studenten in unserer Mensa. Die kamen aus Italien. Ich habe kein Wort verstanden, aber ich war wahnsinnig fasziniert, wie die lautstark mit ihrem Professor diskutierten. Ganz aufgebracht. Da ist mir richtig klar geworden, dass wir in der DDR immer total leise gesprochen haben. Dass jeder wirklich wichtige Gedanke im Grunde fast verschwiegen werden musste. Die Freiheit des Denkens und Sich-Bewegens, die ich bei den Italienern beobachtet habe, die hat mich schwer beeindruckt. Von da an habe ich gedacht, ich verkümmere in diesem Land. Und ich wollte nur noch frei sein.«

»Und deshalb hast du den Entschluss gefasst, bei der nächsten Gelegenheit im Westen zu bleiben? Weil du nicht mehr aufpassen wolltest, was du gesagt und getan hast? Das ist doch allzu verständlich. Wieso schämst du dich dafür?«

»Weil ich leise geblieben bin.«

In Kilians Gesicht lässt sich mehr als deutlich ablesen, dass er keine Ahnung hat, wovon sie spricht. Seine Augen wirken schattig, die Stirn gekräuselt.

»Ich habe oft genug den Mund nicht aufgemacht, wenn ich es hätte tun sollen. Und können.«

»Zum Beispiel?«

»Machtspiele an Opernhäusern? Missbrauch von Macht? Heiner Kurz?«

Kilian zieht beide Augenbrauen hoch.

»Heiner ist nicht der Einzige, der seine Macht missbraucht«, fährt sie fort. »Im Gegenteil. Eine ganze Reihe von Männern nutzen zum Beispiel das Gewühl in Chorszenen aus, wenn haufenweise Leute auf der Bühne sind, um hier- und dorthin zu grapschen. Andere machen sich junge Sängerinnen gefügig, indem sie ihnen damit drohen, dass das sonst das Ende ihrer Karriere bedeutet.« Da. Es ist raus. Sie hat es gesagt. Und die Welt dreht sich offenbar trotzdem einfach weiter.

Kilian wirkt zu ihrer Verwunderung nicht sonderlich erstaunt. »Ich habe gerade erst auf Facebook gelesen, dass die Oper in San Francisco ihn umbesetzt hat«, sagt er. »Aber ich wusste nicht, dass es dabei um sexuelle Übergriffe ging.«

»Roger weiß auch Bescheid. Von einer Orchestermusikerin aus London. Das ist der Grund, warum er Kurz aus der Produktion haben will. Weil Roger sich Sorgen macht, dass der so eine Nummer abzieht, während er am Pult steht, und weil Roger jemand ist, der sich immer für das Ensemble verantwortlich fühlt.« Sie erhebt sich mit einem Ruck, hat auf einmal das Gefühl, nicht eine Sekunde länger ruhig sitzen zu können. »Und die bittere Wahrheit ist, ich hätte Heiner längst stoppen können. Ich weiß nämlich schon sehr lange, dass er das immer wieder tut.«

Kilian tritt aus der Bankreihe, um ihr Platz zu machen.

»Ich habe vor Jahren einen Wagner mit ihm gesungen. In Wien. Damals war ich längst ein Star. Ich hatte also Einfluss und musste mir keine Gedanken mehr machen, dass irgendjemand außer ich selbst oder eine schwere Krankheit meiner Karriere schaden könnte. Eine junge Mezzosopranistin, die ihre erste große Rolle in dem Werk hatte, vertraute mir damals an, dass Heiner Kurz sie zum Sex gezwungen hat. Und anstatt sie zu unterstützen, ihr meine Stimme in der Öffentlichkeit zu geben, habe ich ihr geraten, mit dem Intendanten zu sprechen.«

»Hat sie es getan?«

Anna schüttelt den Kopf und geht langsam nach vorn Richtung Altar. »Nein, sie hatte zu viel Angst um ihre Karriere. Sie hat nicht darauf vertraut, dass der Intendant ihr geglaubt und etwas unternommen hätte. Und vermutlich auch, weil ich nicht bereit war, sie zu unterstützen.«

Kilian bleibt mitten im Gang stehen und sieht sie mit geneigtem Kopf an. »Nur mal angenommen, etwas Ähnliches würde heute geschehen, wie würdest du reagieren?«

»Ich weiß es nicht.« Anna tritt vor den Altar, legt den Kopf in den Nacken, sieht hinauf in die Kuppel. »Vielleicht bin ich einfach zu leise.«

»Glaube ich nicht.« Kilian stellt sich neben sie und nimmt ihre Hand. »Du hast es mir erzählt. Das lässt darauf schließen, dass du auch in diesen Dingen deine Stimme gefunden hast. Es hat zwar offenbar lange gedauert, und du musstest dafür an diesen Ort hier zurückkehren, aber es ist passiert.«

Vielleicht hat er recht. Vielleicht heilt jetzt und hier eine sehr alte Wunde.

Anna sieht ihn an und greift nach seiner anderen Hand, sodass sie sich halten, als wollten sie tanzen. Öffnet den Mund, lässt Luft hineinströmen bis tief in den Bauch und erhebt ihre Stimme. *»Should auld acquaintance be forgot …«*

»… and never brought to mind?«, fällt Kilian ein und ihre beiden Stimmen füllen die Gethsemanekirche, erfüllen das Gotteshaus bis unter die Kuppel und in die letzte Ecke, während sie sich an den Händen halten und das alte irische Lied »Auld Lang Syne« singen.

27

Andreas Henkel wendet sich vom Bildschirm auf seinem Schreibtisch ab und schaut aus dem Fenster, ohne jedoch wirklich etwas zu sehen. Weder das Blau des Himmels, das sich bereits rot färbt, noch das bunte Laub an den Bäumen auf der Grünanlage zwischen Prinzessinnenpalais und Staatsoper.

Wenn das stimmt …

Er lehnt sich zurück und schielt auf den Monitor zu der E-Mail, die vor wenigen Minuten hereingekommen ist.

Wenn das stimmt, gibt es einen Shitstorm. Vielleicht sogar einen Hurrikan.

Und er hat gedacht, er sei der Politik entronnen.

Irrtum.

Im Moment sieht es ganz danach aus, als sei weniger der Opernintendant als der Politiker gefragt. Mit dem kleinen Unterschied, dass ihn hier weder Diplomatie noch Allianzen, Drohung oder gar Bestechung irgendwie weiterbringen können. Nein, wenn dieses Pulverfass hochgeht, ist er Futter für einen Kollateralschaden, der sich gewaschen hat.

Was also tun?

Zunächst einmal stellt sich die Frage, geht das Pulverfass überhaupt hoch? Lässt sich das irgendwie noch abwenden? Zumindest minimieren?

Henkel gibt sich keiner Illusion hin. Die ganze Chose ist in den USA gestartet, der Ball hat längst Fahrt aufgenommen, natürlich gibt es einen Knall. Und was für einen. Dafür werden allein schon ein paar findige Anwälte sorgen, die sich mit der Sache neben einem Sack voller Dollars auch noch einen großen Namen machen können.

Aber wie reagiert Europa darauf? Schaut man mit einem Schulterzucken auf die USA und geht zur Tagesordnung über oder gibt es die große Aufregung?

Schwer zu sagen.

Erst recht, wenn man – wie er – neu in diesem Geschäft ist.

Henkel überfliegt die E-Mail seines Kollegen von der Metropolitan Opera New York ein weiteres Mal. Besser wird der Inhalt dadurch nicht.

Ihm sei zu Ohren gekommen, dass eine Altistin, die ihre Karriere gerade beendet hat, einem Reporter gegenüber Heiner Kurz der sexuellen Nötigung bezichtigt habe.

Zu Ohren gekommen.

Was bitte heißt das jetzt genau?

Gibt es demnächst einen Zeitungsartikel, in dem die Sache breitgetreten wird? Erstattet die Frau gar Anzeige? Outen sich dann noch mehr Sängerinnen, die ins gleiche Horn blasen? Und warum kommt diese Altistin überhaupt jetzt damit raus?

Herrgott! Er sollte auf gar keinen Fall in diesem Zusammenhang irgendwem gegenüber das Wort »blasen« verwenden.

Die Situation lässt sich nicht mehr einrenken, nicht einmal, wenn Kurz einräumen würde, *er habe sich vielleicht nicht immer korrekt verhalten.*

Was im Übrigen auch gequirlte Scheiße wäre! Entweder man erpresst sexuelle Handlungen von leicht einzuschüchternden Kolleginnen oder man tut es nicht. Und natürlich ist so ein Verhalten nicht tolerierbar, aber wer weiß schon, was wann wirklich passiert ist und wer nur einem anderen eine Zeche auf der Racherechnung präsentiert?

Wie also geht so was aller Erfahrung nach aus? Und unterscheidet sich die Welt der Oper irgendwie von jeder anderen in so einer Angelegenheit?

Gehen wir davon aus, dass Letzteres nicht zutrifft. Dann werden die Häuser höchst unterschiedlich reagieren. Immer schön entlang der Kante, welche männlichen Seilschaften sind wie stark. Die einen werden den Bass weiterhin singen lassen, andere ihm hinter verschlossenen Türen das Ausscheiden aus einem lang unterzeichneten Vertrag nahelegen, wieder andere eine großspurige Presseerklärung heraushusten, in der sie den Rauswurf verkünden. Je nachdem, von welcher Taktik man sich mehr verspricht.

Und Heiner Kurz ist nun mal Heiner Kurz. Ein Weltstar mit einer fabelhaften Karriere. Einer der wenigen ganz großen Namen, den sogar die Menschen kennen, die mit Oper noch nie etwas am Hut hatten und bei Mozart nur an die Süßigkeit in Kugelform denken.

Roger Swallow wird wie Rumpelstilzchen ums Feuer springen, wenn er das mitbekommt.

Wenn er nicht gar dahintersteckt?

Zuzutrauen wäre es ihm.

Henkel rollt mit dem Sessel ein Stück zurück, steht auf, kommt hinter seinem Schreibtisch vor und beginnt in seinem großzügigen Büro auf und ab zu gehen. Langsam. Schritt für Schritt. So, dass die Gedanken hinterherkommen.

Egal, wie man es dreht und wendet, er muss damit rechnen, dass die Geschichte öffentlich wird und die Staatsoper Stellung beziehen muss.

Nach extern kann man sich immer auf die berühmte In-dubio-pro-reo-Haltung zurückziehen, so man will, intern dagegen läuft der Hase ganz anders. Da brauchte er wirklich keine Glaskugel, um vorauszuahnen, dass Swallow auftrumpfen wird, man müsse Kurz aus dem Ensemble nehmen, damit die Weltpremiere des »Mauerfalls« nicht zum Politikum werde.

Und natürlich ist da was dran.

Der »Mauerfall« ist die erste Oper eines zeitgenössischen jungen Komponisten, das Libretto hat eine berühmte deutsche Schriftstellerin verfasst, und die Story bildet die jüngste deutsche Geschichte ab. Es wäre ein Jammer, wenn keine Sau darüber redete, sondern nur über einen alternden Bass, der mit seinem Einfluss offenbar sexuelle »Dienstleistungen« erkauft hat.

Er bleibt stehen und kratzt sich am Kopf.

Alles Spekulation. Noch weiß kein Mensch, ob daraus überhaupt eine große Geschichte wird, und wenn ja, wie die Öffentlichkeit darauf reagiert.

Was jetzt zählt, ist, den zeitlichen Vorsprung zu nutzen, sei er auch noch so knapp. Sich vorzubereiten, Szenarien durchzudenken und Strategien zu entwickeln, um nachher, wenn der Sturm losbricht, nicht von den Ereignissen getrieben zu werden.

Was heißt das also für ihn, den Intendanten der Staatsoper? Und was für das Haus? Für das Image? Den Ruf?

Er tritt ans Fenster, stützt die Hände auf das Fensterbrett und sieht hinaus. Die Orchidee, die direkt neben ihm in voller Blüte steht, verströmt einen leicht süßlichen Duft. Kein Wunder, sie riecht immer nur nachts und jetzt in der Dämmerung fängt sie wohl langsam damit an, ihre Duftstoffe freizusetzen.

Henkel tritt an das andere Fenster, um der Ablenkung zu entkommen.

Sollte er mit Kurz reden? Ihn vorwarnen?

Vermutlich.

Hätte es Sinn, auch Sir Roger Swallow mit ins Boot zu nehmen? Eventuell Tobias Pfeiffer?

Nein, dafür ist es noch zu früh.

Gut. Das ist doch schon mal ein Stück Klarheit.

Es ist spannend, wie Kurz sich positionieren wird. Ob er abstreitet oder zugibt? Konsequenzen anbietet, um dem Haus und der Welturaufführung von »Mauerfall« nicht zu schaden?

Henkel glaubt das nicht. So wie er den Bass bisher erlebt hat, ist das ein ziemlich eitler Typ, der sich für den Nabel der Welt hält.

Da sag noch einer, nur Sopranistinnen seien Diven.

Bleibt also die Frage, wie sich die Staatsoper verhalten soll, wenn Heiner Kurz tatsächlich so richtig in die Schusslinie gerät. Festhalten oder feuern?

Das muss selbstverständlich nicht heute entschieden werden. Aber es ist zweifelsfrei eine gute Idee, sich dazu schon jetzt ein paar kluge Gedanken zu machen.

Immerhin. Mit Kilian Holm haben sie eine hochkarätige zweite Besetzung am Start. Nun, Henkel kann nichts beweisen, aber wenn er darüber nachdenkt, dass das Swallows Idee gewesen ist, dann riecht der Braten ziemlich ranzig.

Gut. Auch das sollte er auf jeden Fall im Hinterkopf behalten. Vielleicht nämlich ist Sir Roger Swallow gar nicht der ehrenhafte britische Gentleman mit dem kollegialen Führungsstil, sondern ein ganz besonders durchtriebenes Aas. Und das würde bedeuten, dass man ihn nicht unterschätzen darf und sich ihn besser nicht zum Feind macht.

Oder könnte gar Kilian Holm selbst den Plan ausgeheckt haben, Kurz zu Fall zu bringen, um an die Rolle zu kommen?

Henkel dreht und wendet den Gedanken hin und her, betrachtet ihn von allen Seiten und kommt zu dem Schluss, dass das von allen denkbaren Szenarien wohl so ziemlich das unwahrscheinlichste ist.

Kilian Holm hat derlei nicht nötig. Der Mann reitet auf einer steil gen Himmel steigenden Karrierekurve, die eher eine Gerade ist. Kann sich vor Engagementanfragen gar nicht retten. Dem ist es doch völlig egal, ob er den »Mauerfall« singt oder »Stille Nacht« in einer Castingshow.

Andererseits kann es auch einfach nur ein blöder Zufall sein, der Swallow in die Hände spielt. Eine Laune des Schicksals? Eine Parallelität von Unbekannten? Eine Altistin, die am Ende ihrer Karriere reinen Tisch machen will, und ein Maestro, der eine offene Rechnung mit einem Sänger hat.

Hat Swallow eine offene Rechnung mit Kurz?

Nicht, dass Henkel wüsste, aber was heißt das schon. Die paar Monate, die er bisher in diesem Amt zugebracht hat, haben ihn zumindest eins gelehrt: dass er von dieser Welt keine Ahnung hat und dass die Dramen auf der Bühne ein Scheißdreck gegen das sind, was sich hinter ihr abspielt.

Im Grunde also nicht viel anders als in der Politik, der er genau wegen diesem Kindergartenquatsch den Rücken gekehrt hat. Weil er noch ein paar Jahre an etwas Schönem arbeiten wollte. Da, wo es ums Vergnügen geht.

Vermutlich hätte er lieber einen Puff aufmachen sollen.

Zurück zum »Mauerfall«, Kurz und den Anschuldigungen gegen ihn. Erst mal heißt es abwarten. Schauen, was kommt. Ob überhaupt was kommt. Und ob man es dann nicht einfach aussitzen kann.

Manchmal erweist sich Letzteres als die beste Option. Gelassen den Sturm abreiten und erst wieder handeln, wenn sich die Wogen geglättet haben. In einer Welt, in der die Nachrichten von eben in drei Minuten schon die von vorgestern sind, geht das nämlich oft fix genug. Da ist der Skandal von heute Morgen bereits mittags nur noch eine nebulöse Erinnerung. Wenn überhaupt.

Und vielleicht passiert ja auch gar nichts. Heiner Kurz ist schließlich nur ein Bass, nicht ein Heldentenor, und ein alternder noch dazu.

Blöd wäre nur, wenn die Anschuldigung einer Sängerin einen ganzen Haufen ähnlich gearteter nach sich ziehen würde. Die Gefahr ist immer gegeben, dass, wenn eine erst mal anfängt, alle anderen auch ihre Mottenkisten öffnen und die Geister herauslassen. Und schon ist ein ganzer Sumpf daraus geworden, in dem Heiner Kurz langsam, aber sicher versinkt. Und mit ihm womöglich der »Mauerfall«.

Gut, das bleibt abzuwarten. Das kann Henkel zum jetzigen Zeitpunkt überhaupt noch nicht absehen. Nur darauf vorbereitet sollte er als Intendant des Hauses sein.

Verdammter Mist aber auch! Dieser Müll ist das Letzte, was er im Moment gebrauchen kann. Als ob die ganzen verrückten Anfragen von diesem in Special Effects verliebten Tobias Pfeiffer nicht schon reichten, die Tag für Tag auf seinem Tisch landen.

Feuer, Explosion, Regen … Was der sich nicht noch alles einfallen lässt. Man könnte meinen, er will das ganze Haus zum Einsturz bringen. Ganz zu schweigen von den Kosten! Unglaublich.

Henkel macht auf dem Absatz kehrt und lässt den Blick durch sein gediegenes Büro schweifen. Hat er wirklich gedacht, er könnte hier für die letzten Jahre bis zur Rente eine ruhige Kugel schieben?

Was für ein grandioser Irrtum!

Ein komplettes Irrenhaus ist das hier, und alle wollen, dass er durch jeden Feuerreif springt, den ihm irgendwer hinhält. Dabei denken sie noch, er sei blöd. Habe von dem ganzen Mist hier keine Ahnung und deshalb könnte man es mit ihm ja machen.

Auch so eine komplette Fehleinschätzung.

Nur dass er keine Noten lesen kann und fünf Stunden Wagner als Folter empfindet, heißt noch lange nicht, dass er einen Käfig voller Narren nicht im Griff hat.

So besonders, wie alle hier zu sein glauben, sind sie nun wirklich nicht. Im Gegenteil. Im Grunde nehmen sie sich nichts mit den Parteigenossen, die er sein ganzes politisches Leben lang erlebt hat: Clowns mit zu großem Ego und noch größerer Machtgier. Nur, dass die nicht jedem den moralischen Zeigefinger vorhalten und von Kunst, Kultur, Bildung und Schöngeist faseln.

Aber gut. Das werden die Leute hier schon noch merken. Wäre schließlich nicht das erste Mal, dass er zuletzt am lautesten lacht. Und eines ist gewiss, er mag zwar der Kapitän dieses Schiffs sein, aber er wird sicher nicht damit untergehen.

28

»Du bist so eine blöde Kuh!«, brüllt Lissi just in dem Moment, als Julie aus dem Bad kommt. Sie sieht erst ihre Mutter, dann sie mit vor Wut funkelnden Augen an, spuckt ihr ein giftiges »Und du auch« entgegen und knallt die Tür hinter sich zu.

Ich, denkt Julie, wieso ich?

»Lissi!« Susanne will ihr hinterherstürzen.

Julie erwischt sie gerade noch so am Ärmel und hält sie auf. »Was habe ich in der kurzen Zeit versäumt, in der ich nur mal für kleine Königstigerinnen gewesen bin?«

Es ist ein nasskalter Sonntagnachmittag, und bis eben haben sie zu dritt recht harmonisch an Julies Wohnzimmertisch Uno gespielt. Lissi hat in einer Tour gewonnen, mit Genuss heiße Schokolade getrunken, Susanne und sie Kaffee. Die Welt ist also vollkommen in Ordnung gewesen, und Julie kann sich nicht erklären, was die Stimmung zwischen Mutter und Tochter derart rabiat kippen lassen und sie gleich dazu noch in Sippenhaft gebracht hat.

»Lissi!« Susannes Stimme hallt scharf durch den Hausflur. Oben kracht die Tür ins Schloss.

»Lass sie«, versucht Julie, sie zurück in ihre Wohnung zu bugsieren. »Die beruhigt sich wieder.«

»Lissi schon«, schnauft Susa aufgebracht. »Ich mich vielleicht aber nicht.«

»Was zum Teufel ist passiert?«

Susanne schließt die Tür und lehnt sich mit dem Rücken dagegen. »Sie hat doch schon die ganze Zeit mit dieser Operngeschichte genervt.«

»Die Liveübertragung von dieser Premiere auf den Bebelplatz?«

»Genau. Die Welturaufführung von ›Mauerfall‹ am achten November, die sie live auf den Platz streamen. Vermutlich bei Temperaturen um die null Grad, Dauerregen und das Ganze abends, und Lissi will am Tag darauf unbedingt zur Lichtgrenze, wenn die Ballons aufsteigen. Montag früh schreibt sie allerdings eine Mathearbeit, die kannst du dann total vergessen, weil sie völlig übermüdet sein wird.«

Daher weht der Sturm also. Wie Julie Lissi kennt, hat die Zehnjährige mal wieder feststellen müssen, dass die Steter-Tropfen-höhlt-den-Stein-Nummer bei ihrer Mutter nicht funktioniert. Wie so oft, ist es nicht einfach, wenn die beiden Sturköpfe aufeinandertreffen, aber dafür gibt es ja sie, die Ersatzmutter.

»Lass Lissi da oben ruhig ein bisschen schmollen«, besänftigt sie ihre Freundin. »Wir gönnen uns derweil noch eine Portion Eis.«

Schon wieder etwas entspannter folgt Susanne ihr in die Küche, holt Schälchen und Löffel aus dem Schrank, während Julie im vollgestopften Tiefkühlfach nach dem Eis kramt.

Mit jeweils einer mehr als großzügigen Portion setzen sie sich schließlich wieder auf die Couch und löffeln schweigend das Eis, während der Wind ums Haus pfeift.

»Wenn Lissi hiervon erfährt«, sagt Susanne dann und hält ihr Schälchen kurz hoch, »erklärt sie dich zur Verräterin und spricht die nächsten zwei Tage kein Wort mit dir.«

»Sie hätte ja nicht wegrennen müssen.« Julie setzt die Unschuldsmiene auf.

»Das erklär ihr mal.«

Sie kratzt die letzten Reste Eis zusammen, schiebt sich den Löffel genüsslich in den Mund und stellt das leere Schälchen auf den Tisch. »Wie lang ist denn die Oper?«

»Nur knapp zwei Stunden.« Susanne guckt in ihre Eisschale und stellt sie dann ebenfalls auf dem Tisch ab. »Keine Pause, nichts. Trotzdem.«

»Das heißt, es fängt wann an?«

»Halb acht. Geht bis Viertel nach neun.«

»Und von dort aus brauchen wir wie lange nach Hause?«

»Wir?« Susanne schaut Julie skeptisch an. »Heißt das, du willst dir das auch ansehen?«

»Du nicht?«

»Ich habe Tickets für eine Vorstellung am Samstag eine Woche später. Für Lissi und mich.«

Allmählich wird Julie immer unklarer, wo das eigentliche Problem liegt. »Aber Lissi will unbedingt die Premiere sehen? Draußen? Wieso?«

»Angeblich kommen die anderen aus dem Kinderoper-Ensemble mit ihren Eltern ebenfalls.« Sie hebt die Schultern, lässt sie wieder fallen, und es sieht auf eigenartige Weise hilflos aus.

»Okay, dann kann ich Lissi schon verstehen«, sagt Julie vorsichtig. »Sie möchte nicht ausgeschlossen sein.«

»Das weiß ich«, erwidert Susanne ungewohnt scharf.

»Und wo genau ist dann das Problem?«

»Das Wetter. Die Uhrzeit. Der Tag danach, an dem es auch spät wird.« Susanne springt auf, durchmisst den Raum und bleibt vor der Balkontür stehen. »Kann ja sein, dass den anderen Eltern das egal ist, aber Lissis Leistungen in der Schule lassen eh schon nach wegen dieses Opernprojekts. Ich halte es für keine gute Idee, wenn ich sie dann auch noch an zwei Tagen hintereinander bis in die Puppen aufbleiben lasse und am Montag die Mathearbeit ansteht.«

Natürlich kann Julie Susanne verstehen. Und vermutlich hat sie sogar recht, aber es gibt Momente im Leben, da sollte man Gnade vor Recht ergehen lassen. Und das hier ist so einer. Die Frage ist nur, wie sie die Freundin dazu bekommt.

»Meinst du nicht, du kannst mit Lissi einen Deal schließen?«, versucht sie es auf die diplomatische Art.

»Einen Deal?« Susa schaut mehr als skeptisch drein und verschränkt die Arme vor der Brust.

»Ja. So was in der Art von, wir gehen auf den Bebelplatz, wenn du ab jetzt jeden Tag neben den Hausarbeiten noch eine Stunde für die Schule übst.«

»Sehr witzig.« Susanne lacht trocken auf, aber es klingt nicht, als amüsiere sie sich. »Du glaubst nicht im Ernst, dass Lissi sich darauf einlässt, oder?«

Julie hat ehrlich gesagt keine Ahnung, weiß aber auch nicht, warum man es nicht wenigstens probieren sollte. »Einen Versuch ist es wert, oder?«

»Und du würdest mitkommen? Also auf den Bebelplatz?«

»Klar.« Sie nickt. »Das wäre eine super Gelegenheit, herauszufinden, ob mir neben der ›Zauberflöte‹ auch noch eine andere Oper gefällt.« Eine ohne Kilian Holm. Aber den Gedanken behält sie für sich.

»Hm.« Susanne dreht sich um und denkt offensichtlich nach. Vielleicht ringt sie auch mit sich. Vermutlich sogar.

Julie beneidet sie nicht darum, alleinerziehende Mutter zu sein. Alle Entscheidungen muss sie nicht nur allein treffen, sondern auch tragen. Lissis nichtsnutziger Vater erscheint dagegen nur hier und da auf der Bildfläche, macht ausschließlich Spaßaktivitäten mit seiner Tochter und hält sich schön aus allen Problemen heraus.

Nein, sie möchte nicht in Susannes Haut stecken.

Auch wenn sie selbst gern eine Lissi hätte.

Aber das steht auf einem ganz anderen Blatt.

»Wenn *ich* ihr das vorschlage, lässt sie sich nie darauf ein«, sagt Susanne und dreht sich mit einem Ruck wieder zu Julie um.

»Und wenn ich das übernehme?«

»Du?« Susanne sieht sie an, als traue sie ihr das nicht zu.

Julie kann es ihr schlecht verdenken, denn bisher hat sie sich in Sachen Konsequenz Lissi gegenüber nicht gerade mit Ruhm bekleckert. »Ich übermittle ihr ja nur deine Bedingungen«, erwidert sie mit einem scheelen Grinsen. »Mit Konsequenz darauf achten, dass sie die einhält, müsstest schon du.«

Susanne seufzt. »Na gut. Aber nur, weil ich hoffe, dass dadurch ihre schulischen Leistungen wieder besser werden oder zumindest nicht noch mehr absacken.«

»Okay, dann versuche ich mal mein Glück.«

Julie füllt eine große Portion Eis in eine frische Schale, nimmt den Ersatzschlüssel zu Susannes Wohnung und steigt die eine Treppe ins Dachgeschoss hoch.

Kaum dass sie die Tür öffnet, hört sie Lissi. So, wie sie das Mädchen noch nie vernommen hat.

Lissi singt.

Mucksmäuschenstill bleibt sie stehen.

Gerührt. Erstaunt. Und voller Stolz.

Zart und doch so kräftig dringt die helle Kinderstimme durch den Flur. Jeder Ton auf den Punkt, die Worte klar verständlich. Eine Musikalität, von der Julie nicht weiß, wo sie die herhaben mag.

Schwierig klingt es, was sie da singt, und doch, als täte sie es mit ungeheurer Leichtigkeit.

Julie ist gefesselt, gebannt und kann kaum fassen, dass etwas so Schönes aus so einem kleinen, zehnjährigen Körper kommen kann.

Hört Susanne das denn nicht? Dieses Talent? Oder ist sie selbst nur so voreingenommen, dass sie etwas hineindichtet, was gar nicht da ist?

Unsinn!

Wäre Lissi nicht ein Ausnahmetalent, hätte Katharina ihr nicht diese Rolle gegeben. Schon gar nicht, zumal die anderen Hauptrollen nur an ältere Kinder vergeben sind.

Warum also kann Susanne ihre Tochter in dem hier nicht unterstützen?

Rhetorische Frage. Natürlich kann sie das, aber mit Grenzen.

Schule ist einfach wichtig. Und kein Mensch weiß, ob Lissis Stimme sich weiter so entwickeln wird. Ob sie das Zeug zu einer Sängerin hat. Ob sie es am Ende überhaupt werden will, wenn sie alt genug ist, das zu entscheiden.

Und selbst wenn. Ohne Abitur kein Studium am Konservatorium. So simpel ist das.

Trotzdem.

Julie könnte sie schon wieder auffressen, so sehr liebt sie sie.

Lissi singt einen schier endlos wirkenden Satz, ohne auch nur ein einziges Mal Luft zu holen. Woher nur nimmt diese kleine Person den ganzen Atem? Dann hält sie einen hohen Ton, lässt ihn ganz langsam verklingen. So schön, dass man es kaum aushalten kann.

Julie blinzelt Tränen weg. Schließt ganz leise die Tür und öffnet sie noch einmal laut. Als wäre sie eben erst gekommen und hätte nicht die ganze Zeit hier gestanden und gelauscht.

»Ach du.« Lissi erscheint im Türrahmen ihres Zimmers. Enttäuschung funkelt plakativ in ihrem Gesicht.

Julie streckt ihr die Hand entgegen, in der sie das Schälchen mit dem Eis hält. »Deine Mutter schickt mich mit einem Friedensangebot.«

Lissi neigt den Kopf und sieht sie zweifelnd an. »Mama? Eis?« Ihr ist deutlich anzuhören, dass sie sich alles Mögliche vorstellen kann, aber dass Susanne nach einem Streit Eis liefern lässt, gehört nicht dazu.

»Das eigentliche Friedensangebot ist ein Kompromiss«, sagt Julie und macht einen Schritt auf sie zu. Nur einen, nicht mehr. Lissis Sturkopf ist legendär und jede zu gewagte Annäherung ihrerseits könnte schnell dazu führen, dass sie sich in ihrem Zimmer verschanzt und gar nicht mehr mit ihr redet. Egal, ob sie sich damit selbst ins Fleisch schneidet. »Ich dachte, mit einem Eis hört es sich leichter zu.«

Lissi zögert. Offensichtlich hin- und hergerissen zwischen hart bleiben und das Eis haben wollen.

Julie wartet. Spielt auf Zeit, denn Zeit gewinnt immer.

Die wenigsten können es aushalten, wenn man in so einer Situation einfach abwartet und den längeren Atem beweist. Erst recht keine Kinder. Auch nicht Lissi mit der gerade erst bewiesenen quasi Endlos-Luft.

Und richtig.

Sie kommt auf Julie zu, nimmt ihr das Eisschälchen aus der Hand. »Weil du es bist«, sagt sie, trägt es ins Wohnzimmer und setzt sich an den Esstisch.

Julie zieht einen Stuhl vor und setzt sich ihr gegenüber. »Susanne willigt ein, dass du die Premiere auf dem Bebelplatz besuchst, wenn du ab sofort zusätzlich zu deinen Hausaufgaben eine Stunde für die Schule lernst.«

»Eine Stunde?« Der Löffel poltert in die Schale, die Augen werden groß und rund. »Das ist Erpressung.«

Irgendwo hat sie recht, aber das kann Julie natürlich nicht zugeben, wenn sie ihre Verhandlungsposition nicht erheblich schwächen will.

»Sie macht sich Sorgen«, sagt sie stattdessen.

»Weshalb?« Lissi nimmt den Löffel wieder auf und macht sich weiter über ihr Eis her.

»Wie waren die Noten in den letzten Klassenarbeiten?«

Sie rollt die Augen.

»Komm schon, Lissi, du weißt selbst, wie es aussieht. Deine Mutter hat recht.«

»Aber eine Stunde, jeden Tag!«, protestiert sie mit Nachdruck.

»Ich weiß, das klingt viel, aber wenn du dich erst mal darauf einlässt und die Noten wieder besser werden, lässt sich das gewiss nachverhandeln.« Da ist sich Julie jetzt zwar ehrlich gesagt nicht so sicher, aber das Argument kommt ihr hilfreich vor. Und im Moment geht es schließlich darum, dass beide Parteien ein Stück ihrer Forderung durchsetzen können.

»Aber ich will sowieso Sängerin werden.«

»Ach, Lissi, die Diskussion hatten wir doch bereits. Ohne Abitur kein Gesangsstudium, ohne Studium …«

»Kein Engagement«, fällt sie ihr ins Wort.

Niedlich sieht sie aus, wenn sie so wütend ist. Aber das darf Julie sie selbstverständlich nicht merken lassen. Sonst denkt Lissi, sie nimmt sie nicht ernst. »Genau«, pflichtet sie ihr daher bei. »Also, haben wir einen Deal?«

Sie schiebt ihr das leere Eisschälchen über den Tisch zu, und Julie ist nicht sicher, ob das nicht vielleicht ihre Art ist, ihr einen Fehdehandschuh vor die Füße zu werfen. Ihrem Blick und der Art, wie sie einen Ellenbogen auf dem Tisch abstützt und ihr Kinn in ihre Hand legt, könnte man das jedenfalls entnehmen.

»Ich weiß, das klingt alles blöd.« Julie zuckt die Schultern. »Aber das ist halt oft im Leben so. Wenn man etwas wirklich will, muss man ganz viel dafür tun. Und manchmal eben auch Sachen, die man ganz bescheuert findet und auf die man so gar keine Lust hat. Aber am Ende ist es das dann wert. Und häufig macht man Sachen und versteht erst viel später, wofür die gut waren. Das ist eben nicht immer alles so klar und einfach im Leben.«

»Aber jeden Tag eine ganze Stunde für die Schule lernen?«

Immerhin. Sie klingt schon ein kleines bisschen, als könnte sie sich für den Vorschlag erwärmen, auch wenn sie eigentlich keinen Schritt auf ihre Mutter zugehen, sondern die Auseinandersetzung gewinnen will.

»Sieh es mal so. Im Moment streitet ihr euch ganz schön viel, weil du am liebsten nur noch für die Oper lernen willst und Mama will, dass du die Schule wichtiger nimmst. Das ist doch doof, oder? Das ganze Streiten.«

»Schon.«

»Wenn du dich also jetzt auf den Vorschlag einlässt, hört der Streit auf und du darfst die Premiere auf dem Bebelplatz ansehen. Du hast also auf ganzer Linie gewonnen. Das ist doch super.«

Lissi kräuselt die Stirn, als müsste sie das Gesagte genau überdenken. Julie kann ihr ansehen, dass sie zustimmen will, aber ihr Stolz im Weg steht.

»Und wie gesagt«, legt sie daher noch eins drauf, »das lässt sich ja noch nachverhandeln, also zum Beispiel nach der nächsten Mathearbeit, wenn die gut ausfällt, oder so.«

»Meinst du wirklich?«

»Ja, klar.«

»Und du bist sicher, dass Mama mit mir zur Premiere geht?«

»Lissi, du weißt genau, dass Susanne immer hält, was sie verspricht.«

»Und du kommst auch mit?«

Julie weiß zwar nicht, warum das auf einmal wichtig ist, aber sie bejaht die Frage mit einem sehr bestimmten Kopfnicken.

»Na gut.« Lissi seufzt, und es hört sich an, als käme es ganz tief aus ihr und als müsste sie wirklich sehr mit sich ringen, um dem Kompromiss letztlich zuzustimmen.

»Okay. Deal.« Julie hält ihr eine Hand hin, damit sie das besiegeln können.

Mit einem letzten Zögern schlägt Lissi ein, doch dann siegt die Freude auf den Opernabend über ihre Skepsis und ihr Gesicht strahlt wieder.

»Sollen wir wieder runtergehen zu mir? Auf noch eine Runde Uno?« Julie steht langsam auf, nimmt die leere Schale und schaut sie erwartungsvoll an.

Geschafft denkt sie, die Stimme ihrer eigenen Mutter im Ohr. In Verhandlungen ist es immer wichtig, betont sie bei jeder Gelegenheit, seit Julie denken kann, dass man keine Verlierer macht, dass alle vom Tisch als Gewinner aufstehen.

Gelingt ihr nicht immer. Aber heute hat sie es hinbekommen.

29

Anna steht mitten im Raum der Probebühne eins. Am rechten Rand ist ein Nachbau der Berliner Mauer aufgestellt, den Hintergrund wird eine typisch graue Ostberliner Häuserschlucht bilden, an der die Bühnenbauer noch arbeiten. Im Moment begnügen sie sich also mit der Vorstellung davon. Links neben ihr ist auf dem Boden mit buntem Klebeband markiert, wo der Chor stehen wird, der gleichzeitig Demonstranten darstellen soll.

Es ist eine der großen Szenen kurz vor dem Finale. Ihre große Arie, in der sie die anderen beschwört, jetzt nicht einzuknicken, sich nicht zu beugen. Kein Mensch hier im Raum weiß, ob etwas Derartiges je so stattgefunden hat, aber es steht in der Partitur, im Libretto, und es ist mehr als nur denkbar. Außerdem macht es sich gut. Die Szene hat alles, was Oper ausmacht. Drama, Dilemma, das Angebot einer Lösung für eine Realität, die es gegeben hat und durchaus wieder geben könnte: Unterdrückung und die Befreiung daraus.

Anna singt. Allein zum Klavier. Aber sie weiß, wie es wirklich klingen wird, wenn das gesamte Orchester dazu spielt und der Chor sie unterstützt. Sie muss nicht einmal mehr auf die

Noten schauen, um es in ihrem inneren Ohr zu hören, so perfekt hat sie die Arie im Kopf.

Und sie gibt alles. Auch hier in der Probe. Denn Anna hat noch nie daran geglaubt, dass man eine Oper mit halber Kraft einstudieren und dann mit ganzer singen kann.

Die anderen, Sänger und Sängerinnen, Maestro, Regisseur, die sind in solchen Momenten ihr Publikum, ihre Kritiker und auch ihre Partner. Aber am härtesten geht sie immer noch selbst mit sich ins Gericht. Hat es nie anders gehalten.

Sie singt. Ist die Elsa. Nicht Anna. Sondern die junge Frau, die Kopf und Kragen für das Richtige riskiert. So, wie sie es selbst nie getan hat.

Lässt den Atem fließen, die Töne darauf bis zum hohen Fis strömen, hält es in einem atemraubenden langen Augenblick in ihrem eigenen sanften Griff, lässt es nicht ausklingen, sondern bricht es, lässt sich zu Boden fallen und mordet den Ton.

Anna spürt den harten Boden unter ihren Knien, den Händen. Ihr Atem geht schwer, der ganze Körper noch erfüllt von den Emotionen, die ihr alles abverlangen. Sie auszehren. Braucht einen Moment, ehe sie sich aufrichten kann.

Roger am Flügel sieht sie nachdenklich an. Die Sängerkollegen, die junge Sopranistin, die Altistin, der Tenor, Heiner Kurz und auch die Zweitbesetzungen sitzen am Rand auf Stühlen, die Mienen in den Gesichtern nicht lesbar in der Dunkelheit, in die sie gehüllt sind. Nur Kilian Holm, der im Moment zwischen Proben in Wien und Berlin hin und her fliegt und heute vor Ort ist, der beginnt zu klatschen.

Dann muss sie wahrlich gut gewesen sein. Wenn ein Kollege in einer Probe Applaus spendet.

Tobias Pfeiffer tritt aus dem Dunkel, kommt auf sie zu, und weder seine Körperhaltung noch sein Gesichtsausdruck gefallen Anna. Sie hofft, sich zu irren, aber sie spürt, dass er gleich etwas Dummes sagen wird. Etwas, dass seine Ahnungslosigkeit ins gleißende Licht rückt. Sie kann es förmlich riechen und sogar schmecken.

»Schön, schön.« Pfeiffers nasale Stimme zerschneidet die Stille wie ein schlecht geschliffenes Messer. »Aber das da am Schluss, Anna, also wie du das singst …« Er bleibt vor ihr stehen, zu dicht, stützt den Ellenbogen in eine Hand, das Kinn in die andere. »Wie soll ich sagen? … Das klingt nicht schön.«

Einen Moment lang ist es so still, dass man meinen könnte, sich in einem Vakuum zu befinden. Nicht einmal die Luft scheint sich noch zu bewegen. Dann hüstelt jemand, und Anna vermutet, es ist Kilian. Sicher ist sie aber nicht.

»Nicht … schön?« Zu leise sagt sie das, lässt die nötige Bestimmtheit vermissen und ist auf einmal in einer Zeitmaschine, die durch ihre eigene Geschichte rast.

Maestros aller Nationen ziehen vor ihrem inneren Auge vorbei. Eine Armee von Männern, die ihr gesagt haben, wie sie dies oder jenes zu singen habe. Denen sie widerspruchslos gefolgt ist, gegen jedes bessere Wissen, ungeachtet der stärksten Intuition. Regisseure reihen sich ein, die schier Unfassbares von ihr verlangt haben. Zehn Meter über der Bühne in einer Pappwolke zu schwingen und dabei Koloratur zu singen, im Bikini eine Wasserschlacht in einem Minipool zu veranstalten während eines schwierigen Terzetts, durch Feuer und über glühende Kohlen zu gehen beim Einritt der Walküre. Unzählige jener Regieanweisungen, die keinerlei Rücksicht genommen haben auf die Kunst des Singens, auf den Anspruch an Physis und Psyche, Technik und Talent. Gnadenlos rückwärts auf dem Zeitstrahl bis zu jener Elektra, nackt, übergossen mit Schweineblut.

Und als ob das noch nicht reicht, reißt die Zeitmaschine sie weiter, zurück in jene Zeit in der DDR.

Männer in billigen, schlecht sitzenden Anzügen mit zurückgekämmten Haaren und verbissenen Gesichtszügen, die ihr schon als Kind eingebläut haben, dass sie nirgendwohin komme, wenn sie nicht linientreu und stumm folge. Ohne FDJ und eine Eins in Staatsbürgerkunde kein Abitur, kein Studium, ohne Studium nicht eine einzige öffentlich gesungene Note. Maul halten, mitmarschieren, nicht hinterfragen, am besten nicht mal denken.

Immer hat sie mitgemacht. Selbst, als sie längst im Westen gewesen ist. Und berühmt. Weil man eine Anna Wolf zwar aus der DDR bekommt, nicht aber die DDR aus Anna Wolf.

Weil ein Mensch, der mit Manipulation und blindem Obrigkeitsgehorsam aufgewachsen ist, nie gelernt hat, seinen eigenen Instinkten zu vertrauen.

Und wer das Sprechen nicht lernt, kann erst recht nicht widersprechen.

Diese ganze DDR-Diktatur steht auf einmal vor ihr. Hier, auf Probebühne eins der Staatsoper Unter den Linden in Berlin Mitte. Und es ist, als hätte sich nichts geändert, als wäre sie nie weggewesen.

Aber das stimmt nicht.

Anna ist nicht mehr das junge Mädchen, das Angst hat, nie singen zu dürfen. Auch nicht die junge Frau, die fürchtet, das System, der Staat und seine Schergen zerstörten ihre Karriere, noch ehe sie beginnen könnte, und ließen sie und ihre Stimme für immer eingesperrt hinter der Mauer versauern. Auch nicht die, die sich, endlich im Westen, einen Namen gemacht hat, die hat um Rollen buhlen müssen und schließlich aufgeregt und voller Angst nach New York City gekommen ist und das erste Mal an einem wirklich namhaften Haus hat singen dürfen. Und schon gar nicht die, die jahrelang immer wieder gedacht hat, die so hart erkämpfte Karriere könnte durch die Macht eines einzigen Maestros zu Staub zertreten werden.

Nein.

Anna ist eine Sopranistin am Ende ihrer Karriere, die ihre letzte große Hauptrolle singen wird. Eine, von der sie hofft, dass man sich dafür an sie erinnern wird. Noch dazu eine, die für diese Stadt, das Land, vielleicht sogar die Welt von Bedeutung sein wird. Weil es hier um mehr geht als darum, eine Geschichte zu erzählen. Weil Oper schaffen kann, was Zeit nicht vermag: Wunden zu heilen.

Und vielleicht ist sie deshalb hierhergekommen. Vielleicht hat ihr Lebensweg sie am Ende exakt zu diesem Zeitpunkt unter diesen Bedingungen mit dieser Konstellation hierhergeführt. Damit sie ihre ganz eigene Grenze überschreitet. Ihre innere Mauer einreißt. Über sich hinauswächst. Größer wird als sie selbst. So, wie Oper immer größer ist als das Leben.

»Nicht schön?« Ihre Stimme ist auf einmal fest. So fest wie der Schritt, den sie auf Tobias Pfeiffer zu macht, der diesen letzten Meter zwischen ihr und ihm zerlegt. Und es erfüllt sie mit Genugtuung, zu sehen, wie der Regisseur zurückweicht.

»Es … klingt …« Pfeiffer stottert, sichtlich verunsichert.

»Ich glaube, es braucht hier mal Nachhilfe.« Anna stützt die Hände in die Hüften, lässt den Blick über alle Anwesenden wandern und fixiert dann wieder Tobias Pfeiffer, hält ihn mit ihren Augen gefangen. Und vielleicht, nur ganz vielleicht schimmert da bei ihm so etwas wie Angst.

»Ich singe nicht einfach nur, ich transportiere Text, erzähle eine Geschichte. Und ja, viele Sänger tendieren dazu, jeden Ton schön klingen lassen zu wollen. Wenn es aber zum Charakter passt, wenn es gar die Geschichte verlangt, dann ist es wichtig, einzelne Töne zu brechen. Und genau das tue ich am Ende dieser Arie. Ich breche den letzten Ton. Das hohe Fis. Einen Ton, den nur wenige Sängerinnen überhaupt erreichen. Ich wage das. Weil es die Geschichte auf einer zweiten Ebene erzählt. Weil in diesem Moment klar wird, dass Elsa nicht nur die mutige Frau ist, die zum Widerstand aufruft, sondern auch eine, die nicht nur das Gute für alle, sondern auch ihre ganz eigenen Interessen im Sinn hat.«

»Aber muss es deshalb so … hässlich klingen? Und außerdem, wer sagt das?« Pfeiffer beginnt, auf und ab zu gehen, vielleicht, um ihrer Nähe zu entkommen, vielleicht auch nicht. »Ich verstehe die Elsa anders.« Er bleibt ein gutes Stück entfernt stehen und verschränkt die Arme vor der Brust.

»Aber ich spiele die Elsa«, sagt Anna betont selbstsicher, »und ich muss es so tun, wie ich sie verstehe.«

»Trotzdem …«

»Eine Rolle zu singen ist immer eine Kombination vom Umfang meiner Stimmfarbe und der Weise, in der ich sie nutze, abhängig zum einen davon, wie ich die Story verstehe, und zum anderen von der Art, wie ich die Rolle spiele«, fällt sie ihm ins Wort, und mit jedem Satz fühlt sie sich befreiter. Als legte sie mit diesem einen Widerspruch heute endlich den schweren Mantel der Sprachlosigkeit ab, den sie ein Leben lang getragen hat. »Es geht darum, wie ich als physischer Mensch auf der Bühne spiele, personalisiert oder nach der Methode *live it*. Und ich persönlich nutze dabei all mein gesangliches Können. Auch die Technik, die über den persönlichen Geschmack geht. Denn im Vergleich zur reinen Schauspielerei ist es genau diese Technik, die dazu führt, dass ich die Story, die Rolle präziser kalibrieren und viel deutlicher präsent machen kann.«

»Wenn es gut läuft, wird jede Oper in drei Ebenen erzählt.« Kilian Holm steht auf und tritt ins Licht. »Musik, Text, Produktion. Wir Sänger müssen dabei auch die Gefühle transportieren. Und die sind nicht immer schön.«

»Genau«, pflichtet Anna ihm bei. »Es geht hier nicht um Schöngesang. Legato, Belcanto und den Ton ewig halten, nur weil er so schön ist und ich es kann? Das erzählt die Geschichte nicht, erklärt die Figur erst recht nicht und wird irgendwann sowieso langweilig. Meiner eigenen Eitelkeit würde das etwas bringen, ja, dass ich mit fast sechzig das noch kann, aber nicht dem Publikum. Im ›Mauerfall‹ geht es doch um die Tränen. Man muss sie hörbar machen, sowohl die Freudentränen als auch die aus Schmerz, Verzweiflung oder gar Hass vergossenen. Und das geht nicht, wenn alles gleich schön und wohlklingend daherkommt. Es braucht Mut. Mut zur Hässlichkeit, Mut zur Freude, Mut zum Hass. Man muss all den Emotionen Stimmfarbe geben. Den Klang der Tränen finden. Denn wie sollen die da in den Rängen, im Parkett fühlen, wenn ich es auf der Bühne nicht tue?«

Einen Moment lang schweigt Tobias Pfeiffer und schaut sie nur nachdenklich an. Fast schon glaubt Anna, sie hat ihn überzeugt. Aber sie freut sich zu früh.

»Und wenn das Publikum es so sieht wie ich? Was ist dann?«

Immerhin. Er hört zu. Er fragt nach. Auch wenn es ihr schwerfällt, das anzuerkennen, so bleibt doch ein Fünkchen Hoffnung, dass sie ihn am Ende überzeugen kann. Und was für ein Gewinn wäre das! Für die Probe, das Ensemble, die gesamte Produktion.

»Natürlich ist das ein Wagnis«, gesteht Anna daher ein. »Aber die eigene Komfortzone zu erweitern und mit dem Publikum zusammen etwas zu riskieren, womit ich auch zeige, dass ich als Sängerin ihm vertraue, das ist es, was dazu führt, dass wir die klassische Musik erfolgreich machen. Nur wenn wir einige der rigiden Regeln und Beschränkungen abschütteln, unter denen wir manchmal operieren, werden wir ein junges Publikum gewinnen und so als Kunstform überleben können. Und wann hätten wir dazu bessere Gelegenheit als mit einer völlig neuen, zeitgenössischen Oper, die jüngste Geschichte erzählt?«

»Auch auf die Gefahr hin, dass sie dich ausbuhen, Anna?« Pfeiffer sagt das in einer süßlichen Art, die trotzdem wie eine Drohung klingt. Oder auch gerade deshalb.

Die alte Anna steht neben ihr in diesem Moment. Wispert von Zurückhaltung, Klappe halten, nichts riskieren. Aber wenn sie dem jetzt nachgibt, zurücksteigt in die alten Fußstapfen, denen sie gerade erst entwachsen ist, dann ist sie nicht nur für immer verloren, nein, dann kann sie sich vermutlich nie wieder ins Gesicht sehen.

»Wenn ich auf der Bühne stehe und singe, ist Zeit anders. Als ob sie gar nicht wirklich existiert. Auf einmal ist da ein Raum, in dem ich meine Liebe in ihrer Ganzheitlichkeit verschenken kann. Durch die Musik, den Gesang, die Schauspielerei, das Storytelling, durch jede einzelne Expression. Und in all den Jahren, in denen ich diesen Beruf ausübe, habe ich immer wieder das Gefühl gehabt, je mehr ich auf der Bühne gebe, zeige und vor allem auch wage, desto mehr bekomme ich vom Publikum zurück. Je mehr ich wage, mich ihm zu offenbaren, desto liebevoller nimmt es mich an. Es ist ein Dialog, den ich führe. Mit dem Publikum. Ein Austausch von Energie.«

»Das kann ich nur bestätigen«, pflichtet Heiner Kurz bei, und Anna fällt auf, dass er sich entgegen seiner Art bisher zurückgehalten hat. Aber vielleicht nutzt er auch die Gelegenheit, um Munition für einen späteren Zeitpunkt zu sammeln. Denn mit seinem Ego ist es nur eine Frage der Zeit, bis auch er mit Tobias Pfeiffer aneinandergerät.

»Ich stelle mir immer vor, alles passiert mir wirklich«, stimmt nun die junge Sopranistin, Annas Zweitbesetzung zu. »Ich bin nicht ich, sondern die Figur. Ich gehe auf die Bühne und tauche komplett in die Rolle ein. Ich vergesse mich und bin nicht mehr ich selbst.«

»Genau das ist es, was wir tun«, wendet Anna sich wieder Tobias Pfeiffer zu. »Und ich bin überzeugt, gute Filmschauspieler machen das nicht anders. Die studieren wie wir vorher Geschichtsbücher, Berufe, was auch immer. Auch für die gilt, Technik ist das eine, Vorstellungskraft das zweite. Und dann braucht man noch die biografischen und zeitgeschichtlichen Hintergründe der Geschichte. In unserem Fall, also bei Opern auch die der Komponisten und Librettisten. Und hier im ›Mauerfall‹ haben wir das Glück, dass die meisten von uns diese Zeit miterlebt haben. Wir können also auch aus unserem eigenen Erfahrungsschatz schöpfen.« Kaum dass sie den letzten Satz ausgesprochen hat, weiß sie, welch Tor und Tür sie Pfeiffer damit geöffnet hat. Zu spät. Vergossene Milch bekommt man nicht zurück in den Karton.

Und natürlich lässt er sich nicht zweimal bitten. »Du, Anna, warst nicht einmal in Europa, als die Mauer gefallen ist.« Die Süffisanz ist ein zäher, fetter Brei, der nicht nur in seiner Stimme tropft, sondern auch sein Gesicht zu einer hässlichen Fratze werden lässt. »Wie willst du also eigene«, er zeichnet mit den Händen Gänsefüßchen in die Luft, »Erfahrungen einbringen? Wäre es nicht klüger, auf das zu hören, was andere dir sagen, die hier waren? Zumal du eine Figur spielst, die damals in der DDR für Freiheit eingetreten ist? Du, die du als junges Ding abgehauen bist, anstatt zu kämpfen?«

Es ist einer jener seltenen Momente, die einem das Leben zuweilen auftischt, in dem sich Weichen stellen, Türen öffnen oder für immer schließen, und sich alles entscheidet, alles ändert.

Sie kann jetzt ihren Mund halten, Pfeiffer vermeintlich als Sieger vom Schlachtfeld marschieren lassen, oder auch das Schwert nehmen und zurückschlagen. Doch alle im Raum werden dann als Verlierer knietief durch Blut waten. Der Krieg wird damit erst beginnen, ein Krieg, den keiner hier gewinnen kann, und die größten Verluste wird die Oper »Der Mauerfall« selbst verzeichnen.

Will sie das? Kann sie das?

Anna und Tobias Pfeiffer starren sich an. Auge in Auge, noch nicht Zahn um Zahn, aber sehr kurz davor. Und sie ist sicher, alle Anwesenden wissen das, spüren die ungeheure Elektrizität, die zwischen ihnen in der Luft surrt und zischt.

Die Wahrheit.

Die Wahrheit ist immer das mächtigste Schwert.

Anna weiß nicht, woher dieser Gedanke plötzlich kommt. Weiß nur, er drängt sich in den Vordergrund. Mahnt. Appelliert.

»Du weißt nichts von meinem Leben, Tobias«, sagt sie schließlich und ist selbst erstaunt, wie ruhig und gelassen sie dabei klingt. Aber das ist gut, denn es nimmt dem Satz seine Bedrohlichkeit. »Es gab eine ungeheuer große Menge an Scheiße in meinem Leben, in der DDR und auch im Westen. Ich habe viel erlebt, worauf ich hätte verzichten können, und über nahezu alles geschwiegen. Aber eins kann ich dir sagen, ich weiß, was ›böse‹ bedeutet. Ich kenne Gefahr und Unterdrückung und weiß, was es heißt, zu leiden. Ich musste nicht erst lange studieren, um schauspielern zu können, weil ich nämlich durch all die Gefühle, die ich auf der Bühne darstelle, mehr als oft genug im Leben durchmusste. Und ja, ich kenne auch Liebe und Glück. Ich trage einen ganzen Koffer voller Emotionen, aus dem ich jederzeit wählen kann, und dazu eine maßlose Menge an Überlebenskünsten. Glaube also nicht, ich hätte im Herbst 1989 in der DDR sein müssen, um Elsa im ›Mauerfall‹ nicht nur zu verstehen, sondern auch zu sein.«

Zu ihrem Erstaunen schweigt Pfeiffer, und sie weiß nicht, ob das ein gutes oder schlechtes Zeichen ist. Ob es Frieden oder Waffenruhe bedeutet.

»Ich werde das so singen, wie ich es singe«, sagt sie dann, vielleicht auch, um sich selbst zu versichern, dass sie nicht wieder umkippen und alten Wegen folgen wird. »Jede einzelne Note, die zu meiner Rolle gehört. Und ich habe kein Interesse daran, nichts als wunderschöne Klänge zu produzieren. Meine Stimme treibt mich nicht an. Ich bin als Erstes Schauspielerin, und meine Stimme folgt mir.«

Tobias Pfeiffer zieht eine Augenbraue hoch. Seinem Blick wohnt Überraschung inne, aber auch der Hauch einer Spur von Respekt. Und das lässt hoffen.

»Ich denke, du bleibst bei deinem Job, der Regie«, schaltet sich Roger Swallow plötzlich hinter dem Flügel ein, und Anna realisiert, dass sie den Maestro ganz vergessen hat. Wie auch die anderen Anwesenden. Doch plötzlich ist sie sich deren Anwesenheit wieder bewusst, und sie fragt sich, ob auch die anderen sich wundern, warum Roger die ganze Zeit geschwiegen und sie diesen Kampf allein hat ausfechten lassen.

»Für den Gesang und die Musik bin nämlich ich zuständig.« Er klingt verschnupft, vielleicht sogar beleidigt. »Und ich denke, Anna hat recht. Wir riskieren einfach mal was.«

»Wie hat meine geschätzte Kollegin Kristine Opolais so schön gesagt?«, fragt Kilian mit einem Lächeln, das das Potenzial hat, die unangenehme Stimmung aufzulösen, die den gesamten Raum gefüllt hat, »›If you don't take risks, you'll never drink champagne.‹«

30

Susa sieht gestresst aus. In einer Hand hält sie einen Becher mit einer dampfenden Flüssigkeit, in der anderen das Handy, als sie Julie die Tür öffnet. »Lissi schläft schon.« Sie flüstert und geht auf Zehenspitzen Richtung Wohnzimmer.

Julie drückt vorsichtig die Tür hinter sich ins Schloss und folgt ihr. »Sorry, dass ich es erst jetzt schaffe«, sagt sie leise und stellt die Kiste mit dem Gemüse auf die Arbeitsfläche neben die Spüle. »Ich hatte noch einen Servicetechniker für meine kaputte Waschmaschine da. Ich hoffe, außer Mangos hab ich alles von deiner Liste bekommen.«

»Funktioniert die Waschmaschine wieder?« Susa beginnt, die Kiste auszuräumen.

»Ja, zum Glück. Aber wieso siehst du so gestresst aus?«

»*House Hunting* für einen Zahnarzt mit Ansprüchen wie ein Hollywoodstar, aber Budgetvorstellungen jenseits jeder Realität.« Sie gibt der Kühlschranktür einen Stupser. »Der Mann kann nerven, das glaubt kein Mensch.« Sie hält die Kanne hoch und sieht Julie fragend an. »Magst du auch einen Tee?«

»Gern.«

Sie setzen sich auf die Couch, und Susa macht eine Kerze an. »Außerdem bin ich nicht mehr sicher, ob es eine gute Idee war, Lissi das mit der Oper machen zu lassen.«

»Wegen der Schule?« Sie zieht die Beine an und stopft sich eines der Kissen in den Rücken, die auf der Couch verteilt liegen.

»Auch.« Susa atmet geräuschvoll aus und zieht ein sorgenvolles Gesicht.

Julie ahnt, dass es um mehr als schulische Leistungen geht, aber nicht worum. »Magst du darüber sprechen?«, fragt sie vorsichtig.

Susa nimmt ihre Teetasse in beide Hände, als wollte sie sich daran festhalten. Ihr Gesicht leuchtet im Kerzenschein, und Julie ist nicht sicher, ob sie einfach nur müde oder irgendwie traurig ist.

»Diese ganze Welt der Oper«, sagt sie schließlich, zuckt die Schultern und lässt den Satz unfertig in der Luft hängen.

Julie ist verwirrt und weiß nicht, was sie sagen soll. Susa wirkt auf einmal klein und unsicher. Als könnte der leiseste Windhauch sie einfach so umhauen. So kennt sie die Freundin nicht.

»Vielleicht bin ich einfach nur blöd. Mache mir was vor. Oder so.«

»Wovon zum Henker redest du?« Sie schnappt sich ein weiteres Kissen und umarmt es vor ihrem Bauch.

Susanne zuckt erneut die Schultern, schüttelt den Kopf. Sie sieht verloren aus.

»Jetzt rede endlich mit mir. Bitte.«

Susanne trinkt einen Schluck, stellt ihren Becher auf den Tisch und rutscht von der Couch hinunter auf den Boden. »Du weißt genau, wie sehr ich Oper liebe. Nicht nur die Musik. Nein, den ganzen Glanz, das Besondere. Das Sich-schön-Machen, was Tolles anziehen, für einen Abend in diese andere

Welt schlüpfen.« Julie hat keine Ahnung, worauf ihre beste Freundin hinauswill, aber sie kann ihr ansehen, dass es nichts Gutes ist. »Und jetzt geht das alles kaputt.«

»Weil Lissi in der Kinderoper singt?« Sie kann das nicht wirklich glauben. »Willst du mir gerade erzählen, dass die schnöde Tatsache, dass du dadurch einen Blick hinter die Kulissen werfen kannst, dir den Zauber der Oper raubt?«

»Nein, Quatsch!«

Auf eine Art ist Julie beruhigt, dass es nicht so simpel ist, auf eine andere mehr als beunruhigt. Wenn es das nicht ist, was dann?

»Ich glaube einfach, ich fürchte … ach, ich weiß nicht.«

Julie sieht sie an und wartet, aber Susanne macht nicht den Eindruck, als folgte da noch etwas. »Du sprichst in totalen Rätseln«, sagt sie daher schließlich. »Kannst du mir mal bitte erklären, worum es hier wirklich geht?«

Wortlos schiebt Susa ihr das iPad über den Tisch.

Sie nimmt es hoch. Auf der Nachrichtenseite der *New York Times* prangt das Foto irgendeiner Opernproduktion. Ein kleiner, dicker Mann in einem opulenten Kostüm ist vor einem sehr dunklen Bühnenbild zu sehen. Darunter leuchtet in teuflischem Rot die Headline:

Grammy decorated opera star Heiner Kurz accused of sexual abuse.

»Sexueller Missbrauch?« Julie überfliegt den Artikel, der sich darunter anschließt. »In mehreren Fällen? Na ja, einer, der seine Macht ausspielt, macht das ja nie nur einmal.« Sie legt das iPad zurück auf den Tisch und sieht Susanne an. »Und du hast gedacht, das gibt es in der Welt der Oper nicht?« Sie sagt das so sanft wie möglich und gibt alles, damit ihr nicht anzumerken ist, wie wenig sie sich vorstellen kann, dass die Freundin so naiv gewesen ist. Susa sieht angegriffen genug aus, da muss sie nicht noch Salz in die offene Wunde reiben.

»Nee, blöd, oder?« Susa sieht sie an, zieht wieder die Schultern hoch und lässt sie mit einem Ruck fallen. »Irgendwie war ich so blöd und habe gedacht, da geht es nur um Talent und Können. Die berühmte Besetzungscouch hab ich Volltrottel nur in Hollywood verortet.«

»Ach, jetzt sei mal nicht so streng mit dir.« Julie vermutet zwar, dass ihr Beschwichtigungsversuch kaum fruchten wird, aber man kann es zumindest versuchen. »Du wolltest eben den kompletten Glamour, das ganze Schöne, da blendet doch jeder die Realität einfach aus.«

»Vielleicht. Trotzdem war es dumm von mir. Und jetzt geht alles kaputt.«

»Wirklich?« Julie rutscht zu ihr auf den Boden und legt den Arm um ihre Schultern. »Ich denke, der Traum hat eine Delle bekommen, ja, aber du solltest dir davon all das Schöne an der Musik und den besonderen Abenden in der Oper nicht kaputtmachen lassen.« Sie knufft sie sanft. »Erst recht nicht jetzt, da ich langsam Gefallen an all dem finde.« Und für die Länge eines Wimpernschlags fragt sie sich, ob Kilian Holm auch so ein Mann ist. Einer, der seinen Ruhm ausnutzt, seine Machtposition. Einer, der sich nimmt, was er will, egal, was es kostet.

Sie kann es sich nicht vorstellen. Aber was weiß sie schon? Schließlich kennt sie ihn gar nicht. Aber ist das möglich? Kann einer so berührend singen und hinter der Bühne so ein Widerling sein?

»Schwierig gerade.« Susanne lehnt ihren Kopf an Julies Schulter und seufzt. »Vor allem möchte ich nicht, dass Lissi so etwas passiert.« Sie hebt den Kopf, sieht sie eindringlich an und in ihrem Blick liegt ein trauriger Schmerz.

»Das ist aber im Moment zumindest sehr unwahrscheinlich, Susa.«

»Ich weiß. Trotzdem.«

»Dieser Opernsänger da, dem sie das vorwerfen …«

»Heiner Kurz?«

»Hast du den schon mal auf der Bühne gesehen?«

»Ein paar Mal. Wieso?«

»Ist der wirklich so gut?«

»Technisch? Ja, klar. Stimmlich auch. Aber mich berührt er irgendwie nicht. Auf mich wirkt der immer irgendwie kalt.«

Julies Herz stolpert, als Susa das sagt. Als wollte es leicht werden und käme dabei aus dem Takt.

»Dieser Kurz ist der Bass im ›Mauerfall‹. Ich mag gar nicht darüber nachdenken, dass der vermutlich in der Staatsoper probt, während meine Lissi da ein und aus geht.«

Schnell schiebt Julie den Gedanken an Kilian Holm weg.

»Nicht auszudenken, wenn der meiner Tochter begegnet!«

»Jetzt hör mal auf, dich unnötig zu echauffieren, Susa. Selbst wenn sich die beiden über den Weg laufen, der Typ hat gar keine Veranlassung, Lissi auch nur wahrzunehmen.«

»Ich weiß. Es ist nur …« Sie klopft Julie freundschaftlich auf den Oberschenkel und lächelt scheu.

»Du hast selbst nach der letzten Probe gesagt, dass Lissi das einfach wunderbar macht. Und du weißt, wie sehr sie es liebt. Mach ihr das nicht kaputt, Susa, bitte.«

»Nein. Versprochen.« Sie steht umständlich auf, geht zum Kühlschrank und späht hinein. »Ich würde jetzt gern irgendwas Leckeres essen, aber hier ist einfach gar nichts drin, womit ich meine Nerven beruhigen könnte.« Sie drückt die Tür wieder zu und sieht Julie ratlos an.

»Schokolade?«, schlägt sie vor.

Susanne öffnet einen der Oberschränke und holt das verbliebene Stück einer fast aufgegessenen Tafel hervor. »Der letzte Rest.«

»Was meinst du, was jetzt passiert? Lassen sie diesen Typen trotzdem den ›Mauerfall‹ singen?«

»Ehrlich? Keine Ahnung.«

»In dem Artikel steht, dass die Metropolitan Opera ein Statement herausgegeben hat, dass sie ihn nicht mehr engagieren wird, bis die Vorwürfe ausgeräumt sind. Und ein anderes Haus hat die Rolle, für die er gebucht war, bereits umbesetzt.«

»Soweit ich weiß, ist es das erste Mal, dass einem Opernsänger sexueller Missbrauch vorgeworfen wird. Und die Führungspositionen der Häuser sind nach wie vor überwiegend mit Männern besetzt.« Susanne lässt sich auf die Couch fallen, legt die Schokolade in die Mitte des Tischs und faltet das Papier auf.

»Du meinst, die werden zusammenhalten?«

»Ich denke schon. Die meisten jedenfalls.«

»Und die Staatsoper?«

»Hat auch einen männlichen Intendanten. Noch dazu einen, der aus der Politik kommt.«

»Na ja, es ist auch irgendwie schwierig«, gibt Julie zu bedenken. »Was, wenn an solchen Vorwürfen nichts dran ist?«

»Du meinst, die Sängerin hat ihn fälschlich belastet?«

»Könnte doch sein.« Sie bricht ein Stück von der Schokolade ab und schiebt es sich in den Mund. »Solange seine Schuld nicht bewiesen ist, ist es da fair, ihn rauszuwerfen?«

»Gute Frage. Man könnte damit argumentieren, man müsse die weiblichen Ensemblemitglieder schützen. In vielen Berufen würde der Mann suspendiert, bis die Angelegenheit geklärt ist. Warum nicht auch in der Oper?«

»Ganz deiner Meinung. Aber es ist eben nie so simpel.«

»Im Fall Heiner Kurz zumindest sieht es schon schlecht für ihn aus. Angeblich wird er auch noch von anderen Sängerinnen belastet.«

»Das klingt also nicht nach dem Rachefeldzug einer Frau, die vielleicht eine ganz andere Rechnung mit ihm offen hat.«

»Du sagst es, Julie.«

»Und wie reagiert das Publikum? Leute wie du, die Oper lieben?«

»So unterschiedlich, wie die Menschen eben sind. Auf Twitter zum Beispiel rufen die einen danach, dass er nicht mehr besetzt wird, andere meinen, solange nichts bewiesen sei, müsse er auftreten dürfen. Ich weiß selbst nicht, wie man es da richtig macht.«

»Na ja, es bleibt spannend, oder?«

Susanne nickt und leckt sich die Finger ab, nachdem sie sich ein Stück Schokolade in den Mund geschoben hat. »Ich möchte einfach nur nicht, dass Lissi irgendwann so etwas passiert.«

»Das ist aber leider unabhängig vom Beruf. Überall, wo einer Macht über den anderen hat, kann so etwas geschehen. Egal, was sie mal wird, jeder Chef könnte versuchen, Sex von ihr zu erpressen, indem er ihr damit droht, dass sie sonst das ein oder andere Projekt oder eine Beförderung nicht bekommt. Ich denke, es ist an uns, an dir und an mir, ihr irgendwie beizubringen, wie man sich gegen so etwas wehrt. Und ich bin dabei vermutlich erst recht ein schlechtes Beispiel.«

»Oder aber ein sehr gutes«, wendet Susanne ein. »Wenn du ihr irgendwann, wenn sie alt genug ist, die ganze Story mit Stephan erzählst, kannst du ihr von allen am besten zeigen, welche Signale man nicht übersehen darf und was man nicht mit sich machen lassen sollte.«

31

»Setz dich.« Henkel macht eine einladende Geste Richtung Couch, auch wenn ihm nicht nach einladen ist. Er hat dieses Gespräch schon ein paar Tage vor sich hergeschoben, aber jetzt muss er es führen, ehe das Unheil einen unkontrollierbaren Verlauf nimmt. »Du ahnst, worum es geht?« Er schließt die Tür seines Büros, damit nicht einmal seine Assistentin mitbekommt, was hier gesprochen wird. Zu heikel die ganze Angelegenheit, zu ungewiss der Ausgang.

Heiner Kurz lässt sich mit einer Nonchalance aufs Sofa fallen, die ihresgleichen sucht. Selbstgefällig breitet er die Arme über die Rückenlehne und schlägt die Beine übereinander. »Die kleinen Unstimmigkeiten in den Proben?« Er legt den Kopf zurück und sieht aus, als langweile ihn das alles bodenlos.

Hochmut kommt vor dem Fall, denkt Henkel und fragt sich, ob er für diese selbstverliebte Diva wirklich das Sprungtuch ausbreiten will.

Er will nicht.

Wenn er ehrlich ist.

Aber darum geht es hier nicht.

Nicht um ihn und seine Vorlieben oder Aversionen, sondern um das Haus und vor allem die Welturaufführung einer

Oper, die für sich allein die Aufmerksamkeit der Welt erlangen sollte und nicht, weil ein alternder, eitler Egozentriker ins Kreuzfeuer geraten ist.

Henkel tritt ans Fenster. Versucht, sich zu sammeln, atmet durch.

»Wegen solch einer Lappalie zitierst du mich doch nicht hierher, oder?« Kurz macht Anstalten, wieder aufzustehen, und Henkel weiß nicht, wovon der Mann redet. Ihm ist bisher nichts über weitere Streitigkeiten bei den Proben zu Ohren gekommen, aber vermutlich ist das einfach nur ein Ablenkungsmanöver. Eine Finte. So ahnungslos kann der Bass nicht sein, oder?

»Ich meine die Anschuldigungen dieser Altistin«, kommt Henkel ohne Umschweife auf den Punkt. Er hat weder den Nerv noch die Zeit, um den heißen Brei herumzureden.

»Ach das.« Heiner Kurz winkt ab, und die Bewegung wirkt so wegwerfend, dass man meinen könnte, es handle sich um etwas vollkommen Belangloses.

»Herrje, jetzt tu nicht so!« Henkel hat Mühe, nicht laut zu werden, so sehr geht ihm diese selbstgerechte Art auf den Zünder. Aber er will nicht, dass im Nu die ganze Oper über nichts anderes spricht. Denn wie überall auf der Welt funktioniert auch hier der Flurfunk ganz einwandfrei.

»Jetzt reg dich doch nicht auf, Andreas, du weißt doch, wie so was läuft. Da geht eine in Rente und verteilt noch mal links und rechts Ohrfeigen. Gott, wen interessiert das?« Kurz sieht demonstrativ auf die teure Uhr an seinem Handgelenk. »War's das?« Er klatscht sich auf die Knie, stützt die Hände darauf und drückt sich hoch, offenbar im Begriff zu gehen.

Doch das kann und will Henkel sich nicht bieten lassen. Er ist immer noch der Chef hier, das ist sein Intendanzbüro, und er entscheidet, wann eine Unterredung beendet ist, die er initiiert hat. »Wir sind noch lange nicht fertig, Heiner.«

Für einen Moment wirkt Kurz irritiert, vielleicht sogar getroffen, doch er fängt sich ausgesprochen schnell.

»Es ist nicht nur die eine Altistin.« Henkel fixiert den Bass, der keine Miene verzieht. »Es werden immer mehr Frauen, die dich beschuldigen.«

»Viel Ruhm, viel Neid.« Kurz steckt die Hände in die Taschen und grinst.

»Die Staatsanwaltschaft in New York City ermittelt.«

Heiner zuckt die Schultern.

»Die Oper in San Francisco hat bereits eine Presseerklärung herausgegeben, dass sie nicht mehr mit dir arbeitet, sollte deine Unschuld nicht zweifelsfrei bewiesen werden.«

Kurz zieht eine Augenbraue hoch und schüttelt leicht den Kopf.

»Im Internet braut sich ein gewaltiger Shitstorm zusammen, und die Met hat eben die Umbesetzung für ›Don Carlos‹ bekannt gegeben.«

Unter Heiner Kurz' linkem Auge zuckt es. Leicht erst, dann stärker.

»Machen wir es kurz und schmerzlos, Heiner. Ich möchte, dass du freiwillig aus deinem Vertrag für den ›Mauerfall‹ aussteigst.«

Sie starren sich an. Zwei Feinde, die nie Freunde waren. Deren Chance verspielt ist, noch ehe sie sich je wirklich gezeigt hat. Und sie wissen beide, nur einer von ihnen kann als Sieger dieses Schlachtfeld verlassen, und für den anderen wird dann auch der Krieg verloren sein.

Die Luft ist schwer wie vor einem Gewitter. Voller Elektrizität und Dampf. Und mindestens genauso unbewegt.

»Und wenn ich es nicht tue?«, presst Heiner zwischen zusammengebissenen Zähnen hervor, und Henkel muss kein Psychologe sein, um festzustellen, dass es die pure Wut ist, die er nur knapp im Zaum hält.

»Dann lässt du mir keine Wahl.« Henkel braucht nicht auszuführen, wie er das meint. Sie wissen es beide.

»Vor deiner Zeit hat das Haus stets zu seinen Leuten gestanden.« Kurz spuckt ihm das vor die Füße, Wort für Wort, wie etwas Hässliches, Verdorbenes.

»Das tut es auch heute, Heiner, oder was glaubst du, warum ich dir die Möglichkeit gebe, selbst zu gehen?« Wieso rechtfertigt er sich? Das hat er doch gar nicht nötig. Und untergräbt das nicht auch seine Autorität?

»Ich habe weder Schuld eingestanden, noch kann man beweisen, was mir vorgeworfen wird«, trumpft Kurz auf, und sein Bass tönt dabei so laut und durchdringend, dass man meinen könnte, das Geschirr im Casino eine Etage tiefer scheppert. »Wo bleibt deine Loyalität? Ist die jahrzehntelange Verbundenheit zwischen mir und der Staatsoper auf einmal nichts mehr wert?« Er tritt dicht an Henkel heran, so dicht, dass sich ihre Nasen fast berühren. »Oder bist du schlicht völlig unfähig, solch ein Haus zu führen?«

Heiner Kurz, vielmehr das angeschossene Tier in ihm, tritt und beißt um sich. Blindwütig. Henkel weiß das. Irgendwo in einem Winkel seines Hirns. Dort, wo der letzte Funke Vernunft kauert, sich wegduckt vor den verheerenden Feuerstößen dieser Raserei.

Er muss jetzt ruhig bleiben. Darf sich nicht provozieren lassen. Kurz keine Angriffsfläche bieten. Aber wer hätte gedacht, dass das so schwer sein kann?

Und natürlich liegt es auf der Hand, mit dem Wohl des Ensembles, Henkels Schutzbefohlenen, zu argumentieren, aber das hieße, Öl ins Feuer zu gießen. Und zwar barrelweise.

Und wer weiß, was passiert, wenn Heiner Kurz noch wütender wird?

Wer kann schon sagen, wozu so einer fähig ist, dessen Karriere, dessen ganzes Leben gerade lichterloh brennt?

»Ich muss an den ›Mauerfall‹ denken«, sagt Henkel betont ruhig, mit Grabesernst und genau so viel Bedauern in der Stimme, wie er irgendwoher auftreiben kann. »Ich kann nicht zulassen, dass eine so wichtige Welturaufführung in der Schlammschlacht zwischen dir und einer Ex-Altistin untergeht. Ich brauche positive Publicity. Solche, die sich mit der Oper und nicht mit dem Privatleben der Sänger befasst.« Er hofft, Kurz nimmt ihm das Schmierentheater ab. Er selbst würde es nämlich nicht tun.

»Und ich soll das Bauernopfer geben?«

»Nein, Heiner, und du weißt, dass du dich selbst in diese missliche Lage gebracht hast. Und zwar über viele Jahre hinweg. Du hattest Glück, dass es bis hierher gut gegangen ist und keine der Frauen sich vorher getraut hat, etwas zu sagen.«

Da!

Es ist passiert.

Es ist ihm einfach so herausgerutscht.

Mist!

Nur eine unbedachte Sekunde, die Zunge schneller als die Gedanken, und schon ist es zu spät.

Verdammte Scheiße.

Diesen Geist kriegt er nie wieder in die Flasche zurück.

»So ist das also.« Heiner Kurz umkreist ihn wie ein Löwe seine Beute. »Du bist von Anfang an der Meinung, ich bin schuldig.«

Für einen Moment fürchtet Henkel, Kurz werde ihm vor die Füße spucken. Direkt auf den teuren Perserteppich. Aber er tut es nicht.

»Bist du es nicht, Heiner? Dann beweise es mir.«

»Du glaubst also eher einer alternden vergrämten Diva als mir?«

»Es geht hier nicht darum, wem ich glaube, Heiner. Es geht darum, für die Oper so wenig Schaden wie möglich anzurichten.«

»Ihr habt das von Anfang an geplant.« Heiner Kurz bleibt stehen, stemmt die Hände in die speckigen Hüften und sieht Henkel mit funkelnden Augen an. »Wer war das Mastermind? Swallow? Ihr wollt Holm auf den Bass-Thron heben. Darum geht es. Gib es wenigstens zu.«

Henkel geht an Heiner Kurz vorbei, legt die Hand auf die Türklinke und sieht ihn mit bierernster Miene an. »Du hast eine Frist bis morgen früh. Wenn ich bis elf Uhr deinen Rücktritt vom Vertrag nicht auf dem Schreibtisch habe, gebe ich eine bereits angefertigte Presseerklärung heraus, dass wir uns leider aufgrund der aktuellen Anschuldigungen gegen dich gezwungen sehen, die Zusammenarbeit bis auf Weiteres zu beenden.« Er drückt langsam die Klinke hinunter.

»Und wenn ich darauf eingehe?«, will Kurz zu Henkels Verwunderung wissen.

»Dann können wir eine für dich unverfängliche Sprachregelung finden, warum du aussteigst. Ein Notfall in der Familie zum Beispiel. Oder was auch immer gut für dich klingt.«

Natürlich ist das eine Farce, denn was auch immer sie als Begründung angeben, die Öffentlichkeit wird eins und eins zusammenzählen und wissen, dass der wahre Grund die Anschuldigungen der sexuellen Nötigung sind.

»Bullshit«, zischt Kurz prompt.

»Zumindest würde das die Nachrichten rund um den ›Mauerfall‹ ein wenig beruhigen. Außerdem könntest du dein Gesicht wahren. Denk wenigstens mal darüber nach, Heiner.« Henkel stößt die Tür auf und lässt so keinen Zweifel daran aufkommen, dass das Gespräch heute hier beendet ist. »Bis morgen.«

Nachdem er die Tür hinter Heiner Kurz geschlossen hat und wieder allein ist, lehnt er sich mit dem Rücken dagegen und atmet geräuschvoll aus.

Grundgütiger!

Wer hätte gedacht, dass er als Intendant der Oper solch harte Nüsse zu knacken hätte. Langsam kommt er sich vor wie Hänsel und Gretel in Personalunion mit Rotkäppchen. Er streut Brotkrumen als Pfad, die die Vögel von Orchester und Chor fressen und dann, als er trotzdem nach Hause findet, liegen die Sänger-Wölfe allesamt als Großmutter verkleidet im Bett.

Ein verdammtes Irrenhaus.

Nun gut.

Immerhin hat Heiner Kurz am Ende nicht total abwehrend auf seinen Vorschlag reagiert. Es besteht also Hoffnung, dass der Bass sich auf den Deal einlässt und still und leise die Stadt verlässt.

Hoffnung.

Die stirbt bekanntlich zuletzt.

Nur verlassen darf man sich nicht darauf.

Was also, sollte Heiner Kurz auf dem Vertrag bestehen? Oder, schlimmer noch, zwar gehen, dann aber einen Rosenkrieg gegen das Haus beginnen.

Henkel tritt ans Fenster und sieht hinaus auf den Bebelplatz. Das Pflaster glänzt im Regen, Lichter spiegeln sich darin.

Drei schwarze Limousinen halten hintereinander vor dem Hotel de Rome. Der Portier in seiner schmucken Uniform kommt die Treppe herab, spannt einen Regenschirm auf. Männer in schwarzen Anzügen umkreisen die mittlere Limousine, halten die Tür auf, schirmen den Mann ab, der ihr entsteigt.

Irgendjemand Bedeutendes. Aus der Entfernung aber nicht zu erkennen.

»Nicht so wichtig«, sagt Henkel laut vor sich hin und meint damit mehr seine Situation als den unbekannten Mann, der in diesem Moment im Hotel de Rome verschwindet.

Dann gibt es eben einen Rosenkrieg. Na und? Zumindest den »Mauerfall« wird es dann nicht mehr treffen. Es wird um

Heiner Kurz und die Staatsoper gehen, ja vielleicht sogar um seine eigene Personalie, da er, kaum einige Monate im Amt, schon eine mehr als unliebsame Entscheidung getroffen hat, aber …

So what?

Die Welt wird sich weiterdrehen. Anna Wolf wird eine umwerfende Elsa sein, Kilian Holm ein überzeugender Helmut Kohl, und Sir Roger Swallow wird mal wieder seinen Ruf als der Maestro festigen, der den zeitgenössischen Komponisten eine ganz große Bühne bietet.

Und Tobias Pfeiffer? Der geht zurück nach Hollywood und zündet irgendwas an.

32

Julie liegt im Bett und starrt an die Decke. Todmüde und zugleich knallwach.

Regen prasselt auf die Fensterbretter, trommelt einen Rhythmus, der außer Takt geraten ist. Eine Truppe Perkussionisten, von denen jeder seinen eigenen Song spielt, ohne die anderen auch nur wahrzunehmen.

Gegenüber, im Hinterhaus im vierten Stock, ist noch jemand wach. Jedenfalls fällt Licht aus einem der Fenster, das durch die dünnen weißen Baumwollvorhänge wabert.

Vier Uhr dreiunddreißig. Die Ziffern auf ihrem Wecker leuchten rot, als wollten sie sie ermahnen, dass sie schlafen muss.

Vielleicht ist der oder die da drüben nicht noch, sondern schon wach, denkt sie. Krankenschwestern, Müllmänner, wer weiß, wer alles mitten in der Nacht aufstehen muss. Oder?

Opernsänger schlafen bestimmt bis in die Puppen.

Zack!

Da ist er wieder. Der Mann, den sie so konsequent versucht, aus ihrer Gedankenwelt zu verbannen. Mal mit mehr, mal mit weniger Erfolg.

Tagsüber, wenn sie beschäftigt ist, arbeitet, dann ist es leicht.

Na ja, nicht immer.

Leichter auf jeden Fall.

Aber nachts?

Nachts raubt er ihr den Schlaf. Und sie gibt das wirklich nur ausgesprochen ungern zu.

Julies so sorgfältig zusammengesetztes Gleichgewicht, das sie sich nach Stephan hart hat zurückerkämpfen müssen, ist nicht nur instabil, es klappert an allen Ecken und Enden und sogar in der Mitte. Ihre Seelenkonstruktion, ein schlecht zusammengeschraubtes Gerüst, fragil und aus Teilen, die nicht zusammenpassen. Und sie, sie versucht mit bloßen Händen zusammenzuhalten, was bei der leisesten Windbö in sich zusammenfallen will. Rennt von Ecke zu Ecke, und kaum hat sie eine Seite stabilisiert, fangen die anderen an, zu schwanken.

Dass einen eine Stimme so sehr berühren kann.

Dabei ist das doch alles Quatsch. Der Mann lebt in seiner Welt, Julie in der ihren und beide treffen maximal dann aufeinander, wenn sie im ersten Rang sitzt und er auf der Bühne steht.

Und das ist auch gut so.

Sie will diese Gefühle nicht. Die nicht und schon gar nicht all die Komplikationen, die sie mit sich bringen. Nicht die Angst vor einem neuen Stephan. Nicht das Unvermögen, aus ihrer Burg zu treten, das ihr allzu lebhaft verdeutlicht, wie fest sie sich weggesperrt hat. Julie will das von sich nicht wissen, es nicht eingestehen müssen. Weder sich selbst noch sonst wem.

Und auch nicht das Sehnen nach dieser einen Berührung, die alle Wunden heilt. Denn die gibt es nicht. Nicht im wahren Leben.

Sie will sicher in ihrer Burg hocken und ihr Leben leben, ohne daran erinnert zu werden, dass sie da draußen vielleicht etwas verpasst. Ohne darüber nachdenken zu müssen, dass Jahre in Therapie sie nicht haben vollständig heilen können und dass die Schuld daran vielleicht bei ihr liegt.

Julie kann nicht, will nicht zugeben, was für ein beschissener Angsthase sie ist.

Da!

Sie hat es zu Ende gedacht.

Und jetzt steht dieser Gedanke auf ihrer Bettdecke, direkt auf ihrer Brust, tonnenschwer mit Bleifüßen, und nimmt ihr die Luft zum Atmen.

Sie fährt hoch.

Schnappt nach Luft.

Stößt die Bettdecke zu Boden.

Zieht die Beine an.

Umklammert ihre Knie.

Zittert und japst.

Du musst dich beruhigen!

Viel zu leise brüllt diese dünne Stimme gegen den Lärm in ihrem Kopf an. Versucht, sich Gehör zu verschaffen. Aber da ist dieses Rauschen und Hämmern und Pochen, und vielleicht ist es nur ihr Blut, vielleicht auch nur Einbildung, aber es macht sie schier verrückt.

Und sie kann nicht atmen.

Sie kann verdammt noch mal nicht atmen.

Sie erstickt hier.

Jetzt.

Das ist nur Panik.

Die dünne Stimme kämpft.

In einem letzten, verzweifelten Versuch presst Julie die Hände auf die Ohren, schließt die Augen so fest, dass sie kleine Blitze sieht, atmet tief ein und aus.

Ein und aus.

Ein und aus.

Langsam, ganz langsam legt sich der Sturm.

Das Rauschen verebbt, wird zu einem leisen Zischen und verklingt dann ganz.

Der Regen trommelt immer noch arrhythmisch auf das Fensterbrett. Das Licht gegenüber ist gelöscht. Sie ist nicht tot.

Ausgelaugt greift sie nach der Bettdecke, zieht sie zurück aufs Bett, wickelt sie schwerfällig um sich, starrt in die Dunkelheit.

Genau deshalb braucht Julie keinen Mann in ihrem Leben. Wegen solcher Momente. Weder einen Kilian Holm noch sonst wen.

Und sie hat das im Griff gehabt.

Verdammt noch mal!

Vor jener folgenschweren Begegnung in der Garderobe.

Alles ist gut gewesen.

Keine Panikattacken mehr.

Sie hat ihr ruhiges Leben gehabt, in dem sie sich zurechtgefunden hat, in dem sie blind hat umhergehen können, ohne je irgendwo anzustoßen und sich blaue Flecke zu holen.

Das will sie zurück.

Weil es Sicherheit bedeutet.

Weil es die Angst in Schach hält.

Die Angst, die sie nie wieder loswird.

Und sie kann das. Kann in ihrer Burg bleiben, die Brücke hochgezogen, alle Schießscharten besetzt. Kann jedem Angriff trotzen.

Wenn sie nur will.

Kein Stephan der Welt kann sie zerstören, solange sie es nicht zulässt. Solange sie ihm nicht diese Macht einräumt.

Das gilt auch für einen Kilian Holm.

Für den erst recht.

Entschlossen greift Julie nach dem Kopfkissen und schüttelt es auf.

Schon verrückt, dass es ausgerechnet ein Opernsänger ist, der das in ihr auslöst. Einer, dessen Beruf Drama und Dilemma ist.

Was für ein schlechter Witz des Schicksals.

Oder einfach nur ein blöder Zufall?

Egal.

Schicksal hin oder her, sie muss nicht über jedes Stöckchen springen, das es ihr hinhält.

Nichts im Leben ist je alternativlos. Man hat immer die Wahl. Und egal, wie man sich entscheidet, wenn es schiefgeht, kann man auch umdrehen und einen anderen Weg versuchen. Sie tendiert zwar dazu, das zu vergessen, aber wenn sie es sich nur oft genug ins Gedächtnis ruft, wird es irgendwann weit vorn auf ihrem Radar bleiben.

Julie sinkt zurück in die Kissen, zieht die Bettdecke bis unter das Kinn und schließt die Augen in der Hoffnung, endlich ins Land der Träume entschlummern zu können.

Schlaf ist im Unglück wie ein Versprechen.

Sie schlägt die Augen auf.

Wo kommt das auf einmal her?

Schlaf ist im Unglück wie ein Versprechen? Welches Unglück? Und woher kennt sie diesen Spruch?

Es fühlt sich an, als wäre das ewig her. Ihre Kindheit?

Vorsichtig tastet sie nach den Erinnerungen, watet darin wie in trübem Wasser, das sie mit ihren Händen langsam durchpflügt.

Unglück? Versprechen?

Eine Zeile aus einem Song vielleicht?

Ihre Mutter hört bis heute diese Liedermacher aus den frühen Achtzigern. Vieles davon kämpferisch, anderes von einer depressiven Tragik, dass Julie sich manchmal fragt, ob ihre Mutter als Jugendliche überhaupt mal Spaß gehabt hat. Darauf darf sie sie allerdings nicht ansprechen, denn sonst kommt sie ihr mit einem ellenlangen Monolog über politische Grundhaltung, gesellschaftspolitische Verantwortung und dergleichen, und das alles auf dem moralisch hohen Ross einer Frau, die bis heute keine Demonstration für das vermeintlich Richtige auslässt.

Weil sie natürlich ganz genau weiß, was das Richtige ist. Hat sie immer schon gewusst, wohingegen Julie eher zweifelt und ihre eigene Einschätzung infrage stellt. Was ihre Mutter ihr seit ihrer Jugend als Egoismus und Faulheit unterstellt.

Zurück zu Unglück und Schlaf und Versprechen.

In den Tiefen ihrer Erinnerung wühlt Julie durch die Schallplattensammlung ihrer Mutter. Cover für Cover erscheint vor ihrem inneren Auge. Alle irgendwie schwarz-weiß oder nur in sehr gedeckten Farben und meist irgendein sehr ernst dreinblickendes Gesicht darauf.

Haben die wirklich alle so ausgesehen? Damals? Oder hat sie die schönen bunten Cover einfach nur vergessen?

Sie weiß es nicht.

Schlaf ist im Unglück wie ein Versprechen.

Ein Gesicht taucht auf. Blass. Schmal. Ungeschminkt. Umrahmt von Dauerwellmähne. Die Augen ein See von Melancholie.

Bettina Wegner.

Mamas Ikone, ihr Vorbild, ihr Gussmuster, in das sie Julie hat pressen wollen und in das die nie gepasst hat.

Bettina Wegner, die DDR-Liedermacherin mit der Geradlinigkeit einer echten Preußin, die für Tugenden wie Aufrichtigkeit, Gerechtigkeit, Toleranz und Unbestechlichkeit steht. Eine Kämpferin für das Richtige, ein Bollwerk gegen die Spaßgesellschaft. O-Ton Mama.

Schlaf ist im Unglück wie ein Versprechen.

So glücklich kann die Sängerin mit ihrer Haltung wohl nicht gewesen sein. Jedenfalls nicht, als sie diese Zeile geschrieben hat, und dass sie die Dichterin ist, dessen ist Julie sich nun ganz sicher.

Komisch, dass ausgerechnet die hier auftaucht. In Julies schlafloser Nacht.

Man muss nicht alles verstehen, denkt sie und schließt seufzend erneut ihre Augen, immer noch todmüde und knallwach zugleich.

Sie ist nicht unglücklich.

Oder doch?

Ist sie nicht.

Und Schlaf ist kein Versprechen, sondern eine verdammte Notwendigkeit.

Still ist es auf einmal. Kein Trommeln mehr. Jemand hat den Regen abgestellt.

Wie er dagestanden hat, dieser Kilian Holm, den Mantel über dem Arm. Groß, aufrecht. Mit dieser Präsenz. Als ob die Welt sich nur seinetwegen dreht. In diesem einen Moment.

Und dann die Stimme. Samtig, dunkel und doch so klar und von einem Funkeln, das seinesgleichen sucht. Ein Diamant. Ein schwarzer Diamant.

Jeder Ton ein Speer ohne Spitze. Ein Treffer ohne Verletzung. Jede gesungene Note eine Klanghülle, die alles umfasst, selbst das, was man nicht sieht. Gewaltig. Weich. Gehaltvoll. Potent.

In diesem einen Moment, ohne Kostüm, die Illusion einer Person, Sarastro und gleichzeitig der Mann Kilian Holm.

Das ist es, was Julie in Mark und Bein erschüttert hat. Diese Unschärfe zwischen Rolle und Mensch, das Nicht-mehr-auseinanderfädeln-Können, wer ist Kilian Holm und wer die Rolle, und ist da überhaupt der private Mann oder ist das alles nur Trugbild, nur Illusion?

Und trotzdem.

Dass sie das so gar nicht mehr loslässt. Dass es sie sich fragen lässt, wer ist dieser Mann wirklich. Dass es ihr den Schlaf raubt. Sie durch Tagträume taumeln lässt, stolpern im Treibsand ihrer eigenen Ängste. Dass es das hier mit ihr macht …

33

Es ist die letzte Probe vor der Generalprobe, die letzte, die auf Probebühne eins stattfindet, die erste und einzige mit Orchester in diesem Raum. Die Kulisse steht, bedeutend standfester als Kilian, der letzte Nacht zu wenig Schlaf abbekommen hat und jetzt wer weiß was darum gäbe, wenn die Probe glatter durchlaufen würde und damit schneller beendet wäre. Er, Sänger, Sängerinnen, Chor, alle tragen sie Kostüm, das Orchester hat auf Stühlen Platz genommen, die an der Position aufgestellt sind, wo später der Graben sein wird mit dem Parkett dahinter.

»Stopp!« Tobias Pfeiffer tritt zwischen Sir Roger Swallow und das Orchester, den Arm erhoben, und scheint unerhört unberührt von dem giftigen Blick, den er sich vom Maestro einfängt.

Als Regisseur hat er hier offenbar nichts mehr zu sagen, das hat ihm Swallow mehrfach einzubläuen versucht, und offenbar ohne auch nur den leisesten Erfolg.

Kilian versucht, ein Gähnen zu unterdrücken. Es gelingt so semi.

»Ich finde immer noch, an dieser Stelle muss mehr passieren.« Pfeiffer rauft sich die Haare. »Hier entscheidet sich doch alles. Und ausgerechnet da spielt das Orchester wie kurz vor stumm geschaltet?« Der Blick, den er Swallow zuwirft, ist fast mehr Provokation als die Worte.

Durchs Orchester geht ein Raunen.

Der Tenor hüstelt verlegen.

Kilian verkneift es sich, den Kopf zu schütteln.

»Tobias.« Roger atmet aus, als hätte er ein kleines trotziges Kind vor sich stehen und nicht den gestandenen Hollywoodregisseur. »Genau das Verhaltene unterstreicht, wie entscheidend dieser Moment in der Geschichte ist.«

Pfeiffer sieht aus, als wollte er widersprechen, doch Swallow hebt beide Hände, die Handinnenflächen dem Regisseur zugewandt.

»In der Musik, und zwar in jeder, nicht nur hier, geht es um Kontrapunkt, um Kontrast. Nichts wirkt ohne sein Gegenteil. Jedes Forte ist nur dann imposant, wenn es ein Piano gibt. Und dann die Ebenen, der doppelte, dreifache, vielleicht sogar vierfache Boden. Sprache, Klang, das Visuelle und ein choreografisches Geschehen. All diese Ebenen haben Erzählkraft. Sie verraten die Figur, das Geheimnis, was auch immer. Und genau das passiert auch hier. Das Publikum hört die Musik und den Text, liest die Gesten und so überkreuzen sich die Ebenen. Es gibt unterschiedliche Aussagen, die sich decken oder eben nicht. Die gesungenen Wörter sind Metaphern, klingende Symbole für den Gedanken oder die Empfindung, die dahinterstehen.«

Roger Swallow tritt neben die Sänger, geht um sie herum, zwischen ihnen hindurch, bleibt bei jedem kurz stehen. Kilian kann sein teures Aftershave riechen.

»Wir haben hier mehrere Szenen, die zeitgleich spielen. Elsa mit dem Frauenchor bei der Demonstration, Helmut Kohl allein in seinem Büro, Hans-Dietrich Genscher auf dem Balkon der Prager Botschaft, unter ihm der Herrenchor im Garten. Alle drei Szenen sind von außerordentlicher Anspannung geprägt. Das erzählt uns das Bühnenbild, aber vor allem erzählen es auch die Körperhaltungen unserer Solisten. Die Musik hingegen bringt zum Ausdruck, welche Gefahr für alle lauerte, wie all das hätte schiefgehen können. Und Gefahr ist ein Bild, das wir am ehesten verstehen, wenn die Musik verhalten daherkommt. Wie ein Grummeln im Bauch.«

Roger bleibt an der Seite stehen.

»Gleichzeitig hat diese leise, aber dennoch treibende Musik ein enormes Spannungselement. Es baut auf, führt auf den Höhepunkt zu. Und damit macht Musik etwas Wunderbares. Sie lässt uns fürs Leben lernen.«

Sein bis eben angespanntes Gesicht wird weich. Zerfällt in ein Lächeln, das an den Mundwinkeln beginnt, die Wangenpartie erklimmt und schließlich seine Augen strahlen lässt.

»So etwas wie der Mauerfall, das passiert nicht einfach so. So etwas kündigt sich an. Das lernen wir von der Musik. Da gibt es Steigerungen, Stufen, Spannung und Entspannung. Ost-Berlin 1953, Budapest 1956, Prag 1968, Warschau 1981. Und dann 1989. Der Mauerfall. In der Geschichte wie in einem musikalischen Prozess kann es stets nur einen Höhepunkt geben.«

»Und das hier ist keiner?« Tobias Pfeiffer hat es offenbar immer noch nicht verstanden, und Kilian ist langsam mehr als genervt.

»Der Höhepunkt«, gibt Roger mit Grabesstimme zurück, die keinen Zweifel daran lässt, wie unwirsch er jetzt auf einen Schlag ist, »ist der Mauerfall, unsere Schlussszene.«

»Dann sollten wir zumindest Regen in dieser Szene haben.« Tobias Pfeiffer wendet sich zu den Sängern um, lässt seinen Blick über das gesamte Bühnenbild schweifen. »Regen. Genau. Strömenden Regen.«

»Regen?« Der Tenor hustet.

»Wozu soll das gut sein?«, will Roger wissen.

Was zu viel ist, ist zu viel. »Ich werde gewiss nicht bei jeder Aufführung eine Erkältung riskieren, nur weil ich die letzte Viertelstunde triefnass singen soll«, mischt Kilian sich ein.

»Regen unterstreicht die Trostlosigkeit der Situation damals«, beharrt Tobias Pfeiffer.

»Wenn du hier Regietheater daraus machen willst, Tobias, riskierst du das ganze Werk. Du kannst das Stück nicht neu erfinden.« Swallow nimmt die Partitur vom Pult, winkt damit. Als wollte er sie Pfeiffer um die Ohren hauen. Und Kilian kann nicht umhin, zu hoffen, dass er es einfach tut. »Mit dieser Musik hier ausstatten, aber inszenieren, was du neu erfunden hast?«, fährt Swallow dröhnend fort. »Du hast das in all den Proben versucht, ich weiß, aber ich werde es auch jetzt nicht zulassen.«

»Kein Regen?« Pfeiffer klingt wie das kleine Kind, dem man das Bonbonglas wegnimmt, noch ehe es seine Hände auch nur in dessen Nähe gehabt hat.

»Nein, kein Regen.« Roger sieht aus, als wäre er kurz davor, aufzustampfen, um einen Punkt zu machen, kann es sich aber in letzter Sekunde verkneifen. »Da ist eine gewisse Trostlosigkeit im Stück, aber um die geht es im ›Mauerfall‹ genauso wenig wie um die Elefanten in der ›Aida‹.«

»Elefanten?« Jetzt wirkt Pfeiffer verloren.

Der Tenor hüstelt stärker, Kilian hingegen lautstark und kaschiert damit sehr gekonnt ein Lachen, das er nicht zurückhalten kann.

»Das zentrale Element in Verdis ›Aida‹ ist eben nicht, dass beim Triumphzug Elefanten auftreten, sondern der Konflikt zwischen Liebe, Religion und Krieg. Wie Militär- und Priesterwesen menschliche Regungen unterdrücken. Und im ›Mauerfall‹ geht es nicht um trostlosen Regen, sondern um den Konflikt zwischen Freiheit, Diktatur und privatem Leben, also wofür der Einzelne sich entscheidet. Ob der Bürger für sich selbst Repressalien hinnimmt und der Politiker sein Amt oder gar einen Krieg riskiert, um für die gesamte Gesellschaft etwas zu erreichen. Und so, wie es in der ›Aida‹ keine Elefanten braucht, benötigt der ›Mauerfall‹ keinen verdammten Regen.«

»Schöner Vergleich, das mit der ›Aida‹.« Kilian mischt sich erneut ein. »Im Grunde ist es das, was wir in der Oper immer machen. Wir schieben ein Geschehen in eine fremde Zeit, sehr weit weg von uns, um ganz nah dran zu sein und uns darin zu entdecken. Der ›Mauerfall‹ ist zwar zeitlich nicht so weit entfernt wie zum Beispiel Verdis ›Traviata‹, aber so wie in Letzterer eine Hure singt und heute Frauen in Containern verschleppt werden, hat man in der DDR Systemkritiker ins Gefängnis gesperrt und heute machen bestimmte Machthaber in Diktaturen nichts anderes. Und so wie alle ›Buh‹ schreien würden, wenn man die ›Traviata‹ tatsächlich mit verschleppten, zum Sex gezwungenen Osteuropäerinnen inszenieren würde, so gäbe es einen Aufschrei, wenn wir den Mauerfallstoff im arabischen Frühling spielen ließen.«

Tobias Pfeiffer steht inzwischen nur noch da wie eine Randfigur, die jemand kurz in der Mitte abgestellt und dann vergessen hat. Und Kilian kann nicht umhin, den Göttern zu danken, dass Roger dieses Thema erst jetzt, am Ende all der Proben in dieser Breite diskutiert. Nicht auszudenken, wo das geendet hätte, wenn er die Ahnungslosigkeit des eitlen Regisseurs schon weit im Vorfeld derart vorgeführt und ihn damit bloßgestellt hätte. Womöglich hätte es einen Eklat gegeben.

Trotzdem.

Bis zum Schluss müssen sie alle ein Team sein. Das ist von immenser Wichtigkeit für den Erfolg des Stückes. Auch wenn im Grunde alles steht, denn wenn es jetzt noch Risse und Zerwürfnisse gäbe, dann spürt das jeder, der im Publikum der öffentlichen Generalprobe sitzt, und erst recht die Journalisten in der Pressekonferenz davor, bei der Pfeiffer und Swallow mit Andreas Henkel und der Pressesprecherin der Staatsoper an einem Tisch vor der Meute sitzen werden. Der Meute, die immer nach einem Haar in der Suppe sucht und auch das kleinste findet.

Wie also Pfeiffer jetzt wieder einfangen?

»Ich weiß, im Film verlasst ihr euch auf spektakuläre Effekte.« Roger versucht es damit, sich auf Pfeiffers Seite zu begeben. Ein kluger Schachzug, obwohl es ihm sichtlich schwerfällt und er auch ein wenig unbeholfen wirkt. »Verwandlung, Licht, alles, was extreme Wirkungen entfalten kann. Opernsänger dagegen agieren auf einer fast nackten Bühne. Sie verkörpern erfundene Personen aus ihrer ganzen Persönlichkeit heraus, aus dem eigenen inneren Impuls, und das erfordert Mut. Die Bereitschaft zu emotionalem und stimmlichem Risiko.« Swallow öffnet die Arme weit, als wolle er damit den gesamten Raum und alle Anwesenden umfassen. »Das gesamte Ensemble hier hat diesen Mut und die Bereitschaft mehrfach bewiesen. Es ist an uns, ihm den Raum zu geben, den es braucht, um ihn zu füllen, und ihn nicht mit irgendwelchen Effekten zuzuschütten, die alles überdecken und zu viel Aufmerksamkeit auf sich ziehen.«

Kaum dass Roger das ausspricht, wird Kilian klar, was für ein rhetorischer Geniestreich dem Maestro damit gelingt. Er hat aus der Not heraus die richtigen Karten gezogen, jetzt muss er das As nur noch ausspielen.

»Und im Grunde hast du genau das bisher getan, Tobias«, sagt Swallow und sieht Pfeiffer fest in die Augen, hält seinen Blick, tut alles, damit der ihm jetzt, auf dieser Zielgeraden, nicht doch noch in die Parade fährt. »Du hast auf alle Effekte verzichtet. Ein puristisches Bühnenbild erschaffen. Das Büro von Kohl nichts als ein Tisch und ein Stuhl. Der Balkon der Prager Botschaft ein Podest ohne Balustrade, der Garten darunter ein leeres Feld mit exakt einem Apfelbaum, um den die Menschen sich scharen. Elsas Welt ein Bett in einem offenen Zimmer innerhalb der grauen Häuserschlucht vor der Mauer, in deren Straße sie Reden schwingt und demonstriert. Warum sollte man das jetzt mit etwas optisch wie klanglich so durchdringendem, alles übertünchendem Regen kaputtmachen?«

Still ist es. So still wie in jenem erwartungsvollen Moment, wenn man bereits auf der Bühne hinter dem Vorhang auf Position ist. Der Moment zwischen Einmarsch des Maestros und dem ersten Ton der Ouvertüre, wenn der Applaus verklungen ist und der Dirigent sein Orchester ansieht, ehe er den Taktstock hebt.

So wie in diesem Augenblick noch immer alles möglich ist, indem der Mann oder die Frau am Pult die Macht der Entscheidung hat, wie schnell oder langsam das Stück gespielt wird, und damit alles richtig oder eben auch verkehrt machen, also über Erfolg oder Misserfolg des Abends entscheiden kann, so ist auch jetzt alles drin.

Zusammenhalt oder Zerfall.

Sieg oder Niederlage.

Und alle Anwesenden wissen das. Halten die Luft an. Schauen auf Tobias Pfeiffer.

Niemand hüstelt.

Niemand bewegt auch nur einen Fuß.

»Okay, kein Regen«, sagt der Regisseur schließlich, und es geht ein Aufatmen durch den Raum.

34

Sie haben Glück. Der achte November ist ein für die Jahreszeit ungewöhnlich warmer Tag mit viel Sonnenschein, und auch gegen Abend kühlt es nur sehr langsam ab. Susanne scheint beschlossen zu haben, die Skandale wegen sexueller Nötigung an der Oper zumindest für heute zu vergessen, denn sie geht ganz beschwingt neben Julie her.

Der Bebelplatz füllt sich schnell. Am hinteren Ende, vor dem Hotel de Rome, ist eine große Leinwand aufgebaut, daneben Lautsprecher, davor befindet sich über die gesamte Länge eine Art breiter Steg, auf den eine Treppe mit wenigen Stufen hinaufführt.

»Da oben werden sich die Sänger und Sängerinnen nachher verneigen und den Applaus von den Leuten hier auf dem Platz entgegennehmen«, klärt Susanne Julie auf, während sie die mitgebrachten Campingstühle aufstellen.

Zwischen ihnen und dieser provisorischen Bühne befinden sich nur ein Absperrgitter und ein circa zwei Meter breiter Gang. Die anderen Kinder, die mit Lissi die Kinderoper einstudieren, und deren Eltern haben ihnen Platz freigehalten, und Lissi hat den ganzen Nachmittag über gedrängt, dass sie früh da sein müssen. Jetzt inspiziert sie den von Julie gepackten Picknickkorb.

Die fragt sich derweil, wie viele Leute wohl auf diesen Platz passen. Selbst die Straße Unter den Linden ist abgesperrt, und in deren Mitte sind Dixi-Klos aufgebaut. Wenn sie sich umdreht, die Leinwand im Rücken hat, sieht sie ein buntes Meer von Menschen. Darüber eine Wolke freudiger Erwartung.

»Richtig schön«, stellt Julie fest und fläzt sich gemütlich in den Campingstuhl.

»Das sage ich dir jedes Jahr vor dem ›Staatsoper für alle‹-Event, aber du hast mir ja nie geglaubt.« Susanne entkorkt eine Flasche Rotwein.

»Das nächste Mal komme ich mit«, sagt sie versöhnlich und stößt mit ihr an. »Versprochen.«

»Ich setze mich zu Jonas.« Lissi nimmt zwei der Sandwiches aus dem Korb und zerrt ihren Stuhl hinter sich her ein Stück weiter in die Mitte unserer Reihe.

»Der Lohengrin«, klärt Susanne Julie mit einem Augenzwinkern auf.

»Dann ist er doch nicht der totale Depp?«

Sie stecken die Köpfe zusammen und kichern.

Eine der anderen Mütter spricht Susanne auf die kommenden Probentermine der Kinder an. Mit einem Lächeln klinkt sich Julie aus dem Gespräch aus, dreht sich halb um und lässt ihren Blick erneut über die Menschenmenge wandern.

Nie hätte sie gedacht, dass so viele Menschen sich hier einfinden würden. Erst recht nicht, da die Welturaufführung des ›Mauerfall‹ auch im Fernsehen live übertragen wird. Entweder sie unterschätzt die Freiluft-Party-Laune der Berliner oder aber deren Liebe zur Oper.

Was immer von beidem es auch sein mag, es ist schön. Die Stimmung, die in der Luft liegt, fühlt sich so lebendig und fröhlich an, dass man es mögen muss. Überall wird gelacht, sich in den Armen gelegen und geplaudert. Ein bisschen wie Classic Open Air in der Waldbühne und doch anders. Ungezwungener. Und vielleicht liegt das einfach daran, dass für dieses Vergnügen hier mitten in Berlin niemand einen Cent bezahlt hat.

Eine Reporterin vom RBB, die Julie aus der Abendschau kennt, geht mitsamt Kamerateam durch die Reihen, spricht hier und da Leute an, interviewt sie. Langsam bewegt sie sich in ihre Richtung, und Julie hofft, sie kommt nicht bei ihnen vorbei.

Doch die Mutter, mit der Susanne spricht, kennt die Reporterin offenbar, denn auf einmal winkt sie ihr, und prompt macht die Frau sich samt Kamerateam auf den Weg.

»Oh, bitte nicht«, seufzt Julie leise.

»Keine Bange.« Susanne lacht. »Lohengrins Mutter ist mit ihr befreundet, und die beiden haben das abgesprochen.« Susanne trinkt einen Schluck Rotwein und sieht sie aufmunternd an. »Komm schon, Julie, ein bisschen Werbung für den Start von Lissis großer Karriere kann doch nicht schaden, oder?«

»Solange die mich nicht interviewen wollen, ist mir alles recht.« Demonstrativ rutscht sie in ihrem Stuhl etwas tiefer, zieht die Kapuze ihrer Jacke über den Kopf und bis weit ins Gesicht.

»Du bist so ein Hasenfuß, in jeder Hinsicht.« Susanne wischt ihr die Kapuze vom Kopf und lacht dabei.

»Du weißt, ich hasse jede Art von Kamera, solange ich nicht die bin, die sie in der Hand hält«, grummelt Julie ärgerlicher, als sie ist, und natürlich weiß sie, dass Susanne das weiß, kennt sie schließlich gut genug.

»Apropos Kamera, hast du die Knipse dabei?«

Die Reporterin ist inzwischen bei ihnen angekommen, geht jedoch schnurstracks auf Jonas' Mutter zu, ohne sie auch nur eines Blickes zu würdigen.

»Da, siehst du?« Susanne spielt die Empörte, allerdings nicht besonders überzeugend. »Dabei bin ich die Mutter der Hauptrolle. Aber nee, für mich interessiert sich niemand.«

»Klar.« Julie ignoriert ihre Litanei, holt die Kamera aus der Tasche und zeigt sie ihr.

»Ja los!« Jetzt ist Susanne ernsthaft empört. »Worauf wartest du? Bring dich in Position, meine Lissi wird gleich vom Fernsehen interviewt.«

»Ganz ruhig bleiben, Susa. Atmen nicht vergessen.« Sie nimmt den Deckel vom Objektiv, schaltet die Kamera ein und steht auf.

Susanne schüttelt den Kopf, als wäre Julie ein hoffnungsloser Fall.

Die Reporterin stellt zunächst Jonas' Mutter ein paar Fragen, dann Jonas. Ihr Kameramann positioniert sich derweil hinter der Absperrung, und Julie denkt, das ist eine gute Idee, denn so hat er die Interviewten im Bild und hinter ihnen den von Menschen gefüllten Platz. Wenn er dabei mal ein bisschen nach rechts schwenkt, fängt er gleich noch die Staatsoper selbst mit ein, auf deren Bühne die Vorstellung in wenigen Minuten starten wird. Aber natürlich, der Mann ist ein Profi und weiß, was er tut.

Sie schießt einige Fotos, auch als schließlich Lissi interviewt wird. In ihrem Sucher sieht sie beim Zoomen, wie ernst das Mädchen dreinblickt, während sie Fragen beantwortet, die Julie nicht hören kann, auch wenn sie gar nicht so weit entfernt steht. Aber die Umgebungsgeräusche sind zu laut, der Pegel der Gespräche der vielen Menschen hier ist einfach zu hoch.

Stolz ist sie, wenn sie die kleine Lissi so sieht, die wie eine Große da steht, offenbar völlig unbeeindruckt von der Fernsehkamera.

Wann ist das passiert? Wann ist aus dem schüchternen Mädchen, das den Mund nicht aufbekommen hat, eine selbstbewusste kleine Dame geworden? Ist das der Einfluss der Kinderoper? Hat Katharina ihr in wenigen Wochen mehr Selbstbewusstsein geben können als Susanne und sie zusammen in zehn Jahren?

Wenn es das ist, was diese Rolle, das Singen in einer Kinderoper, mit ihrer Lissi macht, dann ist es großartig. Dann sind die leicht abgesackten Noten in der Schule ein mehr als zu verkraftender Kollateralschaden. Und Julie hofft nur, dass Susanne in diesem Moment sehen kann, was sie sieht.

Der Kameramann senkt die Kamera, die Reporterin umarmt Jonas' Mutter, und Julie dreht sich zu Susanne um.

Deren Augen schwimmen, gleichzeitig strahlt sie über das ganze Gesicht. »Hast du das gesehen?« Ihre Stimme ist nur mehr ein heiseres Krächzen, so bewegt ist sie in diesem Moment. »Meine Lissi!«

»Wir finden das bestimmt in der Mediathek.«

»Was denkst du denn?«, fragt Susanne entrüstet. »Ich hab's programmiert. Mein Fernseher nimmt die ganze Abendschau und auch die um Viertel vor zehn auf, falls die da noch was hier vom Platz bringen. Wenn sich die Sänger verneigen kommen.«

Selbstverständlich. Ihre pragmatische Freundin. Wie konnte sie das vergessen?

In dem Moment erscheint auf der Leinwand das Bild aus der Staatsoper. Man sieht die vollen Ränge und Reihen im Parkett, das Orchester im Graben, die Bühne, deren schwarzer Vorhang noch zugezogen ist. Und für einen Augenblick muss Julie an ihren Besuch dort denken, nur knapp zwei Wochen zuvor, und an Kilian Holm, der zu ihr hochgesehen hat.

Ein Glück, dass er in der Oper heute keine Rolle hat. Wenn sie ihn nicht sieht, kann sie ihn hoffentlich vergessen.

»Endlich geht es los.« Susanne lümmelt sich in ihren Stuhl neben Julies und schenkt ihnen Wein nach. »Das einzig Gute an Oper open air«, sagt sie und hält ihr Glas hoch. »Man kann währenddessen trinken und muss nicht bis zur Pause warten. Zumal es heute gar keine gibt.«

»Du klingst wie eine Kulturbanausin«, neckt sie die Freundin und stößt an.

Ein Mann tritt vor den geschlossenen Vorhang. »Guten Abend, meine Damen und Herren.«

»Wer ist das?«, raunt sie Susa zu.

»Henkel, der Intendant.«

»Wir mussten in letzter Sekunde eine Umbesetzung vornehmen. Der großartige Bassist Heiner Kurz musste aus familiären Gründen Berlin verlassen. Allerdings haben wir einen wunderbaren Ersatz gefunden. Anstelle von Heiner Kurz wird die Rolle des Helmut Kohl von …«

In dem Moment niest der Mann neben ihnen dermaßen laut, dass Julie kein Wort versteht.

»Ich wünsche Ihnen hier im Haus und auch Ihnen draußen auf dem Bebelplatz sowie vor dem Fernseher zu Hause viel Vergnügen«, sagt der Intendant und geht ab.

»Hast du verstanden, wer statt Kurz singt?«, fragt Julie Susa.

»Nee.«

In dem Moment geht im Opernsaal das Licht aus, und selbst hier auf dem Bebelplatz wird applaudiert, als Maestro Sir Roger Swallow den Orchestergraben durchschreitet, auf das Pult steigt, sich zum Zuschauerraum umdreht, über den Rand schaut und in alle Richtungen nickt.

Dann wird es still. Ganz still. Auch hier draußen. Niemand redet oder scharrt mit den Füßen, und Julie findet das ganz außerordentlich erstaunlich und ist gespannt, ob das so bleibt, während die ersten Töne der Ouvertüre erklingen.

Die Musik ist wunderschön. Schwer und dabei doch zart. Vor allem die Sopranistin, die die Hauptrolle singt, beeindruckt Julie, denn sie schafft mit ihrer Stimme, was sie bis dato für unmöglich gehalten hätte: Julie muss keins der gesungenen

Wörter verstehen, um ihre reiche Gefühlswelt zu erfassen. Angst, Zorn, Freude, Liebe, Leid, alles hört sie nicht nur, nein, es geht ihr unter die Haut, lässt sie mitfühlen und gibt ihr eine neue Perspektive darauf, wie sich das Leben in der DDR angefühlt haben muss.

Minuten vergehen wie Sekunden. Julie sitzt gebannt mit Zehntausenden, und wüsste sie es nicht anders, sie würde glatt meinen, niemand auf dem Bebelplatz atmet.

Und dann steht auf einmal ihr Herz still. Diese eine Stimme, irgendwo aus einer der Seiten oder von hinter der Bühne, diese Stimme, die sie unter allen sofort herauskennen würde, und ihre Gedanken straucheln, stolpern, poltern durcheinander.

Er hat keine Rolle im »Mauerfall«.

Aber er ist es, kein Zweifel.

Aber warum?

Ist er der … Ersatz?

Sie starrt atemlos auf die Leinwand, wartet auf diesen einen Moment, in dem er aus den Kulissen treten wird. Möchte wegrennen und bleiben und alles zugleich. Und ihre Haut fühlt sich plötzlich irritiert an, als passe sie ihr nicht mehr, als müsse sie aus ihr fahren. Und sie betet, sich zu irren, aber sie weiß, er ist es.

Diese Stimme gibt es nur ein einziges Mal auf dieser Welt.

Plötzlich geht ein Spot an, leuchtet die hintere linke Ecke der Bühne aus, die zuvor im Dunkel gelegen hat. Ein Tisch, ein Stuhl, mehr nicht. Und auf dem Tisch sitzt einer, der aussieht wie Helmut Kohl und singt wie Kilian Holm.

Julies Gedanken kommen nicht hinterher, aber in ihr wird alles still. Der Sturm, der eben noch gewütet hat, wie weggeblasen, und vielleicht ist er das, vielleicht aber befindet sie sich auch nur im Auge des Orkans.

Wie herum auch immer. Jetzt und hier ist ihr das seltsam egal. Sie kann nur schauen und hören und fühlen.

Der Rest der Oper ist wie ein Film, in dem Julie auf eigenartige Art stille Statistin ist. Sie sieht, hört und fühlt das Geschehen durch drei Augenpaare, das der Elsa, das von Hans-Dietrich Genscher und das von Helmut Kohl. Sie erlebt den Fall der Mauer neu und anders und es hat nichts mit dem zu tun, was sie vom Unterricht in der Schule oder Erzählungen aus ihrer Familie kennt. Und doch deckt es sich auch mit dem, was sie bereits weiß.

Die Parallelität dieser Welten, derjenigen der Oper und ihrer eigenen, ist auf eine gute Art verwirrend, und sie weiß, sie wird lange darüber nachdenken. Es wird ihren Blick auf die Geschichte schärfen, aber auch verändern. Es wird sie auf heutige Ereignisse anders blicken lassen, in ihrem Denken neue Wege für alte Probleme aufzeigen. Und wenn es das ist, was Oper sich zur Aufgabe macht, ein Geschehen abzubilden und gleichzeitig Lösungen für Konflikte anzubieten, die sich auf die ein oder andere Art so lange wiederholen werden, wie es Menschen gibt, ihnen einen Spiegel vorzuhalten und sie so näher an sich selbst zu führen, dann gelingt das hier ganz außerordentlich.

Julie vergisst vollkommen, dass sie auf eine Leinwand schaut. All die Menschen um sie herum und hinter ihr nimmt sie gar nicht mehr wahr. Stattdessen taucht sie tief in das Geschehen auf der Bühne ein, atmet die Musik, den Gesang ein, lässt sich davon füllen. Es ist so schön, dass sie sich wünscht, das würde niemals aufhören.

Viel zu schnell sind die knapp zwei Stunden vorüber. Während sich das Ensemble auf der Bühne verneigt und sogar die komplette Staatskapelle oben steht, klatschen auch alle auf dem Bebelplatz. Und ein bisschen fühlt es sich wie ein Happy End an. Als ob die Spannung auch im Publikum, die Erwartung eines guten Endes, von dem sie doch eigentlich alle gewusst haben, dass es kommt, alle erleichtert zurücklässt.

»Überraschung gelungen?« Susannes Gesichtsausdruck hat etwas von diebischer Freude.

»Du hast es gewusst.« Julie erkennt es in dem Moment, in dem sie sie ansieht. »Du wusstest, dass er singt, und hast mich ins offene Messer laufen lassen.« Sie weiß nicht, ob sie mehr enttäuscht oder wütend ist. Auch nicht, ob die Kälte, die sie plötzlich in den Gliedern spürt, ausschließlich mit den sinkenden Temperaturen des Abends zu tun hat, der sich langsam von der Nacht einverleiben lässt.

»Komm schon, Julie.« Susa nimmt ihr das leere Weinglas aus der Hand und verstaut es zusammen mit ihrem im Korb. »Hätte ich dir von der Umbesetzung erzählt, du wärst nicht mit hergekommen.«

»Ich …« Julie stockt. Bremst sich, ehe sie etwas Verräterisches sagt. Fischt Susa im Dunkeln oder ahnt sie etwas? Wenn ja, woher? Julie kann sich nicht entsinnen, ihr gegenüber erwähnt zu haben, dass er ihr nicht aus dem Kopf will.

»Die Stimme ist aber auch der Hammer«, plappert Susanne unbeirrt weiter. »Meinetwegen könnte der das Telefonbuch runtersingen.«

»Ich wäre natürlich mitgekommen.« Lüge. Notlüge. »Ich hab's Lissi schließlich versprochen.« War das vor oder nach der schlaflosen Nacht? Egal, Kurve gerade noch mal so bekommen.

»Hm.« Susanne nickt bedächtig. »Wer's glaubt …«

»War das toll!« Lissi steht mit leuchtenden Augen vor ihnen. Fast fiebrig sieht sie aus. »Stellt euch mal vor, man singt so eine Rolle wie die Elsa. Und ist es nicht ein Ding, dass sie auch Elsa heißt? Wie meine Rolle?« Sie wackelt dabei mit dem Kopf, gerade so, als wüsste sie nicht, wohin mit all der Energie, die sie in den letzten zwei Stunden aufgefangen hat. »Ich will nichts anderes im Leben machen.«

Susanne wirft Julie einen verzweifelten Blick zu.

»Kann ich verstehen«, sagt Julie vorsichtig, faltet ihren Stuhl zusammen und stülpt die Hülle drüber. »Aber vielleicht warten wir es erst mal ab, wie du nach deinem ersten Auftritt darüber denkst.«

Für einen Moment zieht Lissi einen Schmollmund, und Julie befürchtet schon, einen ihrer Wutausbrüche über sich ergehen lassen zu müssen, da zeigt sie plötzlich Richtung Intendanzgebäude der Staatsoper. »Sie kommen!«, schreit sie, und ihre Stimme überschlägt sich vor Freude.

Julie hingegen steht erstarrt.

Bis zu diesem Moment hat sie das ganz vergessen.

Vergessen oder verdrängt.

Und jetzt gibt es kein Zurück, keinen Ausweg, nichts.

Es ist nur eine Frage von Sekunden, bis Kilian Holm keine drei Meter von ihr entfernt die paar Stufen hinaufsteigt und auf dieser kleinen Bühne hier steht.

Was macht sie nur?

Wenn sie könnte, würde sie sich auf der Stelle in Luft auflösen.

Aber sie kann nicht.

Wie das Kaninchen die Schlange sieht sie ihn gemeinsam mit den anderen Sängerinnen und Sängern und dem Dirigenten auf sich zukommen.

Wenn er sie erkennt …

Tut er nicht. Niemals.

Aber wenn …

Reiß dich zusammen, denkt Julie, du bist niemand. Wie soll er dich jetzt hier erkennen?

Die Haare.

Ihre weißblonden Korkenzieherlocken. Wie oft sind die ihr schon zum Verhängnis geworden, wenn ihr jemand begegnet ist, den sie nie wieder hat sehen wollen?

Julie hebt den Arm, um sich die Kapuze über den Kopf zu ziehen, aber als ob Susanne ihre Gedanken gelesen hätte, hält sie ihn fest. »Untersteh dich«, zischt sie ihr zu.

Vielleicht bringt Julie sie um.

Später.

Sofern sie das hier überlebt.

Kilian Holm und die anderen kommen an der Treppe an. Ganz der Gentleman lässt er den Damen den Vortritt und geht dann hinter der Sopranistin die Stufen hinauf und weiter bis zur Mitte der provisorischen Bühne.

Er hat sie nicht gesehen.

Julie atmet auf und es fühlt sich an, als hätte sie eine Stunde lang nur ein- und nicht ein einziges Mal ausgeatmet.

Die Menschenmenge auf dem Bebelplatz tobt derweil. Bravirufe vermengen sich mit tosendem Applaus, Pfiffen und unverständlichem Gebrülle. Es ist der schiere Wahnsinn, aber auch so ansteckend, dass sie schließlich einfällt.

Das Tosen hält minutenlang an, und die Sänger und Sängerinnen auf der Bühne, allesamt noch in ihren Kostümen, lachen, winken und werfen Kusshände in die Menge, bis sich nach einer gefühlten Ewigkeit der Maestro als Erster zum Gehen wendet.

Kilian und die Sopranistin stecken die Köpfe zusammen, und Julie wüsste gern, was sie wohl reden. Die beiden bleiben am längsten, doch schließlich winken sie noch einmal und gehen dann zum Ende der Bühne, wo Kilian der Sängerin den Vortritt lässt.

Und genau in dem Moment, in dem sie sich in Sicherheit wähnt, treffen sich ihre Blicke, und sie weiß, er hat die ganze Zeit gewusst, dass sie hier steht, hat sie längst erkannt. Keine Ahnung woher, aber sie weiß es.

»Können wir?«, fragt sie Susanne, und die Panik in ihrer Stimme erschreckt sie.

Ihre Freundin aber reagiert gar nicht. Statt einer Antwort tritt sie näher an die Balustrade, und Julie möchte sie mit aller Macht da wegzerren, aber dann sieht sie, wie die Sopranistin mit einem breiten Lächeln im Gesicht auf sie zukommt.

Wieso das?

»Frau Kleist!« Die Stimme der Sopranistin ist selbst dann noch melodisch und von einer samtig warmen Farbe, wenn sie spricht. »Wie unsensibel von mir!« Sie greift nach Susannes Händen und Julie hat das Gefühl, in ein Erdbeben geraten zu sein. »Ich hätte Ihnen Premierenkarten zukommen lassen sollen.«

»Alles gut, Frau Wolf«, sagt Susanne und Julie hat ihre Freundin noch nie so demütig gehört. »Sie waren einfach nur toll.«

»Dann lassen Sie mich Ihnen wenigstens noch Karten für eine der anderen Vorstellungen reservieren.«

Susanne winkt ab, und es sieht tatsächlich schüchtern aus. »Ich habe schon welche für Samstag.«

Die Sopranistin schaut zu Lissi. »Und du? Bist du das vielversprechende Talent, das im Kinder-›Lohengrin‹ singen wird?«

Julie wirft Susanne einen Blick zu, in dem mindestens fünf Fragezeichen eine Hauptrolle spielen.

»Ich habe ihr ein Appartement vermietet«, raunt Susanne ihr zu, und das erklärt natürlich einiges.

»Ja.« Lissi ist plötzlich einsilbig und sogar ein bisschen piepsig. »Auch eine Elsa. Eine andere.«

»Ja, die Elsa von Brabant. Das war mal eine meiner Lieblingsrollen.«

»Wirklich?« Lissi reißt die Augen auf.

Julie weiß nicht, ob sie oder Susanne oder beide sich der anderen um sie herum bewusst sind, die alle stehen und glotzen, sie selbst ist es jedenfalls. Und aus irgendeinem, nicht sonderlich ehrenhaften Grund freut es sie, dass ausgerechnet Lohengrins Mutter so gar keine Aufmerksamkeit bekommt, obwohl sie in einem fort versucht, sich in den Vordergrund zu drängen.

»Ja, weil ich denke, die Elsa ist eine ganz starke, aber auch eine sehr unsichere Frau, findest du nicht auch?« Anna Wolf lehnt sich auf das Geländer und zwinkert Lissi zu.

»Weil sie Lohengrin dazu bringt, dass er sein Geheimnis verrät?«, fragt Lissi.

»Genau.«

»Aber dann magst du eine unsichere Frau?« Man sieht Lissi deutlich an, dass sie sich das von Anna Wolf nicht vorstellen kann, und Julie zückt ihre Kamera, um diesen unglaublichen Moment festzuhalten, an den Lissi sich ein Leben lang erinnern wird.

»Na, ich mag nicht alles an ihr. In manchem ist sie mir sehr unsympathisch. Aber es bedeutet, dass man, wenn man diese Rolle singt, sehr viele eigene unterschiedliche Facetten zeigen kann, wenn man die Elsa von Brabant so versteht, wie ich es tue.«

Lissi sieht nachdenklich drein, dann nickt sie. »Aber wie singt man schön und gleichzeitig unsicher?«

Anna Wolf lacht und es klingt wie tausend Glocken. »Das ist genau die Kunst.« Sie geht ein Stück in die Knie, bis sie mit Lissi auf Augenhöhe ist. »Denke nie, du musst alles schön singen«, sagt sie mit großer Eindringlichkeit. »Es geht nicht darum, dass du deine Stimme präsentierst und allen dabei immer nur zeigst, wie schön sie klingen kann. Bei allem, was du singst, musst du deine Seele mitschwingen lassen. Nur was du beim Singen fühlst, wird auch dein Publikum fühlen.«

Lissi zieht die Stirn in Falten. »Das werde ich mir merken«, sagt sie dann und Julies Herz ist nicht groß genug für die Liebe, die sie in diesem Moment fühlt.

»Frau Kleist«, wendet sich Anna Wolf an Susanne, »würden Sie ein Foto von mir und meiner jungen Kollegin machen und es mir schicken?«

Susanne nickt und strahlt über das ganze Gesicht. »Julie?« Sie dreht sich zu ihr um.

»Hallo.« Julie tritt ein Stück näher und nimmt die Kamera in Anschlag.

Lissi zieht sich hoch, setzt sich auf die Balustrade, Anna Wolf legt den Arm um sie und beide lächeln, als teilten sie ein Geheimnis. Doch das schönste Foto, das Julie von den zweien schießt, ist das, auf dem sie sich ansehen, die Kamera vergessen haben. Zwei, die sich mögen, auf Anhieb, und die mehr zu verbinden scheint als dieser eine Moment.

»Ich für meinen Teil hätte lieber ein Selfie mit der Fotografin.«

Die Stimme so nah bei ihr lässt Julie fast die Kamera aus der Hand fallen, so sehr erschrickt sie sich. Sie hatte doch tatsächlich für ein paar Minuten ganz vergessen, dass Kilian Holm auch anwesend ist.

»Ich will nämlich sichergehen, dass ich das Foto auch wirklich bekomme«, schiebt er hinterher und schwingt sich über die Balustrade, ein Handy in der Hand.

Durch die Menge geht ein Raunen.

Julie ist sicher, sie ist feuerrot im Gesicht, und nimmt nur am Rande wahr, wie Susanne ihr die Kamera aus der Hand nimmt.

»Der Krone geht es übrigens wieder gut«, sagt er leise und mit einem schelmischen Grinsen, tritt nah an Julie heran und hält das Handy hoch. »Lächeln nicht vergessen.«

Ihre Knie sind seltsam weich, in ihren Ohren rauscht es. Sie lächelt. Vielleicht. Vielleicht auch nicht. Ist sich seiner Nähe so bewusst, dass es ihr die Luft abschnürt.

»Ich bin übrigens Kilian. Und du?« Das Handy klickt noch ein paar Mal.

»Julie.« Ihre Stimme klingt fremd. Brüchig.

»Fein, Julie.« Er lächelt sie an und seine meerblauen Augen sind so tief, dass man darin nur ertrinken kann. »Ich muss mich noch umziehen, aber danach würde ich gern einen Wein mit dir trinken.«

Niemals!

»Also, sagen wir in zwanzig Minuten vor der Intendanzpforte?«

Er gibt ihr gar nicht erst die Möglichkeit, zu antworten, sondern winkt nur noch einmal kurz in die Menge, schwingt sich wieder über die Balustrade und eilt mit schnellen Schritten davon.

Susanne packt Julie mit beiden Händen an den Oberarmen, dreht sie zu sich. »Wow!« Sie schüttelt den Kopf, als könne sie selbst kaum glauben, was gerade eben passiert ist. »Ich fahre jetzt allein mit Lissi nach Hause«, sagt sie sehr langsam und sieht Julie dabei eindringlich an.

»Nein.« Sie schnappt zurück aus ihrer Erstarrung, wie wenn jemand einen Schalter umgelegt hätte. »Nein. Ich komme mit.«

»Julie? Bist du noch zu retten?«

»Lass mich, Susa.« Mit einem Ruck schüttelt sie die Hände der Freundin ab. »Ich warte auf gar keinen Fall auf Kilian Holm vor der Intendanzpforte.« Mit jedem Wort wird ihre Stimme lauter. Fester. Und es ist ihr sehr egal, wie viele Leute um sie herum stehen, glotzen und zuhören.

»Ich fasse es nicht.« Susanne reißt die Arme hoch und lässt sie wieder fallen.

»Schluss jetzt«, herrscht sie sie an. »Wir packen zusammen und gehen.«

»Also, ich verstehe dich auch nicht«, mischt sich nun auch noch Lissi ein, und das ist so ziemlich das Letzte, was Julie noch gefehlt hat. Altkluge Ratschläge einer Zehnjährigen.

»Fang du nicht auch noch an!« Sie drückt ihr einen der verpackten Campingstühle in die Hände und bedenkt sie mit einem Blick, der ihr eindeutig sagen soll, dass es besser für sie ist, wenn sie sofort die Klappe hält.

»Aber …«

»Lissi!«, zischt Susanne, die Julie offenbar deutlich besser verstanden hat.

Sie hängt Susanne den anderen Campingstuhl über die Schulter und schnappt sich den Picknickkorb. »Können wir?«

Mutter und Tochter tauschen bedeutungsschwere Blicke, trotten dann jedoch stillschweigend voran Richtung U-Bahn.

Bis nach Hause sprechen sie kein Wort mehr. Nicht einmal zum Abschied.

35

Es ist spät geworden. Premieren, vor allem Welturaufführungen haben das so an sich, und Anna weiß nicht, wovon sie erschöpfter ist, von der Vorstellung oder dem vielen Händeschütteln und Reagieren auf warme Worte hinterher. Ausgewählte Journalisten, Freunde und Förderer der Staatsoper, alle haben ihr sagen wollen, wie wunderbar sie gewesen sei. Allen hat sie ein Lächeln und ihr Ohr geschenkt.

Inzwischen leert sich die *Konditorei,* das Restaurant im Untergeschoss der Staatsoper. Leere Gläser und Teller stehen überall auf den Tischen, dazwischen hingeworfene Servietten, umgefallene leere kleine Wasserflaschen. Selbst die Stühle sind kreuz und quer im Raum verteilt und folgen keiner Choreografie mehr.

Ein Bild wie nach einem Prunkgelage aus längst vergangenen Zeiten, denkt Anna unwillkürlich, während ihr Blick durch den Saal schweift.

Das dunkle Parkett und die braunen Wände und Säulen lassen den Raum mit seiner tiefen Decke schwer wirken. Das Licht der Kristallkronleuchter wirft sternförmig Streifen auf die glänzende weiße Decke. Der Glamour der Feier ist etwas Drückendem gewichen.

»Noch ein Absacker in der Bar des Hotel de Rome?« Roger Swallow steht plötzlich neben ihr. »Ich schätze, das Casino hat schon geschlossen.« Er sieht ein wenig ramponiert aus. Das Hemd hängt aus der Hose, die Fliege auf halbmast.

»Besser nicht.« Sie stellt ihr leeres Glas auf einem der Tische ab. »Aber du darfst mich zu meiner Garderobe und dann nach draußen und noch ein Stück des Weges begleiten, wenn du magst.«

»Wann bist du so langweilig geworden, Anna?« Er sagt das mit einem belustigten Zwinkern, dass an seiner Intention keinen Zweifel aufkommen lässt.

»Ich bin eine alte Frau, Roger.« Anna grinst und hakt sich bei ihm unter. »Ich brauche meinen Schönheitsschlaf, sonst weiß meine freundliche Maskenbildnerin gar nicht mehr, wie sie mich auch nur halbwegs herrichten soll.«

»Fishing for compliments?« Er lacht und stellt sein noch halb volles Glas ab. »Na dann.«

Sie gehen nebeneinander durch die leere Zuschauergarderobe und Roger hält ihr die Tür auf, die in einen Gang führt, durch den man hinter die Bühne gelangt.

»Wer waren eigentlich die Frau und das Mädchen im Publikum draußen? Die beiden, mit denen du gesprochen hast?«

Anna ist ein bisschen verwundert. Sie hat gar nicht gedacht, dass er das mitbekommen hat, ist er doch einer der Ersten gewesen, die den Bebelplatz verlassen haben. »Die Frau hat mir das Appartement vermietet, in dem ich wohne. Und ihre Tochter singt hier am Haus in einer Kinderoper. Oder vielmehr probt noch dafür.« Sie gehen hinter der Bühne entlang Richtung Garderoben. Seltsam still ist es hier, so ganz ohne Bühnenarbeiter. »Ich hätte ihr Tickets für die Premiere zukommen lassen sollen, aber ich habe überhaupt nicht daran gedacht.«

»Und die andere? Die, mit der Kilian Selfies gemacht hat?«

»Keine Ahnung. Vielleicht einer seiner hartnäckigen Fans? Soweit ich weiß, gibt es da einige, die alles kommentieren, was er in den sozialen Medien postet. Vermutlich kennt er das ein oder andere Gesicht. Und die junge Frau hat ja ziemlich auffällige Haare.«

Anna bleibt in der offenen Tür ihrer Garderobe stehen und betrachtet das Blumenmeer. Die kann sie unmöglich alle auf einmal mitnehmen.

»Du kannst sie dir in dein Appartement schicken lassen«, sagt Roger, als könnte er ihre Gedanken lesen. »Sag einfach dem Pförtner Bescheid, dann organisieren die das morgen.«

Sie sucht zwei besonders schöne Sträuße aus und stellt sie zur Seite. »Ich werde einen davon meiner Maskenbildnerin und einen der Frau vom Kostüm zukommen lassen.« Sie zögert, dann stellt sie noch einen dritten dazu. »Und den für die Souffleuse.«

Roger nimmt ihren Mantel und hält ihn ihr hin, sodass sie nur hineinschlüpfen muss.

»Was ich mich die ganze Zeit schon frage …« Anna lässt den Satz halb fertig in der Luft hängen, nicht sicher, ob sie ihn zu Ende führen soll. Es ist ein Verdacht, befeuert vom Gemunkel in den Gängen des Hauses, und sie weiß nicht einmal, ob sie die Wahrheit wirklich wissen will.

»… ob ich hinter dem Rauswurf von Heiner Kurz stehe?« Ernst ist er plötzlich, sein Gesicht eine Maske, die nichts davon verrät, was hinter der Stirn wohl vorgehen mag.

Sie hätte die Frage nicht stellen sollen. Um der guten langen Beziehung willen nicht, die sie beide verbindet. Zu spät. Gesagt ist gesagt.

»Vergiss es, Roger«, versucht sie, die Kurve zu bekommen, raus aus der bedrückenden Spannung, die plötzlich über ihnen liegt wie ein Mantel, der zu groß und zu schwer ist. »Es gibt halt so Gerüchte, das weißt du sicher. Aber im Grunde ist es völlig egal, denn bei allem, was im Moment um Heiner herum los ist, ist es das Beste so. Die ganze Publicity hätte sich sonst nur um ihn gedreht und dem Werk, um das es hier eigentlich geht, noch vor seiner Weltpremiere die Bedeutung geraubt.« Sie schlüpft in den Mantel, hängt sich ihre Tasche über die Schulter und nimmt einen der Sträuße. »Wollen wir?«

Roger lässt sie vorangehen, nimmt seinen Mantel über den Arm und folgt ihr den Gang entlang, weiter die lange Überführung über der breiten überdachten Zufahrt zum Bühnenhaus, eine Treppe hinunter, einen nächsten langen Gang entlang und schließlich beim Pförtner vorbei auf die Straße.

»Du bist jetzt aber nicht sauer, oder?« Anna bleibt auf dem Gehweg stehen und zieht ihren Mantel enger um sich. Die Nacht hat die Luft erheblich abgekühlt, und es liegt eine gewisse Feuchtigkeit darin, die die Kälte unangenehm macht. Kein Mensch ist mehr auf der Straße zu sehen, nur ein einziges Taxi steht verloren vor dem Hotel de Rome und wartet auf einen späten Fahrgast.

»Nein.« Roger schlüpft in seinen Mantel und knöpft ihn zu. »Und du hast recht damit, dass es das Beste so ist.« Er verschränkt die Arme vor der Brust, vielleicht um sich vor der feuchten Kälte zu schützen, vielleicht auch, um Anna auf Abstand zu halten.

»Heiner selbst schürt reichlich das Feuer.«

»Klar. Er ist angeschossen. Verwundet. Er versucht mit allen Mitteln, seine Haut zu retten.«

»Ich bezweifele, dass seine Methode die richtige ist.«

Roger zuckt die Schultern. »Das vielleicht nicht, aber dass er sogar ohne Beweise von aller Welt für schuldig erklärt wird, das ist sicher auch nicht korrekt.«

Anna nimmt den Blumenstrauß in den anderen Arm. Das hier ist brüchiges Eis, doch sie hat es allzu lange zu oft nicht betreten. »Das ist die männliche Sicht der Dinge«, sagt sie schließlich, sehr um einen neutralen Ton bemüht, in dem kein Vorwurf liegt. »Aber ehrlich gesagt, Roger, wir beide wissen, wie es in der Welt der Oper seit Jahrzehnten zugeht. Gerade junge Frauen werden bedrängt, genötigt, im Grunde erpresst. Immer nach der Methode, wenn du nicht mitspielst, sorge ich dafür, dass deine Karriere begraben wird, noch ehe sie wirklich begonnen hat.«

Er neigt den Kopf ein wenig und sieht sie mit einer Miene an, als frage er sich, warum sie ihm das erzählt. Und vielleicht ist es an der Zeit, mit Ehrlichkeit voranzugehen.

»Ich habe das ganz zu Anfang auch erlebt. Und ich weiß daher allzu gut, dass man sich nicht traut, etwas zu sagen. Es gibt einfach zu viele gute Sängerinnen. Man weiß in jedem Moment, wie schnell es für einen vorbei sein kann und dass da genug andere nur darauf warten, deinen Platz einzunehmen. Aber irgendwann kann man vielleicht nicht mehr schweigen. Oder man will es nicht mehr. Selbst wenn dann viel zu viel Zeit vergangen ist, als dass man noch irgendetwas beweisen könnte. Trotzdem ist es gut und wichtig, dass dieses Thema endlich in der Öffentlichkeit angekommen ist.«

Roger tritt von einem Fuß auf den anderen, wendet sein Gesicht ab, blickt in die Ferne, als gäbe es dort Antworten auf Fragen, die niemand zu stellen gewagt hat.

»Heiner ist mir nie zu nah gekommen.« Anna weiß genau, warum es ihr schwerfällt, das zu sagen. Sie atmet tief durch, ehe sie fortfährt. »Aber ich habe es ein paar Mal mitbekommen. Dass es Kolleginnen passiert ist. Jüngeren. Und ich habe nichts gesagt. Obwohl ich gekonnt hätte. Obwohl er mir und meiner Karriere zu diesem Zeitpunkt schon nichts mehr anhaben konnte.« Es tut gut, das auszusprechen, auch wenn es die eigentliche Last des Gewissens nicht von ihr zu nehmen vermag. »Es ist keine Rechtfertigung, denn die gibt es nicht für mein Handeln, aber zumindest eine Erklärung habe ich.«

Roger wendet ihr sein Gesicht wieder zu. Ganz langsam. Als bedürfte es großer Kraft, den Kopf zu drehen.

»Ich bin ein Kind der DDR. Obrigkeitshörigkeit ist ebenso tief in meiner DNA verankert wie die Gewohnheit, dass andere für mich denken, mir sagen, was ich zu tun und zu lassen habe. Ich habe erst als Erwachsene wirklich gelernt, zu hinterfragen, aber Schlüsse, Konsequenzen ziehen und handeln, das fällt mir immer noch schwer.«

Einen Moment lang schweigen sie, und Anna fällt auf, wie still die Berliner Nacht hier ist. Kaum mehr Verkehrsrauschen, keine Polizei- oder Feuerwehrsirenen.

»Ich hatte vor, nachzuhelfen«, sagt Roger schließlich mit einem entwaffnenden Lächeln. »Eine Frau aus dem Orchester der Royal Opera in London hat mir erzählt, dass ihre Freundin, eine junge Sängerin, von Heiner sexuell genötigt wurde. Ich wollte so etwas auf keinen Fall erleben, solange ich am Pult stehe.« Er hebt die Hände, als wollte er sie von vornherein stoppen, etwas zu sagen. »Ich hatte kein wirklich hehres Motiv, Anna. Ehrlich gesagt hatte ich weniger euch Sängerinnen im Kopf als die Oper, den ›Mauerfall‹ und die Tatsache, dass ich der erste Maestro bin, der sie dirigiert und somit eine Marke in den Geschichtsbüchern setzt.« Er lässt die Arme fallen. »Aber ich wollte Heiner deshalb aus dem Ensemble haben. Weil ich ihm nicht getraut habe. Nicht mehr. Allerdings haben mich dann die Ereignisse überholt.«

»Was hättest du getan, wenn nicht? Wenn es anders gekommen wäre.«

Roger zieht die Luft geräuschvoll durch die Nase ein und atmet dann mit einem Stoß wieder aus. »Ich weiß es nicht.« Er schüttelt ratlos den Kopf. »Irgendetwas hätte ich getan. Vielleicht sogar etwas ziemlich Dummes, was mich mit ins Verderben gerissen hätte.«

»Dann können wir ja froh sein, dass es auch ohne dein Zutun so weit gekommen ist.« Sie hakt sich bei ihm ein und weiß nicht, worüber sie mehr erleichtert ist, dass sie sich ihm anvertraut hat oder dass durch ihre beiden Geständnisse ihre Beziehung am Ende keinen Schaden nehmen wird. »Was hältst du von einem Schlummertrunk bei mir? Ich habe da noch eine angefangene Flasche eines sehr schönen Whiskys im Schrank.«

Tief in der Nacht, als Roger längst gegangen ist, Anna die Gläser abgespült hat und die Lichter des schlafenden Berlin nur noch ein vereinzeltes Funkeln sind, steht sie im Bademantel auf der Dachterrasse und atmet die kühle Nachtluft.

Ein langer Weg liegt hinter ihr, und jetzt und hier lässt sich nicht sagen, wie kurz oder lang der vor ihr noch ist. Sie hat viel falsch gemacht und weniges richtig, ihr Leben eine Aneinanderreihung von Fehlern. Wie viele Chancen wird sie noch haben, etwas richtig zu machen?

Immerhin.

Die letzten Wochen sind ein Anfang gewesen. Sie hat sich bisher Fremden offenbart, heute Abend auch einem langjährigen Weggefährten. Hat sich einem Heißblut von Regisseur gegenüber in den Feuersturm gestellt und ist nicht verbrannt.

All das ist ein Anfang.

Besser spät als nie.

Und es gibt noch etwas, das sie tun kann. Etwas, was vielleicht keinen Einfluss nimmt, vielleicht jedoch große Wirkung erzielt und ein Leben für immer ändert.

Entschlossen geht Anna zurück ins Wohnzimmer, zieht die Tür hinter sich zu und sperrt die Kälte aus. Greift sich ihr Handy, das auf dem Tisch liegt.

Drei Uhr.

Neun Uhr abends in New York.

Sie öffnet die Kontakte, tippt auf das Anrufsymbol unter Antoines Namen.

»Ma chére«, meldet er sich nach nur zweimaligem Klingeln, »haben wir nicht vor wenigen Stunden erst gesprochen? Schon wieder Sehnsucht nach mir?«

»Spinner.« Sie sagt das sanft und mit einem Lächeln, von dem sie weiß, dass er es hört. »Kannst du mir bitte einen Gefallen tun?«

»*Bien sûr,* jeden.«

»In meinem Arbeitszimmer, im Bücherregal, da, wo die ganzen Partituren stehen, da findest du einen alten ›Lohengrin‹. Ein ganz abgegriffenes Exemplar, der Pappeinband ist an mehreren Stellen eingerissen. In den Noten sind endlos viele Anmerkungen von mir, alles in Bleistift. Kannst du mir die Partitur bitte nach Berlin schicken?«

»Mais oui.« Antoine klingt erstaunt. »Aber was willst du mit dem ›Lohengrin‹?«

»Lange Geschichte, Antoine. Erzähle ich dir, wenn ich zurück bin. Es ist mitten in der Nacht hier. Ich muss ins Bett.«

»Hm.«

»Schickst du es morgen gleich los, bitte? Es ist wichtig.«

»Zu Befehl, *mon général*«. Er witzelt, aber es klingt, als trieben ihn viele Fragen um.

»Danke, Antoine. Mach's gut.«

36

»Da hattest du eine wirklich schöne Idee, Kilian.« Anna hakt sich bei ihm unter und schaut noch einmal zurück auf die Warschauer Brücke, über die in diesem Moment eine orangegelbe U-Bahn fährt. »Auch wenn das einige Kilometer werden.« An der East Side Gallery posieren jede Menge Menschen vor den Graffiti auf den Resten der Berliner Mauer, wie an jedem x-beliebigen Tag. Die größte Traube natürlich vor dem Bruderkuss. Der Himmel über Berlin zeigt sich novembergrau. »Warum bist du bei der Premierenfeier eigentlich sofort verschwunden?«

»Ich dachte, jemand …« Er schüttelt den Kopf. Kurz, dennoch bestimmt. »Wir können jederzeit schummeln und ein Stück im Taxi zurücklegen.« Er sieht sie an, als wüsste er ganz genau, dass sie das nicht tun werden. Sein Schmunzeln verunglückt, so etwas wie Schmerz blitzt in seinen Augen auf. Vielleicht auch nur Enttäuschung.

Die Lockenfrau, denkt Anna, aber offenbar will er nicht darüber sprechen und sie wird ihn nicht drängen.

Sie gehen langsam um eine Traube Menschen herum, dann wird der Bürgersteig leerer, und sie fallen in einen angenehmen Trott.

»Du und ich«, sagt Anna, »Ost und West, Vergangenheit und Zukunft.«

»Vergangenheit?«

»Na ja. Die Lichtgrenze abzugehen ist für mich auch ein Marsch durch die Vergangenheit. Ich habe als junge Frau an vielen Orten, die auf unserem Weg liegen, auf die Mauer gestarrt und mir nicht vorstellen können, dass sie jemals fallen und ich frei sein könnte. Und irgendwie erinnere ich mich an dieses Gefühl gerade ganz besonders stark. Heute. Hier.« Sie lassen den Ostbahnhof rechts liegen und queren die Spree über die Schillingbrücke. »Du hingegen hast diese Stadt, das Land nur vereinigt erlebt.«

»Nicht ganz«, wendet Kilian ein. »Ich war immerhin schon elf, als die Mauer fiel. Dafür habe ich, im Gegensatz zu dir, das oft schmerzhafte Zusammenwachsen miterlebt, und selbst heute bin ich nicht sicher, ob wir es wirklich geschafft haben.«

»Und jetzt gehen wir zusammen hier entlang.« Anna zieht ihren Arm aus seinem, bleibt stehen und breitet die Arme aus. »Hier, auf der Grenze zwischen Mitte und Kreuzberg. Und nichts scheint mehr übrig von den Hausbesetzern, den Punks, dem schwarzen Block, der Kreuzberg beherrschte. Ebenso wenig von den linientreuen DDR-Bürgerinnen und -Bürgern, die mit ihrer mehr als angepassten Haltung eine der begehrten Wohnungen in den modernen Platten in Mitte ergattert hatten.«

»Da wäre ich gar nicht so sicher.«

»Nicht?« Anna setzt sich wieder in Bewegung. Und für einen Moment berühren sich ihre Schultern, ein Hauch nur, der aber ihre Verbundenheit zu unterstreichen scheint.

»Ich glaube, das Problem ist, dass Westdeutschland Ostdeutschland damals einfach übernommen hat.« In Kilians Stimme ist Enttäuschung überdeutlich zu vernehmen. »Keiner im Westen hat auf das Gute geschaut, das es im Osten gab.«

»Gab es da was?« Anna klingt härter, als sie will. Vielleicht ist es alter Schmerz, vielleicht aber viel mehr ihr schlechtes Gewissen.

»Polikliniken zum Beispiel.« Kilian lässt sich nicht beirren. »Oder auch die Möglichkeiten für Frauen, berufstätig zu sein und trotzdem Kinder zu haben.« Er bleibt kurz stehen, zuckt die Schultern und geht dann weiter. »Bestimmt gibt es da noch viel mehr. Hätte der Westen hingeschaut und gesagt, cool, das habt ihr besser gemacht als wir, das übernehmen wir jetzt, die Leute in Ostdeutschland hätten nicht das Gefühl gehabt, übernommen zu werden und kein Mitspracherecht zu haben. Aber nein, viele im Westen waren einfach überheblich, nach dem Motto, das bessere System hat gewonnen, und damit haben sie denen im Osten vermittelt, sie seien minderwertig.«

»Es ist irre schwer für mich, das so zu sehen, glaube ich.« Anna gibt das nur ungern zu. »Und wahrscheinlich bin ich ungerecht. Ich habe dieses Land, die DDR, so sehr gehasst, mich so eingesperrt und bevormundet gefühlt, so bespitzelt und ertrunken in dem ständigen Gefühl, niemandem trauen zu können, dass ich es einfach nicht hinbekomme, irgendetwas Gutes daran zu entdecken. Aber vermutlich hast du recht, Kilian. Nie ist etwas nur schwarz oder weiß.«

Hier, in diesem Teil von Berlin, der zu Mauerzeiten wie ein vergessenes Stück Stadt gewesen ist, ein von herzlosen Wohnblöcken durchzogener Streifen, scheint auch heute das Herz der Stadt nur flach und träge zu schlagen. Die Lichtgrenze, jene Installation aus weißen Ballons mit Zetteln, auf denen persönliche Geschichten stehen, an hohen Stangen befestigt, Ballons, die in der Dunkelheit leuchten und am Abend von je einem Ballonpaten in die Luft steigen gelassen werden sollen, steht hier einsam und nur wenige Menschen gehen daran entlang.

»Fast alle haben alle bespitzelt.« Anna kann nicht anders, sie hängt dem Gedanken hinterher wie Treibgut, das sich am Ruder eines Bootes verfangen hat. »Ihre Nachbarn, ihre Freunde, sogar die eigene Familie.«

»Nicht alle.« Kilian wendet das mit sanfter Stimme ein, in der auch Verständnis mitschwingt, und Anna weiß in dem Moment nicht so recht, für wen. Sie kann nur hoffen, dass sich hier und jetzt nicht ein Abgrund auftut, zwischen dem jungen Sänger, der ihr so sympathisch ist, und ihr selbst. Einer jener Abgründe, die Zeitzeugen und die Generationen nach ihnen oft trennt, weil das Leid derer, die etwas miterlebt haben, und jener, die es nur aus Erzählungen kennen, jene Diskrepanz von eigenem Erleben und Hörensagen, auf immer zwischen ihnen steht.

»Es gab die, die auf die Straße gegangen sind«, fährt Kilian unbeirrt fort. »Friedlich und doch unbremsbar.«

»Die Montagsdemos?«

»Genau. Die hätten ganz anders ausgehen können. Aber die Leute haben sich weder von ihrer Überzeugung, ihrem Ansinnen noch von ihrer friedlichen Haltung abbringen lassen. Egal, wie viel Polizei und Militär aufgelaufen ist, sie haben sich nicht provozieren lassen. Sie sind marschiert und haben ihre Parole ›Wir sind das Volk‹ wieder und wieder skandiert, sind keinen Millimeter von ihrer Linie gewichen, aber haben nie auch nur die Hand erhoben. Davor ziehe ich den Hut. Denn wenn diese friedliche Revolution in Gewalt umgeschlagen wäre, hätten sie sich für die richtige Sache ins Unrecht gesetzt und Polizei und Militär hätten sie niederknüppeln und alle verhaften können, und das wäre es gewesen. Die Mauer wäre stehen geblieben. Meine Hochachtung für diese Menschen kennt keine Grenzen, Anna. Sie haben alles riskiert und sich dabei nie auch nur zu einem einzigen aggressiven Satz hinreißen lassen. Das muss man erst mal hinbekommen. Erst recht, wenn man so viel Unterdrückung erlebt hat.«

»Das stimmt natürlich. Aber es hat Gorbatschow gebraucht, damit das möglich wurde.« So recht kann sie nicht abrücken von ihrer Verachtung für das Volk, das einst das ihre war. Und vermutlich ist das falsch und nichts als unverarbeiteter Schmerz.

»Es braucht doch immer einen Katalysator.« Kilian zuckt die Schultern und grinst. »Und trotzdem, sie hätten weiter in diesem Unrechtsstaat verharren und wie die berühmte Schafherde dem verbohrten Leithammel hinterhertrotten können. Haben sie aber nicht getan. Stattdessen haben sie ihre Chance erkannt und ergriffen.«

»Weißt du was?« Anna bleibt kurz stehen, sieht ihn an und schüttelt den Kopf. »Neben dir jungem Mann komme ich alte Frau mir ganz schön dumm vor.«

»Quatsch. Du bist einfach immer noch verletzt. Verständlicherweise. Ich glaube, es täte dir gut, deinen Frieden mit all dem zu machen und Geschichte Geschichte sein zu lassen.«

»Vielleicht.« Anna dreht eine Pirouette, als könne sie so die Schwermut von sich schleudern. »Auf jeden Fall sollte ich aufhören, nur in den traurigen Erinnerungen zu schwelgen. Das hier ist doch ein Freudentag. Die Feier zum Sieg der Freiheit, der Demokratie. Eher also ein Tag zum Tanzen, oder?«

Je näher sie dem Checkpoint Charlie kommen, desto belebter wird ihr Weg. Jene Landmarke der Berliner Geschichte, die stets ein Publikumsmagnet ist, zieht auch anlässlich der Feierlichkeiten zum fünfundzwanzigsten Jahrestag der Maueröffnung mehr Publikum an als die meisten anderen Orte entlang der Lichtgrenze. Jung und Alt, Einheimische und Touristen drängen sich rund um die Stände mit allerlei Tand von der Russenmütze bis zum Modell des Brandenburger Tors.

»Meinst du, diese Mauerstückchen sind echt?« Kilian nimmt eins in die Hand, dreht und wendet es und legt es wieder auf den Tisch zu den anderen Auslagen.

»Nach fünfundzwanzig Jahren?« Anna wiegt den Kopf hin und her. »Kann ich mir nicht vorstellen.«

»Hast du eins? Von damals?«

Sie schüttelt den Kopf. »Du?«

Er nickt. »Sogar mehrere. Die habe ich damals selbst aus der Mauer geschlagen. Mit meinem Opa zusammen.« Er grinst, und Schelm blitzt in seinen Augen auf. »Oma hat vielleicht geschimpft, als wir damit nach Hause kamen.«

»Entschuldigung.« Eine Frau mittleren Alters tritt etwas verlegen an Anna und Kilian heran. »Sind Sie Anna Wolf und Kilian Holm? Die Opernsänger?«

»Ja, sind wir.« Kilians Antwort klingt eher wie eine Frage.

»O mein Gott.« Sie schlägt die Hände vors Gesicht, und ihre Augen leuchten auf. »Ich war gestern in der Premiere. In der Staatsoper. Es war so unglaublich toll. Ob ich vielleicht …« Sie bringt den Satz nicht zu Ende, sondern schaut erschrocken, gerade so, als hätte sie etwas Unhöfliches gesagt.

»Ein Autogramm?« Anna sieht sie aufmunternd lächelnd an. »Selbstverständlich.«

»Ich will ja nicht …« Die Frau stottert die Worte heraus wie ein unbeholfener Teenager.

»Alles gut.« Kilian zieht einen Kugelschreiber aus der Innentasche seiner Jacke hervor und hält ihn hoch. »Am Stift soll es nicht scheitern, aber Papier habe ich keins.«

Anna kramt in ihrer Manteltasche. »Ich kann maximal damit dienen.« Sie wedelt mit einer Packung Papiertaschentücher. »Aber besser als nichts, oder?«

»Reiner?« Die Frau dreht sich zu einem Mann um, der ein paar Schritte hinter ihr steht, die Hände in den Taschen, ein belustigtes Grinsen im Gesicht. »Reiner, hast du ein Stück Papier?«

Er schüttelt den Kopf.

Anna packt derweil ein Taschentuch aus, breitet es auf Kilians Rücken aus und unterschreibt darauf. Dann reicht sie ihm Stift und Taschentuch.

Als Kilian fertig ist, hat die Frau Tränen in den Augen. »Ich bin so ein Fan von Ihnen«, sagt sie und klingt dabei atemlos wie nach einem Hundertmetersprint. »Können wir vielleicht noch ein Foto machen?« Sie schlägt die Augen nieder und blickt zu Boden.

»Klar.«

Reiner zückt das Handy. »Vielleicht mit diesem Möchtegernamisoldaten im Hintergrund?« Er nickt in Richtung des alten Grenzpostens, vor dem ein Mann in Uniform und mit US-Flagge für Touristenfotos posiert.

»Lieber mit der Lichtgrenze.« Die Frau tritt neben Kilian und lächelt scheu zu Anna. »Würden Sie auch …?«

Sobald die Fotos im Kasten sind, marschieren Anna und Kilian Richtung Potsdamer Platz. »Passiert dir das öfter?«, fragt sie ihn.

»Dass Fans mich erkennen? Manchmal. Dir nicht?«

»Sehr selten, und so fernab eines Opernhauses eigentlich eher nie.«

»Im Grunde wundere ich mich immer darüber«, stellt Kilian fest. »Meist sehen die uns doch nur im Kostüm und mit Maske. Erstaunlich, dass die uns so privat überhaupt erkennen.«

»Na ja, du erkennst ja sogar Fans, wie ich gestern feststellen durfte.« Anna wirft ihm einen Seitenblick zu. »Oder wer war die junge Frau?«

»Oh, das ist eine lange Geschichte.« Kilian seufzt, und es klingt halb traurig, halb belustigt, während ein Stück weiter vorn der Potsdamer Platz durch die Straßenschlucht blitzt.

»Ich habe Zeit.« Anna hakt sich wieder bei ihm ein. »Noch um die neun Kilometer oder sogar mehr.«

»Ich weiß gar nicht, wer die junge Frau ist«, beginnt Kilian. »Und ob sie überhaupt ein Fan von mir ist.« Und während er Anna die ganze Geschichte von der ersten Begegnung bis zum unerwarteten Wiedersehen gestern auf dem Bebelplatz erzählt, gehen sie an den Hochhäusern vorbei, die sich mit ihren Glasfassaden in den Himmel recken, dann am Stelenfeld des Holocaust-Mahnmals und schließlich hinter dem Brandenburger Tor entlang, da es von vorn bereits für das Konzert abgesperrt ist. Sie schieben sich durch die Massen weiter, und von irgendwoher riecht es nach Popcorn und Waffeln.

Links von ihnen erhebt sich der Reichstag in den dunkler werdenden Himmel, vorn funkelt ein Ausflugsdampfer auf der Spree, die sich elegant zwischen Paul-Löbe- und Marie-Elisabeth-Lüders-Haus hindurchschlängelt.

»Jetzt könnte ich natürlich versuchen, irgendwie an sie heranzukommen«, endet Kilian schließlich. »Aber ich bin nicht sicher, ob das eine intelligente Idee wäre.«

»Was ist denn der Plan B?« Anna bleibt stehen und blickt auf das Wasser und die Lichter, die sich darin spiegeln. Fröhlich wirkt das, so fröhlich wie die ausgelassene Stimmung der Menschen um sie herum. Und das ist irgendwie tröstlich, dass dieser Tag von Feiern und Freude geprägt ist und nicht von all den düsteren Erinnerungen, die man ebenso heraufbeschwören könnte. Als hätte die Stadt beschlossen, ein schützendes Pflaster über all die Wunden zu legen.

»Ich habe keinen.«

»Ach, Kilian.« Anna neigt den Kopf und sieht ihn an. Sie weiß um die Skepsis, die man Fremden entgegenbringt, wenn man im Rampenlicht steht. Die Angst, der andere meine nicht einen selbst, sondern wolle nur einen Teil deines Ruhms, einen Vorteil, eine sich öffnende Tür. Sie kennt dieses Gefühl nur allzu gut und weiß, wie es einen erstarren lässt, wenn man losstürmen sollte. »Weißt du«, sagt sie daher, »wenn ich eines im Leben gelernt habe, dann ist es die Tatsache, dass man nicht darauf warten darf, dass einem Dinge in den Schoß fallen. Im Gegenteil muss man jede Gelegenheit, die sich einem bietet, beim Schopf packen, und zwar mit nackten Händen. Und dann nicht mehr loslassen.«

»Du meinst also …?«

»Das Glück gibt es nicht geschenkt. Man muss es sich nehmen.«

37

Susanne steht stur in Julies Schlafzimmer, über einem Arm einen Mantel, über dem anderen den Smoking, den sie aus Julies Schrank geholt hat. Dreist, aber in ihrer sichtlichen Verzweiflung auch irgendwie süß.

»Julie«, fleht sie nun schon zum x-ten Mal, »du kannst mich doch nicht wirklich allein losschicken.«

Sie haben ihren »Mauerfall«-Premieren-Streit nur halbherzig beigelegt. Genau genommen gar nicht. Im Grunde schweigen sie ihn seit Tagen tot. Umso unfassbarer findet Julie es, dass Susa sie nun in die Vorstellung der gleichen Oper zerren will. Allerdings beeindruckt sie ihre Hartnäckigkeit auch irgendwie, selbst wenn sie den Teufel tut, das in dieser Situation zuzugeben.

»Ich habe ja verstanden, dass du diesen hinreißenden Mann mit der noch viel hinreißenderen Stimme nicht näher kennenlernen möchtest, und ich verspreche auch bei allem, was mir heilig ist, dass ich dich nicht drängen werde, zur Intendanzpforte zu gehen. Ich werde das Wort Intendanzpforte nicht einmal mehr denken, aber bitte, du musst mitkommen.« Sie hält Julie den Smoking mit ausgestrecktem Arm hin und guckt wie Mogli, wenn er traurig ist.

»Ich denke, du gehst mit Lissi.« Es ist der erste Satz, den sie überhaupt sagt, seit Susa mit ihrem Anliegen hereinspaziert ist, und sie weiß, die Freundin wertet das als Teilsieg. Aber sei es drum, irgendwann muss sie schließlich irgendetwas zu diesem Überfall sagen.

»Ein Glück, du redest wieder mit mir!«

Julie rollt nur die Augen und schüttelt den Kopf.

»Anna Wolf, die Sopranistin, du weißt schon, die hat Lissi und die anderen Kinder der Kinderoper eingeladen, den ›Mauerfall‹ hinter der Bühne zu verfolgen. Sie dürfen beim Einsingen dabei sein, beim Anziehen, Schminken und schließlich während der Vorstellung hinter der Bühne.« Sie kommt einen Schritt näher, immer noch den Smoking in der Hand.

»Aha!« Julie schwant nichts Gutes. »Da hast du dir ja ein schickes trojanisches Pferd einfallen lassen.«

»Was?« Entweder ist Susa tatsächlich überrascht, dass Julie ihren Plan sofort durchschaut, oder aber sie spielt die Ahnungslose oscarverdächtig.

»Verkauf mich bitte nicht für dumm, Susa.«

Die sieht immer noch aus, als hätte sie keine Ahnung, wovon Julie spricht.

»Lissi hinter der Bühne. Das heißt, du musst sie nach der Vorstellung dort abholen, weil sie wohl kaum nach zehn Uhr abends mutterseelenallein durch Berlins Straßen rennen und mit der U-Bahn nach Hause fahren wird. Wie praktisch, dass ich dann mit dir an der Intendanzpforte stehen muss, um das Kind in Empfang zu nehmen, wenn Kilian Holm da rausspaziert kommt.«

Einen Moment lang sieht Susa sie völlig verdattert an, dann sinkt sie auf Julies Bett wie ein Luftballon, aus dem die Luft entweicht. »Daran habe ich gar nicht gedacht.«

Susa sagt das in einem Ton und mit einer Miene, dass sie ihr sogar glaubt.

»Wirklich nicht, Julie, und ich verspreche dir hoch und heilig, ich hole Lissi allein ab. Du fährst einfach schon nach Hause oder wartest im U-Bahnhof auf uns oder was auch immer du magst.« Sie rückt auf dem Bett ein Stück mehr in Julies Richtung und hält den Smoking hoch.

Es ist schwer, Susanne etwas abzuschlagen, wenn sie einen so anschaut. Und im Grunde ist die Idee ja auch gar nicht so schlecht. Eigentlich wäre es spannend zu sehen, ob die Oper irgendwie anders auf sie wirkt, wenn sie sie im Saal und nicht draußen auf einer Leinwand erlebt.

Aber dann ist da eben auch Kilian Holm auf der Bühne. Nur wenige Meter Luftlinie von ihr getrennt. So nah, dass sie ihn atmen hören kann. Mit dieser Stimme, die sie dort berührt, wo niemand sonst hingelangen kann.

Und was, wenn er sie entdeckt? Wenn er hochschaut, sie im Rang sieht?

»Bitte! Julie?«

Was soll schon passieren? Sie wird wegsehen und so tun, als hätte es jenen Moment auf dem Bebelplatz nie gegeben. Sie ist die Frau im ersten Rang, er der Mann auf der Bühne. Und wenn sie nach Hause kommt, dann fängt sie eben wieder von vorn damit an, ihn zu vergessen.

»Na gut«, stöhnt Julie mehr, als dass sie es sagt. »Weil du es bist.«

Susanne drückt den Rücken durch, wird ganz gerade. Ihr Gesicht strahlt wie ein fußballplatzgroßes Feld voller Sonnenblumen. »Hier.« Sie hält ihr den Smoking entgegen. »Wenn wir uns nur ein klitzekleines bisschen beeilen, kann ich dich sogar noch auf einen Prosecco im Apollosaal einladen.«

Es ist eigenartig, nur Tage später die gleiche Oper noch einmal und doch ganz anders zu sehen. Julie weiß, was sie erwartet, kennt das Geschehen, die Musik, den Gesang, ist zu jeder

Sekunde im Bilde, was als Nächstes passiert. Das gibt ihr Freiraum dafür, Kleinigkeiten wahrzunehmen, die ihr bei der Premiere auf dem Bebelplatz entgangen sind. Kleine Gesten, Feinheiten der Kostüme, den schweren Gang, mit dem der Tenor durch den Garten der Prager Botschaft geht, die Trostlosigkeit des Zimmers der Elsa, die Leere von Helmut Kohls Büro.

Und auch die Musik dringt anders zu ihr. Als wäre sie hier im Opernsaal mitten in dem Klang, hört die feinen Nuancen, nimmt jede winzige Pause, jede einzelne Instrumentengruppe intensiver wahr.

Und natürlich erschrickt sie nicht bei Kilian Holms ersten Tönen. Im Gegenteil. Sie weiß schon Sekunden vorher, dass er gleich zu hören sein wird, ehe er erscheint, kann sich stählen gegen die Wucht, ihn zu sehen.

Und doch.

Als da plötzlich die Stimme ertönt, dann der Mann selbst im Lichtkegel steht, sieht und hört sie nur noch ihn. Sitzt, spürt Tränen über ihre Wangen laufen, atmet viel zu flach, fast als ob sie gar nicht da wäre.

Und über all dem liegt die Wehmut darüber, was nicht sein kann. Ein Abschied von etwas, was nie gewesen ist und nie sein wird. Sie könnte Stephan erschlagen dafür.

»Das ist hier live noch viel bewegender als draußen auf dem Platz«, sagt Susanne in ihr Ohr, während der Vorhang fällt und der Applaus lostost wie eine Welle, nachdem der Staudamm gebrochen ist.

Julie kann nichts sagen. Nicht klatschen. Nicht bei dem, was jetzt kommt.

Der Tenor tritt als Erster vor den Vorhang, hebt die Arme und badet ganz offensichtlich im tosenden Applaus. Die ersten Zuschauer stehen auf und rufen »Bravo«, bis er abgeht, und es sieht widerwillig aus.

Dann erscheint Kilian Holm. Reicht der Souffleuse die Hand, verneigt sich tief und lang unter der Welle der Bravorufe, die nicht abebben wollen, richtet sich schließlich auf und sieht direkt zu ihr, als hätte er die ganze Zeit gewusst, dass sie da ist.

Stocksteif sitzt Julie, gefangen in sich mit dem Aufruhr ihrer Gefühle, klatscht nicht, sieht ihn nur an und ist zu überwältigt, um irgendetwas anderes zu tun.

Und Kilian? Da unten auf der Bühne? Vor dem roten Samtvorhang? Er legt seine Hand flach auf die Brust, genau dorthin, wo sein Herz schlägt, und verneigt sich tief wie der Hofnarr vor der Königin.

Und sie. Sie weiß, er meint sie.

»Das war schon ein Ding eben.« Susanne klingt außer Atem, als sei sie gerade von einem Tauchgang ohne Sauerstoffflasche aufgetaucht.

Julie würde ihr gern den Mund verbieten, zumindest solange sie hier zwischen all den Leuten sind und sich nur langsam mit der Menge durch die Tür und dann über den Umgang ins Treppenhaus schieben.

»Der Mann steht auf dich.« Sie kichert. Die Leute um sie herum werfen ihnen komische Blicke zu.

»Susa!«, zischt Julie, so laut sie es wagt, aber nicht leise genug, als dass sie nicht prompt mehr Aufmerksamkeit auf sie beide lenkt.

»Schon gut.« Susa gluckst. »Aber du musst schon zugeben, dass …«

»Schluss jetzt!« Julie bufft sie mit dem Ellenbogen unsanft in die Seite.

»Ich hab's verstanden.«

Vor ihnen staut sich die Menge, und Susa nutzt die Gelegenheit, Julie einen Seitenblick zuzuwerfen. »Wie machen wir es jetzt? Ich hole Lissi ab und du fährst schon nach Hause, oder wie?«

Julie hört den zarten Hoffnungsschleier, ist aber wild entschlossen, ihn sofort zu zerstören. »Genau. Und morgen komme ich zu euch zum Sonntagsfrühstück und lasse mir alles von Lissi darüber erzählen, wie es hinter der Bühne war.«

Susanne seufzt, und Julie bewundert, wie sie es hinbekommt, dass das zum einen derart enttäuscht klingt und zum anderen, als würde sie gerade die Chance ihres Lebens in den Wind schlagen.

»Wie du meinst«, sagt Susa und kramt die Garderobenmarke aus ihrer Handtasche, während sie sich ans äußerste Ende der langen Schlangen stellen, die das gesamte Foyer der Garderobe füllen.

»Ich dachte immer, zeitgenössische Opernmusik ist irgendwie schräg«, dirigiert Julie ihr Gespräch auf neutraleren Boden.

»So wie Zwölftonmusik?« Susa hält ihr ein Papiertaschentuch hin. »Deine Mascara hat ein bisschen gelitten.«

Julie holt den kleinen Kosmetikspiegel aus der Tasche und tupft mit dem Taschentuch vorsichtig unter ihren Augen entlang, in der Hoffnung, nicht noch mehr Schaden anzurichten. Nicht, dass aus der kunstvollen Schminke Kriegsbemalung wird.

»Ich glaube, meistens ist moderne Musik auch ziemlich kompliziert. Wahrscheinlich glauben heutige Komponisten, sie könnten nur auf diese Art etwas beweisen. Damit sie keiner in einen Topf mit Popmusikern wirft.«

Sie rücken langsam mit der Schlange voran. Der Mann vor ihnen dreht sich um, mustert sie, schüttelt den Kopf und wendet sich wieder um. Susanne sieht Julie zweifelnd an und zuckt die Schultern.

»Auf jeden Fall finde ich die Musik von dieser Oper wunderschön.«

»Dann sollten wir mal in Boris Godunow gehen. Gefällt dir garantiert auch.« Sie gibt die Marke einer jungen Garderobiere und lächelt. »Der ›Mauerfall‹ hat mich ein bisschen daran erinnert«, wendet sie sich wieder an Julie, ehe sie ihre Mäntel entgegennimmt und sich bedankt.

Sie schlängeln sich an der Seite hinaus und gehen bis zur Mitte des Raumes, wo eine gepolsterte Bank zwischen zwei Pfeilern steht. Julie legt ihre Tasche darauf, zieht den Schal hervor, den sie in einen Mantelärmel gestopft hat, und legt den Mantel auf die Tasche. »Ich bin gespannt, wie Lissi das gefunden hat«, sagt sie und kämpft mit dem langen Schal, den sie mehrfach um ihren Hals wickeln muss.

»Hm.« Susanne wirkt plötzlich seltsam abwesend.

Julie schiebt das darauf, dass sie, einen Spiegel in der Hand, ihre Lippen nachzieht.

»Hauptsache, die Hektik, die da bestimmt hinter der Bühne herrscht, hat ihr jetzt nicht den Zauber der Oper genommen.«

Das Gemurmel um sie herum hebt an, bekommt eine sonderbare Note.

»Hm-hm.«

Irritiert sieht Julie zu Susanne. Sie steht vor ihr, den Spiegel und den Lippenstift noch immer in der Hand, den Blick auf einen Punkt hinter Julie fixiert.

Das Gemurmel steigert sich derweil zu einem aufgeregten Crescendo.

Neugierig geworden dreht Julie sich um und fällt fast tot um. Helmut Kohl kommt auf sie zu.

Das kann nicht sein.

Wo kommt der plötzlich her?

Und was will der hier?

Ausgerechnet?

Mitten im Publikum.

Seinem Publikum.

Sie muss hier weg.

Doch ihr Körper gehorcht ihr nicht, lässt sie einfach so im Stich.

Wenn doch wenigstens der Erdboden sich auftun und sie verschlucken würde.

Aber er tut es nicht.

Stattdessen sieht sie, wie Kilian Holm all die Menschen ignoriert, die ihn ansprechen, ihn am Arm, am Kostüm zupfen, und dann steht er vor ihr, und auf die kurze Distanz erkennt sie den überschminkten Rand, wo Perücke in Stirn und falsches Kinn in Kieferpartie übergehen.

Seine meerblauen Augen blitzen vergnügt, und ohne Umschweife greift er nach ihrer Hand. »Noch mal rennst du mir nicht davon, Julie.«

Ehe sie sich versieht, zieht er sie hinter sich her, mitten durch die verdatterte Menge auf eine kleine Tür zu, die ihr bisher noch gar nicht aufgefallen ist.

»Bis morgen«, hört sie Susanne herüberrufen und sieht kurz ihr belustigtes Gesicht, ehe sie sich in einem mit Neonlicht getränkten Gang wiederfindet und die Tür hinter ihr zufliegt.

Auf einmal ist es still.

Sie ist allein mit ihm und sich dessen sehr bewusst.

Sie sollte sich losreißen, zurück durch jene Tür rennen, zurück zu Susanne, den Menschen, zurück in die Sicherheit.

»Ich habe kurz befürchtet, ich bin zu spät.« Kilian Holms Bass dröhnt von den Wänden zurück. »Aber zum Glück Glück gehabt.«

»Ich …« Julie bleibt abrupt stehen, und kurz geht ein Ruck durch ihren Arm bis in die Schulter, den Rücken, den Bauch, ehe auch Kilian anhält und sie ansieht. »Ich … was … ich …?«

Sosehr sie sich auch anstrengt, sie bringt keinen zusammenhängenden Satz zustande. Nicht einmal in Gedanken.

»Ich gebe zu, das hier ist nicht die feine englische Art, aber du lässt mir keine Wahl.«

»Nicht?« So viel Dreistigkeit hat sie noch nie erlebt. Aber vielleicht ist das sogar gut so, denn es lässt etwas in ihr zuschnappen, und schon keimt da so etwas wie Empörung in ihr auf.

»Ich habe alles versucht, aber offenbar geht nur Kidnapping.«

»Ist das so?« Grundgütiger, wie einfältig sie klingt. Sie kann nur hoffen, dass ihr irgendwann mal wieder ein halbwegs intelligenter Kommentar einfällt. Und zwar möglichst bald.

»Ich fürchte schon.« Er zieht sie weiter. »Lass mich erst mal diese furchtbare Maske und die Perücke loswerden und was Normales anziehen, dann erkläre ich dir das.«

»Du glaubst nicht wirklich, dass ich da einfach so mitmache.« Ihren Worten zum Trotz stolpert sie hinter ihm her.

»Einfach so bestimmt nicht.«

Jetzt lacht er und es klingt so ungeheuer nett, dass selbst ihre Füße wieder festeren Tritt fassen.

»Aber noch habe ich die Hoffnung, dich davon überzeugen zu können, dass ich gar kein so schlechter Kerl bin.«

Er stößt eine Tür auf und sie befinden sich hinter der Bühne, wo ein Haufen Bühnenarbeiter Requisiten hin und her tragen. Dass es hier vor Menschen nur so wimmelt und Julie nicht mehr allein mit ihm ist, ist natürlich auch hilfreich dafür, dass sie mehr und mehr ihre Sicherheit zurückgewinnt. Einen großen Teil davon zumindest.

»Die alle hier können bezeugen, dass ich nur auf der Bühne morde. Und das auch nur ausgesprochen selten.«

Sie muss lachen. Es kommt ganz tief aus ihrem Bauch und schüttelt ihren gesamten Oberkörper. Und auf eine sehr besondere Art tut das gut.

38

Keine zwanzig Minuten später tritt Julie zusammen mit Kilian Holm aus der Intendanzpforte, immer noch verdattert darüber, wie selbstverständlich alle hinter der Bühne sie hingenommen haben und wie normal es dort zugegangen ist.

Sie weiß nicht genau, was sie erwartet hat. Vielleicht mehr Glamour, oder auch einfach mehr Diven, aber die heiter-ausgelassene Stimmung, die sie erlebt hat, gehört sicher nicht ins Portfolio ihrer Klischeevorstellungen.

Dafür trifft sie jetzt das Blitzlichtgewitter umso unangenehmer. Sie steht seitlich neben ihm, wahrt Abstand und fühlt sich so deplatziert wie noch nie in ihrem Leben.

Die Frauen mit den leuchtenden Augen, die ihn wie Motten das Licht umschwärmen, um Autogramme und Selfies bitten, empfindet sie als aufdringlich. Aber Kilian durchschifft den Sturm mit größter Gelassenheit, lächelt, bedankt sich für die Komplimente und bleibt bei all dem distanziert und doch irgendwie verbindlich.

Jahrelange Übung, schätzt Julie.

Und natürlich entgehen ihr die Blicke nicht, mit denen die Fans sie mustern, in jedem die Fragen, wer sie ist und was sie mit ihm zu schaffen hat.

Julie steht still und erträgt es. Verzieht keine Miene, tut so, als merke sie es nicht. Aber schön ist es nicht. Und eigentlich möchte sie davonlaufen.

Geht aber nicht.

Jedes Mal, wenn sie auch nur einen halben Schritt weg von ihm macht, greift er nach ihrer Hand und zieht sie zurück. Wären sie nicht umringt von Menschen, würde ihr das Angst machen.

Nachdem Kilian das letzte Autogramm geschrieben hat, tritt er dicht vor sie, so dicht, dass sie feine Reste des Klebers in seinem Haaransatz sehen kann, zieht ihren Schal ein Stück höher unter ihre Ohren und sieht sie nachdenklich an. »Kalt?«

Sie schüttelt den Kopf, sagt nichts, denn sie traut ihrer Stimme in diesem Moment nicht. Zu sehr ist sie sich seiner Nähe bewusst, zu überwältigt davon.

»Wie wäre es, wenn wir ein Stück gehen?«

Erleichtert fällt sie in einen Trott neben ihm her. Gehen ist gut. Deutlich besser, als an einem Tisch zu sitzen und sich anzusehen.

»Ich bin ein bisschen erstaunt«, fängt Julie an zu reden, als sie nach wenigen Schritten den Bebelplatz erreichen. »Ich dachte bisher immer, hinter der Bühne ist alles totale Konzentration und Ernsthaftigkeit. Aber eben, das war so heiter. So ausgelassen.«

»Na ja, ein bisschen wie nach Schulschluss, oder?« Er lacht, und es wirkt charmant. »Während einer Vorstellung geht es sehr konzentriert zu, aber danach …«

»Und wenn ihr Pausen habt? Zwischen den Auftritten?«

»Dann versuche ich, zu entspannen. Trinke was. Manch einer hält sogar ein Nickerchen.«

Julie bleibt stehen und sieht ihn skeptisch an, aber er wirkt nicht, als würde er sie veralbern.

»In Wagner-Opern gibt es genug Zeit dafür. Als Bass verbringst du da mehr Zeit mit Warten als mit Singen.«

»Aber geht dann nicht die ganze Konzentration flöten?«

Kilian schüttelt den Kopf. »Das gehört zum Job. Anschalten, ausschalten, wieder anschalten.«

»Job«, sagt sie nachdenklich. »Wie das klingt.« Langsam überqueren sie den Bebelplatz, der so menschenleer ist, dass sie sich klein vorkommt.

»Ich weiß.« Er steckt die Hände in die Taschen. »Opernsänger. Das klingt immer so glamourös. Und es gibt Kollegen, die machen eine Riesennummer daraus. Erzählen in Interviews, dass sie tagelang nicht sprechen, nur bestimmte Lebensmittel zu sich nehmen und, und, und. Aber als Bass bin ich in der glücklichen Lage, dass ich mehr in meiner natürlichen Stimmlage singe als beispielsweise ein Tenor. Ich überanstrenge meine Stimme also eher nicht. Und dann ist es natürlich immer auch eine Typfrage.«

»Eine Typfrage?« Julie hat keine Ahnung, wie er das meint.

»Ich bin Sänger von Beruf. Opernsänger. Und ich mache das furchtbar gern, aber es definiert mich nicht. Es ist mein Beruf, aber es macht mich nicht zu dem, der ich bin.«

Am Ende des Bebelplatzes angekommen, bleiben sie auf dem Gehweg stehen. Vor ihnen die Straße Unter den Linden, dahinter ein Institut der Humboldt-Universität, rechter Hand der Berliner Dom, dahinter der Alexanderplatz mit Fernsehturm, links hinter inzwischen kahlen Bäumen versteckt das Brandenburger Tor. Kaum ein Auto ist noch unterwegs, erst recht keine Fußgänger, nur eine kleine Gruppe Touristen, die, offenbar angetrunken, auf Leihrädern Schlangenlinien fahren. Und in diesem Moment fällt ihr auf, wie unbemerkt sich etwas zwischen ihnen verändert hat.

Zwar ist Julie immer noch befangen, aber nicht mehr verschreckt, und sie sprechen wie zwei ganz normale Menschen miteinander, nicht wie der berühmte Mann auf der Bühne und die unbekannte Frau im ersten Rang. Sie sind einfach nur zwei Menschen, die an einem feuchtkalten Novemberabend ein paar Schritte miteinander gehen.

Julie weiß nicht, wie das geschehen konnte. Vor allem so schnell. Sie weiß nur, dass es sich gut anfühlt, auch wenn eine leise skeptische Stimme nicht müde wird, sie zu mahnen, vorsichtig zu sein. Ausschau zu halten nach Wesenszügen, die unangenehm sein könnten.

Sie überqueren die Straße zur Hälfte, schlendern dann auf dem breiten Weg unter den kahlen Linden Richtung Brandenburger Tor, und auf einmal kommt es ihr ganz natürlich vor, die Frage zu stellen, die sie beschäftigt, seit er ein Selfie mit ihr gewollt hat.

»Warum ich?«, fragt sie mit einer ungewohnten Lockerheit. »Da eben waren so viele Verehrerinnen, vermutlich gibt es noch einen ganzen Haufen mehr davon, warum also bist du sogar zur Zuschauergarderobe gekommen, nur um jetzt hier mit mir spazieren zu gehen?«

»Du bist die erste Frau, die vor mir wegrennt.«

»Wie bitte?«

»Na klar, es gibt einen Haufen Fans, die sonst was dafür gäben, jetzt hier mit mir entlangzuschlendern. Die sich ein Beinchen für so eine Gelegenheit ausreißen, mir sogar hinterherreisen, an Hinterausgängen bei Wind und Wetter warten, aber ganz ehrlich, wer von denen meint mich?«

»Alle, oder?«

Kilian schüttelt den Kopf, und es wirkt ein bisschen traurig. »Nein, die meinen den Opernsänger. Den Star. Irgendjemand, von dem sie glauben, diese Person, so und so bin ich. Sie meinen die oder jene Rolle, wollen ein Stück von mir, ein bisschen was vom Rampenlicht, in dem ich stehe … aber mich? Mit meinen ganz normalen Macken? Meinen Unzulänglichkeiten? Meinen Marotten?«

»Und ich bin anders?«

»Ich denke schon.«

Julie zieht nur eine Augenbraue hoch und kurz ist der Blickkontakt zwischen ihnen so intensiv, dass sie nicht mehr sagen kann, ob sie noch reden oder schon flirten.

»Zumindest habe ich vor, es herauszufinden.« Er grinst.

Und es ist dieser Moment, in dem sie ahnt, dass sie etwas teilen: Die Erfahrung von Kontrolle, Verrat und Betrug. Und was sie trennt, ist vielleicht nur Julies Angst, es noch einmal zu versuchen, und sein Vertrauen, dass es anders, dass es gut werden kann.

»Und wenn du dich täuschst?«, fragt sie.

»Dann dreht die Welt sich weiter.«

»Aha.« Sie ist nicht sicher, ob er nur scherzt oder ob er das ernst meint und was das alles überhaupt bedeutet.

»Weißt du, normalerweise würde ich dir jetzt meine Handynummer geben und sagen, du sollst mich einfach anrufen, wenn dir danach ist, aber …« Er bleibt stehen, hebt die Schultern, lässt sie wieder fallen. »Ich fürchte, du würdest mich niemals anrufen.«

»Könnte stimmen.« Und vielleicht ist das eine Lüge. »Aber du verteilst deine Nummer normalerweise nicht so freizügig, oder?«

»Nein.« Er lacht. »Normalerweise muss ich mich dagegen wehren, dass Frauen mir ihre aufdrängen wollen.« Er geht langsam wieder los, dreht sich um, tänzelt vor ihr her. »Deine würde ich allerdings sofort nehmen.«

»Würdest du?«

»Wenn du sie mir gibst …«

Julie steht am Ende einer Straße ihres Lebens, an einer Kreuzung, die nur links und rechts kennt, die vielleicht nichts bedeutet, vielleicht aber auch alles.

Sie bleibt stehen und sieht ihn an, diesen Mann, der ihr fremd und so vertraut zugleich ist, wie er vor ihr steht, die Hände in den Taschen, den Schelm in den Augen. Die meerblauen Augen. Der mit der Klinge geschnittene Bart. Die vollen, geschwungenen Lippen. Auf der Bühne der stolze König, der ernste Sarastro, und jetzt und hier scheint er mit diesen Rollen wenig gemein zu haben.

Groß ist er. Vielleicht zu groß für sie. Aber zum ersten Mal seit Jahren ist Stephan nur eine vage Erinnerung, die irgendwo ganz hinten leise an ihrem Bewusstsein kratzt. Und sie streckt die Hand aus, die Handinnenfläche nach oben und sagt leise: »Gib mir mal dein Handy.«

Kilian Holm lächelt. Ganz ohne jeden Triumph. Einfach nur so. Zieht das Mobiltelefon aus der Hosentasche, legt es in ihre Hand. Und für einen Augenblick berühren seine Fingerkuppen ihre Haut.

Zart nur, ein kaum merklicher Hauch, und alles ist gut. Alles ist still. Nichts tut weh. Es gibt keine Angst. Und selbst wenn jetzt und hier alles vorbei wäre und sie tot umfiele, es wäre gut.

39

Kilian ist spät dran, denn der Flieger hat Verspätung gehabt, aber zum Glück nicht so viel, dass es nicht noch für einen schnellen Kaffee reicht, ehe er in die Maske muss. Und so rauscht er mit einem knappen Gruß am Pförtner der Staatsoper vorbei Richtung Kantine.

Das Casino, ein lang gestreckter Saal, dessen Fenster auf einer Seite auf den begrünten Bebelplatz zwischen Oper und Prinzessinnenpalais und auf der anderen zum Innenhof mit Blick auf das Probenzentrum hinausgehen, ist ungewöhnlich leer für diese Zeit. Nur wenige der Tische sind belegt, der große runde, um den sich gern der Staatsopernchor und montagabends der Konzertchor schart, steht verwaist, und selbst die sonst so beliebten Sesselgruppen vorn am Eingang sind nicht besetzt.

Ganz am Rand entdeckt er Anna Wolf allein an einem Vierertisch, ein Glas Tee und ein leerer Teller vor ihr, Mantel und Tasche über den Stuhl neben sich geworfen. Sie bemerkt ihn nicht, denn sie liest etwas auf ihrem Tablet.

Kilian tritt an ihren Tisch. »Hast du noch Platz für mich oder möchtest du lieber allein bleiben?«

Anna sieht auf und lächelt ihn an. »Setz dich. Ich bin ganz froh, wenn mich jemand davon abhält, weiter diesen Müll zu lesen.« Sie legt das Tablet zur Seite.

»Müll?« Kilian stellt seinen Trolley an die Wand, zieht seinen Mantel aus und wirft ihn über einen der freien Stühle.

»Heiner Kurz.« Anna haucht den Namen mehr, als dass sie ihn ausspricht. Als ob das bloße Nennen des Namens einen Geist beschwören würde, den sie von sich fernhalten will.

»Ich verfolge das nur am Rande.« Kilian fischt sein Portemonnaie aus der Hosentasche. »Ich hole mir mal einen Kaffee. Auch noch was?«

Anna schüttelt den Kopf. »Danke.«

Er geht die paar Schritte zum Ende des Saales und durch den rechten der beiden Durchgänge. Hier in der Essens- und Getränkeausgabe sind Boden und Wände weiß und das Licht ist gleißend hell.

Kilian nimmt eins der Latte-Macchiato-Gläser, stellt es unter den Auslauf des Kaffeeautomaten und drückt die Espresso-Taste. Kaum dass die Maschine die schwarze Brühe ins Glas gespuckt hat, drückt er die Taste noch einmal und dann erneut.

Er lässt die Salattheke ebenso links liegen wie den Würstchentopf, die Suppe und die Vitrine mit den Süßspeisen, wirft im Vorbeigehen einen Blick auf die Tafel mit dem Tagesangebot für die Hauptgerichte und geht vor zur Kasse, wo, wie fast immer, niemand ist. Also drückt er mehrfach die kleine Klingel auf dem Tresen, bis endlich einer der Casinomitarbeiter kommt und er seinen dreifachen Espresso bezahlen kann.

Der Mann ist einsilbig und auf für die Casino-Mitarbeitenden typische Art unfreundlich, ohne dabei unhöflich zu sein. Nicht zum ersten Mal fragt sich Kilian, ob denn alle, die hier arbeiten, ihren Job nicht mögen und wenn dem so wäre, warum sie dann nicht einfach etwas anderes machen.

Aber gut, vielleicht ist das nicht so einfach. Und so, wie sich manch Opernstar aufführt, ist der Job vermutlich wirklich kein Zuckerschlecken. Er selbst hat hier schon große Stars betrunken herumpöbeln sehen. Wenn auch zuweilen amüsant für alle Nichtbeteiligten, so doch ein recht jämmerlicher Beweis dafür, dass eine tolle Stimme nicht unbedingt bedeutet, dass jemand ein netter Mensch ist.

Wäre Heiner Kurz nicht ausgestiegen, wer weiß, was sie mit dem hier erlebt hätten. Wenn man sich ansieht, mit was für Dreck er jetzt in den Medien um sich wirft, lässt das tief in seine mehr als schwarze Seele blicken.

Als er zu Anna an den Tisch zurückkommt, ist ihr Blick wieder auf das Tablet gerichtet. »Na, was hat unser lieber Heiner Neues verzapft?« Er zieht den Stuhl ihr gegenüber vor, setzt sich und nimmt den ersten Schluck vom Espresso.

»Was ist das für schwarzes Zeug?« Sie stopft das Tablet in ihre Tasche und nickt in Richtung seines Glases.

»Espresso. Dreifach. Passt in keine der Tassen, deshalb nehme ich immer ein Glas.«

Sie grinst und schüttelt den Kopf. »Hatte ich fast vergessen, die Sache mit dir und dem Kaffee, der Tote aufweckt.«

»Dabei fühle ich mich gerade sehr lebendig.«

»So?« Anna lehnt sich ein Stück vor, legt die Unterarme auf den Tisch, verschränkt sie ineinander und sieht ihn abwartend an.

»Jetzt tu mal nicht so. Du hast das doch nach der Aufführung am Samstag mitbekommen.«

»Madame Korkenzieherlocken?«

»Wir waren nur spazieren.« Er hebt die Hände, winkt ab.

»Aha.«

»Ja, gut, ich gebe es zu. Sie gefällt mir.«

»Aber?«

»Nichts aber.« Kilian zögert. Er weiß selbst nicht so recht, was er aus Julie machen soll. »Sie ist … irgendwie … kompliziert.«

Anna lacht. »Sind Frauen das nicht immer?«

»Ja. Nein.« Er wiegt den Kopf hin und her. Was immer es mit Julie ist, es ist schwer zu fassen. »Sie wirkt irgendwie sehr distanziert.«

»Vielleicht hat sie Schlechtes über Opernsänger gehört? Schließlich ist es nicht einfach mit uns. Ich muss dir nicht erzählen, was für ein Beziehungskiller das Leben sein kann, das wir führen.«

»Kann schon sein, aber ich glaube, da ist noch etwas anderes. Ich hatte das Gefühl, sie will mich überhaupt nicht an sich rankommen lassen.«

»Vielleicht genau deshalb. Weil du ihr gefällst, sie aber nichts mit einem Opernsänger anfangen will.« Anna hebt ihr Teeglas, trinkt dann aber nicht. »Wir Frauen können das ganz gut. Unsere Gefühle wegsperren. Vernünftig sein.« Jetzt erst nimmt sie einen Schluck und stellt dann das Glas langsam zurück auf den Tisch. »In jedem Fall hilft dranbleiben.« Sie hebt den Kopf und lächelt ihn aufmunternd an. »Ich kann mir gut vorstellen, dass du auf Dauer unwiderstehlich bist. Also …«

»Dranbleiben ist gar nicht so leicht.« Er lehnt sich zurück, verschränkt die Hände hinter dem Kopf. »Ich habe ihr zum Beispiel am nächsten Morgen eine WhatsApp geschickt und mich für den schönen Spaziergang bedankt, aber sie hat überhaupt nicht geantwortet.«

»Immerhin hat sie dir ihre Nummer gegeben.«

»Um es sich dann anders zu überlegen und mich am ausgestreckten Arm verhungern zu lassen?« Er nimmt die Arme herunter, schüttelt den Kopf. Mehr über sich selbst als über alles andere. Er kennt doch Julie im Grunde gar nicht. Warum also frisst es ihn so an, dass sie ihn ignoriert?

»Dann, mein lieber Kilian, musst du dir wohl etwas einfallen lassen.« Anna sieht auf die Uhr an ihrem Handgelenk. »Schon wieder so spät. Ich denke, wir müssen langsam.«

»Wie gut kennst du sie eigentlich?« Auf einen Schlag ziehen die Bilder vor seinem inneren Auge auf. Die Premiere. Das Verneigen vor der Menge auf dem Bebelplatz. Und dann ist Anna zu dieser Frau mit dem Kind gegangen. Die, mit der Julie zusammengestanden hat, als er sie vor der Zuschauergarderobe gekidnappt hat.

»Ich?« Anna steht auf, greift nach ihrem Mantel, verharrt.

»Du hast auf dem Bebelplatz mit ihrer Freundin gesprochen. Der mit dem Kind.«

»Die sind befreundet? Ich dachte, die mit den Korkenzieherlocken ist auch eine Mutter von einem Kind aus dem Ensemble.«

»Moment.« Kilian erhebt sich sehr langsam. »Kind? Ensemble?«

»Aha, ich sehe, du hast keine Ahnung.« Anna lacht, wirft sich ihre Tasche über die Schulter und nimmt den Mantel über den Arm. »Es gibt ein Projekt. Eine Kinderoperversion vom ›Lohengrin‹. Die Frau, mit der ich auf dem Bebelplatz gesprochen habe, hat mir mein Appartement hier vermietet. Ihre Tochter singt die Elsa im Kinder-›Lohengrin‹.«

»An der Staatsoper?«

»Ja. Ich habe neulich erst mit Andreas Henkel darüber gesprochen.« Sie wendet sich um und geht langsam los. »Das ist wohl so ein Projekt, das sie an einigen Berliner Schulen ins Leben gerufen haben, um Kinder mit der Kunstform Oper nicht nur vertraut zu machen, sondern auch eine darauf bezogene musikalische Erziehung zu fördern. Sehr frühe Nachwuchsgewinnung sozusagen.«

Mit einem raschen Blick vergewissert sich Kilian, dass sie nichts liegen gelassen haben, und folgt ihr dann. »Davon habe ich noch gar nichts gehört. Klingt nach einer tollen Sache.«

»Allerdings.«

Er stößt die Tür für sie auf und lässt sie zuerst hindurchgehen. »Und die führen das dann auf?«

»Soweit ich gehört habe, im alten Orchesterprobensaal.«

»Ich wusste, dass es hier einige Projekte für Kinder gibt.« Kilian geht nachdenklich hinter ihr her den Gang entlang, der hinüber in das Opernhaus führt. »Nicht nur den Kinder- und Jugendchor, sondern auch Vorbereitungen auf Vorstellungsbesuche an den Schulen, sogar einen Kompositionsworkshop in den Ferien. Aber das mit der Kinderoper ist irgendwie an mir vorbeigegangen.«

Was für ein Zufall, dass die Tochter von Julies Freundin zu diesem Ensemble gehört, denkt er. Und selbst, wenn er nicht an Schicksal, Vorsehung und dergleichen glaubt, das zumindest fühlt sich so an, als ergebe es einen Sinn.

40

Es ist ein grauer, kalter Tag. Trostlos wie der ganze Monat November mit seinem Lichtmangel, den blattlosen Bäumen und Büschen, der Farblosigkeit. Ein Tag ohne Vorstellung oder Proben, und Anna ist daher lange spazieren gegangen. In Mitte, in Prenzlauer Berg. An den Orten ihrer Kindheit und Jugend. Allein mit sich, den Gedanken, den Erinnerungen, die wie Fetzen im Wind an ihr vorbeigeflogen sind.

Jetzt ist es Abend.

Sie hat sich ein Curry vom Thai-Imbiss um die Ecke mitgebracht und einverleibt, ein Glas Rotwein getrunken und den Lichtern der Stadt dabei zugesehen, wie sie im aufziehenden Nebel immer diffuser geworden sind, bis alles nur noch ein Schleier gewesen ist.

Vielleicht ist es gar kein Nebel, sondern einfach nur extrem hohe Luftfeuchtigkeit.

Eigenartig ist es gewesen. Ein höchst seltsames Gefühl. Durch bekannte Häuserschluchten zu wandern, die ihr fremd geworden sind. Die Orte ihrer Kindheit und Jugend mit einem veränderten, verjüngten Gesicht. Bunter, heller, doch nicht zwangsläufig freundlicher oder hübscher.

Vielleicht aber hat es ihr nur nicht gefallen, weil sie nicht hat wiederfinden können, was sie einst so kopflos hinter sich gelassen hat.

Mag sein.

Was hat sie denn auch gedacht? Dass Wiedervereinigung und die Jahre spurlos an dem Teil Berlins vorbeigehen, den sie wie ihre Jackentasche kennt?

Gekannt hat.

Und was hat sie gesucht? Die alte Anna Wolf? Deren Namen kein Mensch gekannt hat? Die immer nur hat singen wollen und nichts mehr gefürchtet hat, als es nicht tun zu dürfen?

Als ob sie die nicht in sich tragen würde. Wohin auch immer sie gegangen ist und geht.

Und vielleicht ist heute und hier der richtige Ort, der richtige Zeitpunkt, sich das endlich einzugestehen. Jetzt, da sie fast sechzig ist, die Rollenangebote spärlicher werden, sie sich längst auf der Zielgeraden ihrer Karriere befindet und der Ruhestand immer größer an einem immer näheren Horizont lauert.

Immer hat sie nur singen wollen. Das hat sich nicht geändert. Aber bald schon wird sie es nur noch für sich selbst tun. Nicht mehr vor einem Publikum. Wird sich nicht mehr tragen lassen von der Energie der Zuhörenden, nicht mit ihnen atmen und fühlen. Und das ist genau das, was sie fürchtet, seit sie denken kann.

Und nun?

Sie hat diesen Moment jahrzehntelang umschifft. Geschwiegen, wo sie hätte reden sollen, gespielt, was sie als so falsch empfunden hat, dass es ihr fast die Kehle zugeschnürt hat, gesungen und viel zu oft nicht auf ihre innere Stimme, sondern auf einen mächtigen Maestro oder den einflussreichen Regisseur gehört.

Alles hat sie getan, damit niemand sie von den Bühnen der Welt schubste, ihr hinterrücks den Dolch ins Herz jagte – nur um jetzt doch dort anzukommen, an jenem Punkt, den sie mehr fürchtet als den Tod.

Denn wer ist Anna Wolf, wenn sie nicht singt?

Wäre es nicht so traurig, sie würde lachen.

Die berüchtigte Ironie des Schicksals.

Immer denken alle Menschen, sie hätten so viel Einfluss. Denken, wenn sie nur das Richtige essen und trinken, nicht rauchen, Sport treiben, auf genug Schlaf achten, könnten sie dem Tod Jahre abtrotzen. Bilden sich ein, mit positivem Denken den Lebensweg lenken zu können. Meinen, wenn sie in allem das Gute suchen, könne ihnen das Böse nicht allzu viel anhaben. Reden sich ein, sie hätten alle Chancen der Welt.

Die Menschen. Sie hätten gern so viel Macht. Aber sie haben sie nicht.

Am Ende wird ein Cola trinkender und Kette rauchender Helmut Schmidt weit über neunzig Jahre alt und Anna als Sopranistin mit bald sechzig Jahren, deren Stimme sie nicht im Stich lässt, trotz all ihrer Anpassungsfähigkeit und vor allem ihrem Anpassungswillen wird nicht mehr besetzt. So einfach ist das.

Und irgendwie ist es für Anna, als schließe sich hier ein Kreis.

Hier, in diesem Berlin.

Dort, wo sie einmal hergekommen ist, dort endet auch alles.

Die letzte große Hauptrolle. Gefeiert von Publikum und Kritik gleichermaßen. Und das, obwohl sie zum ersten Mal wirklich widersprochen und eine Partie genau so gesungen hat, wie sie es fühlt.

Obwohl?

Vielleicht genau deshalb.

Ein beklemmender Gedanke.

Was, wenn es immer so gekommen wäre? Was, wenn sie sich viel früher zur Wehr gesetzt hätte? Was, wenn sie von Anfang an alles gewagt hätte? Sich treu gewesen wäre? Furchtlos? Trotzig? Mit Haltung und Rückgrat?

Sie gießt sich ein weiteres Glas Rotwein ein, tritt an die Fensterfront, die auf die Dachterrasse geht, und blickt auf die Stadt.

All die »was wenns« haben noch nie jemandem etwas genützt. Hinterher ist man zwar vermeintlich immer schlauer, aber man weiß eben auch nicht, wie es gekommen wäre, hätte man anders gehandelt. Und all die Gedankenspiele betrüben oft genug einfach nur.

Immerhin.

Sie hat ihren Frieden mit der Stadt geschlossen. Und auch mit ihrer eigenen Geschichte. Und sie hat Roger davon erzählt. Und Kilian. Das ist ein Anfang. Jetzt muss sie lediglich so weitermachen. Nicht stehen bleiben. Nicht umkehren.

In ihrer Stimme ihr Leben. Und nun ihr Leben in ihrer Stimme. Im »Mauerfall«. Gebrochen in Passagen, hässlich hier und da, fragil. Wie sehr hat sie es gefürchtet. Aber wie sehr wird sie nun ausgerechnet dafür gefeiert.

Vor allem nicht umkehren.

An diesem Wochenende eröffnen die ersten Weihnachtsmärkte. Schon erstaunlich, wie schnell die Zeit vergeht. Seit September ist sie bereits hier, und es kommt ihr nicht wie drei Monate, sondern wie wenige Wochen vor.

Und doch.

So viel ist passiert in dieser Zeit.

Ihre Tochter Liza fällt ihr ein, die inzwischen irgendwo in der Arktis sitzt, wo es eisig kalt ist und vermutlich die Sonne zu dieser Jahreszeit maximal für eine Stunde aufgeht. Wenn überhaupt.

Wie es ihr wohl geht? Da draußen in der Einsamkeit. Nur mit den paar Forscherkollegen und dem Versorgungsflugzeug, das alle paar Wochen mal kommt und Lebensmittel bringt.

Einige wenige Male haben sie via Skype miteinander gesprochen. Doch es hat sich angefühlt, als ob die Distanz zwischen ihnen weitergewachsen sei. Und das hat nichts mit der physischen Entfernung zu tun.

Nein. Liza und Anna haben immer eine schwierige Beziehung gehabt. Lange hat sie gehofft, das werde sich bessern, wenn Liza erwachsen wäre, einem eigenen Beruf nachginge und so mehr Verständnis dafür entwickelte, wie wichtig einem das sein konnte. So wichtig, dass man viel von seinem Privatleben dafür opfert. Aber obgleich Liza im Grunde genau das tut, scheint sie an Anna ein anderes, eigenes Maß anzulegen.

Bleibt die Hoffnung, dass sich dies wandelt, wenn Liza einmal selbst Kinder hat.

Falls das jemals geschehen sollte.

Im Moment zumindest sieht es so gar nicht danach aus. Ganz im Gegenteil. Liza macht immer mehr den Eindruck, als würde sie sich ganz und gar auf ihren Beruf konzentrieren und dabei weder nach links noch nach rechts schauen. Und in sehr stillen Momenten wie diesem hier fragt sich Anna, ob vielleicht sie dafür verantwortlich ist.

Hätte sie mehr für Liza da sein müssen?

Ja.

Aber hätte sie dann ihren Beruf wirklich ausüben können?

Nein.

Und was hätte das mit ihr gemacht?

Eine unglückliche Frau wäre sie gewesen. Eine unglückliche Mutter, die tief in der verstecktesten Mördergrube ihres Herzens ihrer eigenen Tochter ein Stück Schuld dafür gegeben hätte. Dafür, dass sie ihretwegen nicht hätte singen können.

Anna schüttelt den Kopf und wendet sich vom Fenster ab.

It is what it is, zitiert sie wie so oft in Gedanken den Bariton und sehr geschätzten Kollegen Thomas Hampson, den sie als Tosca mehr als zwanzig Mal umgebracht hat.

Es ist, wie es ist.

41

»Ist es nicht total verwirrend, immerzu zwischen zwei Opern hin- und herzupendeln?« Julie bleibt neben Kilian stehen, der, wie sie inzwischen hat feststellen müssen, an keinem Stand mit Süßigkeiten vorbeikann. Sie weiß nicht, der wievielte Weihnachtsmarkt das ist, den sie besuchen, irgendwann hat sie aufgehört zu zählen. Aber eines ist klar, der Mann ist ein Süßmaul. Und wie er es schafft, dabei so schlank zu bleiben, ist ein Rätsel.

»Nicht für mich. Sobald ich in ein Kostüm schlüpfe, bin ich in der Rolle.« Er zeigt auf die unterschiedlichen in Zellophan verpackten Sorten von Nugat. »Ich nehme einmal vom Pistaziennugat und einmal den mit den Orangenstücken. Und eine Tüte gebrannte Mandeln dazu, bitte.«

Der Verkäufer mit blinkender Weihnachtsmannmütze legt beide Pakete Nugat auf den Tresen und schaufelt Mandeln in eine rot-weiß gestreifte Papiertüte.

»Du isst doch Mandeln, oder?« Kilian wendet sich Julie zu und holt dabei einen Fünfzigeuroschein aus dem Portemonnaie, den er dem Verkäufer hinhält.

»Nugat mag ich auch gern.« Sie weiß nicht, warum sie das sagt. Vielleicht will sie einfach nur wissen, ob Kilians

Großzügigkeit, die er bisher ihr gegenüber bewiesen hat, ein Dauerzustand oder ein Köder ist.

Julie hat sich nach anfänglichem Zögern in den letzten Wochen oft genug darauf eingelassen, ihn zu sehen, er könnte also gut und gern denken, dass er sie an der Angel hat. Hat er aber nicht, ganz im Gegenteil, sie ist eigentlich sicher, dass es eine ihrer schlechtesten Ideen ist, seine Einladungen immer wieder anzunehmen.

Sie leben in zu unterschiedlichen Welten. Er ist selten da. Er hat keine Ahnung, welche Vergangenheit auf ihr lastet. Er weiß schon gar nicht, wie alles in ihr erstarrt, wenn sie sich zufällig berühren. Wie viel Angst ihr seine Präsenz macht. Dass sie es vermutlich nicht ertragen könnte, mit ihm allein in einem Raum zu sein. Dass sie sicher ist, sie würde ihn nur enttäuschen, wenn sie ihn näher an sich heranließe, weil es genau dann kompliziert würde. Weil sie dann kompliziert wird. Weil, weil, weil.

Julie hat eine Million Gründe, nicht hier mit ihm zu stehen, und tut es trotzdem. Eigentlich kann sie nicht einmal sagen, warum sie es tut. Das hier kann nur schiefgehen, und sie macht trotzdem weiter. Weil da irgendwas ist, zwischen ihm und ihr.

Kilian steckt das Wechselgeld ein und hält ihr dann abwechselnd Nugat in einer und Mandeln in der anderen Hand hin. »Was vernichten wir zuerst?« Er grinst und in seinen Augen fängt sich das Licht der Budenbeleuchtung, lässt sie heller strahlen als sonst.

»Mandeln«, entscheidet Julie. »Sonst haben wir Nugatfinger und versauen uns noch die Kleidung.«

»Pragmatisch, aber …« Er stopft die Tüte mit den Mandeln in die rechte, den Pistaziennugat in die linke Manteltasche, wickelt den Orangennugat an einer Ecke aus und hält es ihr hin. »Pragmatisch läuft mit mir nicht. Jedenfalls nicht, wenn Nugat im Spiel ist.«

Sie schüttelt den Kopf, bricht ein Stückchen ab und steckt es sich in den Mund. Herbsüß zergeht es auf ihrer Zunge, und das fruchtige Aroma der Orange bildet einen wunderbaren Kontrast dazu, der gleichzeitig Ergänzung ist.

»Besser als Mandeln, oder?«

Julie nickt und leckt ihre Finger ab.

Sie schlendern weiter, vorbei an Glühweinbuden, Wollmützen, Weihnachtsbaumschmuck und allerlei Tand. Und es ist schon irgendwie eigenartig, wie selbstverständlich sich das anfühlt. Als ob sie sich ewig kennen würden. Und vielleicht ist es das, was ihr an ihm am meisten gefällt, dass es so unbeschwert mit ihm ist. Und dass er nicht eine Million Fragen stellt. Im Gegenteil. Kilian hat Julie einiges über sich erzählt. Über seine Kindheit, seine Familie, das Gesangsstudium, das unstete Leben, das ihn manchmal nervt, und auch über die Schwierigkeit, Freundschaften zu pflegen, wenn man immerzu quer durch die Welt tingelt.

Sie hat ein Gefühl dafür bekommen, wie sehr er das Singen liebt. Dass es, selbst wenn er sagt, sein Beruf mache ihn nicht aus, sehr wohl auf eine bestimmte Art die Essenz seines Ichs ist. Dass es ihn erfüllt und Nahrung für sein Herz und seine Seele ist.

Und sie hat eine Ahnung davon, dass es sehr viel Verständnis braucht, um mit einem wie ihm befreundet zu sein.

Julie dagegen ist sparsam geblieben bei dem, was sie über sich erzählt hat. Es ist, als stünde zwischen ihnen eine gläserne Wand, die sie trennt, obwohl sie sich sehen können. Sie weiß nicht, ob sie die einreißen kann oder will. Aber sie fürchtet, tut sie es nicht, wird Kilian eines Tages wieder genauso aus ihrem Leben fallen, wie er einst hineingefallen ist. Und je öfter sie ihn sieht, desto weniger denkt sie, dass sie das will.

»Ich könnte versuchen, dir eine Rose zu schießen.« Er bleibt vor dem Schießstand stehen und zwinkert sie an. »Oder lieber einen Plüschfrosch?«

»Kannst du überhaupt schießen?« Sie sollte das nicht tun, sich mit ihm auf dieses dünne Eis zu begeben, selbst einen Flirt zu initiieren. Hat es bisher geschickt vermieden, aufgepasst, immer auf der Hut, kein falsches Signal zu senden. Aber eben ist sie nur einen Moment unaufmerksam gewesen, und zack, schon ist es passiert.

»Ich gebe es zu. Ein Dolch wäre eher die Waffe meiner Wahl.« Er dreht eine Pirouette. »Was willst du mit dem Dolche, sprich?«, singt er und packt sie mit beiden Händen an den Schultern.

Julie muss lachen, erst recht, weil die Leute um sie herum verdutzt stehen bleiben und erwartungsvoll gucken.

»Mozart. Lucio Silla.« Kilian lässt sie los und zuckt die Schultern. »Gar nicht meine Partie. Das singt eigentlich ein Tenor.«

»Soso.« Sie muss immer noch kichern.

»Lass uns Riesenrad fahren«, sagt er unvermittelt, aber mit einer Begeisterung, dass sie fürchtet, sie wird kaum darum herumkommen.

»Das ist doch viel zu kalt da oben«, wendet sie ein, weniger wegen der Temperatur als vielmehr, weil ihr die Vorstellung, mit ihm allein hoch über Berlin in einer Gondel festzusitzen, natürlich überhaupt nicht behagt. »Du könntest dich erkälten.«

»Ach komm.« Er greift nach ihrer Hand und zieht sie mit sich auf das Riesenrad zu. »So schnell erkälte ich mich nicht. Oder hast du Höhenangst?«

»Ich? Nein.« Mist. Da ist sie gewesen, ihre Chance, aus der Nummer herauszukommen, und sie hat sie verschenkt. Zu blöd.

Was kann schon geschehen, versucht Julie sich zu beruhigen, während Kilian die Tickets ersteht. Es ist nur eine Fahrt in einem Riesenrad. Die Gondeln sind groß genug für sechs. Und er ist nicht der Mann, der ihr zu nahe treten wird.

Er ist nicht Stephan.

Ist sie da sicher?

Ihr ist schwindlig. Flau im Magen. Für einen Moment muss sie die Augen schließen und sich aufs Atmen konzentrieren. Die Übelkeit hinabwürgen, die wie ein scharfkantiger Klotz in ihrem Hals festsitzt.

Sie hätte sich nie auf all das einlassen dürfen. Nicht auf den ersten Spaziergang, nicht auf die Weihnachtsmarktbesuche, nicht auf die Pizza neulich beim Italiener.

Sie kann das nicht.

Und sie hasst sich dafür.

»Na, dann mal los, Julie.« Kilian schiebt sie vor sich her auf die Gondel zu, und sie hat Mühe, sich nicht auf der Stelle zu übergeben.

Reiß dich zusammen, denkt sie mit aller Macht, während sie mit zittrigen Knien in das schwankende Ding einsteigt und sich auf die kalte Bank setzt.

Das hier geht niemals gut.

Aber sie kommt aus der Nummer nicht heraus. Nicht, ohne ihm alles zu erzählen. Und das kann und will sie nicht. Denn es würde alles kaputtmachen. Oder? Wenn er das wüsste, von Stephan und ihr, was würde er dann wohl von ihr denken?

»Alles okay?«

»Mir ist das … ein bisschen … unheimlich.« Die Untertreibung des Jahrhunderts.

Ihre Finger krallen sich um das kalte Metall der Sitzbank, während das Riesenrad sich in Bewegung setzt. Rasant geht es hinauf, der eisige Wind bläst ihr ins Gesicht und treibt ihr Tränen in die Augen.

Vielleicht ist es auch gar nicht der Wind.

Der Weihnachtsmarkt mit all seinen Lichtern, das Rote Rathaus dahinter, die Menschen, all das fällt klein unter ihr zurück, und es wird stiller hier oben, die Musik und Ansagen der Fahrgeschäfte da unten nur noch ein fernes Gemurmel, zerpflückt vom Rauschen des Fahrtwindes.

»Kalt?« Kilian rutscht ein Stück näher, zögert, bleibt dann nah bei ihr sitzen, jedoch nicht so nah, als dass sie sich berühren. Tausend Fragen in seiner Miene.

Julie kann ihn förmlich denken sehen, und sie weiß, sie müsste, sie sollte etwas sagen, aber wie, wenn sie alle Hände voll damit zu tun hat, sich zusammenzureißen?

Das Riesenrad bleibt stehen.

Ihre Gondel, auf dem höchsten Punkt, schaukelt leise hin und her. Über ihnen nur Himmel, unter ihnen die Stadt. Es ist still, so still.

»Du hast aber nicht Angst vor mir, oder?«

Kilians Frage, so sanft gestellt, so aus dem Nichts, wirft sie aus ihrer Bahn.

Woher weiß er das? Sieht er ihr das an?

Sie atmet ein, hält die Luft an, als könne sie so auch die Worte stoppen, die weit vorn auf ihrer Zunge liegen, dort, wo sie sie schmecken kann, bitter, und weiß, sie kann es nicht.

Julie beißt sich auf die Unterlippe, so sehr, dass es wehtut, in der Hoffnung, der Schmerz verhindert irgendetwas, egal was.

»Ich kann das nicht.« Der Satz rauscht auf einem scharfen Luftstrom aus ihr heraus, ungebremst, heftig. »Mein Ex hat mich verprügelt. Und vergewaltigt.«

Sie presst die Augen zu, so fest sie kann. Versucht, die Tränen dahinter zu halten, und weiß nicht einmal, weswegen sie weint. Weil der Wind so scharf ist? Weil Stephan auf einmal wieder in ihr Leben drängt, oder sein Geist? Oder weil jetzt und hier das Märchen Kilian Holm vorbei ist?

Er bleibt still.

Aus und vorbei.

Der Mann, der normalerweise redet wie ein Wasserfall, gibt keinen Ton von sich.

Und sie weiß nicht, was sie davon halten soll.

Ist es das gewesen? Sieht sie ihn nie wieder?

Vorsichtig, ganz langsam öffnet Julie ihre Augen.

Über ihnen ist immer noch nur Himmel, unter ihnen die Stadt. Die Welt ist nicht zu Staub zerfallen. Und durch den Tränenschleier sieht sie, wie Kilian ihr ein Taschentuch hinhält.

»Entschuldige.« Sie tupft unter ihren Augen entlang.

»Wofür?« Er lehnt sich ein Stück zu ihr herüber, eine Hand auf der Lehne der Sitzbank, die andere auf dem Griff um die Säule der Gondel herum, an dem man sie um ihre Achse drehen kann. »Wenigstens verstehe ich jetzt, warum du immer zusammenzuckst, wenn ich dir nahe komme.«

»Tue ich das?«

»Minimal.« Er lächelt, aber es liegt nicht nur Wärme, sondern auch Bedauern darin.

Das ist es also gewesen, denkt sie und schnäuzt sich die Nase. Wenn sie aus dem Riesenrad aussteigen, wird er noch ein Weilchen mit ihr über den Weihnachtsmarkt schlendern, nicht, weil er das will, sondern weil er höflich ist, dann werden sie sich verabschieden und nie mehr voneinander hören.

Und das ist es doch gewesen, was sie gewollt hat, oder? Ihn in die Flucht schlagen. Eigentlich hat sie das gewollt. Denn nur so kann er ihr nicht gefährlich werden.

»Wie lange ist das her?«, fragt er, und Julie erinnert sich nicht, ihn schon einmal so ernst gesehen zu haben.

»Ein paar Jahre, in denen ich Therapie gemacht und mir mein Leben zurückerobert habe.«

»Und seitdem?«

»Seitdem was?« Sie wickelt den Schal enger um ihren Hals, und das Riesenrad setzt sich wieder in Bewegung.

»Keine Liebe seitdem? Kein anderer Mann?«

Warum fragt er das überhaupt?

Sie schüttelt den Kopf und wendet ihren Blick ab. Schaut in die Ferne, auf all die Lichter der Stadt, die so fröhlich funkeln, während ihr Herz schwerer und schwerer wird.

»Julie.«

Er greift nach ihren Händen, und sie zuckt unwillkürlich zusammen. Erschrocken. Erstaunt. Alles zugleich.

Kilian neigt den Kopf ein wenig und hält ihre Hände, fest und dennoch nicht fest genug, als dass sie sie ihm nicht jederzeit entziehen könnte. Und vielleicht ist es diese Geste, die ihr sagt, dass er versteht. Die ihr einen Funken Hoffnung gibt in all der Dunkelheit, die ihr Herz gefangen hält.

»Vielleicht braucht das unendlich viel Zeit, ehe du anfangen kannst, mir zu vertrauen«, sagt er ganz leise, »aber *ich* will das hier, dich, nicht aufgeben.«

42

»Oha!« Susanne hält die Einladungskarte hoch, schwenkt sie hin und her. »Sieht ganz so aus, als hätte ich etwas versäumt.« Sie neigt den Kopf und sieht Julie scheel an.

»Ich gehe nicht hin«, sagt sie, und ihre Stimme klingt matt.

»Silvesterkonzert mit anschließendem Empfang in der Staatsoper.« Susa dreht die Karte von links auf rechts und wieder zurück. »Lass mich raten: Die kommt von Kilian Holm!«

Julie nimmt ihr die Karte aus der Hand, pinnt sie wieder an die Korktafel in ihrer Küche. »Musst du nicht Lissi von der Probe abholen?«

»Lohengrin hat Geburtstag und Lissi eingeladen. Sie hat zwar kurz befürchtet, es könnte gebratenen Schwan geben, dann aber doch zugesagt.« Susanne prustet los.

»Gebratenen Schwan? Das kann sie unmöglich ernst meinen.«

Susa rollt die Augen. »Der Schwan spielt eine Rolle in der Oper. Egal.«

Julie geht ins Wohnzimmer, verfolgt von ihrer Freundin, die diesen Terrierblick hat, den sie immer dann aufsetzt, wenn sie sich in etwas festbeißt.

»Ja, von Kilian«, gibt sie zu, denn sie weiß, sie könnte sich jetzt eine Stunde oder länger drehen und winden, versuchen, Susas Fragen zu entkommen, aber wenn die in den Inquisitionsmodus schaltet, bleibt sie drin, bis sie die Antworten hat, die sie haben will.

»Okay?« Susa lässt sich auf die Couch fallen, zieht die Füße unter den Allerwertesten und streckt eine Hand aus, ein sicheres Signal dafür, dass sie von dem Wein will, den Julie eben entkorkt hat.

»Ich habe nichts zum Anziehen für so etwas.« Sie gießt Wein ein, reicht der Freundin das Glas und holt sich ein neues. »Silvester kann ich da kaum in meinem Smoking erscheinen.«

»Das lässt sich regeln.« Susa schwenkt das Glas, hält es ins Licht, dann unter ihre Nase.

»Sagt Kilian auch.«

»Der Mann hat die richtige Haltung.« Susanne prostet ihr zu, trinkt.

Ohne Julie. Die tritt ans Fenster, ihr Glas in der Hand, kehrt der Freundin den Rücken.

Gegenüber hat jemand den Balkon mit unzähligen Lichterketten geschmückt. Schräg darunter glüht ein Stern, und sein Licht ist so rot, dass es sie eher an einen Puff als an Weihnachten denken lässt.

Was soll sie ihr erzählen? Wie viel davon?

Sie ist ihre beste Freundin, ja, aber will sie deren gute Ratschläge hören? Ihren blinden Optimismus?

»Warum also willst du wirklich absagen?«

Susanne kennt sie einfach zu gut.

Sehr langsam dreht sie sich um, sieht sie an, und in diesem Moment beneidet sie Susa. Um ihre Unbekümmertheit. Die Schwerelosigkeit, mit der sie flirtet, tanzt, sich auf einen One-Night-Stand einlässt. Ihre Fähigkeit, Menschen an ihre Haut zu lassen. Bisweilen sogar darunter.

Susanne hat alles, was Julie nicht hat. Und sie sollte es ihr gönnen, aber jetzt und hier kann sie das nicht. Jetzt und hier wünscht sie sich, Susa könnte nur für einen Moment in ihre Schuhe schlüpfen, aus ihren Augen schauen, spüren, was sie fühlt. Einmal nur sie sein und das ganze Ausmaß dessen begreifen, was ihr Leben bestimmt.

Julie weiß, das ist zu viel verlangt.

Das kann kein Mensch.

Weder Susanne noch sonst wer.

Es gibt Dinge, die kann man vielleicht verstehen. Sich halbwegs vorstellen. Ja. Aber was sie wirklich bedeuten, wenn man sie am eigenen Körper erlebt, was es mit einem macht, wie es etwas in einem für immer verändert, das bekommt man einfach nicht zu fassen. Egal, wie sehr man es versucht. Weil es so unvorstellbar bleibt. So wie man zwar nicht Pinguin sein muss, um zu wissen, dass es am Südpol eisig kalt ist, aber trotzdem nicht wissen kann, wie sich das auf der eigenen Haut anfühlt, wenn man nie dort gewesen ist.

»Ich war ein paar Mal mit ihm aus«, sagt Julie gequält, denn darüber will sie eigentlich nicht mit Susa sprechen. »Aber es geht nicht.« Sie lehnt sich gegen die Balkontür, spürt die Kälte der Glasscheibe in ihrem Rücken, und aus einem ihr unerklärlichen Grund tut das gut. »Ich hab's versucht, Susa, wirklich. Es geht einfach nicht.«

»Stephan?«

Julie nickt. »Jedes Mal, wenn sich auch nur zufällig unsere Schultern beim Nebeneinanderhergehen berühren, krampft sich alles in mir zusammen, und ich kann mich nicht mehr rühren.«

Susa trinkt einen großen Schluck und stellt dann das Glas mit solcher Wucht ab, dass einzelne Tropfen des hochschwappenden Weins herausspringen und auf dem Tisch landen. »Oh, ich könnte diese miese kleine Ratte umbringen!«

Sie meint das ernst.

Mehr als ernst.

Es ist das erste Mal, dass sie Julie ihre Wut auf Stephan in ihrer ganzen Macht zeigt, und für einen Augenblick ist sie sprachlos. Sie wusste immer, Susa ist sauer auf ihn, verachtet ihn für das, was er ihr angetan hat, aber dass ihre Wut so groß ist, das hat sie nicht gewusst. Und es sagt etwas. Über sie. Über Susa. Über sie beide.

»Das würde mir auch nicht helfen«, sagt Julie schließlich in die Stille hinein, die entstanden ist.

»Mag sein. Mir schon.« Susanne steht auf, gießt sich Wein nach, setzt sich wieder hin. »Dir ist schon klar, wie viel Macht du Stephan immer noch einräumst, Julie, oder?«

»Macht? Ihm? Wieso?«

Sie hebt die Arme und Julie fürchtet, gleich werde Susa den Wein über ihre Couch verteilen.

»Stephan ist nicht mehr da. Und trotzdem beherrscht er immer noch dein Leben. Weil du es zulässt.« Sie springt auf, beginnt, vor ihr auf und ab zu gehen. »Wenn der wüsste, wie gelähmt du in deinem Saft köchelst, weil du fürchtest, jeder andere Mann wäre wie er und würde dich misshandeln, missbrauchen, miss-was-auch-immer. Der würde seinen ganz persönlichen Triumphzug abhalten, mit Pauken, Trompeten, Fanfaren und Lametta.«

So hat Julie das noch nie gesehen.

»Ich kann mir das förmlich vorstellen, wie der Arsch selbstgefällig den Schampuskorken knallen lassen würde, weil er dich immer noch so weit im Griff hat, dass du dich nicht mal dann traust zu leben, wenn er weit weg ist und dir nichts mehr anhaben kann.« Sie bleibt stehen, stemmt die Hände in die Hüften. »Willst du das, Julie? Willst du ihm so viel Macht über dich geben? Willst du, dass er weiterhin bestimmt, wie du dein Leben lebst? Für immer und ewig?«

»Nein«, stottert sie, »aber …« Ihr fällt kein Argument ein.

»Dann mach endlich was. Trau dich was. Wechsel wenigstens den Job, anstatt da festzuhängen und dir einzureden, du könntest nichts anderes.« Sie reißt die Arme hoch, die Finger gespreizt. »Lebe, Julie. Tot sind wir alle irgendwann lange genug.«

Julie weiß, sie hat recht. Aber wie soll sie das Korsett der Angst sprengen? Wie aus ihm herausschlüpfen, wenn nicht einmal Jahre Therapie sie dahin bringen konnten, es auch nur richtig aufzuschnüren?

»Du magst Kilian doch, oder?«

»Ja.«

»Und du bist gern mit ihm zusammen?«

»Ja, schon aber …«

»Bist du in ihn verliebt?«

Julie schweigt, und es mag sein, dass das beredter ist als jedes Wort, das sie sagen könnte.

»Dann gib ihm eine Chance.« Susanne rauft sich die Haare. »Du musst doch nicht gleich mit ihm zusammenziehen, geschweige denn eine Familie gründen und den Rest deines Lebens mit ihm verplanen. Gib ihm und dir Zeit, Julie. Schau, wie es sich entwickelt, wie er ist. Was passiert, wenn du das erste Mal mit ihm streitest. Gib ihm eine Chance. Vor allem, gib dir selbst eine.« Sie tritt auf Julie zu, nimmt deren rechte Hand, legt sie auf Julies Brust und ihre eigene darüber. »Hör auf dein Herz. Es weiß so viel mehr.«

»Und wenn es schiefgeht?«

»Dann geht es schief.« Susa zieht die Schultern hoch und lässt sie erst nach einem langen Moment wieder fallen. »Glaub mir, ich weiß, wie schwer es ist, wieder zu vertrauen, wenn man tief enttäuscht wurde. Und ich kann mir vorstellen, dass es für dich noch ungleich schwerer ist. Aber irgendwann musst du wieder damit anfangen, Julie.«

»Muss ich?« Sie ist nicht sicher. Bisher ging es ganz gut ohne das.

Susanne seufzt, und es klingt so bekümmert, wie Julie sie nur einmal erlebt hat, nämlich damals, als sie in der Notaufnahme des Krankenhauses neben ihr gesessen hat.

»Du musst Kilian ja nicht gleich dein Leben anvertrauen«, sagt sie schließlich. »Du könntest dich zum Beispiel erst mal von ihm beim Walzer führen lassen.«

»Beim Walzer?«

»Den tanzt man doch zu Silvester, oder? Und Tango ist fürs Erste vermutlich ein bisschen viel Kontrollabgabe.«

Julie löst sich vom Fenster, geht zum Tisch, auf dem die Flasche steht, um sich ebenfalls nachzuschenken, und ist froh, dass Susanne ihren Humor wiederfindet.

»Und wenn er sich dabei gut macht, kannst du ihm vielleicht einen Neujahrskuss erlauben.« Sie grinst verschmitzt.

»Susa, es ist hoffnungslos mit dir.«

»Wieso?«

»Der Walzer kommt doch nach dem Neujahrskuss.«

»Wirklich?«

»Ja. Schon.«

»Egal.« Sie wischt den Einwand mit einer Handbewegung weg, die so lässig ist, als hätten sie nicht bis eben über ein bitterernstes Thema gesprochen. »Nur ein Schnapsglas voll Vertrauen, Julie, eine homöopathische Dosis für den Anfang sozusagen. Meinst du nicht, das kannst du wagen?«

43

Es ist die erste Probe, bei der die Eltern als Publikum zugelassen sind, und so sitzt Julie neben Susanne am Rand auf einem recht unbequemen Stuhl und verfolgt gebannt das Geschehen.

Sie hätte nicht gedacht, dass Kinder in dem Alter so lange so ernsthaft und aufmerksam etwas so Kompliziertes proben können. Und hätte ihr vorher jemand gesagt, dass es ein Höllenjob ist, jemandem beizubringen, ganz normal zu gehen, während er singt, sie hätte es nicht geglaubt. Jetzt aber erlebt sie es live mit.

»Versuch mal zu gehen, ohne dabei zu singen, und das aber nicht im Takt zur Musik zu tun, Jonas«, fordert Katharina den jungen Lohengrin auf.

Er rauft sich die Haare, geht zurück zur Ausgangsposition, wartet auf den Einsatz der Musik und marschiert los. Ein bisschen holprig zunächst, doch dann immer besser.

»Ja«, lobt Katharina, »genau, weiter so.«

Sie lässt ihn und die anderen Kinder das noch ein paar Mal probieren, dann schaut sie auf die Uhr und gibt dem Pianisten ein Zeichen. »Pause. Wir treffen uns in einer Dreiviertelstunde wieder hier.«

Lissi trottet auf Julie und Susanne zu. Sie sieht erschöpft aus, aber glücklich.

»Gibt es auch Kuchen in der Kantine?«, fragt Julie sie und ignoriert Susannes genervten Blick. »Also ich werde schon vom Zuschauen hungrig.«

»O bitte, Mama!« Lissi sieht ihre Mutter flehend an. »Die anderen dürfen auch Kuchen und Limo in der Pause.«

»Gib dir einen Ruck.« Julie stößt Susanne an. »Das Kind wird nicht an einem Stück Kuchen sterben.«

Schwerfällig steht Susanne auf. Als wäre Julie mit ihren Umschiffungen von Susas Anstrengungen, das Kind so gesund wie möglich aufwachsen zu lassen, eine Last, die sie nicht tragen kann. »Eine Million Ausnahmen, seit es dieses verfluchte Projekt gibt.« Sie wirft sich ihre Tasche über die Schulter. »Aber gut, in Gottes Namen.«

Julie trottet hinter Mutter und Tochter die Treppe hinab und versucht dabei, sich zu erinnern, ob Kilian heute Vorstellung hat oder morgen. Nicht, dass sie ihn ausgerechnet mit Susanne im Schlepptau im Casino trifft. Das fehlte ihr gerade noch.

Im Casino ist es ungewöhnlich voll. Fast alle Tische sind belegt, und so müssen sie mit dem letzten freien kurz vor dem Durchgang zur Essensausgabe vorliebnehmen.

»Kuchen, Limo und für dich, Susa?« Julie nimmt ihr Portemonnaie und wartet.

»Nur eine Latte, bitte.«

Als sie mit dem voll beladenen Tablett an ihren Tisch zurückkehrt, zieht Susanne gerade ihre Jacke an. »Kann ich dich mit Lissi kurz allein lassen?« Sie greift sich ihre Latte macchiato.

»Sicher, aber wieso?«

»Anna Wolf hat mir gerade eine WhatsApp geschickt. Es gibt ein Problem im Appartement. Ich muss dem Hauswart hinterhertelefonieren und hier drin ist es einfach zu laut dafür.«

»Mach nur. Hoffentlich nichts Schlimmes.«

»Nein, nein. Eine Jalousie klemmt.« Sie nimmt ihre Latte und ihr Mobiltelefon und verschwindet in den Innenhof.

Julie schiebt derweil Lissi die Limo und den Kuchen hinüber und macht sich über ihren her.

»Das mit dem Gehen und Singen ist wirklich schwer«, sagt Lissi, und Julie ist nicht sicher, ob sie mit ihr redet oder nur laut nachdenkt. »Man merkt gar nicht, dass man komisch geht.«

»Ich nehme an, wenn man Musik dabei hört, läuft man immer irgendwie automatisch im Takt dazu. Oder?«

»Ja, aber Katharina will, dass wir genau das nicht tun.«

»Weil es unnatürlich aussieht.« Kilian steht plötzlich an ihrem Tisch, sein Glas halb voll mit einer sehr schwarzen Flüssigkeit. »Darf ich?« Er zieht einen der Stühle vor.

»Sicher.« Lissi mustert ihn. »Du bist der Helmut Kohl, oder?«

»Ich bin der Kilian. Aber ja, ich singe den Kohl im ›Mauerfall‹.«

»Wenn die dich so alt schminken und dir das ganze Zeug ums Kinn kleben, erkennst du dich dann wieder?«

»Schon. Ich bin ja dabei, während die Verwandlung passiert.«

Sie zeigt mit ihrer Kuchengabel auf sein Glas. »Und was ist da drin.«

»Espresso. Dreifach.«

»Magst du dich nicht mal vorstellen, Lissi?« Julie erinnert sich nur zaghaft an so etwas wie gute Manieren, zu verblüfft ist sie über die Selbstverständlichkeit, mit der die beiden ins Plaudern geraten sind. Keine Spur mehr von der ehemals schüchternen Lissi, die Fremden gegenüber den Mund nicht aufmachte, sie hat keine Ahnung, wo die geblieben ist.

»Wieso?« Der Blick, den Lissi Julie schenkt, ist eine ganze Ecke zu provokant für ihr Alter. »Er war schon mit Anna bei einer unserer Proben. Er weiß, ich bin Lissi und singe die Elsa.«

»Aha.« Julie wirft Kilian einen schnellen Blick zu und sieht, dass er sich ein Lachen verkneift.

»Das stimmt«, pflichtet er Lissi bei. »Ich konnte aber nicht bleiben und habe dich nur ganz kurz singen gehört.«

»Das macht nichts. An dem Tag war ich sowieso nicht gut.« Lissi schiebt sich den Rest ihres Schokokuchens in den Mund und kaut.

»Na, dann ist es ja gut.« Kilian wendet sich Julie zu. »Und du? Vertrittst die Mutter?«

»Die telefoniert draußen.« Sie nickt gen Fenster, durch das man Susanne im Hof herummarschieren sieht, das Telefon am Ohr. »Ich habe einfach nur die erste Gelegenheit ergriffen, mal einer Probe beiwohnen zu dürfen.«

»Proben sind eine sehr ernste Angelegenheit.« Kilian wirft Lissi einen verschwörerischen Blick zu. »Da darf man etwas wagen, Fehler machen, etwas ausprobieren. Alles Dinge, bei denen kein Sänger auf Publikum erpicht ist.«

»Zumal, wenn das Publikum keine Ahnung hat.« Lissi streckt Julie die Zunge heraus.

»Ist das so?« Kilian grinst belustigt.

»Julie kann nicht einen Ton singen.«

»Danke, Lissi.« Sie lehnt sich zurück und verschränkt die Arme vor der Brust. »Sehr nett von dir.«

»Du sagst doch, ich soll immer ehrlich sein.«

»Das schon, aber geht das vielleicht auch ohne Holzhammer?«

»Darf ich dich was fragen?« Lissi ignoriert Julies Einwand und wendet sich wieder ganz an Kilian.

»Sicher?«

»Katharina sagt, wenn es hier vorn scheppert, ist es gut.« Sie tippt sich mit einem Finger gegen die Stirn. »Ist das wirklich wahr? Es fühlt sich nämlich ganz komisch an.«

Kilian stellt sein Glas ab. »Ja, für euch Sopranistinnen passt das. Wenn wir singen, brauchen wir ein ganzes Sammelsurium an klingenden Höhlen im Kopf, im Rachen und in der Brust.«

Er lässt die Hände seinen Worten folgen, zeigt erst auf sein Gesicht, dann den Hals und die Brust, ehe er einen Finger an die Stirn legt. »Hier oben befindet sich eine davon.« Er nimmt die Hände wieder herunter, legt die Arme auf den Tisch und beugt sich ein Stück zu Lissi vor. »Jeder von uns hat unterschiedliche Klangräume, aber wir alle müssen sie aktivieren beim Singen. Und manchmal fühlt sich das dann an, als ob es scheppert, weil Knochen ins Schwingen geraten.«

»Verstehe.« Sie nickt und schaut nachdenklich drein.

»Aber Singen besteht natürlich nicht nur aus Technik. Wenn du zum Beispiel einen Ton lange hältst, dann wird das irgendwann langweilig. Wenn du ihn aber ständig mit neuer Energie, mit Feuer fütterst und das Publikum das Gefühl hat, dass er lebt und sich entwickelt, also deine Emotionen spürt, dann ist es richtig gut.«

Julie lehnt sich zurück und verfolgt fasziniert das Gespräch der beiden. Wie ernst er Lissi nimmt, obwohl sie nur ein Kind ist. Aus irgendeinem Grund hätte sie ihm das nicht zugetraut.

»Und dazu muss ich wie die Rolle fühlen, oder?«

Kilian nickt.

»Aber das ist so schwer.« Lissi kräuselt die Augenbrauen und sieht aus, als ärgere es sie, dass sie das noch nicht gut kann.

»Also ich mache es immer so«, sagt Kilian und wirkt dabei, als wäre er gar nicht sicher, ob er ihr einen Rat erteilen darf. »Ich halte mich sozusagen selbst zum Narren.«

»Wie meinst du das?«

»Ich versuche, mir so weit einzureden, dass nicht ich es bin, sondern dass ich diese Person bin, die ich singe, bis ich das Gefühl habe, mein eigenes Ich aufgegeben zu haben und in der anderen Person aufgegangen zu sein. Ich vergesse mich sozusagen. Verstehst du, was ich meine?«

Sie schüttelt den Kopf.

»Ich versuche einfach, so sehr diese andere Person zu werden, bis die Worte, die ich singe, zu meinen eigenen Gefühlen werden. Und durch diese emotionale Unterstützung verändert sich meine Singstimme. Mein ganzer Körper und meine Seele singen dann. Man darf es nur nicht übertreiben, Lissi. Wenn das Orchester nämlich spielt und man versucht ist, einen draufzusetzen, dann schießt man ganz schnell über das Ziel hinaus.«

»Dann wird man wie ein Cartoon.«

Kilian nickt. »Das trifft es ziemlich gut. Wir Profis nennen das kontrollierte Ekstase. Du weißt, was Ekstase heißt?«

Lissi nickt.

»Und kontrollierte Ekstase bedeutet, dass man selbst ekstatisch empfindet, ohne dabei zu merken, dass man tief in sich noch jemanden hat, der notfalls den Stecker zieht.«

An dieser Stelle klinkt Julie sich aus der Fachsimpelei der beiden aus. Zu wenig versteht sie von all der Gesangstechnik und dem Kram, den die beiden besprechen.

Was ihr jedoch nicht entgeht, ist Kilians Art. Wie er Lissi behandelt, mit ihr auf Augenhöhe bleibt, ihr Ratschläge erteilt, die so gut in ein Gespräch unter Kollegen verpackt sind, dass sie gar nicht als solche auffallen.

Sanft bleibt er zu jeder Sekunde. Sanft und heiter und vergnügt. Selbst als Lissi ihn provoziert, ihm widerspricht, Grenzen auslotet.

Er ist ganz anders als Stephan.

Der Gedanke schwebt vor Julies innerem Auge, surrt, leuchtet vergnügt. Will ihr etwas sagen. Etwas, dem sie nicht folgen will. Und lässt sich doch nicht vertreiben. Nicht wegwischen. Nicht einmal ignorieren.

»Wie schade, ich muss jetzt in die Maske«, sagt Kilian schließlich mit einem Blick auf die Uhr.

»In bocca al lupo«, sagt Lissi und grinst.

Kilian rauft ihr sanft die Haare und streckt Julie dann die Hand entgegen. »Ich rufe dich an.«

»Toi, toi, toi«, verabschiedet sie ihn und sieht ihm hinterher, wie er durch die Tür entschwindet. »In bocca was?«, fragt sie Lissi dann.

»So was wie Hals- und Beinbruch unter Sängern«, erwidert die wie eine, die seit Jahren diese Sprache spricht. »Der ist echt nett.«

»Ja. Stimmt.«

Lissi neigt den Kopf und sieht Julie mit ihren großen Augen an.

44

Hier und da knallen Böller und erleuchten Raketen den Himmel, während Julie über den Bebelplatz eilt, auf dem noch ein paar Touristen Fotos machen. Ein leiser Schnee fällt, und ihre Füße in den dünnen Pumps sind so kalt, dass sie sie kaum mehr spürt.

Es ist ein seltsames Gefühl, die Staatsoper ohne Lissi durch den Hintereingang zu betreten, aber sie hat keine Zeit, darüber nachzudenken, denn kaum dass sie mit einem Gruß am Pförtner vorbei und durch die Tür tritt, kommt eine Frau mittleren Alters auf sie zu.

»Julie Martens?« Die Frau mustert sie von oben bis unten mit einem kühlen Blick.

»Ja. Guten Abend.« Julie streckt ihr ihre Hand entgegen und fühlt sich verunsichert. Die Frau wirkt so forsch, und prompt kommt sie sich vor wie ein ungebetener Eindringling.

»Hallo«, die Frau schlägt ein und lächelt knapp. »Alexa Sommer. Wir müssen uns beeilen.«

Schon saust sie los, und Julie hat Not, ihr in diesen Schuhen so schnell zu folgen. Kurzerhand nimmt sie die Pumps in die Hand, froh, dass sie so klug gewesen ist, eine Ersatzstrumpfhose einzupacken, und rennt hinter ihr her.

Ohne ein Wort führt Alexa sie durch Gänge, Treppen hinauf und um gefühlt tausend Ecken. Schließlich stößt sie eine Tür auf und schiebt Julie hinein.

Sie stehen in einer der Garderoben, und die Erinnerungen an Julies erste Begegnung mit Kilian sind auf einmal ganz frisch.

Ob sie es gewesen ist, die die Krone repariert hat?

Sicher nicht. Kilian hat gesagt, Alexa sei seine Maskenbildnerin.

Aber ob sie davon weiß?

Alexa zeigt auf den Stuhl vor dem Spiegel, über den etwas aus glänzendem Stoff hängt. »Ausziehen, den Kimono überwerfen, und dann sehen wir, was wir aus dir machen.«

Ein bisschen unwohl fühlt Julie sich, während sie sich vor der ihr unbekannten Frau aus ihrer Kleidung schält. Aber Alexa beachtet sie kaum. Stattdessen rückt sie allerhand Theaterschminke und Pinsel zurecht, sortiert verschiedene Bürsten und legt eine Dose mit unzähligen Strass-Steinen auf die Ablage, auf der bereits ein kleines Keyboard liegt. Auch die Jacke am Kleiderständer hat Julie erkannt, ebenso den Rucksack, der an der Wand lehnt.

Der Kimono fühlt sich angenehm seidig auf der Haut an, und der Stuhl ist recht bequem. Wirklich besser fühlt Julie sich dadurch aber nicht.

»Okay.« Alexa lehnt sich gegen die Ablage und mustert sie, als wäre sie eine Puppe. Und vermutlich ist es für sie so. Wahrscheinlich ist Julie in ihren Augen nur jemand, den sie herrichten muss, und sie fragt sich, wie Kilian diese Frau überhaupt dazu gebracht haben mag.

Am liebsten würde sie auf der Stelle wieder nach Hause gehen, so unangenehm ist ihr das alles hier.

»Na, dann wollen wir mal keine Zeit verlieren.« Zum ersten Mal schenkt Alexa ihr ein echtes Lächeln.

»Vielen Dank.« Julies Stimme ist brüchig.

»Wofür?« Alexa hält inne, eine Dose mit Make-up in der einen, ein Schwämmchen in der anderen Hand.

»Für das hier.«

»Bedank dich lieber erst, wenn ich mit dir fertig bin. Es könnte schließlich sein, dass du dir am Ende überhaupt nicht gefällst.« Sie beginnt, mit raschen Bewegungen Make-up auf Julies Gesicht aufzutragen. »Kilian hat was von Prinzessin gesagt«, plaudert sie dabei munter weiter, auf einmal redselig. »Als ob wir Frauen immer Prinzessin sein wollen. Ich weiß ja nicht, wie das bei dir ist, aber ich kann darauf verzichten.«

»Ich war noch nie Prinzessin.« Das Schwämmchen landet fast in Julies Mund, und sie fragt sich, ob sie nicht besser die Klappe hält, bis Alexa fertig ist. Aber vielleicht wäre das unhöflich.

»Na, die Haare geben es aber her.« Alexa lacht auf, greift in Julies Schopf und hält eine dicke Strähne hoch. »Rapunzel würde auch gehen.«

Ist sie vielleicht doch nicht so verkehrt?

Über den Spiegel sieht Julie zu, wie Alexa sie mit flinken Händen verwandelt. Ihre Haut wird ebenmäßig mit einem samtenen Schimmer, die Brauen einen Hauch dunkler, als es die Natur hergibt, die Augen mit einem Lidstrich versehen, der solch einen perfekten Schwung hat, dass Julie nicht glauben könnte, dass man das aus der Hand hinbekommt, wäre sie nicht selbst dabei.

»Und du hast Kilian zu Helmut Kohl geschminkt?«, fragt sie mit geschlossenen Augen und versucht, nicht zu zucken, während Alexa ihr falsche Wimpern anklebt.

»Frag bloß nicht, was das jedes Mal für eine Arbeit war, Kilian nicht nur älter, sondern auch noch dicker im Gesicht zu machen, während er die ganze Zeit quatscht …« Sie schnalzt mit der Zunge.

»Er quatscht?«

»Ach, erzähl mir nicht, du hast das noch nicht gemerkt. Der Mann ist so eine Quasselstrippe.«

Julie öffnet vorsichtig ihre Augen und sieht Alexa lächeln. Ihre Lider fühlen sich schwer an unter den falschen Wimpern. Ob sie sich daran gewöhnen kann?

»Die meisten seiner Kollegen sitzen in meinem Stuhl und sagen nicht viel. So wie du.« Alexa nimmt einzelne Haarsträhnen hoch, hält sie mal hierhin, mal dorthin, lässt sie wieder fallen. »Das macht mir die Arbeit leichter. Aber Kilian, der redet und redet und redet.« Sie nimmt einige Haarnadeln aus der Dose, schiebt sie sich zwischen die Lippen und plaudert weiter, ohne den Mund groß zu bewegen. »Ich mag ihn ja, aber er kann auch nerven.«

Julie verfolgt, wie sie Strähne um Strähne aufzwirbelt, Strass-Steine auf die Nadeln fädelt und die Haare damit an ihrem Hinterkopf feststeckt. Scheinbar zufällig lässt sie immer mal wieder eine Strähne aus, die sich dann um Julies Gesicht und in ihrem Nacken lockt.

»Wie ist er sonst so?«, fragt sie vorsichtig.

»Kilian? Zu nett für diese Welt.«

»Zu nett?«

Alexa stellt die Dose mit den Strass-Steinen weg, nimmt einen Spiegel zur Hand und hält ihn so, dass Julie ihr Werk betrachten kann. »Kilian kann keiner Fliege etwas antun. Den Dolch führt er nur auf der Bühne. So manch ein Kollege hat das schon schamlos ausgenutzt.« Sie schwenkt den Spiegel hin und her. »Gut so?«

»Ziemlich Prinzessin«, stellt Julie fest.

»Kilian hat dich auf Kleidergröße sechsunddreißig geschätzt. Liegt er richtig?«

»Ja …« Sie ist verdattert. Wie kann er das wissen? Welcher Mann kann so etwas überhaupt schätzen?

»Fein, fein.« Alexa tritt zu der offenen Garderobe, öffnet den Kleidersack, der dort hängt, und nimmt die edelste Robe heraus, die Julie je gesehen hat. Ein langes Abendkleid in Nachtblau mit funkelnden Sternen. »Das ist aus unserem Kostümfundus. Hat eine berühmte Sopranistin mal in einer Produktion getragen.«

»Und das soll ich anziehen?« Julie steht langsam auf, fast als würde jede zu heftige Bewegung diesen Traum von einem Kleid in Rauch aufgehen lassen können.

Alexa zieht den Reißverschluss auf und hält ihr das Kleid hin. »Schlüpf mal rein. Wenn es in der Taille zu weit sein sollte, helfen wir mit Sicherheitsnadeln nach.«

Das Kleid passt wie angegossen. Es ist schwer, viel schwerer, als es wirkt, und es raschelt bei jeder Bewegung.

Julie sieht eine Fremde, als sie in den Spiegel schaut.

Das ist unmöglich sie. Diese elegante Person, die wie tausend Sterne glitzert, sich aufrecht hält, das kann unmöglich die Julie sein, die sie kennt und in deren Körper sie lebt. Und doch, die Augen, wenn auch unter schweren Wimpern versteckt, dieser Blick ist immer noch ihrer.

»Er wird mich gar nicht erkennen«, sagt sie atemlos und dreht sich um die eigene Achse, bewundert dabei, wie der Rock des Kleides schwingt.

»O doch.« Alexa räumt ihre Utensilien zusammen. »Kilian ist derlei Verwandlungen gewöhnt.« Sie verharrt, lächelt Julie über den Spiegel hinweg an. »Ihr gebt ein schönes Paar ab, keine Frage.«

»Wir sind kein Paar.« Julie beißt sich auf die Lippe, hofft, dass Alexa nicht weiter darauf eingeht.

Die zieht eine Augenbraue hoch. Ihre Mundwinkel umspielt ein Lächeln, das so leicht ist, dass man es kaum wahrnimmt. Dann schiebt sie den Stuhl an die Ablage heran, lässt ihren Blick noch einmal über die gesamte Garderobe schweifen.

»Du kannst deinen Kram getrost hier in Kilians Garderobe lassen. Ich schließe ab und bringe ihm den Schlüssel.«

Das Konzert erlebt Julie aus der Intendanzloge, die man über eine Tür erreicht, die vom Backstage- in den Zuschauerbereich führt. Die Loge selbst befindet sich am rechten Bühnenrand im ersten Rang direkt über dem Orchestergraben.

Sie sitzt dort auf einem Stuhl mit hoher Lehne, den jemand extra für sie in die sonst leere Loge gestellt hat. Eine Prinzessin ohne Hofstaat. Und wäre die Musik nicht so schön und der Blick auf Kilian, der im Frack neben Anna Wolf und den zwei anderen Solisten auf einem Stuhl sitzt, nicht so gut, sie würde sich verloren fühlen.

Das Publikum besteht zum größten Teil aus älteren bis alten Leuten, und sie kann nicht umhin zu denken, wie schade es ist, dass so viele jüngere Leute Oper immer noch für etwas halten, das irgendeiner Elite vorbehalten wäre.

Sie hat gut reden. Schließlich hat sie sich selbst dieser Kunstform und den heiligen Hallen, in denen sie stattfindet, bis vor Kurzem noch verweigert und würde es vermutlich immer noch tun, wäre Lissi nicht auf die Idee gekommen, in der Kinderoper singen zu wollen.

Und jetzt sitzt sie hier. Auf Einladung eines Opernsängers, im alten Kostüm irgendeiner Sopranistin und von einer Maskenbildnerin in eine Prinzessin verwandelt. Schon eigenartig, wie das Leben manchmal so spielt.

Unwillkürlich muss sie an das letzte Silvester denken, während die Klänge von Beethoven sie umschwärmen. Mit Susanne und Lissi auf der Dachterrasse nachts um zwölf, Wunderkerzen in der Hand, während der Himmel über Berlin von unzähligen Raketen erhellt worden ist.

Und Lissi hat gesagt, sie wünscht sich für Julie einen Märchenprinzen.

Verrückt.

Sie lehnt sich ein Stück vor, zu der gefährlich niedrigen Balustrade hin, schaut auf Kilian, der den Takt der Musik mit dem Fuß mitwippt.

Ist er das? Ihr Märchenprinz?

Ist sie seine Prinzessin?

Sie schüttelt den Kopf, fühlt, wie einzelne Lockensträhnen ihre nackte Haut im Nacken und auf den Schultern kitzeln.

Es gibt weder Prinzen noch Prinzessinnen, und ihr Leben ist kein Märchen.

Heute Nacht vielleicht schon.

Der Gedanke schillert in allen Farben des Regenbogens, und vielleicht ist er nur eine Illusion, aber in ihrer Verkleidung, in der fremden Haut, in die sie geschlüpft ist, scheint ihr auf einmal alles möglich.

Aschenputtel.

Der gläserne Schuh.

Die Kutsche.

Nur keine böse Schwiegermutter, bitte nicht.

Und dann erheben sie sich, die vier Solisten, die schwarzen Notenmappen aufgeklappt in der Hand, und für einen Moment ist es ganz, ganz still. Als ob niemand atmet. Nicht auf der Bühne, nicht im Publikum, nicht sie hier allein in der Loge.

Zum ersten Mal erwartet sie diesen ersten Basston wirklich, die Wucht, mit der er sie treffen wird, und ihr Herz galoppiert voran.

Und dann hebt er an, den Blick ins Publikum gerichtet. »O, Freunde, nicht diese Töne …«

Das Konzert endet in tosendem Applaus. Die vier Solisten halten sich an den Händen, verneigen sich. Diejenigen Orchestermitglieder, die über einen Bogen verfügen, klopfen damit auf ihre Notenständer. Der Dirigent verteilt Kusshände in alle Richtungen.

Von hier oben, aus der Intendanzloge, ist es ein tolles Bild, gerade auch, wenn Julie ins Publikum schaut. Der bis auf den letzten Platz besetzte Zuschauerraum vom Saallicht erleuchtet, darüber der Kronleuchter an der wie Porzellan schimmernden, netzartigen Decke, all die Menschen in ihrer festlichen Kleidung. Ein buntes Meer von Begeisterung, besoffen von Glanz.

Und dann natürlich Kilian, da unten auf der Bühne. Nie zuvor hat sie ihn im Frack gesehen, und sie muss immer wieder hinsehen, so sehr fesselt sie dieser Anblick. Und hier, ganz allein und still für sich, kommt sie nicht umhin, sich einzugestehen, wie anziehend sie ihn findet.

Der Applaus ebbt nicht ab. Orchester, Chor, Dirigent, Solisten, alle verneigen sich wieder und wieder.

Zwei junge Frauen kommen auf die Bühne, verteilen Blumen an die Solisten und den Dirigenten. Kilian reicht seinen Strauß an die Konzertmeisterin weiter, die schräg hinter ihm steht, die Violine und den Bogen in der Hand. Dann wendet er sich zur Seite, schaut hoch zu Julie, verneigt sich kurz und winkt zu ihr hoch.

Und sie, sie hat das Gefühl, als ob sich alle Blicke auf sie richteten, im Publikum, auf der Bühne. Natürlich ist das Unsinn, aber sie ist trotzdem seltsam froh, dass sie diese Robe trägt und ihre Haare nicht als die übliche wirre Lockenpracht, sondern als kunstvolle Hochsteckfrisur ihren Kopf zieren.

Nur langsam leert sich der Saal. Julie wartet ab, und nach und nach kribbelt Nervosität immer mehr in ihrem Bauch.

Was erwartet sie jetzt? Vor allem aber, was erwartet Kilian von ihr? Und begeht sie nicht gerade einen großen Fehler, weil ihr Erscheinen hier, auf diesem Silvesterempfang an seiner Seite nur auf eine Art gelesen werden kann, nämlich die, dass sie zusammengehören, als Paar, das sie nicht sind?

Zu spät. Das hätte sie sich früher überlegen sollen. Nicht auf Susanne hören, nicht auf den Kobold mit Abenteuerlust im Blut in ihrem Herzen. Aber es ist einfach zu verlockend gewesen. Dieses Angebot, Silvester einmal auf ganz andere Art zu verbringen, hergerichtet, ausstaffiert, unter Menschen, denen sie normalerweise nie begegnen würde. Sogar die Kanzlerin hat im Publikum gesessen. Nur wird die gewiss nicht auf dem Empfang auftauchen, oder?

Langsam steht Julie auf, sortiert den gewaltigen Rock des Kleides, um ja nicht auf den Saum zu treten.

Das hat sie jetzt davon. Aschenputtel. Also doch. Für eine Nacht Gast in einer fremden Welt, in die sie nicht gehört. Wird auch ihr Zauber um Mitternacht zu Staub zerfallen?

Schweren Herzens drückt Julie die Tür auf und tritt in den Umgang. Vereinzelte Paare sind noch auf dem Weg, den Zuschauerbereich zu verlassen, streben den Treppenhäusern zu.

Sie geht langsam Richtung Apollosaal, wo der Empfang stattfinden soll, und fühlt sich verlorener denn je. So verloren, dass sie sich nicht mehr vorstellen kann, jemals gefunden zu werden. Eine Prinzessin ohne Begleiter, ohne Hofstaat. Eine Prinzessin, die gar keine ist, sich hier nur hereingestohlen hat. Und für einen irren Moment ist sie überzeugt davon, dass man ihr den Zutritt zum Saal verwehren wird.

Doch ihre Angst erweist sich als vollkommen unbegründet. Kaum dass Julie in der breiten Flügeltür steht und einen ersten Blick über den gut gefüllten Saal schweifen lässt, tritt Kilian auf sie zu, und sie fragt sich, wo er so schnell herkommt.

»Wow!« Er nimmt Julies Hand, haucht einen Kuss darüber und sein Aftershave ist eine angenehm herbe Wolke, die ihre Sinne zu vernebeln droht. »Nicht, dass du nicht immer toll aussiehst, aber das hier …« Er muss den Satz nicht beenden, die Bewunderung steht deutlich genug in seinem Gesicht.

»Um ehrlich zu sein, bin ich ganz schön nervös«, gibt sie zu, während er sie die paar Treppenstufen hinab in den Saal geleitet. Und nur ihre Begegnungen der letzten Wochen, in denen sie sich zaghaft angenähert und ein kleines Stück Vertrautheit aufgebaut haben, stehen ihr nun bei.

»Es ist ganz simpel. Lächeln, dich für die Komplimente bedanken, die du mit Sicherheit erhältst, und nichts Blödes über mich sagen.« Er zwinkert, und ein Blinder mit Krückstock würde verstehen, dass er Letzteres nicht wirklich ernst gemeint hat. »Nein, Spaß beiseite, du machst das schon.«

Das sagt sich so, denkt Julie und spürt den leichten Druck seiner Hand auf ihrem Rücken, als sie sich nebeneinander unter die Meute mischen, mit einer Intensität, die sie schwindlig macht.

Seine Nähe, das Bild, das sie zweifelsfrei abgeben, seine Körperwärme, all das lässt ihre Welt aus dem Takt geraten, gefährlich schlingern, als säße sie mitten auf dem Ozean in einem Ruderboot ohne Ruder.

Einer der zahlreichen Kellner driftet auf sie zu, ein Tablett voller Gläser auf der Hand.

»Champagner? Wein?« Kilian sieht Julie an.

»Champagner«, sagt sie, ohne nachzudenken. Weise Entscheidung für jemanden, der schon völlig ohne Alkohol aus der Balance ist. Trotzdem nimmt sie das Glas, und ein bisschen hofft sie, es werde sie ein wenig entspannen.

Noch ehe Julie und Kilian dazukommen, miteinander anzustoßen, kommt eine große Frau in einem feuerroten Kleid auf sie zu, einen noch größeren, hageren Mann im Schlepptau. »Herr Holm«, flötet sie schon von Weitem mit einer Stimme, die für ihre Statur mindestens drei Oktaven zu hoch und dazu noch viel zu piepsig klingt.

»Hartnäckiger Fan«, raunt Kilian Julie zu und lächelt professionell. »Frau und Herr Müller-Wagenbrecht, schön, Sie zu sehen.« Er reicht beiden die Hand. »Darf ich vorstellen? Julie Martens.«

Die Frau wirft Julie einen giftigen Blick zu, dann schiebt sie sich zwischen sie und Kilian und lässt Julie mit ihrem Mann zurück.

»Nehmen Sie es ihr bitte nicht übel«, sagt der mit einem Seufzen. »Der Verstand meiner Frau setzt irgendwie aus, wenn Herr Holm auf der Bildfläche erscheint.«

Unwillkürlich muss Julie lachen, und das Eis zwischen ihnen bricht. »Ich fürchte, das geht vielen so.«

»Oh ja.« Er stößt mit ihr an. »Aber zum Glück können sich nicht alle das Vergnügen leisten, Tickets für solch kostspielige Angelegenheiten zu erstehen. Seien Sie froh, Frau Martens, Sie müssten sonst um Ihr Leben fürchten.«

So schnell geht es also, sie muss nur an Kilians Seite auftauchen, schon denken alle, sie seien zusammen? Und natürlich wäre es ein Leichtes, diese Annahme nun zu zerstreuen, aber Julie tut es nicht. Kein dementierendes Wort kommt über ihre Lippen. Stattdessen lächelt sie, plaudert und redet sich ein, sie tue das nur, weil alles andere zu kompliziert wäre. Aber ist das die ganze Wahrheit? Sie schiebt den Gedanken weg.

Zum Glück reagieren nicht alle wie Frau Müller-Wagenbrecht. Trotzdem bekommt Julie einen Einblick, wie es sein muss, die Partnerin von einem wie Kilian Holm zu sein. Für die meisten ein Anhängsel, dem man gerade mal ein knappes Lächeln schenkt, ehe man sich wieder ganz dem Star zuwendet. Eine seltsame Rolle, und sie fühlt sich für einen Moment, als würde sie zwei Meter neben sich stehen und mit großer Verwunderung auf die ihr fremde Szenerie schauen, deren Teil sie ist.

Doch es gibt auch andere. Freundliche Menschen, die Julies Kleid bewundern, die Kilian fragen, wo er sie so lange versteckt habe, und Julie, ob sie sich sicher sei, dass sie einen wie ihn aushalten könne. Denen Julie ansieht, dass sie es ernst meinen und nicht nur hohle Komplimente verteilen, weil es sich so gehört. Und vielleicht ist das alles gar nicht so schlimm. Vielleicht ist es aber auch das dritte Glas Champagner, das sie das denken lässt.

»Lass uns verschwinden«, raunt er Julie ins Ohr, als sie gerade mal eine Sekunde allein inmitten der Gäste des Empfangs stehen.

Sanft umfasst er sie an der Hüfte, und die Berührung jagt eine heiße Welle durch ihren Körper. Ein Blitzschlag, der sie erstarren lässt.

»Ich habe meine Schuldigkeit hier getan und brauche nicht eine Sekunde mehr von diesem sinnentleerten Small Talk.« Er dreht eine der Lockensträhnen, die ihr Gesicht umrahmen, um seinen Finger, die andere Hand noch immer auf ihrer Hüfte.

Ganz nah ist er ihr plötzlich. So nah, dass es ihr den Atem nimmt.

»Ich habe eine wunderbare Dachterrasse, von der aus man das Brandenburger Tor und das Feuerwerk darüber sieht, und einen sehr edlen Champagner im Kühlschrank.«

Sie sieht das Blitzen in seinen Augen und kann nicht sagen, ob es nur Lichtreflexe sind oder aber eine diebische Freude. Und für einen atemlosen Augenblick denkt sie, er küsst sie. Jetzt. Hier. Vor allen Leuten.

»Endlich.« Er zwinkert, lässt sie sehr langsam los und nimmt ihre Hand. »All deine Angst raubt dir endlich mal auch noch die letzte Ausrede.«

Was? Julie denkt das nur, hat ihre Sprache, ihre Stimme verloren. Und wer weiß schon, was noch.

Er zieht sie mit sich durch den Saal, die Treppenstufen hinauf und durch die breite Flügeltür. Julie ist zu angetrunken, zu überrumpelt, um zu protestieren, und kichert nur leise.

Einer der jungen Männer, die die Tür zum Apollosaal bewachen, reicht Kilian ihre Mäntel und seinen Rucksack, und Julie dämmert, Kilian hat das hier alles geplant.

Sie sollte ihm böse sein, vielleicht, stattdessen bringt sie nur ein kicherndes »Und das Kleid?« zustande, während sie mit ihm die Treppe hinunterläuft, so schnell es in dieser Robe eben geht.

»Bringe ich morgen zurück. Und keine Bange, deine Sachen sind hier drin.« Er hält den Rucksack kurz hoch. »Hat Alexa erledigt.«

Sie laufen durch das leere Foyer der Oper. Zwei, die sich davonstehlen. Übermütig.

Julies Absätze klappern auf dem glänzenden Steinfußboden. Die Türen, die auf die Straße Unter den Linden hinausgehen, stehen offen. Nur ein paar rasche Schritte noch, und schon sind sie draußen.

Eine dünne Schneeschicht bedeckt den Weg, den Bebelplatz. Julies Füße in den dünnen Pumps versinken darin, doch dieses Mal spürt sie die Kälte nicht. Dicke Flocken tanzen leise vom Himmel, lassen die Welt still sein, und nur aus der Ferne weht die Musik von der Silvesterfeier am Brandenburger Tor zu ihnen.

Julie ist beschwipst. Vom Champagner. Von dieser Nacht. Davon, dass sie auf und davon sind. Zwei Verbrecher, im Begriff, großen Unfug zu begehen.

Kilian wickelt ihr seinen Schal um den Hals, und dann gehen sie über den Bebelplatz, schweigend, als hätten sie zwei nie im Leben etwas anderes getan.

Es sind keine zehn Minuten Fußweg bis zu dem Haus, in dem Kilian wohnt. Und als sie im Fahrstuhl stehen, der sie hinaufbringt, direkt in sein Dachgeschoss, während Julie sie beide in den verzerrten Spiegelungen der Metallverkleidung der Kabine betrachtet, weiß sie, alles in den letzten Wochen hat genau hierher geführt.

Die Weihnachtsmarktbesuche, die Gespräche, die Blicke über Gläser und Kerzen der Restauranttische hinweg und letztlich jener Moment in dem Riesenrad. All das sind Schritte gewesen, die Julie, die sie beide direkt hierher geführt haben, ohne Umweg, ohne Schnörkel. Und sie hätte es vermeiden können, abbiegen, irgendwann zwischendurch, sich anders entscheiden, dem Schicksal einen Haken schlagen. Aber sie hat es nicht getan. Sie steht hier in diesem Fahrstuhl mit diesem Mann in dieser Silvesternacht. Und sie weiß ganz genau, wo und wie das endet.

Und egal, wie sehr sie sich jetzt einreden will, sie könnte immer noch umdrehen, könnte gehen, all das hier in den Wind schlagen, sie weiß, sie kann es nicht tun. Ihr Herz hat sie hintergangen. Hat längst ja gesagt, und all ihre Ängste, all ihre Zweifel, alles bis hierher zählt ab heute nicht mehr.

Die Fahrstuhltüren gleiten auseinander, und Julie steht in einem quadratischen Vorraum, von dem aus ein breiter Durchgang den Blick auf ein Wohnzimmer und eine bodentiefe Fensterfront freigibt, hinter der sich die Dächer von Berlin und der Himmel darüber erstrecken.

»Willkommen in meinem kleinen Reich.« Kilian nimmt ihr den Mantel ab und hängt ihn auf.

Sie folgt ihm in das Wohnzimmer. Auf einer Seite trennt es die Küche durch eine große Kochinsel, davor ein Esstisch mit sechs Stühlen, auf der anderen steht ein Flügel vor einem prall gefüllten Bücherregal. Die Mitte dominieren zwei einander gegenüberstehende rote Sofas, zwischen ihnen ein flacher Tisch aus dem gleichen dunklen Holz wie der Esstisch, die Stühle und das Bücherregal.

»So wohnt also ein Opernsänger«, sagt sie und nimmt das Glas Champagner, das er ihr hinhält. Kurz nur berühren dabei ihre Fingerkuppen seine Finger, und da ist es wieder, jenes Blitzgefühl.

»Na ja, meist wohnt er in einem Hotelzimmer oder einem gemieteten Appartement.« Er stößt sein Glas leicht gegen ihres, und das leise Klirren geht im Zischen einer Rakete unter, die jemand nicht weit entfernt abgeschossen haben muss.

»Das muss sehr einsam sein.« Julie vergisst zu trinken, verliert sich in diesem meerblauen Blick. Treibt davon auf der Zärtlichkeit, die darin liegt.

Kilian nimmt ihr das Glas aus der Hand, stellt es neben seins auf der Granitfläche der Kochinsel ab, fasst sie an den Hüften und zieht sie an sich.

Seine Hände wandern langsam zu ihren Hüften, zum Rücken, tiefer. In seinen Augen funkelt die eine Frage, schwimmt in Verlangen, und Julie kann sich nicht erinnern, dass sie je jemand so angeschaut hat.

Sie spürt seinen Körper an ihrem, der gegen ihn sinken will. Näher sein als nah. Und wirft alles über Bord, was sie die letzten Jahre gefesselt hat.

Ihre Hände finden seinen Nacken, fahren in seine Haare. Sie erhebt sich auf die Zehenspitzen, und dann finden sich ihre Lippen zu diesem ersten Kuss. Sanft und fordernd zugleich, voller Sinnlichkeit und Verlangen, und ihr Herz rast wie nie zuvor.

45

Anna geht noch einmal durch alle Räume, öffnet und schließt Schranktüren, zieht Schubladen auf und schiebt sie wieder zu, kontrolliert jede Ecke. Alles ist gepackt, sie hat nichts vergessen.

Ein letztes Mal tritt sie auf die Dachterrasse, schaut auf die Staatsoper, den Fernsehturm, den Bezirk Prenzlauer Berg, der sich hinter dem Horizont versteckt, erinnert sich, wie sie hier angekommen ist, mit diesem unsicheren Gefühl im Gepäck.

Damals hat sie nicht gewusst, ob es ein Fehler gewesen ist, das Engagement anzunehmen, das sie zurück in diese Stadt führt. Heute ist sie sicher, das Richtige getan zu haben. Versöhnt ist sie, mit sich und ihrer eigenen Geschichte, und auch mit der von diesem Berlin, dem sie einst den Rücken gekehrt hat.

Es ist gut gewesen, hier zu sein, sich all dem zu stellen, all die Orte ihrer Vergangenheit aufzusuchen. Aber jetzt ist es auch gut, wieder zu gehen. Zeit, sich der Zukunft zu widmen, wie ungewiss die für sie in beruflicher Hinsicht auch sein mag.

Das leise Summen kündigt Besuch an, und Anna verlässt die Terrasse, zieht die Tür hinter sich zu, geht zur Tür und öffnet sie. »Frau Kleist«, begrüßt sie Susanne und tritt zur Seite. »Und Lissi. Wie schön, dass du mitgekommen bist.«

»Sie wollte unbedingt«, erklärt Susanne, als wollte sie sich dafür entschuldigen, ihre Tochter mitgebracht zu haben.

»Ich will noch was fragen. Zum Singen.« Lissi zieht ihren Mantel aus und holt ihre Partitur hervor.

»Lissi!«, zischt Susanne.

Aber Anna winkt ab. »Das machen wir gleich, Lissi.«

»Sie müssen nicht«, mischt Susanne sich ein, und ihre Tochter zieht einen Schmollmund.

»Ich weiß«, bremst Anna sie aus. »Ich mache das gern. Aber wollen wir zuerst die Wohnungsabnahme erledigen?«

»Ganz wie Sie möchten.« Susanne wirft Lissi einen strengen Blick zu. »Du setzt dich bitte so lange still irgendwo hin, ja? Das hier ist nämlich meine Arbeit.« Sie dreht sich um und geht Richtung Bad.

Lissi verdreht die Augen, und Anna grinst sie an. »Mütter«, formt sie mit den Lippen, spricht es aber nicht aus.

Lissi nickt.

»Im Bad ist alles wunderbar.« Susanne erscheint wieder in der Diele. »Nicht, dass ich etwas anderes erwartet hätte. Sollen wir im Schlafzimmer fortfahren?«

Anna schließt die Tür hinter sich, lehnt sich dagegen und sieht Susanne dabei zu, wie sie die Schränke inspiziert. »Es geht mich eigentlich nichts an«, sagt sie zögerlich, »aber ich hoffe, Sie wissen, wie viel es wert ist, wenn eine talentierte junge Dame wie Ihre Tochter das, was sie ganz außergewöhnlich gut kann, auch so sehr liebt.«

»Sie meinen das Singen?« Susanne verharrt mitten in der Bewegung und ihre Augen werden schmal.

»Ich habe mir die letzte Probe angesehen. Jedenfalls zum Teil. Mit Kilian zusammen. Lissi hat ungeheuer viel Talent. Ich kann mir für Ihre Tochter nur wünschen, dass Sie das fördern.«

»Na ja.« Susanne klappt die Schranktür zu. »Wie ich Lissi kenne, wird sie mir kaum eine Wahl lassen.« Sie hakt etwas auf dem iPad in ihrer Hand ab.

»Freuen Sie sich darüber, Frau Kleist. So ein Talent ist ein Geschenk, das nur wenigen gegeben wird.«

»Meinen Sie wirklich? Also, dass ausgerechnet meine Tochter so begabt ist?«

Anna neigt den Kopf. »Sie sind doch selbst eine Opernfreundin. Hören Sie ihr einfach mal zu und vergessen Sie dabei, dass es Ihre Tochter ist. Gehen Sie in die Vorstellung und tun Sie so, als wären das fremde Kinder. Niemand kann heute wissen, was daraus wird, wenn Lissi in den Stimmbruch kommt. Oder ob sie in der Pubertät die Lust an der vielen Arbeit verliert, denn Oper erfordert viele Opfer, aber es wäre zu schade, jetzt etwas nicht zu unterstützen, aus dem etwas Großes werden kann.«

»Wenn Sie das sagen …«

Susanne sieht aus, als müsste sie darüber noch gründlich nachdenken, und Anna kann nur hoffen, dass sie die richtigen Schlüsse ziehen wird. »Würden Sie mir vielleicht noch ein Geheimnis verraten, Frau Kleist?«

»Ein Geheimnis? Ich?« Susanne schüttelt verständnislos den Kopf.

»Ihre Freundin und Kilian, ist das etwas Ernstes?«

Susanne lacht laut los und wirft dabei den Kopf in den Nacken. »Gute Frage«, antwortet sie schließlich, einigermaßen außer Atem. »Ich hoffe es sehr. Zumindest macht sie einen sehr beschwingten Eindruck, und ich frage mich, ob das wohl an seinem Rhythmusgefühl liegt und ich mir auch einen Sänger suchen sollte.« Sie kichert.

»Keine Ahnung.« Anna öffnet die Tür. »Ich war noch mit keinem zusammen.« Sie zwinkert verschmitzt.

Aus dem Wohnzimmer dringt Klaviergeklimper.

»Oh, Lissi!« Susanne will losstürzen, doch Anna hält sie zurück.

»Es ist nur ein Klavier, Frau Kleist, nichts Zerbrechliches.«

Sie geht voran ins Wohnzimmer und setzt sich neben Lissi auf die Klavierbank. »Kannst du etwas spielen?«

Lissi schüttelt den Kopf und zieht die Partitur zu sich, die sie auf dem zugeklappten Flügel abgelegt hat, schlägt eine mit einem bunten Fähnchen markierte Seite auf und zeigt auf einen Takt. »Wenn ich das hier singe, sagt Christian, unser Regisseur, ich soll dabei in die Knie gehen. Aber Elsa geht nicht in die Knie. Glaube ich nicht.«

»Zeig mal.« Anna nimmt die dünne Partitur. Es ist eine Überarbeitung, extra für Kinder, eine verkürzte Fassung des »Lohengrin«, und sie braucht einen Moment, um sich darin zu orientieren und herauszufinden, um welche Stelle es sich handelt. »Ah, ich verstehe. Nein, ich denke auch, Elsa ist keine Frau, die vor einem Mann in die Knie gehen würde, es sein denn, dass sie sich etwas davon verspricht.«

»Kannst du das spielen? Dann singe ich dir das vor.«

Anna stellt die Partitur auf den Notenständer und wirft einen raschen Blick zu Susanne, die bis eben die Küche kontrolliert hat, jetzt aber stumm am Kühlschrank lehnt und verwundert zu ihrer Tochter schaut.

»Bereit?« Anna wendet sich wieder Lissi zu.

Die nickt.

Dann hebt sie an und spielt die ersten Töne, und Lissi beginnt zu singen. Mit ihrer klaren, hellen Stimme.

Nicht ein Ton geht daneben, nicht einmal unsauber ist einer, und das Einzige, woran man wirklich noch feilen muss, sind Ausdruck und Technik. Aber wen könnte das verwundern bei einem so jungen Mädchen?

Lissi endet mit einem großen Seufzen und ist für einen Moment wieder ganz Kind. Doch dann dreht sie sich zu Anna und sieht sie sehr ernst an. »Katharina sagt, ich verschleppe da zum Schluss. Denkst du das auch?«

Anna überlegt einen Moment. Nicht, weil sie das muss, sondern weil sie Lissi das Gefühl geben will, zum einen ernst genommen zu werden und zum anderen, dass es nicht so eindeutig falsch ist, was sie da macht.

»Weißt du, Lissi«, sagt sie schließlich und spielt dabei ein paar leise Töne, »Singen, das ist wie Radfahren, es geht immer vorwärts.« Sie singt die letzten Takte so, wie sie es tun würde. »Hast du den Unterschied gehört?«

Lissi nickt nachdenklich.

»Du musst beim Singen immer vorwärts denken. Treiben, ohne zu hetzen. Und atmen ist nicht wie Benzin tanken an einer Zapfsäule, sondern immer das Weiterdenken der musikalischen Phrasen. Also die Folge der Töne, der Melodie, des Rhythmus. Sollen wir es zusammen noch einmal versuchen?«

Lissi nickt, und Susanne zückt ihr Handy, wirft einen fragenden Blick zu Anna.

»Filmen Sie das ruhig, Frau Kleist«, gibt Anna ihr Okay. »Dann kann Lissi damit üben.«

Sie singen beide die Stelle noch ein paar Mal, dann schaut Anna auf die Uhr. »Ich denke, das Taxi wartet.« Sie steht auf. »Zeit, Auf Wiedersehen zu sagen.« Dann geht sie zu ihrer großen Handtasche, die auf dem Tisch steht, und zieht eine alte Partitur darunter hervor.

Das Cover ist halb verblichen, die Ränder wirken angefressen, die Seiten Tausende von Malen durchgeblättert. »Das hier habe ich mir extra für dich aus meiner Wohnung in New York schicken lassen«, sagt sie zu Lissi und hält ihr die dicke Partitur hin. »Mein ›Lohengrin‹. Darin wirst du viele Anmerkungen von mir finden, wie ich welche Stelle singen wollte, was ich mir dabei gedacht habe, wie ich die Elsa verstanden habe.« So, wie sie sie nie gesungen hat, aber das wird sie dem Kind nicht sagen.

»Aber … brauchst du die … nicht … mehr?« Lissis Augen sind groß und rund. Ihre Finger streichen über das Papier, als hielte sie den heiligen Gral in den Händen.

»Ich bin zu alt für die Elsa. Ich werde sie nie wieder geben. Aber vielleicht du irgendwann. Also diese vollständige Elsa. Und selbst wenn nicht, dann wirst du dich hiermit auf jeden Fall immer an mich erinnern.«

»Aber das werde ich sowieso«, protestiert Lissi und klingt dabei sehr entrüstet.

»Weißt du, Lissi, egal was dieser Christian sagt oder auch Katharina, wenn du eine Rolle singst, dann musst du das so tun, wie du es fühlst und verstehst. Lass dir nie vorschreiben, etwas so oder so zu singen, wenn all deine Instinkte etwas anderes rufen. Versprichst du mir das?«

Statt einer Antwort wirft sich Lissi gegen sie, umarmt sie und hält sie sehr fest. Und vielleicht, denkt Anna, ist das der Moment, in dem alles heilt.

Danksagung

So viele Menschen, denen ich im Leben begegnet bin – mal kurz, mal intensiv, mal über lange Zeit –, haben auf die eine oder andere Art Teil daran, dass dieses Buch entstanden ist. Darunter sind bekannte Namen und gänzlich unbekannte. Aber den allergrößten Teil der Inspiration, den verdanke ich all den Chorproben in der Staatsoper Unter den Linden, an denen ich als Teil des Apollo-Chors mitwirken durfte und darf, sowie unzähligen Aufführungen, die ich – zumeist im ersten Rang – bisher dort erleben durfte. Und selbst wenn sich diese Geschichte in diesem Haus, meinem ganz persönlichen musikalischen Zuhause, nie so zugetragen hat und all die Figuren hier nur meine Erfindungen sind, so hätte ich das hier trotzdem niemals schreiben können, ohne durch die mir heiligen Hallen zu wandeln, zu eilen, in ihnen zu lachen und zu weinen und mich reich beschenkt und überaus beglückt zu fühlen, dort sein und singen zu dürfen.

Liebe Staatsoper Unter den Linden, ohne dich gäbe es das hier nicht. Und dafür danke ich dir aus ganzem Herzen.

Quellen

John Lennon – »Imagine«, Song zitiert aus dem gleichnamigen Album, veröffentlicht 1971 bei dem Label Apple Records der EMI Group

Kristine Opolais – »If you don't take risks, you'll never drink champagne«, zitiert aus: https://kristineopolais.com/2019/06/12/final-note-magazine-the-art-of-risk-with-kristine-opolais/

Bettina Wegner – »Schlaf ist im Unglück wie ein Versprechen«, zitiert aus: »Es ist so wenig«, LP »Heimweh nach Heimat«, veröffentlicht 1985 bei dem Label CBS

Thomas Hampson – »It is what it is«, zitiert aus: Interview-Reihe »Thursdays with Thomas«, https://thomashampson.com/video-types/idagio-live/#listing

Printed in Poland
by Amazon Fulfillment
Poland Sp. z o.o., Wrocław

18682139R00216